BUZZ

Título original: *Ten dzień*

Publisher ANDERSON CAVALCANTE
Editora TAMIRES VON ATZINGEN
Assistente editorial JOÃO LUCAS Z. KOSCE
Tradução do polonês ENEIDA FAVRE
Preparação LUISA MELLO
Revisão LIGIA ALVES, CRISTIANE MARUYAMA
Projeto gráfico ESTÚDIO GRIFO
Arte da capa © EDIPRESSE POLSKA

Dados Internacionais de Catalogação na Publicação (CIP)
de acordo com ISBD

L764e
Lipińska, Blanka
Este dia / Blanka Lipińska.
Traduzido por Eneida Favre.
Tradução de: *Ten dzień*
São Paulo: Buzz Editora, 2021.
352 pp.

ISBN 978-65-86077-96-4

1. Literatura polonesa. 2. Romance. I. Favre, Eneida. II. Título.

2021-2098 CDD 891.85
CDU 821.438

Elaborado por Vagner Rodolfo da Silva CRB 8/9410

Índice para catálogo sistemático:
Literatura polonesa: Romance 891.85
Literatura polonesa: Romance 821.438

Buzz Editora Ltda.
Av. Paulista, 726 – mezanino
CEP: 01310-100 – São Paulo, SP
[55 11] 4171 2317
[55 11] 4171 2318
contato@buzzeditora.com.br
www.buzzeditora.com.br

Este dia

BLANKA LIPIŃSKA

Sumário

* * *

O iate atracou no porto de Fiumicino. A sósia da minha Senhora ainda estava a bordo. Seu trabalho era simples — *era* para ser simples.

"Coloque Laura no carro e mande-a para mim", falei quando Domenico, chegando a Roma, atendeu o telefone.

"Graças a Deus...", suspirou o jovem italiano. "Ela já estava ficando insuportável." Eu o ouvi fechando a porta. "Não sei se lhe interessa, mas ela não para de perguntar por você."

"Não viaje com ela", retruquei, ignorando-o. "Te vejo em Veneza. Agora vá descansar."

"Você não quer saber o que ela disse?" Domenico não desistia. Eu percebia a alegria em sua voz.

"E isso lá me interessa?", perguntei, o mais sério possível, embora por dentro, como uma criança, estivesse curioso para saber sobre o que conversaram.

"Ela está com saudade de você." Essa afirmação curta me gelou o estômago. "Eu acho."

"Faça com que ela saia o mais rápido possível daí." Desliguei e olhei para o mar.

Mais uma vez, fui tomado pelo pânico causado por essa mulher. O sentimento era muito estranho para que eu pudesse diagnosticá-lo e reprimi-lo.

Dispensei a moça que fingia ser Laura, mas ordenei-lhe que ficasse por perto o tempo todo. Eu não tinha ideia se ela, de repente, poderia ser necessária. Segundo o relato de Matos, Flavio voltou para a ilha com as mãos alvejadas, mas, além disso, nada mais aconteceu. Como se toda a situação no clube Nostro não tivesse ocorrido. As informações superficiais dadas pelo encarregado da missão não me bastaram, então mandei meus homens para lá, que confirmaram tudo o que tinha sido relatado.

Na hora do almoço, fiz uma teleconferência com o pessoal dos Estados Unidos. Eu tinha que ter certeza de que eles compareceriam ao Festival de Cinema de Veneza. Precisava de uma reunião cara a cara com eles; a encomenda de outro carregamento de armas, que eu deveria vender no Oriente Médio, exigia a minha presença.

"*Don* Torricelli?", perguntou Fabio, enfiando a cabeça no meu camarote. Acenei para ele e encerrei a ligação. "A sra. Biel está a bordo."

"Então vamos partir", disse, me levantando.

Fui ao convés superior e olhei bem ao meu redor. Quando vi minha mulher vestida como uma adolescente, cerrei os punhos e os dentes. *Short curtíssimo e uma blusa microscópica não combinam com o homem escolhido para ser o chefe de uma família siciliana*, pensei.

"Mas que porra é essa que você está vestindo? Você parece uma..." Eu me segurei para não terminar a frase, enquanto olhava para a garrafa quase vazia de champanhe. A garota se virou, esbarrando no meu peito, e, depois, caiu no sofá, sem nenhum controle. Estava bêbada outra vez.

"Eu pareço o que quiser e não dou a mínima para o que você pensa", balbuciou, sacudindo os braços, o que me divertia um pouco. "Você me deixou, foi embora sem dizer nada e me trata como uma marionete com a qual brinca quando tem vontade." Ela apontou o dedo na minha direção enquanto tentava se levantar de uma forma desajeitada, mas encantadora. "Hoje a marionete quer brincar sozinha."

Cambaleando, avançou em direção à popa, tirando os sapatos no caminho.

"Laura..." Comecei a rir, porque já não conseguia me conter. "Laura, que merda!" As minhas gargalhadas se transformaram num rugido quando percebi que ela se aproximava perigosamente da beirada do iate. Fui rapidamente atrás dela, gritando: "Pare aí! Pare!".

Não me ouvia ou não me entendia. De repente, escorregou. A garrafa caiu da sua mão e ela, perdendo o equilíbrio, caiu na água.

"Puta que pariu!" Comecei a correr. Tirei os sapatos e pulei na água. Por sorte, o Titã estava navegando, e a garota caiu ao lado do barco. Alguns segundos depois eu já a tinha nos meus braços.

Felizmente para mim, Fabio viu tudo, e, quando o iate parou, ele me jogou uma boia salva-vidas amarrada a uma corda e me puxou para bordo. A garota não respirava.

Comecei a reanimá-la. As compressões torácicas e a respiração boca a boca não estavam ajudando.

"Respira, porra!"

Eu estava angustiado. Comprimia seu peito cada vez com mais força e soprava o ar em seus pulmões com desespero crescente.

"Respira!", eu gritava em inglês, julgando irracionalmente que talvez assim ela me entendesse. Então ela puxou o ar e começou a vomitar.

Acariciei seu rosto e mirei seus olhos semiconscientes, que se esforçavam para me ver. Peguei-a em meus braços e me dirigi à cabine.

"Chamem um médico!", Fabio gritou.

"Isso, mandem um helicóptero para buscá-la."

Eu precisava levar Laura para baixo, ficar sozinho com ela e me certificar de que estava segura. Coloquei-a na cama e encarei seu rosto pálido, buscando a confirmação de que estava bem.

"O que aconteceu?", perguntou baixinho.

Eu tinha a sensação de estar prestes a desmaiar. Minha cabeça latejava e meu coração batia acelerado. Ajoelhei ao seu lado e tentei me acalmar.

"Você caiu do convés. Graças a Deus não estávamos navegando rápido, e você caiu ao lado do iate. O que não muda o fato de que você quase se afogou. Porra, Laura, eu queria te matar e, ao mesmo tempo, estou muito grato por você estar viva..." Baixei a cabeça e cerrei os dentes. A dor de cabeça insuportável roubava minha capacidade de pensar logicamente.

Laura passou os dedos delicadamente pelo meu rosto, levantando-o para que eu pudesse olhar para ela.

"Você me salvou?"

"Ainda bem que eu estava bem perto. Nem quero pensar no que poderia ter acontecido com você. Por que você é tão desobediente e teimosa?!" O medo que eu sentia quando disse isso era algo completamente novo. Nunca tinha me preocupado tanto com alguém.

"Eu queria tomar um banho", ela disse.

Quando escutei isso, por pouco não caí na gargalhada. Ela quase tinha morrido, mas ficava pensando na água salgada que ensopava seu corpo. Eu não conseguia acreditar no que estava ouvindo. No entanto, não tinha forças nem vontade para discutir com ela naquele momento; queria tê-la perto de mim, abraçá-la e protegê-la de todo mundo. Ainda pensava no que poderia ter acontecido se eu estivesse mais longe e o barco estivesse navegando mais rápido...

Instintivamente, me ofereci para lhe dar banho. Como ela não protestou, abri o chuveiro e voltei para ajudá-la a se despir. Estava focado e não pensava no que veria um momento depois. Levei um tempo para perceber que ela estava deitada nua na minha frente. Para minha surpresa, aquilo não me afetou; o mais importante era que estava viva.

Eu a peguei nos braços e entrei na água quente. Quando as costas dela se apoiaram no meu peito, passei minha cabeça pelos cabelos dela. Estava bravo, com medo e... extremamente grato. Não queria falar com ela, discutir, muito menos brigar. Estava embriagado com sua presença. Sem perceber, Laura encostava o rosto em mim. Não tinha ideia de que tudo o que acontecera nos últimos dias tinha sido por causa dela. Lentamente, percebi que tudo na minha vida mudaria. Fazer negócios não seria mais uma coisa simples, porque meus inimigos já sabiam que eu tinha um ponto fraco: um ser pequenino que eu segurava nos braços. Eu não estava pronto para isso e ninguém poderia nos preparar para o que o futuro nos reservaria.

Devagar e sem dizer uma palavra, lavei cada parte do seu corpo e, para surpresa de Laura, sem ter uma ereção ou tocá-la de alguma forma erótica.

Eu a sequei e a coloquei na cama, beijando levemente sua testa. Antes que eu afastasse minha boca de sua pele, ela já estava dormindo. Verifiquei seu pulso, temendo que pudesse ter desmaiado outra vez. Felizmente, estava normal. Fiquei ali olhando para ela por algum tempo, até que ouvi o som do helicóptero. Me surpreendi, mas aí me lembrei de que estávamos bem perto da costa.

O médico, depois de ler a ficha médica e examinar Laura, que dormia, constatou que sua vida não corria perigo. Agradeci sua ajuda e voltei para meu camarote.

A noite estava quente e tranquila. E tranquilidade era do que eu mais precisava. Cheirei uma fileira de coca e, com um copo da minha bebida favorita, me sentei na água quente da jacuzzi. Dispensei todo o pessoal de serviço, ordenando que todos se mantivessem nas áreas funcionais, e fiquei curtindo a solidão. Não sentia vontade de pensar nem de me preocupar com nada além da tranquilidade que, pelo menos aparentemente, me envolvia. Depois de alguns minutos no escuro, vi Laura caminhando com um grande roupão branco e olhando ao redor no convés. Fiquei feliz em vê-la. Se tinha se levantado, era sinal de que estava se sentindo melhor.

"Dormiu bem?", perguntei. Ao som da minha voz, a garota deu um pulo de susto. "Vejo que está se sentindo melhor. Por que não vem aqui comigo?"

Ela pensou por um momento, me avaliando com calma. Não parecia estar lutando com seus pensamentos; eu sabia que o roupão logo cairia no chão.

Sentou-se nua à minha frente e eu me peguei me embriagando com aquela visão e com o sabor daquela bebida perfeita. Em silêncio, estudei seu rosto lindo e ligeiramente cansado. Seus cabelos estavam desgrenhados e seus lábios, levemente inchados. De repente, sem que eu esperasse, ela mudou de posição. Se sentou no meu colo, agarrando-se com força a mim, e meu pau reagiu em um segundo. Quando ela prendeu meu lábio inferior com os dentes, fiquei completamente perdido. Laura começou a se esfregar em mim, pressionando sua boceta com uma força crescente. Eu não sabia o que ela tinha em mente, mas não estava com vontade de aceitar seus joguinhos. Não naquele dia. Não depois de quase perdê-la.

Sua língua deslizou, entrando em minha boca, e eu instintivamente apertei sua bunda.

"Senti saudade", ela sussurrou.

Essa breve confissão me imobilizou. Meu corpo inteiro enrijeceu e eu entrei em pânico, sem ter ideia de por que estava reagindo daquela forma. Empurrei-a para longe de mim para observar seu rosto. Ela estava falando sério. Eu não queria que ela sentisse minha fraqueza, não estava pronto para me revelar, especialmente porque não sabia o que estava acontecendo comigo.

"É assim que você demonstra sua saudade, pequena? Porque se vai expressar sua gratidão por eu ter salvado sua vida dessa maneira, escolheu a pior maneira possível. Não vou fazer isso até que você tenha certeza de que quer isso mesmo."

Queria que Laura se afastasse de mim o mais rápido possível e que aquele desconforto desaparecesse. Ela me lançou um olhar de reprovação e tristeza, e a sensação ruim em mim, em vez de desaparecer, aumentou. *Que porra está acontecendo?*, pensei, enquanto ela deu um pulo para fora da jacuzzi e, rapidamente colocando o roupão, atravessou o convés correndo.

"Mas que diabos você está fazendo, seu idiota?", rosnei para mim mesmo enquanto me levantava. "Você consegue o que quer e depois joga fora?!", murmurei, seguindo suas pegadas molhadas.

Meu coração batia forte, e eu, inconscientemente, sabia o que aconteceria quando a encontrasse. Vi que ela corria para o meu camarote e sorri ao pensar que não poderia ser coincidência. Eu a segui e percebi que estava de costas para mim, tentando encontrar o interruptor na escuridão. De repente, a luz brilhante inundou o cômodo e eu vi Laura hesitar. Fechei a porta com uma batida, paralisando-a com aquele som. Ela sabia que era eu. Apaguei a luz e caminhei até ela, desamarrando seu roupão num gesto rápido que o fez cair no chão. Eu esperava pacientemente. Queria ter certeza de que sabia o que estava fazendo, embora fosse a primeira vez na vida que eu não tinha essa certeza. Comecei a beijá-la e ela retribuiu meu beijo com paixão.

Eu a peguei nos braços e a carreguei para a cama. Ela estava deitada à minha frente, a luz pálida das lâmpadas iluminando seu corpo perfeito. Eu esperava por um sinal.

E ele veio: a garota colocou as mãos atrás da cabeça e sorriu para mim como se me convidasse a entrar nela.

"Você sabe que, se começarmos, desta vez não vou conseguir parar, não é? Se passarmos de um certo limite, vou comer você, quer você queira ou não", avisei.

"Então me come."

Ela se sentou na cama, ainda me encarando com os olhos bem abertos.

"Você já é minha, e agora vou ficar com você para sempre", disse em italiano, ficando a uns poucos centímetros dela.

Seus olhos ficaram estranhamente escuros, parecia que o tesão logo explodiria aquele corpo minúsculo. Sem embaraço, ela agarrou minha bunda e me puxou para junto dela.

Eu sorri. Sabia que ela mal podia esperar para ter um gostinho.

"Segure minha cabeça e aplique aquele castigo que eu tinha escolhido."

Essas palavras deixaram meus pulmões sem ar por alguns segundos. A mulher que deveria ser a futura mãe de meus filhos agia como uma prostituta. Eu não podia acreditar que ela queria dar para mim daquele jeito. Estava encantado e horrorizado com sua perfeição.

"Agora você está me pedindo para eu te tratar feito uma puta, é isso que você quer?"

"Sim, *don* Massimo."

O suave sussurro e a submissão despertaram um demônio dentro de mim. Senti todos os músculos do meu corpo se tensionarem, e uma sensação familiar de calma e controle tomou conta de mim. Quando Laura me pediu para ser eu mesmo, todas as emoções desnecessárias foram embora. Lentamente e com confiança, enfiei meu pau em sua boca, ao mesmo tempo que ela me penetrava com os olhos. Senti minha rola na sua garganta e meti com mais força, sentindo uma pressão deliciosa. Estava maravilhado. E quando Laura o abocanhou todo, fiquei orgulhoso dela. Comecei a mexer os quadris ligeiramente para ver o quanto ela aguentava. Ela foi incrível. Agarrava tudo o que eu lhe dava.

"Se a qualquer momento você não estiver mais gostando, apenas me diga isso", falei, "para que eu saiba que você não está só me atiçando."

No entanto, não houve qualquer resistência. Ela se entregava a mim completamente.

"O mesmo vale para você", disse ela, tirando meu pau de sua garganta por um momento.

Quando seus lábios o envolveram outra vez, ela visivelmente acelerou. Vi que isso a divertia; ela era safada e queria muito provar algo para mim. Eu fodia sua garganta e ela queria mais. Esse pensamento me levou à beira do gozo. Tentei diminuir o movimento dela, sem sucesso.

O orgasmo dominou meu corpo. E eu não queria. *Não agora e não tão rápido*, pensei. Eu a empurrei violentamente e, ofegante, tentei controlar a ejaculação. Laura sorria triunfante. Não aguentei aquilo. Joguei-a no colchão e a virei de bruços. Não conseguia olhar para ela, não na primeira vez. Eu não queria terminar rapidinho, e sabia que gozaria logo se visse seu rosto tomado de prazer.

Enfiei dois dedos em Laura e fiquei satisfeito ao descobrir que eles ficaram ensopados. Ela gemia e se contorcia debaixo de mim, e eu estava perdendo a cabeça mais uma vez. Peguei meu pau e o enfiei em sua boceta apertadinha. Ela estava quente e úmida e era minha. Eu podia sentir cada centímetro seu ávido por uma boa foda. Então, entrei até o fim e abracei seu corpo com força. Eu não me movia, queria saborear aquele momento, depois comecei a tirar e meter com mais força, e minha Senhora gemia cada vez mais impaciente. Ela queria que eu a fodesse, queria com mais força. Meus quadris começaram a acelerar, e descolei meu corpo do dela. Eu a fodia o mais forte que podia, e ainda assim sentia que ela queria mais. Laura gritava, e depois de algum tempo não conseguiu recuperar o fôlego. Diminuí a velocidade para levantar seus quadris bem alto, queria ver o que era meu, em toda a sua glória. Quando ela arqueou as costas, vi seu lindo e estreito cuzinho e não pude evitar. Lambi meu polegar e comecei a acariciá-lo.

"*Don...?*", ela gemeu com receio, mas não se afastou nem um centímetro.

Eu ri.

"Calma, menina. Nós vamos fazer isso também, mas não hoje."

Laura não se opôs, e fiquei feliz por ela não poder me ver, porque eu tinha um grande sorriso no rosto. Minha Senhora gostava de sexo anal, ela era perfeita.

Respirei profundamente e, segurando seus quadris com força, meti mais fundo nela, e depois de novo, e mais uma vez. Eu a comi com gosto e sem piedade. Me inclinei para a frente, e meus dedos começaram a acariciar seu clitóris e eu senti que ele começou a se contrair por dentro. Laura enterrou o rosto no travesseiro, gritando algo incompreensível, e eu empurrava com mais força ainda, sentindo o gozo crescer nela. A única coisa que eu não suportava era não poder ver seu rosto. Eu queria vê-la gozar, ver em seus olhos o prazer que eu lhe dava. Eu a virei de costas e a abracei com força, trepando com ela como se fosse uma puta. Então senti que se contraía ritmicamente em volta do meu pau. Seus olhos ficaram turvos. Sua boca estava aberta, mas ela não dizia nada. Laura estava chegando ao clímax demoradamente, quase esmagando meu pau com a boceta. De repente, seu corpo relaxou e ela afundou ainda mais no colchão. Diminuí a velocidade e, balançando suavemente os quadris, segurei seus punhos. Ela estava exausta. Coloquei suas mãos atrás da cabeça e a segurei. Eu sabia que o que estava prestes a fazer a faria resistir.

"Termine na minha barriga, eu quero ver", sussurrou, semiconsciente.

"Não", respondi com um sorriso, e comecei a meter novamente.

Explodi.

Senti o jorro da minha porra inundando seu interior.

Era um dia perfeito para isso, como se todo o universo a quisesse grávida. Laura lutava e me empurrava, mas era muito pequena para resistir à minha força. Depois de um tempo, caí quente e suado sobre ela.

"Massimo, mas que raios você quer fazer?", gritou. "Você sabe muito bem que eu não tomo pílula."

Ela ainda estava lutando comigo, tentando se livrar de mim, e eu não conseguia esconder minha satisfação.

"A pílula pode ser segura ou não", eu disse. "Você está com um implante anticoncepcional, olhe aí." Apontei com o dedo.

O transmissor que mandei implantar nela não era muito diferente do implante anticoncepcional que Anna tinha. É por isso que eu sabia que ela iria acreditar na minha historinha sem problemas.

"No primeiro dia, quando você estava dormindo, eu mandei que implantassem isso em você, não queria arriscar. Vai funcionar por três anos, mas é claro que você pode removê-lo depois de um ano." Eu não conseguia parar de sorrir ao pensar que talvez naquele mesmo instante meu filho estivesse prestes a começar a crescer dentro dela.

"Você não vai sair de cima de mim?", ela bufou furiosamente, o que decidi ignorar.

"Infelizmente não será possível por algum tempo, pequena, vai ser difícil eu deixar você se afastar agora", disse, afastando os cabelos de sua testa. "Quando vi seu rosto pela primeira vez, não te desejava, fiquei apavorado com a visão que tive. Mas, com o tempo, quando seus retratos já estavam espalhados por toda parte, comecei a compreender cada detalhe da sua alma. Você não tem ideia de como eles se parecem com o original. Você é muito parecida comigo, Laura!"

Se eu era capaz de amar, foi naquele segundo que me apaixonei pela mulher deitada embaixo de mim. Olhei para ela e senti, quase fisicamente, algo mudando em mim.

"Na primeira noite, eu fiquei olhando para você até amanhecer. Eu podia sentir o seu cheiro, o calor do seu corpo, você estava viva, você existia e estava deitada ao meu lado. Não fui capaz de me afastar de você o dia todo, sentia um medo irracional de voltar e você ter ido embora."

Eu não tinha ideia do motivo de estar contando tudo isso a ela, mas sentia o desejo irresistível de que ela soubesse tudo sobre mim. Havia medo em minha voz.

Por um lado, queria que Laura me temesse, mas, por outro, queria que ela soubesse toda a verdade sobre mim.

Capítulo 1

Uns dez dias depois, talvez mais (não sei, parei de contar).

Um silêncio pesado se fez no quarto. Percebendo o que acabara de dizer, fechei os olhos. De novo, minha mente pequena só queria ter pensado, mas, em vez disso, mandou que a minha boca falasse.

"Repita", ele disse com voz calma, levantando meu queixo.

Olhei para ele e senti as lágrimas escorrendo dos meus olhos.

"Estou grávida, Massimo, vamos ter um filho."

O Homem de Negro me examinava com os olhos arregalados e, um pouco depois, ajoelhou-se na minha frente. Ele levantou minha camiseta e começou a beijar suavemente o meu ventre, murmurando algo em italiano. Eu não entendia o que estava acontecendo, mas, quando segurei seu rosto, vi lágrimas escorrendo. Aquele homem forte, imperioso e ameaçador estava agora ajoelhado diante de mim, chorando. Ao vê-lo assim, não consegui me controlar e logo também comecei a chorar. Nós dois ficamos assim por vários minutos, dando um ao outro tempo para digerir as emoções.

O Homem de Negro se levantou e deu um beijo longo e ardente em meus lábios.

"Vou comprar um tanque de guerra para você", anunciou. "E se for preciso, vou cavar um *bunker*. Eu prometo que vou proteger vocês, mesmo se eu tiver de pagar por isso com a minha cabeça."

Ele disse "vocês". Essa palavra me tocou tão profundamente que comecei a chorar de novo.

"Ei, pequena, chega de lágrimas agora."

Enxuguei o rosto com a mão.

"É de felicidade", murmurei a caminho do banheiro. "Já volto."

Quando saí do banheiro um pouco depois, ele estava sentado na cama só de cueca, então se levantou e se aproximou de mim, beijando minha testa.

"Vou tomar um banho e você não saia daqui para lugar nenhum."

Eu me deitei e enfiei o rosto no travesseiro, analisando tudo o que acabara de acontecer. Não esperava que o Homem de Negro fosse capaz de chorar, muito menos de alegria. Depois de alguns minutos, a porta do banheiro se abriu e ele apareceu nu, com o corpo molhado. Caminhou até a cama sem pressa, como se estivesse me dando tempo para apreciar a vista, e se deitou ao meu lado.

"Desde quando você sabia?", perguntou.

"Descobri por acaso na segunda-feira, quando fiz um exame de sangue."

"Por que você não me contou na hora?"

"Eu não queria contar antes de você viajar. Além disso, eu precisava digerir a notícia."

"A Olga sabe?"

"Sabe, e seu irmão também."

Massimo franziu a testa e se virou de costas.

"Por que você não me disse que Domenico era da família?", perguntei.

Ele pensou por um instante, mordendo o lábio.

"Queria que você tivesse um amigo, uma pessoa próxima em quem confiasse. Se você soubesse que ele era meu irmão, ficaria na defensiva. Domenico sempre soube o quanto você era preciosa para mim, e eu não conseguia pensar em outra pessoa além dele cuidando de você na minha ausência."

O que Massimo disse até fazia sentido. Foi por isso que não senti nenhuma raiva ou ressentimento.

"E então? Cancelamos o casamento?", perguntei, me virando para ele.

Massimo deitou-se de lado e pressionou seu corpo nu contra o meu.

"Você está brincando! A criança precisa ter uma família completa. Pelo menos três pessoas devem formar uma família. Lembra?"

Depois de dizer isso, começou a me beijar suavemente.

"O que o médico disse? Você perguntou a ele se podemos..."

Eu ri e enfiei a língua bem fundo em sua boca. Ele gemeu e me beijou com mais força.

"Humm... pelo visto, sim", ele sussurrou, se afastando de mim por um momento. "Vou ser gentil, eu prometo."

Ele esticou a mão para a mesa de cabeceira, desligou a televisão com o controle remoto e o quarto ficou completamente às escuras.

Puxou a coberta de cima de mim e a jogou para fora da cama, depois deslizou devagar as mãos sob minha camiseta e tirou-a. Suas mãos vagavam livremente pelo meu corpo. Afagando meu rosto e pescoço, ele pegou meus seios e começou a massageá-los com ritmo. Depois de algum tempo, se inclinou, agarrou-os com os lábios, mordiscou-os e começou a chupá-los. Uma sensação estranha tomou conta de mim: como se puro êxtase se difundisse pelo meu corpo; nunca tinha sentido um prazer assim antes. Massimo se demorava me fazendo carícias, queria desfrutar de cada pedaço do meu corpo. Seus lábios passeavam de um mamilo ao outro, depois voltavam para a minha boca e ele me beijava apaixonadamente. Senti seu pau crescer devagar; ele o esfregava em mim a cada movimento. Momentos depois eu já estava muito impaciente, cheia de tesão e com tanta vontade que tomei a iniciativa. Eu o queria logo, imediatamente. Me levantei um pouco, mas quando o Homem de Negro percebeu o que eu estava planejando, segurou meus ombros com força.

"Venha cá", sussurrei, me contorcendo, excitada.

Sentia que, naquele momento, ele sorria triunfante, sabendo o quanto eu o desejava.

"Pequena, estou apenas começando."

Seus lábios deslizavam, se demorando sobre o meu corpo, começando pelo meu pescoço, indo pelos meus seios e pela minha barriga até chegarem aonde já deveriam estar havia muito tempo. Ele me beijou e me lambeu através da renda da calcinha, friccionando a minha boceta, depois puxou a calcinha sem pressa e a atirou ao chão. Abri bem as pernas, sabendo o que estava prestes a acontecer. Meus quadris começaram a se mover com suavidade e cadência sobre o lençol de cetim. Quando senti sua respiração entre as minhas pernas, o desejo voltou a me inundar. Massimo deslizou devagar a sua língua para dentro de mim e gemeu alto.

"Você está tão molhadinha, Laura...", sussurrou. "Não sei se é por causa da gravidez ou se você está sentindo muito a minha falta."

"Cale a boca, Massimo!", disse, empurrando sua cabeça para a minha bocetinha molhada. "Eu quero bem gostoso!"

Ele agarrou minhas coxas e, me puxando até a beirada da cama, colocou um travesseiro sob minhas costas e se sentou na coberta que havia jogado antes no chão. Minha respiração se acelerou. Eu sabia que não demoraria para ele fazer comigo o que desejava.

Ele colocou dois dedos dentro de mim e, com o polegar, começou a fazer uma massagem delicada ao redor do meu clitóris. Enrijeci meus músculos involuntariamente e comecei a gemer de prazer. Então ele girou a mão e o polegar deu lugar à língua.

"Me ajude um pouco, pequena."

Eu sabia o que ele me pedia. Desci as mãos e abri com os dedos os lábios da minha xota, permitindo a ele que chegasse aos lugares mais sensíveis. Quando começou a lamber meu clitóris, senti que não aguentaria muito e iria explodir. Ele então passou a mover seus dedos mais rápido dentro de mim e a pressão que fazia se intensificou. Eu não conseguia mais segurar o orgasmo que vinha crescendo dentro de mim desde que ele tinha começado a me tocar. Gozei longamente e gritei bem alto, até que por fim caí de costas no travesseiro, sem forças.

"De novo", ele sussurrou, sem tirar os lábios de mim. "Tenho negligenciado você ultimamente, meu tesouro."

Achei que ele estivesse brincando, mas não parecia estar brincando.

Seus dedos aceleraram dentro de mim novamente, e o polegar, que antes brincava com o clitóris, começou a passar delicadamente sobre o meu cuzinho. Apertei minha bunda involuntariamente. Não, ele com certeza não estava brincando.

"Vamos, relaxe, querida."

Obedeci gentilmente às suas instruções. Eu sabia que o prazer me esperava. Quando ele enfim colocou seu dedo dentro de mim, senti que outro orgasmo se aproximava. Massimo sabia lidar muito bem com meu corpo para que fizesse exatamente o que ele desejava. Num compasso rápido, começou a movimentar os dedos em uma dupla penetração, pressionando a língua e os lábios com força contra meu clitóris. Uma onda de orgasmo me inundou quase imediatamente, seguida por outra e mais outra. Quando cheguei ao ponto em que o prazer começou a doer, cravei minhas unhas em seu pescoço. Fiquei sem fôlego. Caí de volta no travesseiro, totalmente ofegante.

O Homem de Negro me empurrou, de forma que todo o meu corpo ficasse na cama, levantando minhas pernas quase até atrás da cabeça. Depois se ajoelhou na minha frente com o pau totalmente duro.

"Se doer, me diga", sussurrou, deslizando para dentro de mim num movimento rápido.

Seu pau grosso e intumescido começou a avançar, me rasgando por dentro. Quando ele chegou bem lá no fundo, parou de mexer os quadris, como se esperasse minha reação.

"Me come, *don*", eu disse, agarrando sua cabeça.

Não precisei pedir duas vezes; seu corpo se movia como uma metralhadora. O Homem de Negro me comeu com força e rápido, do jeito como nós dois mais gostávamos. Depois de um tempo, ele me deixou de bruços e me deitou esticada e então enfiou de novo seu pau dentro de mim e iniciou um movimento frenético. Senti que ele estava chegando perto, mas parecia incapaz de decidir quando e como queria gozar. De repente ele saiu de mim novamente e me virou de costas. Ele pegou o controle remoto e acendeu a luz da sala para iluminar levemente o quarto. Depois, afastou minhas coxas com seus joelhos e, sem tirar os olhos do meu rosto, meteu com calma na minha xota molhada. Ele se inclinou e se colou em mim, sua boca a poucos centímetros da minha. Vi os olhos do Homem de Negro mudarem e, num certo momento, serem tomados por um imenso prazer. Seus quadris começaram a se mover enquanto ele enfiava seu pau em mim com toda a força, e um suor frio inundou suas costas. Seu gozo foi longo e ele não tirou seus olhos dos meus. Foi a visão mais sexy de toda a minha vida.

"Não quero sair de você", ele disse, ofegante.

Eu ri e passei a mão pelo seu cabelo.

"Você está esmagando nossa filha."

Massimo me agarrou com força e se virou junto comigo, de modo que agora era eu que estava deitada em cima dele. Ele esticou o braço para fora da cama e puxou a coberta sobre as minhas costas.

"Menina?!", perguntou surpreso, acariciando minha cabeça.

"Prefiro uma menina, mas, se conheço minha sorte, provavelmente será um menino. E então vou morrer de preocupação por seu destino, se ele seguir os passos do papai."

O Homem de Negro riu e encostou a cabeça no meu pescoço.

"Ele vai fazer o que quiser. Só vou garantir que tenha tudo com o que sonha."

"Vamos ter que discutir o modo de criar um filho, mas esta não é uma boa hora para isso."

Massimo não disse nada, me abraçou com força e ordenou, em tom imperioso:

"Durma!"

Nem sei quantas horas dormi. Abri os olhos e peguei meu celular.

"Que merda! Meio-dia de novo. Dormir desse jeito é doentio."

Virei para o lado em busca do Homem de Negro, mas seu lugar estava vazio. Por que isso não me surpreendeu? Fiquei ali deitada por um tempo, me recuperando com calma, depois me levantei e fui me arrumar. Desde que Massimo tinha voltado, queria ter uma aparência melhor do que nos últimos dias, mas, é claro, naquele estilo *ah, não fiz absolutamente nada, sempre acordo linda assim*. Pintei levemente meus olhos e penteei meus cabelos cortados de um jeito incrível como no dia anterior. Desenterrei do closet um short jeans curto, um suéter claro, que caía nos ombros, e botas nude quentinhas, que calcei. Enquanto eu puder expor meu corpo, e já que lá fora está quentinho, embora não muito quente, vou me vestir do jeito que gosto.

No corredor, encontrei Domenico.

"Oooiii! Você viu a Olga?"

"Ela acabou de se levantar e eu acabei de pedir o café da manhã, embora ache que devesse ter pedido o almoço."

"E o Massimo?"

"Ele saiu de manhã cedo, deve chegar logo. Como você está?"

Me encostei em uma das portas de madeira e dei um sorriso travesso.

"Ah, uma maravilha! Perfeita! Sensacional!"

Domenico ergueu a mão num gesto expressivo.

"Blá-blá-blá... Meu irmão também estava de bom humor hoje. Mas fico me perguntando: você não está sentindo nenhuma dor? Marquei outra consulta com o ginecologista e uma com o cardiologista, conforme as instruções do seu médico, então você precisa estar na clínica às três da tarde."

"Obrigada, Domenico", eu disse, enquanto caminhava para o jardim.

O dia estava ameno e o sol aparecia de vez em quando por trás das nuvens. Olga estava sentada a uma mesa enorme, lendo o jornal. Passei por ela e a beijei na cabeça, enquanto me sentava na poltrona.

"Oi, vadia!", ela disse, olhando por trás dos óculos escuros. "Por que está tão feliz? Será que você ganhou os mesmos remédios de merda que eu? Depois dos remédios, eles me tiraram os sapatos e só acordei meia hora atrás. Será que esse seu doutorzinho não tem mais desse remédio?"

"Eu ganhei uma coisa bem melhor", anunciei, erguendo as sobrancelhas com um sorriso.

Olga tirou os óculos e largou o jornal, colando os olhos em algo que se encontrava atrás de mim.

"Tá bom, mas fecha a matraca que o Massimo voltou."

Eu me virei na cadeira e vi quando o Homem de Negro surgiu por trás da porta, vindo em nossa direção. A visão dele me esquentou toda; ele usava calça cinza e um suéter grafite, por baixo do qual se avistava o colarinho de uma camisa branca. Tinha uma das mãos no bolso e a outra segurava o celular junto à orelha. Ele era encantador, divino e, acima de tudo, era meu.

Olga o vistoriava cuidadosamente enquanto ele estava absorto na conversa ao telefone à beira do jardim, olhando para o mar.

"Ah, esse fode bem!", ela disse, balançando a cabeça.

Peguei minha xícara de chá, ainda sem tirar os olhos dele.

"Você está me perguntando ou afirmando?"

"Dá pra saber só de olhar pra você. Além disso, um cara assim é garantia de satisfação."

Fiquei feliz por seu bom humor ter voltado e ela não ter mencionado o que tinha acontecido no dia anterior. Eu também tentava não pensar nisso para não ficar paranoica.

O Homem de Negro acabou de falar ao telefone e, com uma expressão impassível, veio até a mesa.

"Que bom que você está aqui, Olga!"

"Obrigada por me convidar, *don*. Que bom que você concordou com a minha presença neste dia tão importante para Laura."

Ao ouvir palavras, Massimo fez uma careta e eu dei um chute forte em Olga por baixo da mesa.

"Ué! Por que você está me chutando, Laura?!", ela se espantou. "A verdade é que presenciar o casamento de vocês vai ser uma honra que seus pais, por exemplo, não terão."

Ela inspirou o ar, querendo continuar, mas parece que se lembrou de que eu não podia ficar nervosa e se calou.

"E como estão as minhas meninas?", Massimo perguntou de repente, interessado, inclinando-se sobre mim e me beijando primeiro na barriga e depois, nos lábios.

Ver aquilo perturbou Olga completamente.

"Você contou para ele?", perguntou em polonês. "Achei que ele tivesse acabado de voltar!"

"Eu te disse, ele voltou de noite."

"Ah, agora eu sei o porquê do seu excelente humor esta manhã. Nada melhor que uma trepada depois de tomar drogas sedativas", disse, assentindo com a cabeça, e depois voltou a mergulhar na leitura.

Massimo ocupou a poltrona à cabeceira da mesa e se dirigiu a mim.

"A que horas temos consulta no médico?"

"Como assim, temos?"

"Eu vou com você."

"Bem, não sei se quero." Estremeci só de pensar na sua presença no ginecologista. "Meu médico é homem, e eu gostaria que ele continuasse vivo. Você tem ideia de como é o exame?"

Ao ouvir isso, Olga quase engasgou por trás do jornal e, levantando a mão, pediu desculpas.

"Já que foi Domenico que o escolheu, ele certamente é o melhor, e é um profissional. Além disso, se você não quiser, posso sair durante o exame."

"Imagine, não precisa!", Olga se intrometeu, largando o jornal. "O exame é atrás do biombo. Acho que você vai se divertir muito."

"Se você quiser levar outro chute, é só dizer", rosnei para ela em polonês.

"Vocês podem falar em inglês?", o Homem de Negro disse irritado. "Quando falam em polonês, tenho a impressão de que estão tirando uma da minha cara."

A atmosfera tensa foi interrompida por Domenico, que puxou uma cadeira e sentou-se à mesa.

"Olga, preciso da sua ajuda", disse. "Você iria comigo a um lugar?"

Surpresa, me voltei para o jovem italiano.

"Perdi alguma coisa?"

"Infelizmente, você sabe de tudo", Olga respondeu, resignada. "Claro que vou, quando nossos pombinhos estiverem no médico. Não tenho nada para fazer mesmo!"

"Meu irmão", Domenico voltou-se para o Homem de Negro, "posso parabenizá-lo oficialmente agora?"

Os olhos de Massimo se suavizaram e um leve sorriso apareceu em seu rosto.

O jovem se aproximou dele e, meneando a cabeça, disse algumas frases em italiano, depois eles se abraçaram, trocando tapinhas nas costas. Essa visão era nova para mim e extremamente comovente. Satisfeito, o Homem de Negro se sentou e tomou um gole de café.

"Tenho uma coisa para você, pequena", disse, colocando um estojinho preto sobre a mesa. "Espero que este traga mais sorte."

Curiosa, olhei para ele, peguei o presente, abri-o e, chocada, me encostei na poltrona. Olga deu uma olhada por cima do meu ombro e chegou a estalar os lábios em aprovação.

"Um Bentley, uau! E você não tem mais nenhum desses estojinhos?", ela perguntou.

Olhei para ele, depois para a chave.

"Antes eu queria que você não tivesse carro e fosse a todos os lugares com um motorista. Mas não posso permitir que você fique paranoica e, além disso, já estou mais bem informado sobre o problema, e não acho que você esteja correndo um grande perigo."

"O quê? Como assim mais bem informado?"

"Hoje de manhã encontrei um policial que trabalha para mim e assisti às gravações da rodovia. Acontece que só havia uma pessoa no carro que bateu em vocês. Além disso, já que na gravação não foi possível identificar quem era, também nos forneceram as gravações feitas no spa. Na verdade, lá também não foi possível ver nada, porque o cara estava de boné e capuz. Mas isso me permitiu excluir certas pessoas do círculo de suspeitos, devido à forma caótica de agir. Em segundo lugar, a pessoa que tentou atacar vocês não tinha ideia de como fazer isso e, se fosse um profissional, vocês provavelmente não estariam sentadas aqui. Portanto, ou foi um acidente ou uma ação completamente sem relação com a família."

"Que sorte que foi um babaca assim", disse Olga para Massimo, erguendo as mãos para o céu. "Mas isso não me deixa tranquila. Uma hora vou ter que ir embora e deixá-la aqui com você. Espero que nem um fio de cabelo caia da cabeça dela, senão nem a sua horda vai te ajudar quando eu te pegar."

Massimo achou graça e Domenico, visivelmente confuso, olhou para o pitbull em forma de mulher.

"Veja só, Massimo, parece que esse temperamento é uma característica do país delas."

Beijei Olga e acariciei sua cabeça, rindo.

A mesa estava repleta de delícias, e nós quatro começamos a comer. Eu estava com um apetite enorme naquele dia e não tive nenhum problema de estômago.

"Ok, senhores", comecei, pousando meu garfo sobre o prato, "agora me contem algo sobre o laço fraterno entre vocês. Foi divertido fingir uma relação de chefe-subordinado?"

Eles se entreolharam como se quisessem determinar quem deveria falar primeiro.

"Ela não é totalmente falsa", disse Domenico. "Massimo, como chefe de família, é basicamente meu chefe, mas acima de tudo é meu irmão, porque a família é a coisa mais importante, mas também é o *don*, então ele merece um tipo diferente de respeito, não só o respeito que temos por um ente querido." Ele apoiou os cotovelos na mesa e se curvou ligeiramente. "Além disso, descobrimos que éramos irmãos há poucos anos, logo depois da morte do nosso pai."

"Quando fui baleado, eu precisava de sangue", o Homem de Negro interrompeu. "Aí, os exames mostraram semelhanças genéticas bastante grandes entre nós. Mais tarde, quando melhorei, começamos a nos aprofundar no assunto e descobrimos que somos meios-irmãos. A mãe de Domenico é irmã de minha mãe, e nós temos o mesmo pai."

"Espere aí, não estou entendendo", interrompeu Olga. "Então seu pai estava trepando com as duas irmãs?"

Os dois franziram a testa com expressões semelhantes.

"Falando muito coloquialmente, sim", Massimo disse devagar. "Foi isso mesmo."

Houve um silêncio significativo na mesa.

"Mais alguma pergunta, Laura?", o Homem de Negro indagou, sem tirar os olhos de Olga.

"Já que estamos em família", falei, "que tal escolhermos o nome do bebê para relaxar?"

"Henryk!", Olga gritou. "Um nome lindo e imperioso, real."

Domenico franziu a testa enquanto tentava pronunciar o nome com *don*.

"Não, não é uma boa ideia." Balancei a cabeça. "Além do mais, estou certa de que será uma menina." Três segundos depois, iniciou-se uma discussão daquelas, e comecei a me arrepender de ter mudado de assunto. Olga gritava e Massimo, calmamente e com uma expressão séria, rebatia seus argumentos. Para dizer a verdade, a menos necessária ali era eu. Olhando para eles, percebi que até que Olga tivesse certeza de que eu estava segura e feliz, sua guerra com o Homem de Negro nunca terminaria e ela continuaria a provocá-lo e testá-lo.

Eu me levantei da cadeira e beijei-a na cabeça.

"Te amo, Olga."

Todo mundo de repente ficou em silêncio. Fui até Massimo e dei-lhe um beijo longo e apaixonado na boca.

"Nós te amamos", eu disse. "E agora vou ao médico porque senão vou me atrasar." Então peguei a caixinha preta e me afastei da mesa.

Meu noivo pediu licença e se levantou devagar da cadeira. Veio atrás de mim, logo me alcançou e me enlaçou com o braço.

"Você sabe onde o carro está estacionado ou decidiu se preocupar com isso mais tarde, amor?"

Cutuquei-o com o dedo e dei uma risada, e ele me levou para aquela parte do jardim aonde eu nunca tinha ido, porque ficava atrás da casa. Como não havia sol nem mar ali, não sentia necessidade de ir até lá.

Quando chegamos, vi um enorme prédio de um único andar, como se tivesse sido construído sobre a rocha. A porta da garagem se abriu e fiquei surpresa ao descobrir que a garagem, ou melhor, o salão da garagem, de fato, ficava na encosta. Havia dezenas de carros diferentes lá dentro. Fiquei passada. Quem precisava de tantos carros?!

"Você já andou em todos eles?"

"Pelo menos uma vez em cada um deles. Meu pai tinha essa paixão. Ele colecionava carros."

Para minha alegria, vi algumas motos encostadas na parede e imediatamente fui em sua direção.

"Ah, meu amor", eu disse, acariciando uma Suzuki Hayabusa. "Motor de quatro cilindros, seis marchas e aquele torque!", gemi. "Sabia que o nome dela vem de uma palavra japonesa que é o nome do animal mais rápido do mundo, o falcão-peregrino? É maravilhosa!"

Massimo estava ao meu lado, ouvindo surpreso o que eu dizia.

"Esqueça", ele rosnou, puxando minha mão em direção à saída. "Nunca, e estou falando muito sério agora, Laura, nunca na vida você vai se sentar numa moto."

Furiosa, arranquei minha mão da dele e fiquei imóvel.

"Você não vai me dizer que diabos eu posso ou não fazer!

O Homem de Negro se virou e segurou meu rosto com as mãos.

"Você está grávida, está carregando meu filho, e, quando nascer, você será a mãe do meu filho", disse, acentuando a palavra "meu" e me fitando. "Não vou arriscar perder você ou os dois, então me perdoe, mas vou ter que lhe dizer o que você pode ou não fazer." Ele apontou para as motos enfileiradas. "E as motos vão sumir desta casa hoje mesmo. E não se trata aqui das suas habilidades ou de prudência, mas de que você não tem nenhum controle sobre o que pode acontecer na estrada."

Ele tinha razão. Odiava admitir, mas não tinha pensado no fato de que agora eu não vivia só para mim.

Mirando seus olhos frios e furiosos, acariciei minha barriga. O gesto claramente o apaziguou. Ele segurou minhas mãos e as apertou, apoiando sua testa contra a minha. Nem precisei dizer que entendia. Ele sabia bem o que eu sentia e pensava.

"Não seja teimosa, Laura. E me deixe cuidar de você. Venha."

Um Bentley Continental preto estava estacionado na garagem, em frente a um dos portões. O enorme carro de duas portas não era nada parecido com o Porsche grandão que eu havia ganhado da última vez.

"Você disse que eu não teria um carro esportivo."

"Mudei de ideia. Além disso, vou colocar um controle parental na chave."

Fiquei um tanto confusa, olhando para ele sem acreditar.

"Você está brincando, não é?"

O Homem de Negro mostrou os dentes brancos ao sorrir.

"Claro, o Bentley não tem esse recurso." Ele ergueu as sobrancelhas, divertido. "Mas é um carro muito seguro e rápido; depois de pesquisar bem, eu o escolhi para você. É mais fácil de dirigir do que um Porsche e mais elegante, com muito espaço interno, para sua barriga. Você gostou?"

"Gosto da Hayabusa", eu disse, e fiz um biquinho.

O Homem de Negro me lançou um olhar de advertência e abriu a porta do motorista. Surpresa por me deixar dirigir, entrei devagar no carro. O interior era num lindo tom mel-acastanhado, elegante, simples e refinado. Os assentos e parte das portas eram forrados de couro acolchoado, e todo o painel era revestido de madeira. Fiquei surpresa ao descobrir que, ao contrário do que parecia, era um carro enorme com quatro lugares. Enquanto eu olhava o interior, pasma com os detalhes, Massimo entrou pelo lado do passageiro.

"Pode ser esse?", perguntou.

"Acho que posso aguentar", respondi ironicamente.

No caminho para a clínica, o Homem de Negro me explicou as funções não muito complicadas do carro, e depois de vinte minutos eu já havia me tornado uma especialista.

Na consulta, Massimo estava calmo e comportado. Ele ouviu o médico e fez perguntas razoáveis e, durante o exame, saiu, anunciando que queria me dar o máximo de privacidade. Como pensei, o acidente do dia anterior não havia afetado minha saúde nem a do bebê. O cardiologista também confirmou que eu estava bem e que meu coração estava em excelentes condições para o meu estado. Ele prescreveu um medicamento de emergência para eu tomar caso me sentisse mal.

Duas horas depois, estávamos voltando. Dessa vez pedi ao Homem de Negro que dirigisse, porque, apesar de tudo, essas visitas eram muito estressantes para mim e eu preferia não me arriscar.

"Luca", ele disse de repente, olhando para a estrada. "Eu gostaria que nosso filho se chamasse Luca, como meu avô. Ele era um grande e sábio siciliano, você gostaria dele. Um homem extremamente corajoso e inteligente, que pensava definitivamente à frente de seu tempo. Foi graças a ele que meu pai me mandou para a faculdade e me permitiu estudar, em vez de andar por aí com uma arma.

Revirando na mente o nome que ouvi, pensei que realmente não me importava. Para mim, a única coisa importante era que a criança tivesse saúde e crescesse de um jeito normal.

"Vai ser uma menina, você vai ver."

Os lábios de Massimo se curvaram em um pequeno sorriso, e sua mão alcançou meu joelho.

"Então, Eleonora Klara, como a minha mãe e a sua."

"E eu tenho o direito de dizer alguma coisa?"

"Não, vou providenciar a certidão de nascimento enquanto você estiver se recuperando do parto."

Olhei para ele e bati com o punho em seu ombro.

"Qual é?", ele riu. "É uma tradição." E ele começou a acariciar o local onde havia sido atingido. "É o *don* que decide sobre a família, e eu já decidi."

"E você sabe quais são nossas tradições na Polônia? Castramos o marido depois do primeiro filho homem para que ele não pense em traição."

"Bom, pelo que você disse, vou usar a minha genitália por mais um tempo, já que a menina vem primeiro."

"Massimo, você está insuportável", eu disse, balançando a cabeça.

Estávamos dirigindo pela rodovia, indo não muito rápido. Eu apreciava a vista maravilhosa do fascinante Monte Etna, de onde uma coluna de fumaça subia constantemente. De repente, ouviu-se o som do celular de Massimo, que se conectou ao sistema viva-voz do carro. O Homem de Negro suspirou e olhou para mim.

"Preciso atender e falar com Mario um pouquinho."

Seu *consigliere* nos perturbava ocasionalmente, mas eu sabia quão importante era sua função e não me importava. Fiz um aceno com a mão, deixando-o atender.

Eu adorava quando ele falava italiano; era muito sexy e me excitava. Depois de alguns minutos, porém, comecei a ficar entediada e uma ideia obscena me ocorreu.

Coloquei a mão na coxa de Massimo e aos poucos fui em direção à sua virilha. Comecei a acariciá-lo suavemente através da calça. O Homem de Negro, no entanto, parecia indiferente ao que eu estava fazendo, então decidi ir mais longe. Abri o zíper e fiquei satisfeita ao descobrir que ele não estava usando cueca. Gemi e lambi os lábios enquanto puxava seu pau pela abertura da calça.

O Homem de Negro olhou primeiro para baixo e depois para mim, ainda falando. Aquela falsa indiferença era um desafio para mim. Então, tirei o cinto de segurança e o prendi novamente na trava, para que o alarme não atrapalhasse sua conversa. Massimo mudou para a faixa da direita e diminuiu ainda mais a velocidade. Sua mão esquerda agarrou o volante com firmeza enquanto a direita se apoiava no banco do passageiro, abrindo espaço para mim. Eu me inclinei, coloquei seu pau na minha boca e comecei a chupar com ímpeto. O Homem de Negro respirou fundo como se suspirasse, e eu me afastei por um momento e me levantei para sussurrar em seu ouvido:

"Eu vou ficar quietinha, mas você também. Não se preocupe."

Dei-lhe um beijo no rosto e voltei a brincar com seu pau. Ele ficava mais duro a cada momento, e eu podia ouvir que Massimo tinha dificuldade para falar por causa das minhas carícias. Eu fazia aquilo com rapidez e eficiência, auxiliando com a mão. Depois de um tempo, senti a mão de Massimo pousar na minha cabeça, pressionando-a para que eu fosse ainda mais fundo. Eu queria que ele gozasse; acho que nunca chupei ninguém tão bem e com tanto empenho antes. Ele mexia os quadris e sua respiração se acelerou. Não me importava se alguém pudesse nos ver, eu estava excitada e realmente queria agradá-lo. Depois de um tempo, eu o ouvi dizer *ciao* e finalizar a chamada no visor. O carro mudou de direção abruptamente e parou no acostamento. Ele desafivelou o cinto de segurança e suas mãos agarraram meus cabelos com força. Ele enfiava o pau na minha garganta, gemendo alto e empinando os quadris para cima.

"Você está agindo como uma puta", disse entredentes. "A minha puta."

Eu ficava excitada quando ele era vulgar, adorava seu lado sombrio, que era uma vantagem na cama. Comecei a gemer, avidamente pressionando meus lábios em torno de seu pau e deixando-o tratar meu rosto como um brinquedo. Quando sentiu mais pressão, começou a gemer mais alto e, no mesmo momento, uma onda de esperma inundou minha garganta. A porra fluía e eu engolia com prazer cada gota que saía dele. Quando ele terminou, eu o lambi até ficar limpo, depois coloquei seu pau de volta pra dentro da calça e fechei o zíper. Me encostei no assento, limpei a boca com os dedos e me lambi como se tivesse acabado de comer algo delicioso.

"Vamos?", perguntei, muito séria, virando-me para ele.

Massimo ficou sentado com os olhos fechados, a cabeça apoiada no encosto. Depois de um momento, se virou para mim, me penetrando com seu olhar lascivo.

"Foi um castigo ou uma recompensa?", perguntou.

"Um capricho. Eu estava entediada e quis te fazer um boquete."

Ele sorriu e ergueu as sobrancelhas, levemente descrente. Depois, com gestos dinâmicos, nos pôs em movimento.

"Você é meu ideal", disse, correndo em ziguezague entre os carros. "Às vezes você me deixa maluco, mas não consigo mais me imaginar vivendo com outra pessoa."

"E com razão, porque ainda temos mais uns cinquenta anos juntos pela frente."

Capítulo 2

No momento em que chegamos à propriedade, o carro em que estavam Domenico e Olga estacionou ao nosso lado. Minha amiga saltou, estranhamente satisfeita e claramente animada com alguma coisa. Massimo abriu a porta para mim e nós quatro ficamos parados na entrada de carros.

"Você se sujou com alguma coisa", disse Olga, apontando para a virilha do Homem de Negro.

Quando olhei para o lugar que ela mirava, notei uma pequena mancha clara.

"Estávamos chupando picolé", expliquei, com uma expressão tola no rosto.

Olga riu e, ao passar por mim, disse, divertida:

"Hummm, dá pra perceber que você chupou mesmo!"

Levantei as sobrancelhas, oscilando a cabeça num gesto de triunfo, e a segui. Pouco depois, chegamos ao quarto e nós duas desabamos na enorme cama.

"Estou com vontade de trepar", Olga começou, com honestidade. "E, quando olho para aquele Domenico, subo pelas paredes. Ele é tão cavalheiro e..." Ela parou, procurando a palavra certa. "... Italiano. Acho que ele gosta de chupar boceta, e, além disso, aquela bundinha... Eu gosto assim..."

Por um momento fiquei pensando no que ela dissera e cheguei à conclusão de que nunca havia visto Domenico daquela forma.

"Sei que ele... bom, não parece ser do tipo que gosta... mas, se houver qualquer semelhança fraterna que seja entre ele e o irmão, você já ficaria satisfeita", comentei.

Balancei a cabeça em concordância, enquanto ela se virava de um lado para o outro, incapaz de encontrar uma posição confortável.

"Desse jeito você não me ajuda, sabia?!", berrou, se levantando num pulo e, como uma menininha, começando a saltitar pelo colchão. "Não é nada engraçado ficar olhando para você, tão satisfeita e bem-comida. Eu também preciso de um pouco de atenção, por assim dizer."

"Lembre-se de que o vibrador é o melhor amigo da mulher."

Ela parou de pular e se sentou com pernas dobradas.

"Você acha que eu tive tempo para pensar em colocá-lo na mala, sua vadia?! Achei que estivessem cortando sua cabeça aqui com um machado e não me perguntei se precisaria de um caralho de borracha para lutar pela sua vida."

"Viu só que prejuízo? Nem assassinato nem piroca de silicone", respondi, só para sacanear.

Olga estava concentrada, claramente procurando uma solução para a situação. Depois de um momento, teve uma revelação, e seu rosto se iluminou com o pensamento que lhe veio à cabeça. Curiosa sobre suas ideias pervertidas, me levantei e me sentei encostada à cabeceira da cama.

"Quer saber, Laura?"

"Claro, fale aí, gênia!"

"Hoje à noite vamos dar uma festa de despedida de solteira, então talvez possamos ir a algum lugar... Você sabe... Vamos nos divertir, dançar. O que você acha?"

"Aham. E amanhã serei uma noiva grávida sóbria, sonolenta e inchada. Agradeço a festinha."

Resignada, Olga caiu deitada ao meu lado.

"É, eu pensei que poderia trepar por lá."

Nesse momento a porta do quarto se abriu e Massimo entrou.

"Trocou de calça?", Olga perguntou, com um sorriso irônico. "Lembranças ruins, eu sei. Um picolé pode causar embaraços na vida."

Eu a cutuquei e me levantei, caminhando até o Homem de Negro, e ela ficou ali, olhando para ele, provocando-o. Olga esperava que ele começasse a discutir novamente, mas Massimo já sabia que era inútil e desistiu. Beijei seu rosto em silêncio, agradecendo por sua sabedoria e compostura. Sem tirar os olhos dela, ele disse:

"Gosto de você, Olga, você tem um senso de humor peculiar." Calou-se quando seu olhar encontrou o meu. "Arrumem-se, vamos sair de barco em uma hora." Então ele beijou minha testa e desapareceu no corredor.

"Sair de barco?" Olga ficou surpresa.

"Não me olhe assim, estou tão surpresa quanto você."

"Ok, mas o que vai ser? Vamos remar ou nadar? O que devo usar: roupa de mergulho e nadadeiras?"

Peguei meu celular e digitei o número de Domenico, mas não consegui descobrir nada, exceto que não jantaríamos em casa. Ele me dispensou rapidamente com uma mensagem sobre uma reunião e desligou.

Abusado, pensei, e voltei para Olga. Juntas, decidimos que, por não sabermos de nada e por se tratar da minha despedida de solteira, iríamos vestidas para matar, ou seja, o padrão para uma noite de sexta-feira.

Depois de vinte minutos no meu closet, tínhamos quase certeza do que queríamos vestir. Eu sabia que Massimo gostava de me ver elegante, então escolhi um vestido que não tinha erro: um Chanel. O traje cinza parecia mais um emaranhado de tecido do que um vestido. Flutuava suave e sensualmente ao redor do meu corpo, cobrindo-o aqui e ali e revelando-o ao mesmo tempo. Embora eu soubesse que iríamos de barco, não me incomodava nem um pouco usar scarpins pretos de verniz com salto agulha. Acrescentei uma pulseira grossa Hermès da mesma cor dos sapatos e me vi como uma futura mamãe, deslumbrante e ainda magrela.

Já Olga optou pelo seu look padrão de prostituta sofisticada, usando uma túnica de seda Dolce & Gabbana colorida, que mal cobria sua bunda. Na verdade ela deveria colocar um short por baixo, mas quem pensaria nisso? Como usávamos o mesmo número, ela encontrou um paraíso no meu armário. Depois de dez minutos, finalmente escolheu sapatos de salto alto e uma bolsa combinando.

"Puta merda!", ela disse, olhando para o relógio. "Temos quinze minutos." Depois de um momento de pânico, a hora da reflexão. "Pensando bem, por que ele precisa dizer quanto tempo temos? Quando estivermos prontas, desceremos."

Comecei a rir e a arrastei para o banheiro. A maquiagem e o penteado na verdade demoraram um pouco mais do que pensávamos, mesmo assim conseguimos ser rápidas. Os olhos negros bem marcados e o batom vermelho combinavam perfeitamente com a minha imagem de futura esposa educada e elegante.

Ao sair do banheiro, me assustei ao descobrir Domenico de pé na sala. Ele estava refinadamente elegante, ainda mais do que o normal. Vestido com um terno preto e uma camisa escura, de repente começou a me lembrar seu irmão de forma notável. O cabelo, cuidadosamente penteado para trás, revelava seu rosto de menino e acentuava sua boca.

Em certo momento, senti alguém suspirar nas minhas costas. Olga colou a boca em minha orelha e sussurrou em nossa língua nativa:

"Está vendo isso, cacete? Daqui a pouco não vou aguentar mais e vou me ajoelhar na frente dele."

O jovem italiano nos observava com indisfarçável divertimento e, quando ficamos quietas, disse, sorrindo:

"Queria ver como estavam as coisas com vocês e se haveria chance de sairmos antes do casamento."

Agarrei a mão de Olga, que, com os nervos abalados, mal ficava de pé. Me fingindo imperturbável, caminhei para as escadas. No jardim, tiramos os sapatos e, com eles nas mãos, seguimos para o cais.

Quando vi o casco cinza do Titã no horizonte, senti meu corpo todo esquentar, me lembrando da minha primeira noite com Massimo. Parei por um instante e Olga, sem perceber, esbarrou nas minhas costas.

"O que foi, Laura?", perguntou animada, olhando para mim.

"Foi lá", eu disse, apontando para o iate. "Foi lá que tudo começou."

Fiquei emocionada. Meu coração batia forte, e só pensava em me encontrar com o Homem de Negro o mais rápido possível.

"Damas primeiro." Domenico apontou para os pequenos degraus da lancha e me estendeu a mão.

Sentamo-nos confortavelmente nas poltronas brancas e pouco depois estávamos navegando rapidamente pelo mar em direção ao iate monumental. O jovem italiano e Olga não se olhavam, fingindo não estar interessados um no outro. Eu estava pensativa naquela noite. Sem perceber, coloquei o dedo na boca e, depois de um tempo, senti uma onda de calor se espalhar pelo meu corpo. Eu o desejava. Não o via, não conseguia sentir o cheiro dele nem seu toque, mas, com a mera lembrança, já estava com tanto tesão que tive a impressão de que ia explodir.

"Pare com isso, Laura", disse Olga. "Posso ver o que você está imaginando com esse dedo. Nem preciso perguntar no que você está pensando."

Eu sorri, encolhendo os ombros, e pousei as mãos no couro branco da cadeira. A lancha chegou sem pressa ao costado do iate, e me perguntei para que serviam aqueles saltos estúpidos. Se não fosse por eles, eu já poderia ter pulado a bordo e corrido para o Homem de Negro.

Domenico desceu primeiro e nos ajudou a sair da lancha. Olhei para cima e vi Massimo parado no topo da escada. Ele estava irresistível, vestido com um terno cinza com uma fileira única de botões e uma camisa branca aberta. Eu o desejava tanto que, mesmo se estivesse lá vestido de palhaço, ele causaria a mesma sensação em mim. No entanto, decidi agir de forma elegante e inabalável e, a passos lentos, fui em direção a ele, sem tirar os olhos do meu homem encantador. Quando me aproximei, ele estendeu a mão e me levou até a mesa sem dizer uma palavra. Passado algum tempo, Olga e Domenico se sentaram ao nosso lado.

O garçom serviu o vinho, e, depois de alguns minutos, todos estavam imersos na conversa sobre a cerimônia do dia seguinte. Mas eu estava ocupada com assuntos mais prosaicos: só pensava em sexo. Tentei domar minha mente, sem sucesso. *O que está acontecendo comigo?*, me perguntei, enquanto tentava entrar no clima da conversa. Uns minutos depois, já estava muito irritada e contrariada. Fitava cada pessoa que dizia alguma coisa, tentando fazer a cara mais inteligente do mundo, mas aquilo não estava me fazendo nada bem. Ideias sobre como atrair o Homem de Negro para longe da mesa passavam pela minha cabeça. Achei que poderia simular um mal-estar, por exemplo, no entanto ele entraria em pânico, e aí, nada de sexo. Pensei também numa saída espalhafatosa, mas era possível que Olga passasse na frente dele, correndo atrás de mim, e meu plano não daria em nada. *Bem, se há risco, há diversão*, pensei.

"Massimo, podemos trocar uma palavrinha?", perguntei, enquanto me levantava da mesa e me dirigia pelas escadas para o deque inferior.

O Homem de Negro se levantou sem pressa da poltrona e me seguiu. Me enganei de direção e, como sempre, me perdi no emaranhado de portas, olhando em todas as direções.

"Acho que sei o que você está procurando", ele disse, me lançando um olhar gélido.

Ele me alcançou e, depois de caminhar alguns passos, abriu uma porta. Quando passei, ele a fechou e trancou. Respirei fundo, lembrando da mesma situação algumas semanas antes.

"O que você deseja, Laura? Porque não me parece que você queira realmente conversar."

Entrei na sala de estar, me inclinei sobre a mesa e, com as duas mãos, puxei meu vestido curto com rapidez e lancei-lhe um olhar lascivo. Massimo se aproximou de mim lentamente, observando muito sério o que eu fazia.

"Eu quero que você me coma, agora! Rápido e forte, eu preciso mesmo sentir você dentro de mim."

O Homem de Negro veio até mim por trás e, me agarrando pela nuca, me pôs de bruços sobre a mesa. Ele passou a mão pelo meu pescoço, apertando-o com força.

"Abra a boca", ordenou, e enfiou dois dedos na minha boca.

Quando eles ficaram molhados, ele os enfiou sob a renda da minha calcinha e esfregou a minha boceta algumas vezes. *Que alívio!*, pensei. Eu precisava que me tocasse assim que vi o Titã. Empinei a bunda com firmeza e esperei que ele entrasse em mim.

"Me dê sua mão", ele disse, brincando com os dedos dentro de mim.

Estendi minha mão e o ouvi abrir o zíper. Segundos depois, senti o que mais queria nos meus dedos. Seu pau crescia, como se exigisse ser acariciado, e o Homem de Negro esperava até estar pronto.

"Já está bom", disse, afastando minha calcinha para o lado.

Eu o senti deslizar para dentro de mim e meu corpo inteiro ficou teso. Ele agarrou meus quadris com força e começou a me foder num ritmo frenético. Fazia aquilo, ofegando ruidosamente e sussurrando algo em italiano.

Depois de dois minutos, talvez três, meu primeiro orgasmo veio, seguido por mais dois. Quando Massimo sentiu que eu estava satisfeita e que meu corpo repousou mole, saiu de dentro de mim.

"Ajoelhe", ele sibilou, segurando o pau.

Me preparando, desci devagar da mesa e caí de joelhos na frente dele. Sem hesitar, ele passou o pau pelos meus lábios ressequidos e mais uma vez deu impulso ao corpo, forçando minha língua. Gozou intensamente, sem fazer barulho. Então, exausto, colocou as mãos na beirada da mesa.

"Satisfeita?", perguntou quando me sentei no chão, limpando minha boca.

Com alegria indisfarçável, balancei a cabeça e fechei os olhos. Eu me perguntava se seria sempre assim, se ele me excitaria desse jeito para o resto da minha vida, e se eu sempre o desejaria tanto.

Quando se restabeleceu, ele fechou o zíper e se sentou na poltrona em frente a mim. Virei a cabeça e disse, com um sorriso:

"Sabia que foi aqui que eu engravidei?"

Ele ficou em silêncio por um momento, olhando sério para mim.

"Acho que sim, ou pelo menos era o que eu queria."

Eu me virei, olhando para o teto. Pois é, na verdade tudo era sempre do jeito que ele queria, então eu não deveria estar surpresa que isso também tenha acontecido porque ele quis.

Um minuto depois, eu me levantei e alisei meu vestido. O Homem de Negro ficou sentado lá, seus olhos nunca me deixando.

"Vamos?", perguntei, no que ele se levantou e, sem dizer uma palavra, caminhou em direção à saída.

O sol já estava se pondo, e Domenico e Olga estavam muito bem sem nós.

"Cacete!", ouvi a voz de Olga. "Laura, olhe lá, golfinhos!"

O iate se movia devagar, e aqueles mamíferos incríveis pulavam na água ao lado dele. Tirei os sapatos e fui até a amurada. Havia mais de uma dúzia deles. Brincavam e pulavam uns por cima dos outros. Massimo passou os braços em volta de mim, beijando meu pescoço. Eu me sentia como uma garotinha a quem alguém acabara de mostrar um truque de mágica.

"Sei que uma despedida de solteira costuma ter striptease e bebedeira com as amigas numa boate, mas espero que isso compense, pelo menos em parte, essas perdas."

Eu me virei e mirei seus olhos com surpresa.

"Perdas? Navegando em um iate de mais de 300 pés, com serviço, comida excelente e você ao meu lado? É isso que você chama de perdas?"

Eu o encarei com espanto. Como minhas palavras não pareceram impressioná-lo, dei-lhe um longo beijo na boca.

"Além disso, ninguém nunca me deixaria tão feliz quanto você me deixou há dez minutos. Nem bebida, nem amigas, muito menos um stripper."

Com um olhar divertido e questionador, ele me encarava como se esperasse mais elogios. Eu, por outro lado, decidi parar por ali, sabendo que de qualquer maneira o ego de Massimo era bastante grande. Virei meu rosto na direção da a água e observei com alegria a incrível corrida dos golfinhos com o Titã. Algum tempo depois, outra coisa chamou minha atenção.

Domenico e Olga estavam claramente interessados um no outro. Preocupada com isso, me voltei para o Homem de Negro:

"Meu amor, me explique claramente a relação de Emi com Domenico. Eles são um casal, não são?"

O *don* se encostou ao parapeito com um sorriso malicioso no rosto.

"Casal?" Confuso, ele passou a mão pelos cabelos. "Não diria isso... Não, não é um relacionamento... Se vocês chamam assim no seu país...", parou e riu um pouco. "Mas respeito sua cultura e seus costumes conservadores", acrescentou.

Fiz uma careta e, confusa, analisei o que ele queria dizer. Finalmente, perguntei diretamente:

"Então qual é a deles?"

"Como assim? É bem simples, pequena: sexo. A única coisa que os une é a trepada." Ele riu de novo e colocou o braço em volta de mim. "Por acaso você não achou que era amor, achou?"

Pensei no que ele dizia e, de repente, senti medo. Eu esperava que fosse um relacionamento e que, graças a isso, Olga ficasse segura até o fim de sua estadia ali. Infelizmente, para azar dela e meu, Massimo me fez perceber o contrário. Observei a dança do acasalamento da minha amiga e como Domenico se comportava sob sua influência. Eu sabia que Olga tinha isso no sangue, e é por isso que ele e todo o seu corpo reagiam intensamente ao que ela fazia. Ela o queria, e, quando Olga queria algo, parecia um pouco com o *don*. Ela simplesmente tinha que ter o que queria. Pensei em nossa última conversa antes de sairmos e sabia como a noite terminaria.

"Massimo", me virei para o Homem de Negro. "Existe alguma chance de eles não irem para a cama juntos?"

"Se meu irmão quiser?" Ele me atravessou com o olhar. "Praticamente nenhuma. Mas, meu bem, eles são adultos, eles tomam decisões racionais e eu não acho que isso seja problema nosso."

Ah, claro, não é problema nosso, pensei. *Acho que você não sabe o que significa Olga querer pegar alguém.*

A voz da minha amiga me arrancou dos meus pensamentos:

"Laura, quero ir nadar."

"Acho que você tem merda na cabeça", eu disse em polonês. "Além disso, o que você está armando, Olga? Você quer investir na mesma coisa que eu?"

Olga ficou com cara de boba, parada, olhando interrogativamente para mim.

"Estou vendo o que você está fazendo. Que você queira transar com ele é uma coisa, mas que você trate isso como um desafio é outra."

Ao ouvir aquilo, Olga começou a rir e me abraçou.

"Laura, querida, vou transar com ele de qualquer maneira. E você pare de se preocupar com o mundo inteiro."

Inclinei a cabeça e olhei para ela, curiosa. Vi que Olga sabia o que estava fazendo e que suas ações eram bem planejadas. *Bem*, pensei, *esta não é a primeira vez que a deixo fazer coisas estúpidas que vão primeiro satisfazê-la e depois a farão chorar*. Olga não sofria pelos amores que não deram certo; sentia mais a perda de algo que ainda não tivera tempo de desfrutar plenamente.

"Sobremesa?", perguntou Domenico, apontando para a mesa.

"Esta festa está um saco!", disse Olga, caminhando em sua direção.

"É como nas festas de família", eu disse, mostrando-lhe a língua.

Nós quatro nos sentamos de novo e eu praticamente me joguei em cima da sobremesa aerada de framboesa que foi servida. Depois de comer três porções, me senti gastronomicamente satisfeita.

O jovem italiano tirou um saquinho do cós da calça e jogou sobre a mesa.

"Laura, não estou sugerindo para você, mas é uma despedida de solteira, então..."

Olhei para o saquinho plástico cheio de pó branco e olhei para Massimo. Eu sabia muito bem o que era e me lembrava especialmente do que tinha acontecido na última vez em que a cocaína apareceu em nosso relacionamento. Mas percebi que proibi-lo não adiantaria nada, porque ele faria o que quisesse de qualquer maneira.

Domenico levantou-se da mesa e depois de algum tempo voltou com um pequeno espelho sobre o qual espalhou o conteúdo do saquinho e começou a dividi-lo em pequenas linhas. Me inclinei na direção do Homem de Negro e encostei a boca em seu ouvido.

"Lembre-se, Massimo, se você escolher essa diversão, não vai fazer amor comigo. E não digo isso porque queira chantagear você, mas porque as drogas vão entrar junto com seu esperma no meu corpo e seu filho está crescendo nele."

Depois de dizer essas palavras, me endireitei novamente e tomei um gole do vinho sem álcool, que, aliás, estava excelente e tinha o sabor igual ao dos alcoólicos.

O Homem de Negro pensou por um momento em como reagir, e quando o jovem italiano lhe entregou uma carreira do pó, ele apenas acenou com a mão, deixando Domenico surpreso. Eles trocaram algumas frases em italiano e eu encarei o olhar impassível de Massimo. Após a última frase, os dois começaram a rir. Não fazia ideia do que tinham achado engraçado, porém o mais importante é que Massimo havia recusado. Olga, por outro lado, não foi tão assertiva e, antes de se inclinar sobre a mesa, disse:

"'Fogo!', gritou Napoleão." Depois, cheirou duas carreiras.

Ela se afastou do espelho e, esfregando a ponta do nariz, inclinou a cabeça em agradecimento. Eu sabia que essa festa não era mais para mim e não queria ver o que aconteceria a seguir.

"Estou cansada", anunciei, olhando para o Homem de Negro. "Nós vamos passar a noite no iate ou voltaremos para casa?"

Ele acariciou meu rosto e beijou minha testa.

"Vamos ficar aqui, vou fazer você dormir."

Olga fez uma careta e ergueu o braço, gesticulando para que o garçom lhe servisse champanhe.

"Você está chata, Laura", disse, com cara de poucos amigos.

Eu me virei para ela e, mostrando-lhe o dedo médio, retruquei:

"Estou grávida, Olga."

Massimo me levou para o camarote e fechou a porta. Mesmo que eu não estivesse com vontade de fazer sexo, a visão do quarto, especialmente o som da fechadura, me deu um arrepio. Ele pendurou o paletó e se aproximou de mim, desabotoando meu vestido. Massimo o deixou deslizar até o chão, então se ajoelhou e tirou meus sapatos com cuidado. Esticou o braço até o cabide no banheiro e depois me cobriu com um robe escuro e macio. Eu sabia que ele não queria fazer amor, e também sabia que, daquela forma, quis demonstrar amor e respeito.

Nós dois tomamos banho e meia hora depois estávamos agarradinhos na cama.

"Você não está entediado comigo?", perguntei, acariciando seu peito. "Provavelmente sua vida era muito mais interessante antes de eu aparecer."

Massimo ficou em silêncio. Levantei a cabeça para olhar para ele. Mesmo o quarto estando completamente escuro, eu podia sentir que sorria.

"Bem... eu não chamaria de tédio. Além do mais, fiz tudo de forma absolutamente consciente, Laura. Você se esqueceu de que foi sequestrada?" Beijou o topo da minha cabeça e passou os dedos pelos meus cabelos, me abraçando com força. "Se você está perguntando se eu gostaria de voltar à vida que tinha antes de você, a resposta é não."

"Uma única mulher para toda a vida... Tem certeza disso?"

O Homem de Negro se virou e me apertou mais ainda.

"Você acha que é melhor trepar de noite cada hora com uma gostosa e acordar sozinho na cama pela manhã? Há muito tempo que ganhar dinheiro deixou de me divertir, então tudo o que restou foi fortalecer minha família." Ele suspirou. "Veja só, eu fazia tudo isso e vivia como se recomeçasse todos os dias, não tinha ninguém para quem voltar. Toda noite uma mulher diferente, às vezes festas, drogas, depois a ressaca. Pode parecer legal, mas por quanto tempo? Quando vêm os pensamentos de acabar com aquilo, vem a pergunta: por que mudar se você não sabe se vale a pena ou não tem ninguém por quem mudar?" Ele suspirou novamente. "Mudei depois dos tiros. É como se eu tivesse um novo propósito para minha existência."

"Não entendo muito bem o seu mundo", sussurrei, beijando sua orelha.

"Eu ficaria surpreso se entendesse, pequena", respondeu. "Infelizmente, goste ou não, tudo vai mudar com o tempo. Você vai saber cada vez mais sobre o que eu faço e como operamos, mas pouco, só o suficiente para que esse conhecimento não a ameace." Seus dedos acariciaram minhas costas. "Além disso, você não poderá falar com ninguém sobre certas coisas, mas, para ficar claro, depois vou dizer quais são. Existe uma coisa chamada *omertà*, uma lei informal da máfia siciliana que proíbe a denúncia de atividades e de pessoas que executam missões. Enquanto mantivermos isso, a família será forte e inabalável."

"E quem é o Domenico?"

Massimo riu e se virou de costas.

"Sério? Você quer mesmo falar sobre isso na véspera do casamento?"

"E você vê uma hora melhor do que agora?", rosnei, um pouco irritada.

"Está bem, querida." Satisfeito, ele me encaixou em seu a braço. "Domenico é um *capo*, ou seja... Como explicar...?" Ele fez uma pausa, pensando na resposta. "Ele comanda um grupo de pessoas que têm, digamos, tarefas diferentes..."

"Por exemplo: me salvar...?!"

"Sim, por exemplo. Eles também têm uns deveres menos cavalheirescos, mas você não saberá de nada se não houver necessidade. De modo geral, ganha dinheiro e cuida de clubes e restaurantes."

Fiquei ali deitada, pensando em como Domenico era diferente da descrição que o Homem de Negro me havia esboçado. Para mim, ele era um companheiro, quase um amigo, que me apoiava e escolhia minhas roupas. Preferia pensar que ele era gay do que o cabeça de um grupo perigoso.

"Então, basicamente, Domenico é mau."

Massimo começou a gargalhar e, por um tempo, não conseguia parar.

"O que ele é? Mau?", disse finalmente. "Meu amor, somos a máfia siciliana, e somos todos maus." Ele ria. "Se você quer saber se ele é perigoso, sim, meu irmão é um homem muito perigoso e imprevisível. Ele pode ser implacável e firme e é por isso que ele desempenha essa e nenhuma outra função. Muitas vezes confiei a minha vida a ele e agora confio também a sua. Sei que sempre executa suas tarefas com a maior dedicação e absoluta eficiência."

"E eu pensava que ele fosse gay."

O Homem de Negro riu loucamente de novo e acendeu a luz.

"Meu amor, você está se superando hoje. Eu te amo, mas, se eu não parar de rir, não vou dormir nunca." Ele caiu de costas no travesseiro e apoiou a cabeça sobre as mãos. "Meu Deus! Domenico gay? Acho que ele estava fingindo muito bem ser educado para você. Sim, ele adora moda e conhece o assunto, só que a maioria dos italianos adora. Isso também te passou pela cabeça?"

Fiz uma careta e um bico.

"Poucos caras entendem de roupas na Polônia. Quer dizer, poucos caras héteros." Eu me virei e me deitei em seu peito, fitando seus olhos negros. "Massimo, ele não vai fazer nada de mal com a Olga, não é?"

O Homem de Negro engoliu em seco e me fitou com um olhar sério e firme, ligeiramente carrancudo.

"Pequena, ele é perigoso para as pessoas que ameaçam a família. Quando se trata de mulheres, como você deve ter notado nas últimas semanas, ele as trata como um tesouro a ser protegido, e não como um inimigo a ser destruído." Massimo me encarou, procurando saber se eu tinha entendido. "Na pior das hipóteses, ele vai foder Olga de um jeito que ela nem vai conseguir se mexer amanhã, só isso. Agora feche os olhos e durma." Beijou minha testa e virou-se para dormir.

Não sei quanto tempo dormi, mas acordei com medo. Estendi a mão e toquei o lugar ao meu lado, percebendo que Massimo respirava calmamente. O quarto ainda estava escuro, então saí da cama e vesti o robe que estava no chão; o Homem de Negro nem se mexeu. Eu estava cheia de medo e excitação, uma alegria misturada com terror. Passado um tempo, percebi que simplesmente estava nervosa com a cerimônia daquele dia e o que sentia era tipo um medo do palco. Girei a maçaneta da porta e saí do quarto. Eu sabia que não voltaria a dormir, então queria sair e observar o mar em vez de ficar me remexendo na cama. Descalça e de roupão, comecei a subir os degraus e, quando comecei a pisá-los, ouvi gemidos vindos do convés superior. *A festa ainda está rolando?*, me perguntei, e caminhei em direção às vozes. De repente fiquei paralisada e voltei para o canto, apoiando as costas contra a parede.

"Cacete! Não acredito!", murmurei, balançando a cabeça.

Me inclinei para a frente para ter certeza de que estava mesmo vendo o que pensava ter visto. Olga estava deitada de costas na mesa onde tínhamos jantado de noite, sendo fodida por Domenico, que estava de pé à sua frente. Os dois estavam nus, chapados e excitados ao máximo. Mesmo que a visão me parecesse repugnante, eu não conseguia tirar os olhos deles, chocada. Devo admitir que o jovem estava em excelentes condições e, apesar da repugnância que senti, sabia que Olga seria a mulher mais feliz do mundo no dia seguinte.

De repente, alguém cobriu minha boca com a mão.

"Calma", sussurrou Massimo, ficando atrás de mim e abaixando a mão. "Você está gostando do que vê, Laura?"

Num primeiro momento eu me assustei, mas, ao ouvir seu sussurro, fiquei imediatamente mais calma, e com vergonha. Escondida atrás da parede, me virei para encará-lo.

"Eu...", gaguejei, "só queria olhar o mar... não conseguia dormir... E aí encontrei isso." Abri os braços.

"E agora você está aí olhando eles foderem? Isso te excita, Laura?"

Meus olhos se arregalaram enquanto eu lutava para recuperar o fôlego para falar, Massimo me empurrou contra a parede e me beijou com força, sem me dar o direito de falar. Suas mãos vagaram por baixo do roupão e começaram a percorrer meu corpo nu. Gritos e gemidos cada vez mais altos vinham de trás da parede, e eu não sabia se toda aquela situação me excitava ou me estressava. Em certo momento, eu o empurrei.

"*Don*, porra!", sibilei enquanto caminhava em direção às escadas.

Massimo, rindo, me seguiu, e um pouco depois eu estava deitada na cama novamente.

"Pedi leite quente para você", ele disse, colocando a xícara ao meu lado. "Pequena, o que está acontecendo? Você está se sentindo bem, está com dor?"

"Estou nervosa com o casamento", respondi, tomando um gole. "E agora mais isso!", exclamei, levantando o dedo para o convés superior. "Isso não é o suficiente para me preocupar?"

O Homem de Negro olhou para mim e fez uma careta como se fosse dizer algo, mas permaneceu em silêncio.

"Massimo...", perguntei, hesitante, "o que você ia dizer?"

Ele continuou sem dizer nada, apenas passou os dedos pelos cabelos e caminhou em minha direção. Depois de um tempo, deslizou para debaixo das cobertas e enfiou a cabeça entre as minhas pernas, puxando para o lado a minha calcinha. Pressionou sua língua contra minha boceta e começou a acariciá-la, mas eu estava tão confusa que não prestei atenção ao que ele estava fazendo.

"Pare com isso!", gritei. "Primeiro me diga o que está acontecendo!"

Chutei as cobertas, me sacudindo um pouco. Depois, cruzando os braços, mirei-o furiosa. Ele não parou o que tinha começado, apenas olhou nos meus olhos. Em certo momento, tirou minha calcinha e abriu minhas pernas. Segurou meus tornozelos e puxou-os vigorosamente para que eu deslizasse para o centro do colchão. Desisti, não conseguia mais ficar indiferente ao prazer que ele me dava. Eu me deleitava com cada movimento de sua língua.

"Vamos ter uma festa de casamento", murmurou, afastando um pouco seus lábios de mim.

A princípio não entendi o significado de suas palavras, mas depois de alguns segundos percebi sobre o que ele estava falando. Furiosa, tentei me levantar ainda mais, porém ele agarrou minhas coxas com força e me empurrou de volta para o colchão, me acariciando com a língua ainda mais forte e rápido. Quando ele me penetrou duplamente, quase enlouqueci e me rendi completamente ao que ele estava fazendo. Depois que gozei, ele ficou por cima e meteu em mim, segurando meus pulsos com força.

"Uns duzentos convidados", sussurrou enquanto seus quadris começaram a se mover. "Olga ia te contar amanhã, para que você não ficasse nervosa com isso. Será mais uma reunião de negócios do que um casamento, mas precisa acontecer assim."

Eu não me importava mesmo com o que Massimo dizia, porque ainda não tinha caído a ficha. Seu pau deslizando dentro de mim definitivamente não ajudava minha concentração.

"Vai ser lindo", o Homem de Negro acrescentou. "Olga escolheu a maioria das coisas com Domenico. Ela tem certeza de que você vai ficar satisfeita."

Quando ele terminou a frase, ficou parado, olhando intensamente para mim. Eu não queria conversar com ele, não naquela hora, então agarrei sua bunda com força e o puxei para mim.

"Que bom que você concorda!", ele sorriu, mordendo delicadamente meu lábio inferior. "Agora chega de conversa e me deixa comer você."

Capítulo 3

Quando acordei, o sol entrava pelas cortinas abertas. Peguei meu celular e, ao ver que horas eram, soltei um gemido. Eram dez da manhã. O casamento seria às quatro da tarde; pensei que ainda tinha muito tempo. Massimo, como sempre, desapareceu sem deixar vestígios. Então, pus o roupão que estava na poltrona e fui para o convés superior.

Olga estava sentada à mesa, curvada sobre a comida, olhando alguma coisa no celular. Ocupei a cadeira ao lado dela e peguei meu chá.

“Acho que vou vomitar”, falei, tomando um gole.

“Está enjoada de novo, pobrezinha?”

“Um pouco, principalmente quando penso em comer na mesa onde você trepou ontem à noite.”

Olga começou a rir e colocou o telefone na mesa.

“Então também não tome banho na jacuzzi, nem ande de scooter, nem se sente no sofá do salão.”

“Você é impossível!”, eu disse, balançando a cabeça.

“Claro que sim”, respondeu triunfante. “E você tinha razão, eles têm isso nos genes. Nunca fui tão bem comida antes. Acho que o ar daqui dá a eles essa sacanagem inata. E aquele caralho enorme também. Um choque!”

“Chega, Olga, vou vomitar de verdade!”

De repente, Domenico apareceu junto à mesa. Ele estava vestido com muito menos formalidade do que de costume, usando calça de moletom e uma camiseta preta. Seu cabelo desgrenhado caindo sobre o rosto dava a impressão de que ele tinha saído da cama havia três minutos. Ele se serviu de um pouco de café e colocou os óculos escuros.

“Você tem cabeleireiro ao meio-dia, depois, maquiagem, e às três da tarde vou buscá-la em casa. O vestido já está no seu quarto. Emi estará lá às 14h30 para vesti-la. E minha cabeça está prestes a explodir de ressaca, então, preciso me recuperar.”

Depois de dizer isso, Domenico pegou um saquinho plástico e despejou o pó branco no prato, formou duas linhas e cheirou. Ele se recostou na cadeira e, cruzando as mãos atrás da cabeça, disse:

"Já melhorei."

Fiquei olhando para eles e me perguntando como era possível que estivessem tão indiferentes um ao outro, como se nada houvesse acontecido na noite anterior. Olga estava novamente ocupada com o celular e ele se esforçava para se recuperar.

"Ok, quando é que vocês vão querer me contar alguma coisa sobre o casamento?", perguntei.

Olga revirou os olhos e abriu bem os braços, procurando a ajuda do jovem italiano, enquanto ele apontava o dedo para ela como se estivesse se defendendo.

"Era a Olga que tinha que te contar. E o fato de ela estar atrasada com isso não é minha culpa."

"E desde quando você sabia sobre o casamento?", eu o ataquei, virando-me para ele.

"Desde o dia em que concordou em se casar com o *don*, mas..."

Levantei a mão para que ele ficasse em silêncio e com a outra me dei um tapa de leve no rosto.

"Minha querida, você vai ficar satisfeita, vai ver", Olga disse, acariciando minha cabeça. "Um casamento de conto de fadas, flores, pombos, lamparinas. Vai ser como você queria."

"Humm, e gângsteres, armas, máfia e cocaína. Não poderia ser uma cerimônia mais perfeita."

Nesse momento, Domenico ergueu o prato como se estivesse brindando e cheirou mais uma fileira.

"Não se preocupe", ele disse, esfregando o nariz. "Nem todos estarão na igreja, apenas os chefes das famílias e os associados mais próximos. Além disso, há pouco espaço na igreja Madonna della Rocca, de forma que, como não cabe quase ninguém lá, você não precisa ficar estressada. Agora coma alguma coisa."

Olhei para a mesa e fiz uma careta ao ver a comida. Estava tão nervosa que meu estômago parecia mais um nó do que um saco sem fundo.

“Onde está o Massimo?”, perguntei.

“Vocês vão se ver na igreja, ele tinha algumas coisas para resolver. E, aqui entre nós, acho que ele está morrendo de medo.” Domenico ergueu as sobrancelhas alegremente e um sorriso irônico apareceu em seu rosto. “Ele está acordado desde as seis da manhã, e eu sei porque ainda não dormi, então ficamos conversando e depois ele voltou a terra firme.”

Uma hora depois eu estava no meu quarto em casa, olhando para a caixa com o vestido. *Vou me casar hoje*, pensei. Peguei o celular e liguei para o número da minha mãe. Eu queria chorar, porque sabia que aquilo tudo estava errado. Depois de alguns toques, ouvi sua voz. Ela perguntou se eu estava bem e como estava indo no trabalho, e, em vez de dizer a verdade, menti descaradamente. Só falei a verdade quando ela me perguntou como eu e o Homem de Negro estávamos. “Tudo ótimo, mamãe!”, eu disse. E então ela me contou como estavam as coisas em casa e com meu pai. Na verdade, a conversa não trouxe nada de novo, mas eu precisava muito dela. Era quase meio-dia quando terminamos. Mal desliguei e Olga entrou no quarto.

“Não brinque comigo que você ainda nem tomou banho!”, ela falou, de olhos arregalados.

Eu estava segurando o celular e comecei a chorar, caindo de joelhos.

“Olga, eu não quero! ...”, comecei a soluçar. “Minha mãe deveria estar aqui, papai deveria me levar até o altar e meu irmão deveria ser meu padrinho. Porra, isso tudo está errado!”, gritei e me agarrei às suas pernas. “Vamos fugir, Olga! Vamos pegar um carro e pelo menos por um tempo a gente consegue desaparecer.”

Olga, no entanto, ficou impassível e, erguendo as sobrancelhas, surpreendida, observava com desaprovação como me contorcia no chão.

“Pare de sacanagem e se levante”, ela disse com rigor. “Você está tendo um ataque de pânico, respire. E venha tomar um banho, porque logo o cabeleireiro e o maquiador estarão aqui.”

Não reagi aos seus comandos e continuei sentada numa histeria selvagem, agarrada às suas pernas.

“Laura”, disse suavemente, sentando-se ao meu lado. “Você o ama e ele ama você, certo? Esse casamento é inevitável. Além disso, é só um papel que precisa de registro. Quando você acordar amanhã, ele não vai fazer nenhuma diferença. Vamos passar por isso juntas. Normalmente eu te animaria mandando você dar uma boa trepada, mas no seu estado não é aconselhável. Conforte-se com o fato de que vou beber por você."

Apesar de suas palavras carinhosas, eu ainda estava lá, rugindo e repetindo sem parar que logo iria embora dali e que não precisava de nada daquilo.

"Você já está me irritando, Laura!", falou alto, me pegando pela perna. Então Olga agarrou meu tornozelo e começou a me arrastar pelo chão até o banheiro. Tentei me livrar, mas ela era mais forte do que eu. Ela me arrastou para o chuveiro e, sem dar atenção às minhas roupas, jogou um jato de água fria em cima de mim. Fiquei de pé num pulo, doida para cometer um assassinato.

"Já que você já está de pé, tome um banho e, enquanto isso, vou pegar aquela merda sem álcool para você, talvez dê para enganar sua mente." Ela acenou com a mão e saiu do banheiro.

Quando terminei de tomar banho, me sequei, enrolei uma toalha na cabeça e vesti meu roupão. Já estava me sentindo melhor, todos os meus medos desapareceram de repente. Quando saí do banheiro, fiquei paralisada. Meu quarto tinha se transformado num salão de beleza. Duas poltronas, uma ao lado da outra, e na frente delas espelhos, luzes, quilos de cosméticos, centenas de pincéis, alguns secadores de cabelo, rolinhos para o penteado e cerca de dez pessoas que praticamente bateram continência quando entrei.

"Venha, sente-se e beba isso", disse Olga, apontando para o assento ao lado dela.

Já passava das duas quando me levantei da cadeira. Nunca tinha me cansado tanto de ficar sentada. Meu cabelo, bastante curto, havia sido transformado em um coque impressionante, preso com um grande aplique na parte inferior da cabeça. Para que a diferença não fosse tão dramática, o restante do cabelo foi preso para trás, deixando à mostra meu rosto. O penteado era elegante, modesto e estiloso. Perfeito para a ocasião. *Domenico me trouxe os melhores maquiadores*, pensei. Eles fizeram um belo trabalho. Meus olhos estavam bem delineados, predominantemente na cor bronze, e os lábios definidos com delicadeza numa cor rosada. Eu parecia revigorada e radiante, e a coisa toda se completava com espessos cílios falsos. Meu rosto estava perfeitamente coberto com uma finíssima camada de base, corretivo e blush, me tornando completamente diferente do que eu era ou, pelo menos, diferente da minha aparência cotidiana.

No entanto, eu estava encantada e não parava de me olhar. Nunca estive tão incrível como naquele momento. Nem mesmo quando me arrumara para o Festival de Cinema de Veneza.

Enquanto eu me admirava no espelho, Emi entrou repentinamente na sala e Olga ficou parada, fingindo procurar algo no telefone.

Ela nos cumprimentou com um beijo no rosto e desembrulhou o vestido.

"Ok, meninas, vamos começar", ela disse, pegando o cabide.

Durante a briga com o zíper, descobri que ou o vestido tinha encolhido ou eu tinha engordado. Com nossas forças reunidas, porém, fechamos o que deveríamos fechar, e Emi passou a cuidar do véu.

Poucos minutos antes das três, estávamos prontas. Eu sentia meu coração disparar, atrapalhando a respiração.

Olga estava parada ao meu lado e apertava minha mão. Vi que ela queria chorar, mas, como estava ciente da linda maquiagem, não se permitiu o capricho das lágrimas.

"Arrumei suas coisas para a noite de núpcias. A bolsa está ao lado da porta do banheiro. Você tem cosméticos e lingerie."

"Por favor, jogue lá dentro também aquela bolsinha cor-de-rosa que está na gaveta ao lado da minha cama."

Olga se aproximou e pegou o que eu pedi.

"Que caralho é esse? Um vibrador para a noite de núpcias?", disparou, divertida. "Vocês estão com problemas?"

Eu me virei para ela, elevando as sobrancelhas.

"Nenhum mesmo. Estou planejando pequenas atrações para o casamento."

"Você é sacana e pervertida. É por isso que somos amigas há anos. Esqueci de pegar o batom no meu quarto. Volto logo."

Segundos depois de ela sair, ouvi um grito vindo de baixo.

"Você não pode, porra! Dá azar!"

Eu me virei e vi meu maravilhoso noivo parado a poucos metros de mim. Quando me olhou, ele congelou de espanto e eu tentei manter a calma.

Ficamos nos admirando em silêncio. Algum tempo depois, Massimo saiu do lugar e veio até mim.

"Podem enfiar no cu essas tradições e superstições, porra!", disse, levantando meu véu. "Eu não aguentava mais, tinha que te ver."

Massimo falava palavrões esporadicamente e apenas na cama ou quando ficava muito bravo com alguma coisa.

"Estou com medo", sussurrei, fitando seus olhos.

Ele segurou meu rosto entre as mãos e me beijou suavemente na boca, afastou-se e olhou para mim com calma.

"Estou ao seu lado, pequena", disse com delicadeza. "Você está tão linda!... Parece um anjo...", fechou os olhos e encostou sua testa na minha. "Quero você só para mim o mais rápido possível. Eu te amo, Laura."

Eu adorava quando ele dizia isso. Uma alegria indescritível tomou conta de mim. Esse homem duro, desumano e cruel era terno comigo. Eu queria que aquele momento durasse para sempre, que não tivéssemos de ir a lugar nenhum, ver ninguém, que fosse apenas nós dois.

As vozes de Domenico e Olga vinham de baixo, mas nenhum deles ousou entrar e nos interromper. O Homem de Negro abriu os olhos e me beijou levemente nos lábios de novo.

"Está na hora, pequena. Vou ficar esperando você, se apresse."

Foi em direção às escadas e num instante desapareceu. Enquanto ele caminhava, eu o observava encantada. Estava vestindo um lindo smoking azul-marinho, camisa branca e uma gravata-borboleta da mesma cor do paletó. Havia flores delicadas da cor do meu vestido presas em sua lapela. Parecia um modelo saído de um desfile da Armani.

Ouvi os passos de Olga subindo as escadas e ela parou ao meu lado, ajustando meu véu.

"Este seu vestido, cacete, é uma invenção diabólica." Ela tentava arrumar o vestido, inclinando-se para os lados de um jeito engraçado. "É impossível andar com ele, e nas escadas vai ser completamente inviável. Você está pronta?"

Assenti e segurei sua mão com força.

A Igreja de Madonna della Rocca estava situada quase no ponto mais alto de Taormina. Era um edifício imponente do século XII, restaurado em 1640, e elevava-se lindamente sobre a cidade. Havia um castelo histórico pouco mais abaixo. O mar de tom safira cintilava ao fundo.

Saí do carro e vi um tapete branco que conduzia à entrada e intrincadas decorações florais dos lados; a única coisa que perturbava o todo eram os homens altos vestindo ternos pretos guardando a entrada.

A igreja era uma das atrações da cidade, visitada por uma multidão de turistas persistentes o suficiente para subir as centenas de degraus que levavam ao topo.

"Tenho de entrar, vou te esperar lá dentro. Eu te amo", Olga sussurrou e me abraçou com força.

Fiquei desorientada no início do meu caminho sobre o tapete e não conseguia recuperar o fôlego. Domenico se aproximou de mim e colocou minha mão sob seu braço.

"Sei que não deveria estar aqui, mas é uma grande honra para mim, Laura."

Eu movia nervosamente as pernas e cambaleava como uma criança abandonada pela mãe.

"O que estamos esperando?", perguntei impaciente.

De repente, começou a soar a música à nossa volta e uma voz feminina muito bonita começou a cantar a "Ave-Maria".

"É a nossa deixa." Ele ergueu as sobrancelhas e sorriu levemente. "Vamos!"

Domenico me puxou com suavidade em direção à entrada e começamos a andar, minha cauda exorbitante atrás de mim. Dezenas de espectadores casuais estavam nos degraus, alinhados pelos seguranças, e me aplaudiram quando me viram. Eu estava nervosa e calma, feliz e em pânico ao mesmo tempo. Quanto mais perto ficava da entrada, mais forte batia meu coração. Por fim, ultrapassamos a soleira e a música ficou mais alta, penetrando cada célula do meu corpo. As pessoas na igreja estavam imóveis, mas eu só olhava em uma direção. Ao lado do altar, meu deslumbrante futuro marido me encarava com um sorriso radiante. Domenico me conduziu até ele e se sentou ao lado de Olga.

Quando me aproximei, Massimo segurou minha mão, beijou-a suavemente e a apertou com força quando peguei seu braço. O padre começou a falar e eu tentava me concentrar em qualquer coisa que não fosse o *don*. Era meu e, em poucos minutos, selaríamos isso para sempre.

A cerimônia foi realizada muito rapidamente e em inglês, para facilitar. Na verdade não me lembro bem de tudo: estava tão nervosa que rezei muito para que acabasse logo.

Depois, fomos à capela assinar os documentos, e só enquanto caminhava é que reparei no seu interior. Os convidados mal cabiam nos bancos, e a escuridão dominante sugeria um funeral em vez de um casamento. Se alguma vez alguém me obrigasse a imaginar uma cerimônia de casamento da Máfia, eu teria exatamente essa imagem na minha cabeça. Homens com rostos que, sem dúvida, revelavam seu caráter olhavam impassíveis para nós, sussurrando algo uns para os outros, e suas companheiras arrumadas com esmero e entediadas revirando os olhos com impaciência, olhando para o celular a todo momento.

Todas as formalidades demoraram mais do que eu esperava. Por isso, quando saímos, fiquei surpresa ao descobrir que não havia mais ninguém lá.

Fiquei parada em frente à entrada, olhando ao longe o mar e a cidade enquanto os turistas aglomerados na escada tentavam tirar fotos minhas. Os seguranças efetivamente os impediram de fazer isso. Mas não me importava.

Girava o anel de platina em meus dedos e ele combinava perfeitamente com meu anel de noivado.

"Sentindo-se desconfortável, sra. Torricelli?", Massimo me perguntou, enlaçando minha cintura.

Sorri e olhei para ele.

"Não consigo acreditar!"

O Homem de Negro se inclinou e me beijou longa, profunda e apaixonadamente. Essa visão despertou o entusiasmo da plateia; logo começaram a assobiar e a bater palmas, mas nós os ignoramos solenemente. Quando terminamos, ele me pegou pelo braço e me levou pelo tapete até o carro estacionado. Acenei para os espectadores e desaparecemos, permitindo que explorassem a igreja.

Com dificuldade, entrei e me sentei. Devido às ruas muito estreitas, não tínhamos limusine, mas sim uma Mercedes SLS AMG branca de dois lugares, cuja silhueta era mais soberba do que todas as limusines do mundo juntas.

Massimo sentou-se ao volante e ligou o motor.

"Agora o mais difícil espera por nós"', disse, movimentando o carro. "Laura, gostaria que desta vez você fosse obediente e não questionasse nenhuma das minhas decisões ou o que vou fazer ou dizer. Você pode fazer isso por mim por uma noite?"

Eu o encarei surpresa, sem saber o que ele queria dizer.

"Você está sugerindo que eu não sei me comportar?", perguntei irritada.

"Estou sugerindo que você não sabe como se comportar no lugar para onde iremos, e não tive tempo de lhe ensinar. Meu amor, isso tem a ver com os negócios e a percepção da família, não conosco. Muitos dos *dons* são mafiosos ortodoxos, vivem realidades ligeiramente diferentes quando se trata do papel de uma mulher. Você pode ofendê-los sem saber ou mostrar desrespeito a mim e, assim, minar minha autoridade", disse de forma tranquila, segurando meu joelho. "A vantagem é que a maioria deles não sabe inglês, mas são incrivelmente perspicazes, então tome cuidado com o que faz."

"Estamos casados há vinte minutos e você já está me domando!", rosnei indignada.

Massimo suspirou e bateu as mãos com raiva no volante.

"É justamente disso que estou falando!", esbravejou. "Eu digo uma palavra e você já vem pra cima."

Fiquei sentada, ofendida, olhando para o vidro e pensando no que ele tinha dito. Já estava farta da festa que ainda nem tinha começado.

"Concordo com o papel de pulseirinha, mas com uma condição."

"Pulseirinha?" Ele franziu a testa, surpreso.

"Sim, Massimo, pulseirinha. Você sabe, um acessório irrelevante que você usa à toa. Basicamente não tem função nenhuma exceto parecer bonita e adornar o pulso. Serei um enfeite se você me devolver o poder depois por um dia."

O Homem de Negro se encostou no banco do carro e olhou impassível para a frente.

"Se você não estivesse grávida, eu iria parar o carro e dar umas palmadas bem fortes na sua bunda. E depois eu faria o que já fiz com seu cuzinho antes." Ele se virou e me lançou um olhar zangado. "Mas, dado seu estado atual, tenho de me limitar a negociações verbais, então vou te dar uma hora de poder."

"Um dia!", respondi sem ceder.

"Não force a barra, pequena. Uma hora e à noite. Tenho medo do que você inventa durante o dia."

Pensei por um momento, traçando um plano satânico na mente.

"Ok, Massimo, uma hora à noite, mas você não tem o direito de se opor a nada."

Ele sabia que eu iria aproveitar ao máximo aqueles sessenta minutos. E podia ver que depois de pensar um pouco ele percebeu que teria sido melhor não ter concedido nem aquilo, mas era tarde demais.

"Então, pulseirinha", rosnou, "seja boazinha hoje e obedeça ao seu marido."

Depois de alguns minutos dirigindo, paramos em frente a um hotel histórico, cuja entrada de carros estava bloqueada por dois SUVs e uma dúzia de homens corpulentos vestindo ternos pretos.

"O que está acontecendo aqui?", perguntei, olhando de um lado para o outro.

Massimo riu e franziu a testa.

"Nossa festa de casamento."

Atordoada com a visão, senti meu estômago revirar: dezenas de homens armados, carros que pareciam pequenos tanques de guerra, e eu fazendo parte daquilo tudo. Apoiei a cabeça no assento e fechei os olhos, tentando equilibrar a respiração.

"Calma!", Massimo disse, segurando meu pulso para medir minha frequência cardíaca e olhando para o relógio. "Seu coração está acelerado, pequena. O que está acontecendo? Você quer seu remédio?"

Neguei com a cabeça e me virei para encará-lo.

"*Don*, para que tudo isso?"

O Homem de Negro ainda olhava para o relógio, contando meus batimentos cardíacos com o rosto sério.

"Os chefes de praticamente todas as famílias sicilianas e, além disso, meus sócios da Europa e da América estão aqui. Eu te garanto que muitas pessoas gostariam de entrar aqui e tirar umas fotos, isso sem falar na polícia. Achei que você já estivesse acostumada com a segurança."

Tentei me acalmar depois do que ele disse, mas a quantidade de pessoas armadas me assustava e quase me paralisava. Na minha cabeça passavam pensamentos tenebrosos relacionados a um possível ataque a mim ou a Massimo.

"Já me acostumei, mas por que tantos deles?"

"Veja bem, cada um deles vem com sua própria segurança, igual à nossa do dia a dia. E é inevitável que sejam dezenas de homens." Ele deu um tapinha na minha mão. "Nada a ameaça, se é disso que você tem medo. Com certeza, não aqui e não se estou ao seu lado."

Ele beijou minha mão e observou meus olhos com cuidado.

"Está pronta?"

Eu não estava pronta ou com vontade de sair do carro, estava com medo e queria chorar. Mas sabia que teria de passar por aquilo e que não poderia escapar, então assenti em seguida.

O Homem de Negro saiu, abriu a porta e me ajudou a descer do carro. Caminhamos em direção à entrada e eu queria desabar no chão, ou pelo menos abaixar meu véu para me esconder atrás dele e me tornar invisível.

Quando entramos na sala, ressoaram aplausos e gritos estrondosos. Massimo parou e, com o rosto impassível, cumprimentou os convidados reunidos ali com um gesto da mão. Ele ficou parado, firme, as pernas ligeiramente separadas, uma mão segurando minha cintura e a outra no bolso da calça. Um homem da equipe de serviço entregou-lhe o microfone e depois de algum tempo Massimo começou um maravilhoso discurso em italiano. Não me incomodava nem um pouco não entender uma palavra sequer, porque o Homem de Negro, completamente à vontade e sem esforço, fez meus joelhos ficarem bambos. Depois de alguns minutos, ele terminou e, devolvendo o microfone, me levou ao fundo do salão em direção à mesa onde Olga estava sentada, o que me deu um grande alívio.

Assim que me sentei, Domenico veio até mim e, inclinando-se, sussurrou:

"Seu vinho sem álcool está à direita. O garçom sabe que você só bebe isso, então fique tranquila."

"Vou ficar tranquila, Domenico, quando for para a cama e esta comédia terminar."

Olga se aproximou de mim e começou a falar em polonês, sem disfarçar seu divertimento:

"Porra! Você está vendo o que eu estou vendo, Laura? Isso aqui é um congresso de mafiosos e prostitutas. Eu não consegui encontrar nem mesmo um cara que fosse normal. O sujeito da direita parece ter duzentos anos, e a vagaba fazendo cócegas no joelho dele parece mais nova que a gente." Olga fez uma careta engraçada. "Até para mim isso é nojento. E aquele lá, vestido de preto duas mesas adiante..."

Eu adorava Olga, seu jeito de ser e como ela conseguia facilmente me acalmar e me fazer rir. Sem prestar atenção nas pessoas, caí na gargalhada. E com isso Massimo virou devagar a cabeça para mim e me lançou um olhar imóvel e cheio de reprimenda. Sorri para ele da maneira mais artificial possível e me virei para Olga.

"Mas tem uma perua sentada lá nos fundos", Olga tagarelava, "que parece uma angel da Victoria's Secret. E sabe de uma coisa? Ela me agrada bastante."

Com estranho desconforto, olhei para a mesa de que ela falava. Nos fundos do salão, com um lindo vestido de renda preta, estava sentada a mulher que tentara tirar Massimo de mim: Anna.

"O que essa cadela está fazendo aqui?", rosnei, cerrando os punhos. "Você lembra, Olga, que eu te falei sobre o desaparecimento do Massimo quando estávamos no Lido?" Olga concordou com a cabeça. "Pois bem, foi por causa dessa puta que quase mataram o Massimo!"

Depois de falar, senti uma onda de fúria crescer em meu corpo. Me levantei da cadeira e, erguendo a intrincada construção do vestido, fui até ela. Eu não queria aquela vadia ali, nem me importava de onde ela tinha vindo. Se eu tivesse uma arma naquele momento, simplesmente atiraria nela. Todos os dias de sofrimento, todas as lágrimas e dúvidas sobre os sentimentos do Homem de Negro eram culpa dela.

Eu podia sentir os olhos de todos os convidados sobre mim, mas não me importei, porque era o meu dia, era o meu casamento. Quando me aproximei da mesa, desejando vingança, senti alguém agarrar minha mão com força e me puxar, me desviando dela. Virei a cabeça e vi meu marido me levando para a pista de dança.

"A valsa", ele sussurrou, e acenou para a orquestra antes de os aplausos começarem.

Eu não queria dançar naquela hora, eu transpirava desejo de matar. Contudo, Massimo me agarrou com tanta força que não tive chance de escapar. Quando os primeiros acordes da música iniciaram, meus pés começaram a dançar.

"O que você está armando?", o Homem de Negro sussurrou, deslizando graciosamente comigo em seus braços.

Colei um sorriso no rosto mais uma vez e ajustei minha posição.

"O que eu estou armando?", reclamei. "É melhor que você me diga o que aquela piranha está fazendo aqui."

A atmosfera entre nós era tão densa e agressiva que quase poderia ser cortada com uma faca. Em vez de uma valsa, deveríamos estar dançando uma marcha ou um tango.

"Laura, são negócios. É preciso que haja uma trégua entre nossas famílias para que você esteja segura e para que a família funcione sem entraves. Também não estou feliz em vê-la, mas preciso te lembrar de que me fez uma promessa no carro." Ele terminou a frase e me arqueou tanto que quase bati a cabeça no chão. Houve uma tempestade de aplausos. Ignorando tudo à sua volta, Massimo acariciou suavemente meu pescoço com os lábios e, dando uma volta, me puxou para ele.

"Estou grávida e emputecida", falei devagar. "Não espere que eu seja capaz de controlar minhas emoções."

"Se você precisa de um relaxamento, terei o prazer de te dar."

"Preciso de uma arma para matar aquela safada."

O rosto de Massimo se iluminou em um sorriso. Ele terminou a dança com um beijo maravilhoso, longo e profundo.

"Eu sabia que você tinha um temperamento siciliano", disse com orgulho. "Nosso filho será um grande *don*."

"Vai ser uma menina!", me indignei pela enésima vez.

Depois de algumas reverências, fomos em direção ao nosso lugar, ignorando completamente o olhar de Anna. Sentei-me ao lado de Olga e entornei de imediato minha taça de vinho, como se isso fosse ajudar, mesmo com a falta de álcool.

"Se você quiser, posso dar uma surra nela", Olga disse, brincando com o garfo. "Ou pelo menos arrancar um olho."

Eu ri enquanto enterrava a faca na carne que o garçom tinha me servido.

"Calma, Olga, eu posso cuidar disso sozinha, mas não hoje. Fiz uma promessa para o Homem de Negro."

Me servi de um pouco de comida e fiquei enjoada. Engoli, tentando controlar a náusea crescente.

"O que foi, Laura?", Olga ficou preocupada e pegou minha mão.

"Vou vomitar", avisei com naturalidade e me levantei.

Massimo deu um pulo quando me afastei, mas Olga o sentou na cadeira e me seguiu.

Detesto estar grávida, pensei enquanto limpava a boca e a enxaguava. *Estou de saco cheio de vômitos e náuseas e, além disso, eu achei que isso só acontecesse de manhã.* Girei a maçaneta da porta e saí da cabine do banheiro.

Olga estava encostada na parede e me observava, divertida.

"A carne estava boa?", ela zombou, enquanto eu lavava as mãos.

"Cai fora, não tem graça nenhuma." Olhei para o meu reflexo no espelho. Estava pálida e com a maquiagem ligeiramente borrada. "Você tem alguma maquiagem aí?"

"Tenho na bolsa. Espere aí que vou pegar agora mesmo", ela disse e saiu.

Uma grande poltrona branca ficava no canto do belo banheiro de mármore. Eu me sentei nela, esperando por Olga. Um momento depois, a porta se abriu e, quando levantei os olhos, vi Anna.

"Mas você é abusada mesmo", rosnei, olhando para ela. Ela ficou em frente ao espelho, me ignorando completamente. "Primeiro me apavora, depois tenta matar meu marido e agora arranja à força um convite para o nosso casamento. Pare de se rebaixar!"

Fiquei de pé e comecei a andar em sua direção. Ela ficou parada, olhando impassível para meu reflexo no espelho.

Eu estava calma e controlada como Massimo desejava. Estava guardando o que me restava de classe, embora no fundo tivesse vontade de bater a cabeça dela contra a pia.

"Você acha que ganhou?", ela perguntou.

Comecei a rir e, no mesmo momento, Olga apareceu na porta.

"Não ganhei porque não havia de quem ganhar nem o que ganhar. E acho que você já comeu bastante, então tchau!"

Olga abriu a porta e, com um gesto amplo, indicou-lhe a saída.

"A gente se vê", ela disse, fechando a bolsa e caminhando em direção ao corredor.

"Espero que seja o mais breve possível, e no seu funeral, sua vadia!", falei alto, levantando o queixo.

Anna se virou e me lançou um olhar gélido, depois desapareceu no corredor.

Quando ela saiu, afundei na cadeira com as mãos no rosto. Olga veio até mim e, dando um tapinha nas minhas costas, disse:

"Ho, ho, vejo que você já está com pinta de gângster. Aquele 'o mais breve possível e no seu funeral' foi ótimo!"

"Ela é uma pessoa para se ter medo, Olga. Eu sei que ela ainda vai fazer uma sacanagem, você vai ver", suspirei. "Você vai se lembrar das minhas palavras."

Nesse momento, a porta do banheiro se abriu com ímpeto e Domenico entrou com o guarda-costas. Olhamos para eles com surpresa indisfarçável.

"Tá querendo arrombar a porta, sicilianinho?", Olga perguntou, levantando a sobrancelha.

O semblante dos dois homens mostrava que eles estavam preocupados e que, obviamente, tinham corrido, como indicava sua respiração rápida. Eles examinaram nervosamente o interior, mas não encontraram nada de interessante. Acenaram com a cabeça e se desculparam antes de sair.

Abracei a mim mesma e inclinei um pouco a cabeça de lado.

"Será que, além dos transmissores, eu tinha também uma câmera em algum lugar do corpo?"

Sacudi a cabeça, incapaz de acreditar na rede de controle que Massimo estendeu sobre mim. Fiquei pensando se tinham vindo me salvar ou salvar Anna. E como é que ficaram sabendo, cacete, que a situação poderia precisar de intervenção? Um pouco depois, sem conseguir encontrar uma explicação lógica, fiquei de pé ao lado da minha amiga e comecei a retocar minha maquiagem. Eu queria parecer radiante e renovada outra vez.

Voltei para o salão e me sentei ao lado do meu marido.

"Tudo bem, pequena?"

"Acho que o bebê não gosta de vinho sem álcool", respondi, ignorando a pergunta.

"Se você já está se sentindo bem, gostaria de apresentá-la a algumas pessoas. Venha."

Nós contornamos as mesas, cumprimentando todos aqueles senhores tristes. Era assim que Olga e eu chamávamos os sujeitos cuja cara revelava que eram da máfia. Eles se deixavam trair pelas marcas, cicatrizes e, às vezes, apenas pelo olhar vazio e frio. Além disso, era fácil reconhecê-los, porque havia uma ou duas pessoas postadas atrás de quase todos eles. Eu agradeci a todos e fui doce além da conta, como o Homem de Negro queria. Eles, no entanto, mostravam ostensivamente que não estavam nem aí para a minha pessoa.

Não gostava desse tipo de ignorância, eu sabia que era mais inteligente do que setenta por cento deles. Poderia facilmente superá-los em conhecimento e sofisticação. Por outro lado, olhava com admiração crescente para Massimo, que se destacava claramente deles e, embora fosse muito mais jovem do que a maioria, superava-os em força e inteligência. Era evidente que eles o respeitavam, o ouviam e esperavam sua atenção.

De repente, senti alguém me agarrar pela cintura e me virar, me beijando com força nos lábios. Afastei o homem que ousava me tocar e já levantei o braço para acertá-lo na cara. Quando ele se afastou, minha mão estacou no ar e meu coração parou por um momento.

"Olá, cunhada! Nossa, você é linda mesmo!" Havia um homem na minha frente que era a cara do Massimo. Recuei e me refugiei no peito do Homem de Negro.

"Que merda está acontecendo aqui?", gemi, apavorada.

No entanto, o clone do meu marido não desaparecia. Para meu desespero, ele tinha quase o mesmo rosto, a estrutura corporal e até o cabelo cortado de forma semelhante. Completamente confusa, não consegui dizer uma palavra.

"Laura, este é o meu irmão Adriano", disse Massimo.

O homem me estendeu a mão e eu recuei, pressionando ainda mais minhas costas no peito do meu marido.

"Irmão gêmeo. Puta merda!", sussurrei.

Adriano caiu na gargalhada e pegou minha mão, beijando-a suavemente.

"Não dá para esconder."

Eu me virei para o Homem de Negro e examinei seu rosto, aterrorizada, comparando-o ao de Adriano. Eles eram quase indistinguíveis. E, quando o outro falou, até o som da voz soou idêntico.

"Estou tonta", disse, cambaleando ligeiramente.

O *don* falou duas frases em italiano com o irmão e me conduziu até a porta no fundo do salão. Entramos num cômodo com varanda, que parecia um pouco com um escritório. Havia estantes de livros, uma velha escrivaninha de carvalho e um grande sofá. Desabei sobre as almofadas macias e ele se ajoelhou na minha frente.

"É apavorante", reclamei. "Isso é terrivelmente apavorante, Massimo. Quando você ia me contar que tinha um irmão gêmeo?"

O Homem de Negro fez uma careta e passou a mão pelos cabelos.

"Eu não pensei que ele viria. Há muito tempo ele não vinha até a Sicília, ele mora na Inglaterra."

"Você não respondeu à minha pergunta. Eu me casei com você e sou sua esposa, porra!", gritei quando me levantei do sofá. "Vou ter um filho seu e mesmo assim você não consegue ser sincero?"

O som de uma porta se fechando encheu a sala.

"Um filho?", ouvi a voz familiar. "Meu irmão vai ser pai? Bravo!"

Sorrindo calmamente, Adriano caminhava em nossa direção. De novo eu me senti tonta ao vê-lo. Ele se parecia com o Homem de Negro e se movia como ele, dando passos decididos e imperiosos em nossa direção. Chegou até o irmão, que se levantou a tempo e o beijou na cabeça.

"Então, Massimo, tudo o que você queria aconteceu", disse, servindo-se da bebida âmbar que estava sobre a mesa ao lado do sofá. "Você conseguiu sua mulher e gerou um descendente. Papai deve estar se revirando no túmulo."

O Homem de Negro se virou para encará-lo e disse, com fúria, palavras que eu não entendia.

"Irmãozinho, pelo que eu sei, Laura não entende italiano", disse Adriano. "Então vamos mantê-la confortável e falar em inglês."

Massimo estava fervendo de ódio, e sua mandíbula se apertava cadenciadamente.

"Veja só, querida cunhada, em nossa cultura não é muito bem-visto se casar com alguém de fora da Sicília. Meu pai tinha outros planos para seu favorito."

"Chega!", o Homem de Negro gritou, encarando o irmão. "Respeite a minha esposa e este dia."

Adriano ergueu as mãos em sinal de rendição e, recuando em direção à porta, me deu um sorriso angelical.

"Sinto muito, *don*", ele respondeu com ironia e olhando com altivez. "Até logo, Laura." Ele se despediu e saiu.

Depois que ele se foi, saí para o terraço e pousei as mãos na grade. Passado algum tempo, Massimo, enfurecido, apareceu ao meu lado.

"Quando éramos pequenos, Adriano cismou que nosso pai me favorecia. Ele começou a competir comigo, buscando a atenção do pai. A diferença entre nós era que eu não queria ser o chefe da família e ele queria. Era uma prioridade para ele. Depois que meu pai morreu, no entanto, fui escolhido para ser o *don*, e Adriano não consegue me perdoar. Mario, meu *consigliere*, também era o braço direito do meu pai, e foi ele quem decidiu que eu deveria ser o chefe da família. Foi então que Adriano deixou a ilha, anunciando que nunca mais voltaria aqui. Ele sumiu por muitos anos, por isso achei inútil contar a você sobre ele."

"Então o que ele está fazendo aqui?", eu me surpreendi.

"É isso o que eu quero saber."

Decidi que era inútil descarregar todas as minhas perguntas em cima dele ou continuar aquela conversa por mais tempo.

"Vamos lá com os convidados", eu disse, pegando sua mão.

O Homem de Negro segurou minha mão e a beijou delicadamente, me levando até a saída.

Quando me sentei à mesa, Massimo se inclinou, seus lábios roçando minha orelha.

"Tenho uma reunião agora com algumas pessoas. Vou deixar você aqui com a Olga, mas, se alguma coisa acontecer, avise o Domenico."

Depois de dizer isso, ele se afastou e vários homens, levantando-se das mesas, o seguiram.

Eu me senti incomodada novamente. Pensava em Adriano, em Massimo, no bebê, em Anna brilhando entre os convidados. A voz da minha amiga me tirou do turbilhão de pensamentos.

"Eu queria trepar, então levei Domenico lá para cima", anunciou Olga, sentando-se ao meu lado. "E aí, nós cheiramos duas ou três carreiras de coca, mas acho que os italianos misturam com alguma coisa, porque, quando voltei, tive a alucinação do século. Pensei ter visto Massimo passando e logo depois dei de cara com ele. Não seria nada estranho se ele não estivesse vestindo um terno e, alguns segundos antes, um smoking azul-marinho." Ela se recostou na cadeira e tomou um gole de vinho. "Acho que não quero mais me drogar."

"Não foi uma alucinação", murmurei séria. "Tem dois deles."

Olga fez uma careta e se inclinou em direção a mim como se não tivesse ouvido bem.

"O quê?"

"São gêmeos", expliquei, olhando para Adriano enquanto ele se aproximava de nós. "Aquele ali andando não é o Massimo, é o irmão dele."

Olga não escondia o choque e olhava de boca aberta para o belo italiano.

"Mas que loucura!", ela disse.

"Laura, quem é a sua adorável companheira com cara de boba?", ele perguntou, sentando-se ao nosso lado e estendendo a mão para Olga. "Se todas as mulheres polonesas forem bonitas assim como vocês, acho que escolhi o país errado para viver."

"Caralho, você só pode estar de sacanagem comigo!", Olga murmurou em polonês, apertando a mão dele.

Esgotada com toda aquela situação, me recostei na cadeira, observando Adriano acariciar a mão de Olga com evidente satisfação.

"Infelizmente não", eu disse. "E espero que você não esteja pensando o que acho que está pensando."

"Mas que loucura!", repetiu Olga, acariciando o rosto dele. "Caramba, eles são idênticos!"

Adriano achou graça na reação dela e, embora não entendesse uma palavra, sabia exatamente do que estávamos falando.

"Laura, isso é muito sério! Ele é real!"

"Claro que é, caralho! Eu disse que são gêmeos!"

Olga, muito confusa, se afastou dele e se endireitou, observando-o atentamente.

"Posso transar com ele?", perguntou, com uma franqueza constrangedora, ainda sorrindo.

Não acreditei no que ouvi, embora não me surpreendesse nem um pouco que ela quisesse trepar com o cara. Eu me levantei da cadeira segurando a bainha do meu vestido e erguendo-o. Já estava farta de tudo aquilo.

"Daqui a pouco vou ficar maluca, juro. Eu preciso dar um tempo", falei, caminhando em direção à saída.

Passei pela porta e virei à direita, então olhei em volta e vi um pequeno portão. Fui naquela direção, passei pelo portão e entrei no jardim, que tinha uma vista deslumbrante para o mar. Estava anoitecendo e o sol iluminava a Sicília com um brilho quase invisível. Me sentei num banco, desejando solidão, e me perguntei quantas coisas eu ainda não sabia e o quanto elas me surpreenderiam ou machucariam quando fossem expostas. Queria ligar para minha mãe e, acima de tudo, sonhava com ela ali comigo. Ela iria me proteger de todas as pessoas e do mundo inteiro. As lágrimas tomaram meus olhos, e o pensamento de como meus pais receberiam a notícia do meu casamento me matava. Fiquei olhando para a frente, com os olhos nublados, até que ficou completamente escuro e pequenas lanternas começaram a brilhar no jardim. Eu me lembrei da noite em que fui sequestrada. *Meu Deus*, pensei, *não faz muito tempo, mas muita coisa mudou desde aquele dia.*

"Você vai pegar um resfriado", disse Domenico, me envolvendo com seu paletó e sentando-se ao meu lado. "O que houve?"

Suspirei e olhei para ele, dizendo:

"Por que você não me disse que ele tinha um irmão? E, além disso, gêmeo?!"

Domenico apenas sacudiu os ombros e puxou um pacotinho branco do bolso. Ele derramou parte de seu conteúdo na mão e cheirou: primeiro com uma e depois com a outra narina.

"Eu já te disse antes: existem coisas que vocês dois é que têm de dizer um ao outro, e quanto a mim... permita-me não interferir." Ele se levantou e lambeu o dorso da mão com o resto da droga. "Massimo me disse para procurar você e levá-la até ele."

Eu observava com repulsa o que ele fazia, não escondendo meus sentimentos pelo que havia presenciado.

"Você está comendo a minha amiga", eu disse, me levantando. "E eu também não vou interferir, mas não posso permitir que você a faça afundar nesse lodo de onde não há saída."

Domenico ficou de cabeça baixa, cravando o sapato no chão.

"Eu não planejei o que aconteceu", ele murmurou. "Mas não posso ignorar o fato de que gosto dela."

Comecei a rir e dei um tapinha nas costas dele.

"Não é só você que gosta dela. Mas não estou falando de sexo, estou falando de cocaína. Tenha cuidado com isso, porque ela se deixa levar facilmente."

Domenico me conduziu pelos corredores até o andar de cima do hotel, onde não havia recepção. Ele parou em frente a uma porta que se abria em duas folhas e a empurrou. A pesada porta de madeira se abriu e vi uma grande mesa, de formato arredondado, com Massimo sentado à cabeceira. A diversão não parou lá dentro quando passei pela soleira, apenas o Homem de Negro levantou o olhar e me contemplou de um jeito frio e sem vida. Espiei à minha volta. Vários homens se agarravam com algumas mulheres jovens e seminuas, enquanto o restante cheirava cocaína na mesa. Passei por eles, com orgulho e classe, em direção ao meu marido. A cauda do vestido se arrastava atrás de mim, me deixando ainda mais altiva do que eu realmente era. Rodeei todos e fiquei atrás de Massimo, colocando as mãos em seus ombros. Meu homem se endireitou e segurou meu dedo, no qual descansava a aliança.

"*Signora* Torricelli", um dos convidados se dirigiu a mim. "A senhora vai se juntar a nós?"

Ele apontava para a mesa dividida como as pistas de uma estrada. Ponderei a resposta por um momento, escolhendo a única certa.

"*Don* Massimo me proíbe esse tipo de diversão, e eu respeito a decisão do meu marido."

O Homem de Negro apertou a mão que segurava. Eu sabia que havia dado a resposta correta.

"Mas espero que os senhores estejam se divertindo." Inclinei a cabeça e dei um sorriso encantador.

O segurança puxou uma cadeira para mim e eu me sentei ao lado do *don*, olhando ao redor, impassível. No entanto, era apenas aparência, porque, por dentro, estava abalada ao ver tudo o que se passava na sala. Velhos safados apalpando mulheres, se drogando e falando sobre coisas que eu não tinha ideia. *Por que diabos ele me quer aqui?* Esse pensamento me atormentava obstinadamente. Talvez ele estivesse tentando lhes mostrar minha lealdade, ou me apresentar melhor àquele mundo. Não tinha nada a ver com o que vi em *O Poderoso Chefão*; no filme, havia regras, certo código ou apenas classe. E nada disso havia aqui.

Depois de alguns minutos, o garçom me trouxe vinho. Massimo chamou--o com um gesto e perguntou algo que não ouvi, depois acenou com a cabeça, me permitindo beber. Naquele momento, eu realmente me senti como uma pulseirinha, desnecessária e apenas decorativa.

"Eu queria ir embora", sussurrei no ouvido de Massimo. "Estou cansada e o que vejo me dá vontade de vomitar."

Afastei a boca de seu ouvido e pus outro sorriso forçado no rosto. O Homem de Negro engoliu em seco e fez um sinal para o *consigliere* sentado atrás dele. Pegou o telefone e, um pouco depois, Domenico voltou para a sala. Ao me levantar para me despedir, ouvi uma voz familiar:

"Felicitações tardias, mas sinceras. Tudo de melhor, queridos."

Eu me virei e vi Monika e Karol vindo em minha direção, cumprimentando os presentes. Beijei os dois, sinceramente feliz com sua chegada.

"O *don* não me disse que vocês viriam."

Monika olhou para mim e me abraçou afetuosamente mais uma vez.

"Você está deslumbrante, Laura, a gravidez faz bem para você", ela disse em sua língua materna, piscando para mim.

Eu não tinha ideia de como ela sabia, mas fiquei feliz por Massimo não manter isso em segredo. Ela pegou minha mão e me puxou para a saída.

"Esse não é um lugar bom para você", ela disse, me levando para fora da sala.

Quando estávamos no corredor, Domenico se aproximou de nós e me entregou a chave do quarto.

“Seu apartamento fica no fim do corredor.” Ele apontou para uma porta distante. “A bolsa com suas coisas está no salão, ao lado da mesinha onde mandei colocarem o vinho. Se quiser algo específico, diga e eu pedirei.”

Dei-lhe um tapinha nas costas e agradeci, beijando-o no rosto. Depois, peguei a mão de Monika e me dirigi para o quarto.

“Por favor, diga a Olga onde estou!”, gritei enquanto começava a andar e ele desaparecia.

Quando entramos no quarto, tirei meus sapatos e os chutei contra a parede. Monika pegou uma garrafa de vinho, abriu-a e serviu-a em copos.

“É sem álcool”, eu disse, encolhendo os ombros.

Ela me olhou surpresa e tomou um gole.

“Não é ruim, mas acho que prefiro com álcool. Vou ligar para que me tragam algo.”

Depois de vinte minutos, Olga, um pouco bêbada, juntou-se a nós e todos começamos a conversar sobre as futilidades da vida. A esposa de Karol nos contou como era viver naquele mundo por tantos anos, o que era permitido e o que absolutamente não deveria ser feito. Quais eram os costumes naqueles eventos e como meu pensamento sobre a importância das mulheres na família deveria mudar. Claro que Olga contestava tudo, mais do que deveria, porém até ela acabou desistindo e aceitando a situação. Mais de duas horas se passaram e ainda estávamos sentadas no tapete conversando.

De repente, a porta do quarto se abriu e Massimo entrou. Ele estava sem paletó e sua camisa estava aberta na altura do pescoço. Iluminado apenas pela luz pálida das velas que havíamos colocado no quarto, ele parecia mágico.

“Posso pedir licença às senhoras por um momento?”, ele perguntou, apontando para o corredor.

As duas, um tanto confusas, levantaram-se e, fazendo caretas às costas dele, saíram do quarto.

O Homem de Negro fechou a porta quando elas saíram e caminhou até mim, então se sentou à minha frente. Estendeu a mão e tocou meus lábios com os dedos, depois os deslizou pelo meu rosto e desceu até tocarem a renda do meu vestido. Observei seu rosto enquanto ele passava a mão pelo meu corpo.

"Adriano, que diabos você está fazendo?", gritei com fúria, me afastando dele até minhas costas tocarem a parede.

"Como você sabia que era eu?"

"Seu irmão tem outra expressão no rosto quando me toca."

"Ah, sim, esqueci que a inocência da renda o excita. Mas no início até que eu me saí muito bem, não é?!"

Ouvi o som da porta se fechando e, ao olhar para a entrada, sabia que meu marido havia entrado na sala. Ele acendeu a luz e, vendo toda a situação, ficou petrificado. Um momento depois, seus olhos brilhavam de raiva. Ele olhou para mim e Adriano, cerrando os punhos. Eu me levantei e fiquei de pé, cruzando os braços sobre o peito.

"Senhores, tenho um pedido para vocês", consegui dizer o mais calmamente possível. "Parem de brincar comigo esse jogo chamado 'será que reconheço que irmão gêmeo é esse?', porque eu só vejo uma diferença clara entre vocês dois se estiverem próximos um do outro. Não posso fazer nada se não sou tão esperta quanto deveria."

Furiosa, fui até a porta e estava prestes a pegar a maçaneta quando as mãos de Massimo me seguraram pela cintura e me mantiveram no lugar.

"Fique", ele disse, me liberando depois de um momento. "Adriano, quero falar com você de manhã, agora me deixe cuidar da minha esposa."

O belo clone começou a caminhar em direção à saída, mas antes de sair do quarto beijou minha testa. Encarei Massimo com fúria, imaginando como poderia distingui-los.

O Homem de Negro foi até a mesa, se serviu de um pouco de bebida, tomou um gole e tirou o paletó.

"Acho que com o tempo você começará a ver a diferença não apenas quando estivermos juntos."

"Que droga, Massimo! E se eu me enganar? Seu irmão está claramente contando com isso e verificando o quanto eu te conheço."

Ele tomou outro gole e pôs os olhos em mim.

"É bem o estilo dele", assentiu com a cabeça, "mas não acho que vá além do que lhe é permitido. O que me consola é que você não é a única que tem problemas com isso. A única pessoa que conseguia diferenciar nós dois era minha mãe. Claro, é mais fácil nos distinguir quando estamos lado a lado, mas você vai perceber com o tempo que somos diferentes."

"Receio que apenas pelado eu teria cem por cento de certeza. Eu conheço cada cicatriz do seu corpo."

Dizendo isso, fui até ele. Acariciei seu peito e desci minhas mãos até seu zíper, esperando uma reação, mas calculei mal. Irritada, agarrei-o com mais força entre as pernas, mas ele apenas mordiscou o lábio e continuou parado com o rosto impassível, olhando para mim. Por um lado, sua reação era extremamente irritante, mas por outro eu sabia que era só aparência e que ele estava me provocando para aceitar o desafio.

Ok, se é assim, pensei. Peguei o copo de sua mão e coloquei sobre a mesa. Apoiando a mão em seu torso, eu o empurrei gentilmente para trás, até que suas costas estivessem contra a parede. Eu me ajoelhei à sua frente e, sem tirar meus olhos dos dele, comecei a abrir o zíper.

"Fui obediente hoje, *don* Massimo?"

"Com certeza", ele respondeu, sua expressão começando a mudar de gelada para ardente de desejo.

"Então eu mereço minha recompensa?"

Ele assentiu, um tanto divertido, acariciando meu rosto.

Puxei o punho de sua camisa para cima e olhei para o relógio. Eram duas e meia.

"Então é hora de começar. Você estará livre às três e meia", sussurrei, puxando a calça de uma só vez.

O sorriso sumiu de seu rosto e foi substituído pela curiosidade e por uma espécie de terror que ele tentava mascarar.

"De manhã teremos de acordar cedo, vamos viajar. Tem certeza de que deseja cumprir o acordo agora?"

Eu ri com maldade, tirei sua boxer e seu lindo pau estava bem na frente da minha boca. Molhei meus lábios e o cutuquei com o nariz.

"Nunca tive tanta certeza de algo na vida. Eu só quero definir algumas regras antes de começarmos...", parei um pouco para beijar a sua crescente virilidade. "Posso fazer o que eu quiser por uma hora, desde que não ameace a minha vida ou a sua, certo?"

Ele ficou ligeiramente atordoado com o que eu fazia e me observava com os olhos semicerrados.

"Devo começar a ficar com medo, Laura?"

"Se quiser, pode. Então, sim ou não?"

"Faça o que quiser, mas lembre-se de que esta hora termina em sessenta minutos e as consequências das ações permanecerão para sempre."

Sorri ao ouvi-lo e comecei a chupar seu pau duro com força, brutalmente. Não tinha a intenção de lhe fazer um boquete, então, depois de alguns minutos, quando achei que já estava bom, parei de chupá-lo.

Eu me levantei e fiquei de pé à sua frente. Agarrei seu rosto com as duas mãos e enfiei minha língua em sua garganta, mordendo seus lábios de vez em quando. O Homem de Negro pôs as mãos na minha bunda, mas, com um tapa, eu fiz com que ficasse com os braços pendurados inertes novamente.

"Não me toque", ordenei voltando ao beijo. "A menos que eu mande."

Eu sabia que para ele o maior castigo seria a inércia e a adaptação a uma situação em que não tivesse influência sobre nada. Desfiz o nó de sua gravata-borboleta e desabotoei sua camisa, tirando-a dos ombros, de modo que ela caísse no chão. Ele ficou nu na minha frente, seus braços estendidos, seus olhos ardendo de tesão. Agarrei sua mão e o puxei para a poltrona.

"Empurre a poltrona e coloque-a em frente à mesa", eu disse, apontando onde ela deveria ficar. "Depois, sente-se."

Enquanto ele montava seu palanque, fui até a malinha que Olga tinha preparado para mim e tirei a bolsinha cor-de-rosa. Voltei para Massimo e coloquei meu amigo de borracha na mesa.

"Desabotoe meu vestido", ordenei, dando-lhe as costas. "Quanto você me deseja, *don*?", perguntei, enquanto ele puxava o tecido, revelando minha lingerie rendada.

"Muito", ele sussurrou.

Quando meu traje já estava no chão, virei de frente para ele e, devagar, tirei uma meia e depois a outra. Eu me ajoelhei na frente dele e comecei a chupar seu pau novamente. Senti que crescia mais e mais a cada movimento, e seu sabor tornou-se intenso e distinto. Tirei-o da boca e peguei o tecido fino que acabara de remover da perna. Enrolei-o em um de seus pulsos e depois no outro, dando um nó apertado no final, prendendo-o aos braços da poltrona. Então me levantei e me sentei na mesa, olhando para ele. Ele parecia calmo, mas eu sabia que estava fervendo por dentro.

"Preste atenção ao tempo", ordenei, apontando para o relógio e jogando uma almofada do sofá ao lado sobre a mesa.

Tirei a calcinha e abri bem as pernas na frente dele. Peguei meu querido cor-de-rosa e apertei o botão, e o amigo de borracha começou a vibrar e girar. Apoiei os pés e as costas na superfície de madeira, descansando a cabeça na almofada. Isso me permitia ver a expressão em seu rosto com clareza. Massimo estava em chamas, e sua mandíbula enrijecia.

"Quando você me desamarrar, vou me vingar", ele sibilou.

Ignorando completamente sua ameaça, enfiei o vibrador em mim. Eu conhecia meu corpo e sabia que não demoraria muito para me satisfazer. Eu o introduzi com força brutal, gemendo e me contorcendo com seu toque. O Homem de Negro não tirava os olhos de mim, dizendo baixinho algumas palavras em italiano de vez em quando.

O primeiro orgasmo veio alguns segundos depois, seguido por outro e mais outro. Eu gritava, empurrando os pés para fora da mesa até que senti a tensão deixar meu corpo. Fiquei imóvel por um momento, então o tirei de mim e me sentei, balançando as pernas.

Olhando nos olhos de Massimo, lambi o vibrador todo lambuzado e o coloquei sobre a mesa.

"Me desamarre."

Desci da mesa e, inclinando-me um pouco, olhei a hora.

"Em trinta e dois minutos, meu amor."

"Agora, Laura!"

Olhei para ele com um sorriso maldoso e bufei, ignorando sua raiva.

Massimo sacudiu a mão até que um dos apoios do braço da poltrona à qual estava amarrado, prestes a quebrar, rangeu alto.

Sua reação violenta me assustou, então fiz o que ele disse. Com as duas mãos livres, ele se levantou energicamente de sua cadeira e agarrou meu pescoço, me colocando de volta na mesa.

"Não me provoque de novo", ele disse, e enfiou seu pau com firmeza em mim. Ele me arrastou até a beirada e abriu minhas pernas, então agarrou meus quadris e começou a me comer. Eu sentia que ele estava furioso, e isso me excitava. Levantei a mão e lhe dei um tapa no rosto, e outro orgasmo inundou meu corpo. Eu me arqueei, cravando as unhas na madeira.

"Mais forte!", gritei quando gozei.

Depois de alguns segundos, senti seu corpo repleto de suor e ele gozou junto comigo, gritando alto. Ele se deitou entre meus seios; seus lábios acariciaram suavemente meus mamilos, e seu pênis duro ainda latejava dentro de mim.

Tentei puxar o ar para acalmar minha respiração.

"Se você acha que acabou, está enganada", ele sussurrou, e mordeu meu mamilo com força.

Eu gemi de dor e afastei sua cabeça. Ele agarrou meus pulsos e os pressionou contra a mesa. Ele pairava sobre mim, me penetrando com seus olhos enlouquecidos. Eu não estava com medo, gostava de provocá-lo, porque sabia que ele não me faria mal.

"Eu já terminei, então não espere que eu goze de novo." Eu sorri sarcasticamente. Mas quando disse a frase e vi a reação em seus olhos, percebi que havia cometido um erro.

Em um só movimento, ele me puxou para fora da mesa, me virou e me pôs de bruços, em cima da mesa molhada de suor. Agarrou meus pulsos com uma de suas mãos e os puxou para minhas costas, de forma que eu não podia me mexer.

O líquido branco pegajoso escorria pelas minhas coxas e ele o esfregou demoradamente no meu clitóris. Estava intumescido e muito sensível; cada toque seu era tão intenso que depois de um tempo eu queria mais. Relaxei o corpo e parei de lutar, porém Massimo não me soltou. Ele se abaixou e pegou a meia com que o amarrara antes. Envolveu minhas mãos e, quando terminou, ajoelhou-se atrás de mim e, abrindo minha bunda, começou a lamber meu cu.

"Não quero", sussurrei com o rosto contra a mesa, tentando me libertar, embora, claro, fosse apenas um jogo para encorajá-lo a comer meu cu.

"Confie em mim, pequenina", ele disse, sem parar o que estava fazendo.

Quando ele se levantou, pegou o cor-de-rosa e apertou o botão, e reconheci o som da vibração. Ele o colocou sem pressa em minha boceta molhada, brincando com o aparelho de vez em quando, ao mesmo tempo que acariciava meu cu com o dedo, preparando-o para enfiar seu pau grosso em mim. A cada momento que passava, eu sentia mais e mais vontade de que ele colocasse logo seu pau dentro de mim.

Quando seu polegar finalmente entrou no meu cuzinho, eu gemi e abri mais as pernas, dando uma permissão silenciosa para o que ele queria fazer. Massimo conhecia muito bem meu corpo e suas reações, sabia o quanto ele podia se permitir, do que eu sentia vontade e o que não desejava. Ele tirou o dedo e com um movimento suave, mas firme, enfiou seu pau no meu cu.

Xinguei em voz alta, surpresa com a intensidade da sensação que ele me proporcionava. Nunca tinha feito nada assim antes. Não foi doloroso, apenas incrível e profundamente excitante, mental e fisicamente. Depois de alguns movimentos suaves, os quadris de Massimo aceleraram e eu desejei poder ver seu rosto.

"Eu adoro esse seu cuzinho pequeno e apertado", disse, ofegando. "E adoro quando você age como uma puta comigo."

Eu ficava excitada quando ele era vulgar. Ele só fazia isso na cama, só então se permitia soltar as rédeas das emoções. Quando senti que ia gozar, todo o meu corpo começou a se contrair e o ranger dos meus dentes apenas confirmava o que viria. O Homem de Negro rapidamente puxou o vibrador de mim e sua mão começou a se mover em círculos em volta do meu clitóris. Gozei tão forte que depois de um tempo me senti tonta e tive medo de desmaiar.

"Aonde vamos?", perguntei, meio inconsciente, aninhada no braço dele em uma cama enorme e cheia de travesseiros.

O Homem de Negro brincava com meus cabelos, beijando minha cabeça de vez em quando.

"Como é que pode? Uma hora você está de cabelos curtos e depois aparece com eles compridos. Não entendo por que as mulheres fazem isso com si mesmas."

Segurei sua mão e levantei a cabeça para vê-lo.

"Não mude de assunto, Massimo."

Ele riu, beijou meu nariz e se virou, de modo que agora me cobria toda com seu corpo.

"Eu poderia ficar comendo você o tempo todo. Você me deixa muito louco, pequena."

Irritada com a falta de resposta, tentei me livrar dele, mas era muito pesado. Resignada, parei de lutar e suspirei alto, fazendo bico.

"No momento, estou absolutamente satisfeita", eu disse. "Depois do que você fez comigo na mesa, no banheiro e no terraço, acho que já chega até o fim da minha gravidez."

Rindo, ele me libertou, me deitando de costas mais uma vez. Eu adorava quando ele estava alegre, raramente o via assim, e ele nunca se permitia mostrar-se desse jeito na frente de outras pessoas. Por outro lado, adorava sua moderação e indiferença, ficava impressionada com sua paz interior e com o fato de ser capaz de se controlar. Duas almas viviam nele. Uma que eu conhecia, de anjo caloroso, protetor e defensor; a segunda, que as pessoas temiam, de um mafioso frio e implacável, para quem a morte humana não era nada assustadora. Enquanto estava deitada e aconchegada nele, recordei o que acontecera durante aqueles três meses. Agora, em retrospecto, toda aquela história me parecia uma aventura incrivelmente excitante, cujas tramas eu descobriria, quem sabe, durante os próximos cinquenta anos. Já tinha me esquecido de como me sentia aprisionada por ele e de como aquele homem tão atraente me deixara apavorada. *Típica síndrome de Estocolmo*, pensei.

Já desmaiando de sono, semiadormecida, senti que alguém levantou meu corpo e o cobriu com um cobertor. Estava com tanto sono que não conseguia abrir os olhos. Gemi baixinho e uma boca quente me beijou na testa.

"Durma, querida, sou eu", escutei o sotaque conhecido e caí no sono.

Quando abri os olhos, o Homem de Negro ainda estava deitado ao meu lado, suas pernas e braços em volta de mim, bloqueando meus movimentos. Havia um ruído estranho e baixo vibrando ao nosso redor, como um motor ou um secador. Despertei devagar e, quando estava totalmente acordada, dei um pulo da cama, assustada. Minha reação acordou Massimo, que saltou dos lençóis com a mesma violência que eu.

"Nós estamos voando!", gritei, sentindo meu coração galopar.

O Homem de Negro se achegou e pôs os braços à minha volta.

Ele acariciou minhas costas e cabelos e me apertou junto a si.

"Pequena, estou aqui, mas, se quiser, posso te dar um remédio para você dormir a viagem toda."

Pensei no que me oferecia e momentos depois decidi que aceitar seria o mais lógico a fazer.

Capítulo 4

As duas semanas seguintes foram as mais maravilhosas que eu já tinha vivido. O Caribe me parecia ser o lugar mais lindo do mundo — nadamos com golfinhos, comemos pratos maravilhosos, visitamos todo o arquipélago em um catamarã e, acima de tudo, passamos o tempo todo juntos. No início tive medo de ficar com ele durante toda a estadia, porque nunca havia acontecido de estarmos dando atenção exclusiva um ao outro por tanto tempo. Normalmente, nos relacionamentos, eu evitava ficar grudada no meu parceiro 24 horas por dia, porque em certo momento sua presença me irritaria e eu me sentiria encurralada. Mas dessa vez foi diferente. Ansiava estar a cada segundo com Massimo, e cada minuto passado com ele me fazia querer mais.

Quando nossa lua de mel acabou, fiquei triste, mas a notícia de que Olga ainda estava na Sicília desde o dia do nosso casamento me deixou feliz e me acalmou. Essa informação também me surpreendeu bastante, pois comecei a me perguntar o que ela estava fazendo durante todo aquele período sem mim.

Paulo nos pegou no aeroporto e nos levou para casa. Subindo pela entrada de carros, fiquei surpresa ao descobrir que sentia mais falta daquele lugar do que imaginava. Ao sairmos do carro, Massimo fez uma pergunta ao segurança e depois me conduziu até o jardim. Atravessamos a soleira e ficamos estáticos. Domenico estava sentado em uma das poltronas e Olga o beijava ternamente, sentada em seu colo. Eles nem perceberam nossa presença, de tão entregues que estavam um com o outro — ele acariciava as costas dela, os narizes encostados, enquanto ela fingia estar envergonhada. Eu não entendia muito bem o que estava vendo, então decidi chamar a atenção deles para descobrir o mais rápido possível. Apertei a mão do Homem de Negro com mais força e fomos em direção a eles. O barulho dos meus saltos os tirou do encanto, e, após alguns passos nossos, perceberam nossa presença.

"Laura!", Olga gritou, pulando da cadeira.

Ela me segurou nos braços e me abraçou com força. Quando me afastei dela, segurei seu rosto entre minhas mãos e comecei a observá-la com curiosidade.

"O que está acontecendo, Olga?", perguntei, quase num sussurro, na minha língua materna. "O que você está aprontando?"

Olga encolheu os ombros e apertou os lábios, ainda em silêncio. Massimo se aproximou dela, beijou seu rosto, saudando-a, e caminhou em direção ao irmão. Continuei a olhar para ela em busca de respostas às minhas perguntas.

"Estou apaixonada pra caralho, Laura", disse minha amiga enquanto se sentava na grama. "Não consigo acreditar que Domenico me dê tanto tesão."

Coloquei minha bolsa no chão de pedra e me sentei ao lado dela. O verão tinha terminado na Sicília e, embora ainda estivesse quente, não sentiríamos mais calor. A grama ainda estava úmida e a terra, morna, mas não estava mais sufocante. Acariciei o tapete verde, me perguntando o que dizer a ela, quando a sombra do Homem de Negro obscureceu o céu acima de mim.

"Não sente direto na grama", ele disse, enfiando uma almofada debaixo de mim e jogando outra para Olga. "Tenho de trabalhar algumas horas agora e vou levar Domenico comigo."

Olhei para ele através dos óculos escuros e não acreditei em quão rapidamente ele podia se transformar. Agora, diante de mim, estava meu marido maravilhoso e altivo, um mafioso frio e imperioso. Ao menos, comigo, ele se tornava em um homem terno e afetuoso. Ele pairou sobre mim por mais um momento, como se estivesse me dando uma chance de observá-lo, depois beijou minha testa e desapareceu, levando consigo o irmão caçula, que apenas acenou com a mão e o seguiu.

"Por que exatamente estamos sentadas na grama?", fiz uma careta de surpresa.

"Agora já não sei mais. Vamos até a mesa, coma alguma coisa e eu vou te contar o que aconteceu — você vai cair durinha."

Terminei meu terceiro croissant enquanto minha amiga me olhava com carinho.

"Estou vendo que sua temporada de vômitos já passou", ela percebeu.

"Não enrola. Pode começar a falar." Sem tirar os olhos dela, bebi o leite quente da minha xícara.

Olga apoiou a cabeça nas mãos e me olhou por entre os dedos. Essa visão não era um bom presságio para mim.

"Depois que Monika e eu saímos do seu quarto, na noite do casamento, encontrei o Massimo lá fora. E acho que ele ficou puto quando eu disse que *ele mesmo* tinha acabado de nos convidar para deixarmos a suíte. Ele entendeu logo que era outra peça que seu irmão estava nos pregando. A cabeça dele estava quase explodindo de raiva, então Massimo correu até o quarto onde vocês estavam. Eu não quis me envolver e fui procurar o Domenico, mas, antes de encontrá-lo, fiquei enfiada em um dos apartamentos do hotel, onde havia a melhor cocaína do mundo." Então, Olga abaixou a cabeça, bateu com a testa no tampo da mesa e ficou ali parada. "Laura, me desculpe." Levantou a cabeça e me fitou com ar de culpa, sem dizer nada, e seu olhar era tão lamentável que meu coração quase parou.

Fiquei na expectativa, queria que Olga falasse mais, mas ela continuava me fitando. Eu me recostei na poltrona e tomei outro gole do meu leite.

"Lembre-se, Olga, de que poucas coisas podem me surpreender nas suas ações. Vá direto ao ponto. Fale!"

Minha amiga apoiou a testa na mesa de novo e suspirou profundamente.

"Você vai me matar, mas vai descobrir de qualquer maneira, então vou lhe contar. Eu estava sentada cheirando coca com dois caras que, com certeza, eram da máfia, e que tinham me puxado do corredor para o apartamento deles. Acho que eram da Holanda. Então o Adriano entrou na sala. Eu sabia que era ele, porque o terno era diferente do terno do Massimo, e só por isso consegui reconhecê-lo. Ele jogou alguma coisa para as pessoas sentadas comigo e elas saíram, fechando a porta. Então ele se levantou, caminhou até onde eu estava e me segurou pelos ombros, me pondo na mesa. Laura. Ele era forte como um cavalo!", Olga gritou, batendo com a testa na madeira novamente. "Quando ele me colocou na mesa, já fiquei acesa e sabia que bastaria ele querer algo de mim que eu não resistiria."

"Olga, tem certeza de que quer continuar me contando isso?", perguntei, esfregando os olhos.

Ela fez uma pausa, pensou por um momento no que ouviu, então começou a bater a cabeça compassadamente na mesa.

"Ele me comeu, Laura, mas eu estava chapada e bêbada. Não me olhe assim", Olga gemeu quando a encarei com desaprovação. "Você se casou com o clone dele apenas três meses depois de tê-lo conhecido e fez isso sóbria."

Sacudi a cabeça e coloquei minha xícara na mesa.

"E o que isso tem a ver com a explosão repentina de amor por Domenico?"

"No dia seguinte, quando você viajou, acordei e estava sóbria. Eu queria sair daquela sala, mas não conseguia ir embora. Aquele filho da puta do Adriano primeiro me drogou com alguma merda e depois me fodeu como se eu fosse um trapo. Está na cara que os cavalheiros com quem eu estava me divertindo, como se viu, só podiam ser gente dele, as drogas também eram dele, e o fato de eu estar lá não tinha sido nenhuma coincidência. Bom, aí eu fiquei muito brava, e o Adriano entrou no quarto de novo e queria repetir a dose da noite. Fiquei tão emputecida que lhe dei um soco na cara, e por pouco ele não perdeu uns dentes. E esse foi o meu erro, porque ele não é como o seu Massimo, ele dá o troco."

Nesse momento me levantei da cadeira porque senti que se não me movesse iria explodir.

"Olga, mas que merda, o que aconteceu?", rosnei, agarrando seus ombros e sacudindo-a.

Então ela abriu o suéter e vi enormes hematomas nos seus ombros. Comecei a despi-la nervosamente e a observá-la.

"Puta que pariu! O que é isso, Olga?"

"Pare com isso!" Ela vestiu o suéter. "Não está doendo mais. Normalmente eu nem contaria para você sobre isso, mas você iria descobrir de qualquer maneira, então não há por que esconder. Aquele animal me bateu um pouco, mas não fiquei devendo nada a ele e dei na cabeça dele umas duas vezes, uma com um abajur e a outra com uma garrafa. E agora a resposta à sua pergunta: Domenico, que estava tentando me encontrar a noite toda, acabou com meu pesadelo entrando no apartamento. Eles lutaram e o clone perdeu. Surpreendente, não é?!" Olga sorriu com satisfação. "O Domenico treina artes marciais desde os nove anos, o Adriano deveria estar feliz por continuar vivo. Quando ele acabou de surrá-lo, me levantou nos braços, como um cavalheiro, me carregou para fora e me levou ao médico. Ele cuidou de mim. E, de repente, descobri que Domenico não era apenas um caralho com duas pernas." Olga encolheu os ombros e olhou para os dedos com os quais brincava.

Eu não conseguia acreditar naquela história nem no que o irmão do meu marido era capaz de fazer. Um pensamento passou pela minha cabeça imediatamente: será que Massimo sabia o que estava acontecendo na Sicília? Se sabia, por que não tinha me dito nada a respeito? Me levantei da mesa e caminhei em direção a casa, digerindo um ódio amargo por Adriano. Eu queria matá-lo e me perguntei se o Homem de Negro me deixaria fazer isso. Senti as têmporas pulsarem e, embora soubesse que não deveria ficar furiosa, pelo bem da criança, não podia conter minha raiva.

"Espere por mim aqui", disse ao passar por Olga.

Entrei no hall e segui rapidamente pelo corredor, sabendo que o Homem de Negro estava na biblioteca. Sempre que ele trabalhava ou se encontrava com alguém importante, era ali que o fazia. Era o cômodo mais seguro e tinha isolamento acústico. Entrei, abrindo a porta com estardalhaço. Estava prestes a inspirar o ar para começar a gritar quando me detive. Massimo e Adriano estavam de pé junto à grande lareira. Cega de raiva, eu não tinha ideia de quem era um ou o outro, mas sabia que um deles estava prestes a ter problemas. Fui na direção deles, passando pelas estantes pesadas.

"Massimo!", gritei, observando os dois de perto.

"Sim, pequena?", perguntou o homem que estava perto da parede.

Essas palavras me bastaram; eu já sabia qual deles era o objeto do meu ódio. Sem pensar muito, fui até Adriano e dei um soco forte no rosto dele, depois me preparei para bater de novo.

"Eu mereci, pode bater", ele disse, limpando a boca.

Fiquei tão surpresa com sua reação que baixei as mãos em sinal de desistência. Eu não estava compreendendo toda a situação ou o que estava acontecendo naquele momento.

"Você é um lixo nojento!", gritei.

Senti as mãos de Massimo me envolverem e me aconcheguei ao seu corpo enorme. Eu queria gritar mais, porém ele me virou e abafou o grito com um beijo. Quando senti seu calor, me tranquilizei e o simples som da porta fechando me tirou do ritmo relaxante da sua língua.

"Não fique nervosa, pequena, estou no controle da situação."

Essas palavras me trouxeram de volta ao equilíbrio.

"E quando esse animal estava torturando a minha amiga, você também estava no controle? O que ele está fazendo nesta casa?" Eu estava muito brava. "Ela está aqui, eu estou aqui, seu filho está aqui dentro de mim. Para onde ele foi?"

"Escute, Laura. Meu irmão tem problemas para se controlar", disse Massimo com calma, sentando-se no sofá. "E depois de se drogar pode ficar imprevisível. Por isso mandei tomarem conta dele no nosso casamento. Mas meu pessoal não interfere na vida sexual da família. A partir de certo momento eles se afastaram. Ninguém sabia que isso acabaria assim."

"Bem, de alguma forma Domenico sabia", bufei, encarando-o com as mãos cruzadas sobre o peito.

"Adriano é inofensivo quando está limpo. Conversei com Olga depois de tudo o que aconteceu, pedi desculpas a ela e, embora saiba que isso não vá mudar nada, ainda vou continuar pedindo desculpas. Eu sei que quando ela olha para mim, ela o vê. O Adriano não está morando aqui na propriedade. Eu o chamei para vir, ele mora num apartamento em Palermo. Não quero que você se sinta ameaçada, pequena. Ele vai deixar a ilha hoje, o voo está marcado para as cinco da tarde."

Ele se levantou e colocou os braços em volta de mim com força, me beijando na testa. Levantei a cabeça e o encarei com sofrimento e tristeza.

"Como você pôde não me contar sobre o que tinha acontecido com a minha amiga?"

O Homem de Negro suspirou profundamente e levou minha cabeça ao seu peito.

"Isso não mudaria nada, só estragaria nossas férias", respondeu. "Eu sabia que você ia ficar com raiva, e, estando tão longe dela, fiquei com medo de você entrar em pânico. Decidi que seria melhor assim. Além disso, ela tinha a mesma opinião que eu."

Eu calmamente concordei com ele, percebendo que a impotência que me oprimiria seria um fardo muito pesado.

Voltei para onde Olga estava.

"Olga", eu disse, me sentando ao lado dela na espreguiçadeira branca. "Como você está se sentindo?"

Minha amiga virou a cabeça para mim e indagou.

"Eu estou bem, por que deveria me sentir mal?"

"Porra, eu não sei como alguém se sente depois de um estupro!"

Olga desatou a rir e virou de bruços.

"Depois de quê? Depois de um estupro, Laura? Poxa, ele não me estuprou, ele apenas... por assim dizer... soltou os bichos por causa das drogas. Não me deram remédio pra dormir, era ecstasy, então eu me lembro de tudo. Mas também, admito, eu estava cheia de tesão por ele. Bem, talvez fosse um tesão maior, definitivamente maior do que na realidade, mas eu não chamaria uma foda boa de estupro."

Eu estava tão abobalhada que não conseguia acompanhar toda a situação, e acho que dava para perceber isso só de me verem.

"Laura, veja só. Massimo parece quase idêntico a ele. Você pode imaginar não querer ir para a cama com o Massimo? Vamos considerar o aspecto puramente físico. Ele é uma mercadoria gostosa, admita, tem um corpo divino e um cacete maravilhoso. O irmão dele é a mesma coisa e, com certeza, se ele não fosse um filho da puta e você não estivesse com seu irmão gêmeo, eu o pegaria para mim. Está entendendo?"

Eu estava sentada olhando para as árvores à minha frente; elas eram tão bonitas e regulares, perfeitas. Tudo ao meu redor parecia tão ideal e harmonioso. Casa, carros, jardins, minha vida com um cara lindo ao meu lado. E eu sempre tinha algum senão — eu mesma não sabia qual era o meu problema.

"E o Domenico?"

Olga gemeu e se deitou de costas, chutando as pernas como uma menininha.

"Ah, ele é meu príncipe encantado num cavalo branco, e quando desce de cima do cavalo me come como um verdadeiro bárbaro. Sério, eu me apaixonei." Ela encolheu os ombros. "Nunca achei que fosse dizer isso um dia, mas a maneira como ele me tratou, o jeito como foi galante comigo, ah! ... E estou impressionada com os conhecimentos dele. Sabia que ele fez faculdade de História da Arte? Você já viu as pinturas dele? Ele pinta de uma forma que eu fico me perguntando se não é uma foto impressa. Maravilhoso! E agora imagine só: nas últimas duas semanas eu durmo e acordo ao lado dele, passeamos de barco à noite ou caminhamos pela praia, depois voltamos e fico observando quando pinta. Laura", ela se ajoelhou e se aninhou em mim, "você se presenteou com o romance da sua vida e, acidentalmente, também me presenteou. Sei que o que estou dizendo parece irracional e sem sentido, mas acho que eu o amo."

Olhei para ela sem conseguir acreditar no que estava ouvindo. Conhecia Olga muito bem e sabia que às vezes ela não raciocinava direito. Mas o que disse era tão diferente do estilo dela que parecia um absurdo, sobretudo num período de apenas duas semanas.

"Querida, fico muito feliz", falei, não totalmente convencida do que dizia, "mas, por favor, não fique tão animada com tudo isso. Você nunca amou alguém antes e, acredite em mim, não há nada pior do que ficar decepcionada. E é melhor não esperar grandes coisas e depois se surpreender positivamente do que esperar muito e sofrer depois por não ser do jeito que esperava."

Olga se afastou de mim com uma careta de insatisfação.

"Quer saber? Deixa pra lá!", rebati, dando de ombros. "O que será será. Vamos entrar, porque esfriou um pouco agora."

Ao passar pelos corredores, vi Domenico se esgueirando entre os quartos. Quando me viu, ele parou e depois recuou, voltando a ficar no corredor. Olga o beijou no rosto e depois continuou andando, enquanto eu me detive para olhar seus olhos castanhos por um momento.

"Obrigada, Domenico", sussurrei enquanto me aconchegava em seus braços.

Ele me abraçou com força e me deu um tapinha nas costas.

"Não foi nada, Laura. Massimo quer ver você, vamos."

Antes que Domenico me puxasse para dentro, gritei para Olga que iria procurá-la logo depois.

O Homem de Negro estava sentado junto a uma grande mesa de madeira, curvado sobre o computador. Quando a porta se fechou atrás de mim, ele ergueu os olhos friamente e se recostou na cadeira.

"Estou com um pequeno problema, amor", ele disse impassível. "Acontece que estive fora por muito tempo e as coisas se acumularam. Tenho uma reunião difícil pela frente, da qual não quero que você participe. Também sei que você sentiu saudade de Olga e achei que deveriam ir a algum lugar e ficar juntas por dois ou três dias. A menos de cem quilômetros daqui há um hotel do qual sou coproprietário. Reservei um apartamento para vocês lá. Eles têm spa, uma clínica de beleza moderna, excelente gastronomia e, acima de tudo, paz e sossego. Vocês vão ainda hoje e eu vou me juntar a vocês o mais rápido possível. Depois vamos para Paris. Acho que nos veremos daqui a três dias."

Fiquei olhando para ele e me perguntando onde estaria o meu amado marido das duas últimas semanas.

"E eu poderia opinar em alguma coisa?", perguntei, descansando as mãos sobre a mesa.

Massimo girou a caneta nas mãos, olhando para mim inabalável.

"Claro. Você pode escolher os guarda-costas que vão com vocês."

"Pode enfiar essa escolha no cu!", resmunguei e me dirigi para a porta.

Quando estava de saída para encontrar Olga e Domenico, senti uma respiração quente no pescoço e mãos fortes segurando meus quadris. O Homem de Negro me virou para ele e me encostou com tanta firmeza na porta de madeira que a maçaneta atingiu minha coluna. Sua mão roçou a minha parte mais sensível por cima da calça, e seus lábios se moveram sem pressa sobre os meus.

"Antes de você sair, Laura", sussurrou ele, parando por um momento, "vou te levar para a escrivaninha, e vou te comer, rápido e bruto, do jeito que você mais gosta." Então, ele me pegou e me colocou no tampo da mesa. "Depois da nossa noite de núpcias, não sei por que, me sinto muito atraído por madeira."

De fato, ele me fodeu com força, mas não muito rápido e não só uma vez.

Massimo amava sexo, todas as partes de seu corpo também. Era um amante insaciável e perfeito. O que eu mais gostava nele é que ele não só recebia, mas também dava. Ele dava à mulher a sensação de que ela era a melhor do mundo na cama, que o levava à loucura e que cada movimento dela era perfeito, assim como ela toda. Não sei o quanto isso era verdade e o quanto eu pensava que era, mas com ele eu me sentia uma superestrela de filme pornô. Eu não tinha inibições ou limites, Massimo podia fazer comigo exatamente o que quisesse, e eu queria mais. É incrível como os homens podem ser diferentes e afetar as mulheres de maneiras distintas. Nunca fui particularmente fácil e disponível, minha mãe me criou de maneira que eu não me prendesse aos costumes vigentes. Eu podia fazer qualquer coisa com um namorado, mas nunca fui assim tão aberta com ninguém. Sua informalidade e ao mesmo tempo o fato de que ele sabia como me manter a distância me deixavam louca, e seu tom imperioso, que não resistia a nenhuma objeção, me fazia obedecer até às ordens mais estranhas. Eu o amava e, além de amá-lo loucamente, adorava-o como homem.

"Faça as malas, Olga", eu disse, entrando no quarto dela, infelizmente sem bater.

O que vi me deixou imóvel, embora não pudesse dizer que já não tivesse visto aquilo antes. Olga estava nua e encostada à parede, e Domenico, de calça arriada, metia nela de pé. Quando entrei, acho que ele ficou com vergonha e escondeu a cabeça nos cabelos dela, esperando que eu fosse embora. Olga, por sua vez, virou o rosto para mim sorrindo e disparou:

"Assim que o Domenico terminar aqui, eu vou tratar do assunto. Agora pare de bisbilhotar e cai fora!"

Acenei de leve para ela, com uma expressão estranha no rosto, e me dirigi para a porta, mas antes de fechá-la gritei já no corredor:

"Você tem uma bundinha linda, Domenico!"

Eu me sentei no meio do closet e, suspirando pesadamente, olhei para as malas ainda por desfazer que havíamos acabado de trazer do Caribe. *Nem bem estou de volta e ele já está me dizendo para ir a outro lugar*. Me deitei no tapete macio, cruzando as mãos atrás da cabeça. Pensei em como sentia falta das bobagens do passado que tinha perdido. Ficar deitada na cama nos fins de semana com a TV ligada, tomando o café da manhã. Ficar entediada, vestida de moletom, debaixo de um cobertor, com um livro nas mãos e fones nos ouvidos. Ih! Mais que isso! Às vezes eu ficava dois dias sem me pentear, igual a um trol, vivendo só para mim. Com Massimo, isso era impossível por vários motivos. Em primeiro lugar, não queria que ele me visse como um ogro sujo com um ninho na cabeça. Além disso, ele estava constantemente me sequestrando para algum lugar, então eu não tinha certeza de onde acordaria no dia seguinte ou quem estaria me observando. Estar com um homem assim trazia obrigações, e eu não queria ficar muito diferente dele visualmente. Suspirei alto mais uma vez e me dirigi à primeira mala da fila.

Em uma hora eu já estava pronta, com as malas feitas, de banho tomado e usando uma legging marrom sexy. A gravidez ainda não era visível, e seu único sintoma eram os seios crescendo a um ritmo alarmante. Seu tamanho complementava perfeitamente minha figura, e eu ainda tinha um corpo magro e atlético, além de peitos novos que eu estava amando. Enfiei as pernas em minhas amadas botas Givenchy nude, acrescentei uma bolsa Prada e um suéter grosso de cor clara e de ombros caídos.

Enquanto eu puxava minha mala em direção à escada, Olga saiu de trás dela, toda amassada.

"Você acabou de chegar! Pra que porra de lugar você vai agora?", ela perguntou, tropeçando em um dos degraus. "Minha bunda está doendo e estou toda suada."

"Estou encantada com a sua confissão. Você fez as malas, Olga?"

"Eu estava ocupada demais. E para onde vamos? Se é que posso perguntar, porque não sei o que levar."

"Vamos ficar alguns dias num hotel no sopé do Monte Etna, só você e eu. Vamos ao spa, comer bem e praticar ioga. Podemos também fazer um passeio a uma galeria de arte, já que a pintura de Domenico te deixou tão espiritualizada, e poderemos ver a erupção do vulcão. Que mais você espera fazer?"

Olga estava sentada, fazendo uma careta questionadora.

"Que porra de cara é essa?", perguntei irritada. "O Homem de Negro me mandou viajar. E aí? Vou dizer que não?"

"O Domenico também ficou meio elétrico, tudo bem, que se danem! Daqui a dez minutos vou até seu quarto e vamos embora."

Quando chegamos à entrada, o Bentley já estava estacionado e pronto para partir. Um SUV preto parou bem atrás dele, e Paulo e mais dois guarda-costas desceram. Acenei para Paulo e entramos no carro. Eu gostava do Paulo; ele era provavelmente o guarda-costas mais discreto e inteligente dali, e me sentia segura com ele. Liguei o motor e apertei o botão de programação do GPS, definindo o endereço, e quinze minutos depois estávamos acelerando na rodovia.

Massimo tinha razão ao dizer que o hotel não ficava muito longe. Em menos de uma hora chegamos lá. Nos acomodamos e fomos jantar. Mais tarde, Olga bebeu uma garrafa de champanhe e eu bebi minha merda sem álcool. Depois de algumas horas de conversa, pegamos no sono. No dia seguinte, começamos pela excursão ao Monte Etna, que me encantava e me relembrava as histórias da infância que o Homem de Negro me contara. Eu gostaria que ele estivesse ali comigo, mas estava feliz com a presença da minha amiga.

Voltamos de tarde, com fome e cansadas. Nos sentamos no restaurante e pedimos o almoço.

"Estou sonhando com uma massagem", anunciou Olga, espreguiçando-se na cadeira. "Uma massagem demorada, forte e feita por um cara nu bem musculoso."

Eu estava comendo um pedaço de pão, olhando para ela com curiosidade.

"Acho que não vai ser difícil conseguir esse capricho", respondi, engolindo o pedaço. "Só não sei se vamos conseguir um cara nu."

Meu celular vibrou na mesa. Peguei-o para ver a mensagem na tela e senti um calor. Sorri radiante.

"Já sei", Olga zombou. "Massimo escreveu que te ama, ama o bebê e está até vomitando um arco-íris de tão feliz!"

"Quase. Ele escreveu que está com saudade. Mais precisamente: 'Estou com saudade, pequena'."

"O moço foi muito sucinto."

"Ei, é um SMS. Acho que esse é o terceiro SMS que recebi dele, então já viu, né?"

Me peguei olhando para a mensagem e meu coração parecia ter um ataque de alegria. Acho que se um cara qualquer tivesse pendurado uma faixa no centro da cidade com uma declaração de amor para a namorada, essa mulher teria sentido algo semelhante à emoção que cresceu dentro de mim.

"Quer saber de uma coisa, Olga? Tenho uma ideia." Desliguei o celular com um movimento conspiratório. "Vou fazer uma surpresa para ele. Vou voltar para casa e ficar lá um pouco esta noite. Vou raptá-lo da reunião com uma mentirinha, fazer um boquete e voltar."

"Vai nada! O segurança vai te seguir e a sua surpresa vai pro caralho, gênia!"

"Por isso você vai me ajudar. Vai ficar conversando com o Paulo e eu vou fugir. O carro está na garagem e eles estão parados em frente ao prédio. Além disso, quando formos dormir, eles também vão, porque isso aqui não é uma prisão. Eles estão no quarto ao lado, então nós vamos enganá-los um pouco, vou dizer que vou me deitar, porque não estou me sentindo bem. E você vai ficar e, se acontecer alguma coisa, vai me dar cobertura."

Olga fez uma careta e olhou para mim como se eu fosse uma idiota.

"Resumindo, vou até o Paulo e digo que você foi dormir, porque não estava se sentindo bem, e que eu também vou dormir, porque vamos querer fazer compras amanhã de manhã, então aconselho todos eles a também irem para a cama."

"É isso mesmo." Bati palmas.

O plano maléfico que eu havia elaborado era inesperadamente estimulante, e mesmo uma visita relaxante ao spa não poderia mudar isso. Escolhi o tratamento mais perfumado possível, feliz em pensar que meu marido ficaria surpreso e dominado pelo desejo ao me ver e, sobretudo, sentir meu cheiro. Terminamos nosso deleite corporal bem tarde e finalmente chegou a hora do teatrinho.

Eu estava usando apenas a lingerie vermelha rendada e, por cima, um suéter longo amarrado. À primeira vista parecia vestida normalmente, mas bastava que a tira em volta dos meus quadris se soltasse para que a visão se tornasse menos convencional.

"Que tal?" Ao sair, consultei a especialista, abrindo o suéter como um exibicionista em uma escola de meninas.

"Eu acho que essa é uma ideia de merda, mas você parece uma prostituta pra valer, então deve estar bom", disse Olga, deitada no sofá e mudando o canal da TV. "Me ligue quando estiver voltando, porque eu não vou mesmo dormir enquanto estiver esperando você."

Todo o nosso plano se concretizou com uma facilidade notável e, em vinte minutos, eu estava correndo para casa. Antes da minha partida, usei o aplicativo instalado no telefone para rastrear o paradeiro do Homem de Negro. Ele estava mesmo em casa; embora não fosse um dispositivo como o do

Batman, que poderia fazer um raio-x das paredes para me mostrar exatamente onde estava, dava uma ideia do cômodo onde ele se encontrava. Sempre que Massimo tinha reuniões oficiais, recebia seus convidados na biblioteca, onde também o vi pela primeira vez depois que me raptou. Eu adorava aquela sala; era o prenúncio de algo novo, desconhecido e excitante para mim.

Ao chegar, pressionei o botão do controle remoto e o portão da entrada da mansão se abriu. Ninguém se surpreendeu com a presença do meu carro, pois nem todos sabiam que eu havia saído, então estacionei em frente à entrada da mansão e sorrateiramente entrei.

A casa estava mergulhada na escuridão, havia sons de conversas no jardim, mas eu sabia para onde ir. Vaguei pelos corredores, meu coração batendo forte de excitação, e fiz um plano na minha cabeça. Eu sabia que Massimo não estaria sozinho no cômodo, então não poderia simplesmente abrir o suéter e me entregar a ele na mesa ou no sofá, porque isso confundiria suas visitas. Tudo que eu queria era dar uma espiada lá dentro e ter certeza de que estava exatamente onde eu pensava que estava. Depois, eu mandaria uma mensagem ou ligaria para ele — isso eu ainda não tinha decidido — para tirá-lo da biblioteca. Quando ele saísse, eu estaria esperando, seminua, imprevisível e cheia de tesão. Já podia me imaginar me jogando sobre ele, minhas coxas envolvendo seus quadris, e ele me levando para o meu antigo quarto e me comendo no tapete macio do meu closet.

Segurei a maçaneta e, tão delicadamente quanto pude, puxei-a, deixando para mim uma pequena fresta na porta. Apenas a lareira estava acesa na sala, e não se ouvia nenhuma conversa. Abri a porta um pouco mais e uma onda de fúria e desespero me inundou. Diante dos meus olhos, meu marido fodia sua ex-amante Anna. Estava transando com ela exatamente como tinha transado comigo no dia anterior, em cima da mesa de carvalho. Fiquei ali de pé, sem fôlego, o coração quase parando. Não sei quanto tempo se passou, se minutos ou segundos, mas quando senti uma pontada na barriga, voltei a mim. No momento em que queria sair pela porta e fugir para o fim do mundo, Anna olhou para mim, sorriu e puxou o Homem de Negro para si. E eu fugi.

Capítulo 5

Corri pelos corredores querendo ficar longe daquela casa o mais rápido possível. Entrei no carro e saí dali, com os olhos cheios de lágrimas e acelerei. Assim que me senti segura, estacionei e tirei da bolsa meu remédio para o coração; nunca havia precisado dele como naquele momento. Respirava rápido, esperando que fizesse logo efeito. *Meu Deus, o que vou fazer agora?*, pensei. *Vou ter um filho dele, e ele mentiu para mim e me traiu. Ele me enganou, me fez viajar para que ele pudesse se divertir com aquela puta.* Bati as mãos no volante. *Merda! Eu deveria ter voltado lá, entrado e matado os dois.* Mas tudo o que eu queria naquele momento era minha própria morte se não fosse pela vida que estava amadurecendo em mim, eu o teria feito. Pensar no bebê me deu forças. Eu sabia que tinha de ser corajosa por ele. Dei a partida no Bentley e voltei para a estrada.

Me ocorreu que precisava ir embora dali, só não sabia como fazer isso ainda. Eu estava total e absolutamente incapacitada, tinha deixado aquele homem ter todo o controle sobre mim. Ele sabia o que eu estava fazendo e onde estava, ele seguia cada movimento meu. Peguei o celular e digitei o número de Olga.

"Que rapidez é essa?", ela disse com voz entediada.

"Só me escute e não me pergunte nada. Temos de sair da ilha ainda hoje. Ligue o notebook e procure o primeiro voo para Varsóvia, com ou sem conexões, tanto faz. Coloque na mala apenas o suficiente para uma saída curta e pegue um conjunto esportivo para mim. Vou te buscar em menos de uma hora, veja se escapa sem que a segurança perceba. Eles não podem saber que saímos. Você entendeu, Olga?"

Do outro lado, apenas silêncio, e eu não sabia o que estava acontecendo.

"Olga, porra, você entendeu o que eu te disse?"

"Entendi."

Desliguei e pisei no acelerador. As lágrimas ainda não tinham parado de escorrer pelo meu rosto, mas me davam alívio, então era bom que estivesse chorando. Nunca na minha vida tinha odiado tanto um homem como odiava Massimo naquele momento. Eu queria provocar dor nele, queria que sofresse como eu para que o desespero o dilacerasse assim como eu estava dilacerada. Depois de toda aquela conversa sobre lealdade, depois de declarar seu amor e fazer uma promessa diante de Deus, ele simplesmente decidiu se aliviar logo que eu viajei. Não me importava o motivo por que ele fez isso, não tinha mais nenhuma importância. Meu sonho siciliano era lindo demais para durar para sempre, mas eu não pensava que acabaria tão rápido, se transformando em um pesadelo.

Me aproximei do hotel, sem chegar até a frente, e parei no estacionamento lateral. Antes, liguei para Olga, que estava escondida no escuro. Ela sinalizou onde estava com um cigarro aceso.

"Laura, o que está acontecendo?", ela perguntou preocupada, fechando a porta.

"A que horas é o voo?"

"Daqui a duas horas, saindo do aeroporto de Catania para Roma. Temos outro voo para Varsóvia às seis da manhã. Você vai me dizer que diabos aconteceu?"

"Você tinha razão, aquela surpresa não foi uma boa ideia."

Ela se sentou de lado, olhando para mim em silêncio.

"Ele me traiu", sussurrei e comecei a chorar novamente.

"Pare no acostamento. Eu vou dirigir."

Não tive forças para discutir com ela, então fiz o que me pediu.

"Mas que porra, que babaca de merda!", ela disse enquanto afivelava o cinto de segurança. "Que filho da puta! Está vendo? Eu te disse que era melhor não ir. E agora? Está na cara que ele vai te encontrar mais rápido do que a velocidade da luz."

"Eu pensei sobre isso enquanto dirigia", eu disse, olhando com apatia para o para-brisa. "Na Polônia, vou sacar dinheiro do banco como esposa dele, tenho o mesmo direito às contas que ele. Vou sacar o suficiente para algum tempo. Vamos voltar para Varsóvia e vou tirar essa porra de implante. Se der tudo certo, ele só vai saber que fui embora amanhã durante o dia e, antes que ele possa me localizar, já terei tirado esse troço de mim. E então vou para algum lugar onde ele não possa me encontrar. E depois... não me pergunte, Olga, porque até tenho medo de pensar nisso."

Olga tamborilava com o dedo no volante. Dava para ver que estava digerindo minhas palavras.

"Vamos fazer assim: em primeiro lugar, temos que nos livrar dos celulares na Polônia, porque eles vão nos rastrear na hora. Vamos com o meu carro, porque, como mostrou o caso da sua última estadia na Polônia, o seu tem GPS. Você não pode ir para a casa dos seus pais ou para qualquer lugar que Massimo conheça, ou seja, você tem que desaparecer. Tenho uma ideia: nós vamos para a Hungria."

"Como assim nós? Olga, fui eu que arrastei você para isso!"

"Exatamente, não dá para voltar no tempo, e você não está achando que vou deixar você sozinha agora, não é? Então, não fique de sacanagem e me escute. Meu ex-namorado István mora em Budapeste. Lembra que eu costumava te falar dele?"

"Mas isso já tem uns cinco anos! Perdi alguma coisa?"

"Ah, sei lá, porra, cinco ou coisa assim, o que importa é que o carinha se apaixonou, ele me liga pelo menos uma vez na semana, fica me enchendo o saco para eu ir lá, então essa é a oportunidade. Além disso, pobre ele não é, sua fábrica de automóveis lhe dá tanto dinheiro que nossa estadia lá não fará diferença para ele. Somos amigos, ele vai ficar feliz em ajudar, ligo para ele assim que conseguirmos celulares novos."

"Caralho, a Hungria é muito perto", reclamei. "Vamos para as Canárias, tenho uma amiga lá. Ela trabalha num hotel em Lanzarote."

Olga deu um tapinha na minha cabeça.

"Vamos, é? Sua estúpida, não podemos usar as identidades. Temos que ir de carro, só assim ele não vai poder nos seguir. E você queria fugir sozinha, sua idiota?!" Ela sacudiu a cabeça. Olga estava certa, eu não estava pensando racionalmente. Eu não conseguia acreditar no que havia acontecido e não conseguia imaginar o que aconteceria a seguir.

"Laura, lembre-se de que se quiser retirar uma quantia grande de dinheiro do banco, acho que mais de vinte mil euros, tem de avisar com antecedência. Estou te dizendo que você precisa avisar que quer sacar uma quantia grande. Eles precisam se preparar para isso. Ligue para o SAC e diga onde deseja sacar o dinheiro e quanto."

Obediente, peguei o telefone e comecei a procurar o número na internet. Naquele momento me sentia como uma criança. E Olga era a melhor mãe do mundo; ela pensava por mim e se lembrava de tudo porque eu não tinha forças para raciocinar.

Quando chegamos ao aeroporto, vesti o conjunto esportivo que Olga havia trazido para mim. Cheguei a ficar enjoada ao ver a renda vermelha da lingerie. Deixamos o Bentley em um dos estacionamentos com as chaves dentro e nos dirigimos para o terminal.

Passamos o voo copiando a lista de contatos dos nossos celulares em um pedaço de papel. Sabíamos que não poderíamos passar de um telefone para o outro e que, se não os escrevêssemos num papel, iríamos perdê-los para sempre.

Antes das nove da manhã, saímos do aeroporto de Okęcie, pegamos um táxi e fomos para meu apartamento em Mokotów. Uma das chaves estava com o porteiro porque, depois que saímos, Domenico tinha contratado uma mulher para limpar o apartamento.

No táxi, percebi que precisava trocar aquela roupa esportiva cor-de-rosa. Sacaria um grande montante de dinheiro e não queria parecer uma grávida casada, traída e idiota. Então me lembrei de que, na verdade, não tinha nada adequado para a ocasião.

"Vamos ao médico", disse à Olga. "Quando voltarmos, vamos ao shopping comprar roupas mais apropriadas, depois ao banco...", parei no meio da frase, olhando para Olga. "Não, sabe de uma coisa? Nada disso. Vamos para casa primeiro. Você faz as malas e eu volto para te buscar quando terminar."

Ela fez que sim com a cabeça e, algum tempo depois, estávamos subindo de elevador com minha bagagem. Deixei-a lá e fui sozinha para o hospital, em Wilanów.

Seria melhor ligar e ver se o Dr. Ome está na clínica, pensei. Peguei meu celular e digitei o número.

"Olá, Laura, como vai?", ouvi depois dos dois toques.

"Oi, Paweł, está tudo ótimo, mas tenho uma pergunta: você está no hospital?"

"Sim, por mais uma hora. O que aconteceu?"

“Eu gostaria de ver você. Posso chegar em quinze minutos?”

“Estou esperando. Até logo.”

Dessa vez não tive problemas com a recepção, pois Massimo não estava comigo e nada distraía as jovens atrás do balcão. Elas me encaminharam para o setor e algum tempo depois entrei no consultório.

“O que está acontecendo?”, Paweł perguntou, sentando-se atrás da mesa.

“Estou grávida.”

“Parabéns, mas essa não é a minha especialidade”.

“Eu sei, mas o que vou pedir para você fazer é. Só não sei o quanto a gravidez pode ser afetada pelo procedimento.” Enrolei a manga do agasalho para cima.“Eu tenho um implante aqui e preciso me livrar dele o mais rápido possível. Vou te pedir, como médico e como amigo, que não me pergunte nada.”

Paweł olhou para o tubinho, tocou o lugar onde estava preso e, sentando--se à mesa, disse:

“Você não perguntava nada quando eu festava nos seus hotéis, então eu não tenho intenção de perguntar nada também. Vá para a cadeira de procedimentos. O implante é superficial, você nem vai sentir quando eu puxar.”

Alguns minutos depois eu já estava dirigindo em direção ao shopping, me sentindo estranhamente livre. Mesmo tendo perdido tudo, o simples fato de eu ter me livrado daquela coleira já me fazia sentir paz e esperança dentro de mim. Assim que entrei na garagem, meu celular tocou e no visor do carro apareceu o nome “Massimo”. Meu coração parou e meu estômago deu um nó. Eu não sabia o que fazer; já era tarde, então os seguranças provavelmente tinham percebido nossa falta. Por um lado, sonhava ouvir sua voz, por outro, queria matá-lo. Desliguei a ligação e saí do carro.

Depois de entrar no shopping, fui primeiro à loja da operadora de celular, comprei dois aparelhos e chips novos. Paguei em dinheiro, pois sabia que Massimo poderia rastrear caso fizesse a transação com o cartão. E então subi para o salão da Versace.

A vendedora olhou para mim com indulgência quando entrei vestindo o agasalho esportivo rosa claro da Victoria’s Secret. Fiquei fuçando os cabides, sentindo o telefone vibrar na bolsa constantemente, até que encontrei um lindo conjunto, uma saia com uma camisa creme. Para combinar, escolhi uma jaqueta de couro preta e sapatos pretos. Experimentei e decidi que ficaria parecendo rica o suficiente. Fui até o caixa e coloquei minhas roupas no balcão. A senhora pareceu surpresa quando tirei meu cartão de crédito e entreguei a ela. Podia facilmente pagar pelas roupas com o dinheiro que estava conta, porque Massimo com certeza já sabia que eu estava na Polônia, embora, naquele momento, nada pudesse fazer com o que sabia. A grande soma exposta na caixa registradora não me impressionou. Tratei as compras como uma penitência para ele, uma compensação que me cabia, embora soubesse que ele não se importaria com aquilo. A mulher que recebeu o pagamento fez a cara que eu gostaria de ter como papel de parede no meu celular quando quisesse melhorar meu humor: a do espanto de um pai que descobre que o filho de sua esposa não é seu.

"Obrigada", eu disse indiferente, pegando o recibo e saindo.

Fui ao banheiro para me trocar. Peguei um brilho labial que estava na minha bolsa Prada clara e estava pronta em alguns minutos. Olhei no espelho: não parecia em nada a mulher ferida e chorosa de algumas horas antes. Entrei no BMW. O Homem de Negro não se dava por vencido. Havia trinta e sete chamadas perdidas no visor. Quando coloquei o carro em marcha, ele tocou novamente. Eu finalmente atendi.

"Que porra é essa, Laura?!", ele gritou furiosamente. "Onde você está? O que está fazendo?"

Ele nunca tinha usado essas palavras comigo, muito menos gritado. Fiquei em silêncio. Não tinha nada a dizer a ele, e realmente não sabia o que lhe dizer.

"Adeus, Massimo", consegui finalmente pôr para fora, e senti uma onda de lágrimas inundar meus olhos.

"Meu avião vai decolar em vinte minutos. Eu sei que você está na Polônia, vou te encontrar."

Eu queria desligar, mas não tinha forças para isso.

"Não faça isso comigo, pequena."

Ouvi desalento, dor e desespero em sua voz. Tive de arrancar de mim minha compaixão e meu amor. A imagem ainda presente da noite anterior, com Anna em frente a ele esparramada na mesa, me ajudou. Respirei fundo e apertei o volante com mais força.

"Se você queria trepar com ela, não devia ter me trazido para a sua vida. Você me traiu e, assim como você, não perdoo traição. Você nunca mais vai me ver, nem a mim nem ao seu filho. E não nos procure: você não é assim tão importante para fazer parte das nossas vidas. Adeus, *don*."

Dito isso, desliguei o celular, então saí do meu carro e joguei o telefone numa lata de lixo próxima a uma das entradas.

"Acabou", sussurrei para mim mesma, enxugando os olhos.

Entrei no banco me sentindo uma ladra. De repente me lembrei de todas as cenas de filmes de gângster a que havia assistido. A única coisa que faltava era uma arma, uma balaclava e a fala: "Mãos ao alto. Isso é um assalto". Embora eu tivesse todo o direito ao dinheiro que queria sacar, crescia dentro de mim a sensação de que estava roubando o Homem de Negro. No entanto eu não tinha escolha. Se não fosse o fato de estar esperando um bebê, eu não teria dado um passo tão desesperado. Fui a um dos caixas e disse à atendente o valor que queria sacar e que tinha avisado sobre o saque pela linha direta na noite anterior. A mulher à minha frente fez uma careta muito estranha, depois me pediu um momento e desapareceu pela porta.

Me sentei no sofá que estava próximo e esperei pelo restante dos acontecimentos.

"Bom dia", cumprimentou educadamente o homem parado à minha frente. "Meu nome é Łukasz Taba e eu sou o diretor do banco. Por favor, venha comigo."

Com passos calmos e elegantes, eu o segui e me sentei na poltrona de seu escritório.

"A senhora quer sacar uma grande quantia. Por favor, me passe o número da sua conta e os documentos."

Depois de quase meia hora, a quantia inteira estava na minha frente. Pus o dinheiro na sacola comprada anteriormente, disse adeus ao gentil cavalheiro e me dirigi para a saída. Joguei a sacola no banco do passageiro e travei a porta. Não conseguia acreditar no montante que estava ali ao meu lado. *Merda*, pensei, *será que preciso de tanto assim? Exagerei?* Dezenas de pensamentos passaram pela minha cabeça, incluindo se deveria voltar e entregar tudo àquele gentil senhor. Olhei para o relógio e estremeci. Me dei conta de que Massimo estava chegando, e que por isso tinha de ir embora o mais rápido possível para que ele não me encontrasse.

"Domenico me escreveu", anunciou Olga, abrindo a porta para mim. "Ele me mandou uma mensagem no Facebook."

"Não quero ouvir nada. Falei com Massimo e disse tudo o que queria dizer. Tome, este é o seu novo celular." Entreguei-lhe a caixa. "E, por favor, vamos encerrar esse assunto dos sicilianos, ok? Estou farta deles. E, no futuro próximo, lembre-se de que infelizmente você não pode entrar em sites, escrever e-mails ou qualquer coisa que permita que eles nos encontrem. Ah, e eles estão vindo para cá, estão na metade do caminho. Temos que cair fora logo. Vamos!"

"Mas, Laura, porra, ele escreveu que o Homem de Negro não te traiu."

"Que diabos você queria que ele escrevesse?!", gritei, irritada com aquela conversa. "Ele vai nos dizer agora tudo o que quisermos ouvir só para me segurar aqui. Se quiser, pode ficar. Garanto que estarão nesta casa em três horas. Só que não vou dar ouvidos a essas bobagens porque sei o que vi."

Olga cerrou os dentes e pegou as malas.

"O carro está com o tanque cheio e pronto para ir. Vamos."

Voltei a vestir meu traje esportivo, depois pusemos as coisas no VW Touareg dela e partimos.

"Laura, alguém está nos seguindo", disse Olga, espiando o espelho.

Dei uma olhada discreta para trás e vi um Passat preto com janelas escuras.

"Ele está atrás de nós há muito tempo?"

"Desde que saímos de casa. Achei que fosse coincidência. Mas está fazendo exatamente o mesmo percurso."

"Temos que mudar de direção", eu disse, procurando um lugar conveniente. "Já sei, logo ali tem um shopping. Entre na garagem."

"Mas que merda, Laura, você disse que eles tinham acabado de pegar o avião!"

"Eu acho que são os homens do Karol. Você se lembra? Você conheceu a esposa dele, Monika. O carro tem placa polonesa, então não pode ser mais ninguém, espero."

Entramos no primeiro andar do estacionamento e, paradas na vaga livre mais próxima, trocamos de lugar sem sair do carro. Nos últimos meses, minhas habilidades na direção de carros esportivos foram úteis para mim tantas vezes que comecei a apreciar a compulsão de meu pai por melhorar meu modo de dirigir. Nessa hora eu estava muito grata a ele por todos os cursos para os quais mandou meu irmão e eu.

"Ok, Olga, aperte o cinto e espere. Se você estiver certa, pode ser que isso seja bem difícil."

Comecei a sair do lugar e virei bruscamente em direção à saída do estacionamento. O Passat rugiu atrás de mim, mas foi bloqueado por um dos carros que saíam do shopping. Entrei no tráfego sem dificuldade e corri em direção à rua principal. Mais uma vez, burlando todas as regras de trânsito, eu corria por Mokotów. Sabia que não tinha potência para escapar com velocidade, mas sabia para onde estava indo, e essa era a minha vantagem. Vi pelo espelho que o carro preto estava atrás de nós. Felizmente o movimento era intenso, então eu tinha onde me esconder.

"Você não tem medo?", Olga perguntou, agarrando-se à porta.

"Não estou pensando nisso agora. Além do mais, mesmo que nos peguem, não vão nos machucar. Portanto, eu penso nisso mais como uma corrida do que como uma fuga."

Enquanto dirigia, eu procurava uma das ruas. Não me lembrava do nome, mas sabia que havia um lugar onde poderíamos nos esconder.

"É essa!", gritei, virando bem em cima da hora para a direita.

O Touareg quase se partiu em dois durante a manobra, mas conseguiu, e passado um tempo entramos no portão de um antigo prédio onde morava meu cabeleireiro gay. O portão levava a um patiozinho interno, onde poderíamos estacionar perfeitamente e esperar o fim da perseguição. Parei e desliguei o motor.

"Temos que esperar um pouco", eu disse, encolhendo os ombros. "Eles vão passar, mas depois vão voltar e vasculhar as ruas menores, então, vá fumar."

Saímos e Olga acendeu um cigarro.

"Você ligou para István?", perguntei.

"Liguei quando você estava trocando de roupa. Ficou louco de alegria. Ele já está preparando um quarto para nós em seu apartamento com vista para o Danúbio. Você precisa saber que ele não é dos mais jovens", acrescentou, olhando para mim. "Na verdade, é da idade do meu pai, embora não pareça."

Balancei a cabeça sem acreditar.

"Você é uma pervertida, sabia disso?"

"Ah, não posso evitar de gostar de caras mais velhos. Além disso, quando o vir, você vai entender. É lindo! E os húngaros geralmente são legais. Ele tem o cabelo preto e comprido, sobrancelhas grossas, ombros bem largos e lábios definidos de maneira perfeita. Ele sabe cozinhar, entende de carros e anda de moto. Um coroa muito sexy. As costas dele são tatuadas, e o pau dele...", ela assobiou em sinal de apreço.

Dei um tapa na minha testa, olhando para ela com desaprovação.

"O que você tem na cabeça, Olga?", rosnei quando entrei no carro. "Fume aí que eu vou ligar para minha mãe. Tenho que inventar uma nova mentira sobre o motivo de ter um novo número."

Eu não estava preparada para mentir para minha mãe de novo, então decidi fazer outra coisa, adiando esse momento.

Levei mais de uma hora para copiar a lista telefônica do papel para o novo celular. Olga me divertia com um especial de sucessos pop que estavam tocando na rádio. Ela estava alegre e relaxada como sempre, exatamente o oposto de mim. Parecia agir como se nada estivesse acontecendo, e nem ligava para o fato de estarmos tentando nos livrar da máfia siciliana.

"Ok, já passou tanto tempo que eles na certa desistiram. Vou dirigir até a saída da cidade e depois trocamos de lugar."

Dessa vez ninguém nos seguiu, então, assim que deixamos Varsóvia, me sentei no banco do passageiro. Depois de mais uns minutos dirigindo, me senti pronta para ligar para minha mãe. Quando ela atendeu, ouvi seu tom oficial de voz no fone.

"Oi, mãe", eu disse, o mais feliz que pude.

"Querida, que número é esse?"

"Meu contrato terminou e troquei de aparelho e de número. Ainda havia algumas pessoas me importunando que, sabe Deus por quê, ainda tinham o número antigo, então mudei. Você sabe como podem ser maçantes, e eles querem nos enfiar um cartão de crédito ou uma nova oferta ou sabe-se lá o quê."

"Como você está? Como está na Sicília? Na Polônia o outono está terrível, frio e chovendo."

Eu sei, dá pra perceber, pensei comigo mesma.

Nossa conversa foi basicamente sobre nada, mas eu tinha que deixá-la saber que o Homem de Negro poderia estar tentando me encontrar.

"Sabe de uma coisa, mãe? Eu terminei com ele", disse de repente, mudando de assunto. "Ele me traiu e, no fim, não era mesmo o cara certo para mim. Mudei de apartamento para trabalhar em outro hotel, para não entrar em contato com ele. Estou muito melhor agora, tenho mais tempo livre e me sinto ótima."

Do outro lado da linha era só silêncio, e eu sabia que tinha que desenvolver mais aquele tema.

"Sabe? É a mesma rede, só que o hotel fica do outro lado da ilha, a gerência decidiu assim e acho que foi a solução ideal", eu tagarelava como uma matraca. "O hotel é maior e eu ganho mais. Estou aprendendo italiano e pensando em trazer a Olga para cá." Pisquei num gesto expressivo para minha amiga, e ela riu em silêncio. "No geral está tudo ótimo, comprei um apartamento novo, é mais bonito que o anterior, só que grande demais para mim..."

"Então, querida...", ela começou, um pouco desconfiada, "se você está feliz e sabe o que está fazendo, eu te apoio em todas as suas decisões. Você nunca foi capaz de aquecer um lugar por muito tempo, então não estou surpresa com sua perambulação. Lembre-se de que se algo te acontecer, você sempre terá para onde voltar."

"Eu sei, mãezinha, obrigada. Só não dê meu novo número a ninguém, aconteça o que acontecer. Não quero que ninguém me assedie de novo."

"É claro que você está falando só dos vendedores, não é?"

"Vendedores, ex-namorados e todos com quem não quero falar. Mamãe, tenho uma reunião, preciso correr. Eu te amo."

"E eu te amo também, me ligue mais vezes."

Pus o celular de lado e cruzei minhas pernas sobre o assento. Lá fora estava chovendo e fazia dez graus. *Na Sicília, com certeza, deve estar ensolarado e fazendo vinte graus*, pensei, olhando ao longe.

"Você acha que a Klara engoliu a mentira? Sua mãe não é tão estúpida quanto você pensa, sabia disso?"

"Olga, puta merda, o que podia dizer a ela?! Oi, mãe, quer saber, vou ser sincera com você, eles me sequestraram alguns meses atrás, porque um cara teve um sonho, e depois me apaixonei pelo meu sequestrador, mas tudo bem, porque não sou o único caso no mundo de síndrome de Estocolmo. Ele é um chefe da máfia e mata gente, só que isso não é nada, sabe, porque fizemos um filho e me casei com ele em segredo, escondendo de todo mundo, e estávamos vivendo felizes, gastando sua fortuna obtida com o tráfico de drogas e armas, até que ele me traiu, e agora estou fugindo dele para a Hungria."

Ao ouvir essas palavras, Olga começou a rir tanto que teve de diminuir a velocidade porque não conseguia dirigir. Depois de algum tempo, o riso serenou e, enxugando os olhos lacrimejantes, ela disse:

"Essa história é tão incrível que chega a ser estúpida. Já posso ver sua mãe batendo a mão na cabeça ao ouvi-la. Você deveria ter dito a verdade, ela teria se divertido tanto quanto eu."

Isso me irritou, mas ao mesmo tempo me acalmou e me deixou esquecer quão infeliz me sentia.

"Preciso encher o tanque", Olga disse, saindo do percurso.

"Vou te dar o dinheiro", respondi, enfiando a mão na bolsa cheia de notas.

Já estávamos fora das fronteiras da Polônia, por isso os euros que tinha comigo se tornaram muito úteis.

Olga olhou para a bolsa preta e torceu a boca.

"É essa a cara que um milhão de euros tem? Achei que seria mais que isso."

Fechei o zíper e olhei para ela com desaprovação.

"E quanto eu deveria sacar? Você não acha que é o suficiente? Quero trabalhar depois de ter meu bebê, e essa deve ser nossa apólice de seguro — a dele e a minha — até o nascimento. Não vou viver à custa do Massimo, ou pelo menos não no nível da Sicília, fingindo ser da burguesia."

"Porque você é burra, Laura! Porra, você não pensa em termos de benefícios. Veja só, ele te fez um filho, basicamente sem o seu consentimento ou conhecimento!" Balançou a cabeça, como se ela mesma discordasse do que estava dizendo. "Ok, você sabia, quer dizer, você não sabia, ah, deixa pra lá! Ele te fez um filho, certo? Ele se livrou do homem que tinha um caso com você, fez você se casar com ele e no final te traiu. Se fosse eu, tiraria tudo daquele caralhudo, sabe, como castigo, para dar o exemplo, e não por ganância."

"Vá logo encher o tanque, Olga, porque, sabe de uma coisa? Você está falando besteira! Não podemos usar os cartões porque Massimo vai nos rastrear, ou pelo menos vai descobrir para que lado fomos. Portanto, não adianta ficar com essa masturbação mental; não vou pegar mais dinheiro dele e fim!"

O restante da viagem passou muito rápido e, depois de mais de dez horas de viagem, chegamos. István morava em um casarão maravilhoso e histórico quase no centro de Budapeste, no lado oeste da cidade.

"Olga, que bom te ver!", exclamou, correndo para o carro. "Há quantos anos a Hungria não via esse rostinho adorável!"

"Não exagere, István, cinco anos não é tanto tempo assim", Olga respondeu com um sorriso, dando tapinhas na bunda dele quando István colou nela. "Ok, por enquanto, chega desses carinhos." Ela o empurrou de leve. "Esta é a minha irmã, Laura."

Ele se curvou e beijou minha mão galantemente.

"Graças aos seus problemas, a minha amada voltou. Obrigado, Laura, e espero que tudo se ajeite, mas não rápido demais."

Olga estava absolutamente certa ao dizer que István não parecia ter a idade que tinha. Ele era um cara extremamente sensual, um pouco como um cruzamento de turco com russo. Trazia frieza e descontração nos olhos. Dava para sentir que era um homem forte, que ama quando tudo acontece do jeito que ele quer. Além disso, era uma pessoa extremamente boa, mas eu não conseguia explicar esse sentimento. Havia algo em István que me fez confiar nele desde o primeiro segundo.

"Você tem uma abordagem peculiar para a situação, mas eu compreendo", eu disse com um sorriso.

O húngaro olhou para Olga mais uma vez e gritou alguma coisa, e um belíssimo jovem desceu correndo as escadas.

"Este é Atilla, meu filho", disse. "Olga, acho que você se lembra dele, não é?"

Nós duas ficamos encantadas olhando para o jovem húngaro parado à nossa frente. Era evidente que ele gostava muito de fazer exercícios; sua musculatura se mostrando por baixo da camiseta justa tornava difícil se concentrar em qualquer outra coisa. Tinha pele morena, olhos verdes e dentes brancos perfeitos e, quando sorria, apareciam covinhas nas bochechas. Era tão adorável e lindo que era impossível tirar os olhos dele.

"Olga, estou tendo um ataque cardíaco", eu disse em polonês, com um sorriso idiota.

Minha amiga estava hipnotizada, incapaz de dizer uma palavra.

"Oi, meu nome é Atilla." Ele sorriu. "Vou levar suas malas porque parecem pesadas."

"Será que ele também pode me carregar?", Olga deixou escapar, quando recobrou a consciência.

Enquanto isso, o jovem húngaro rapidamente pegou as malas enormes e desapareceu pela porta. E nós ficamos lá, babando com seu corpo musculoso.

"Lembro a você que está grávida e sofrendo por uma traição", disse Olga com uma expressão idiota no rosto.

"E você está, como se supõe, loucamente apaixonada por Domenico?", respondi sem hesitar. "Além disso, ele provavelmente é muito mais novo que a gente."

"Sim, a última vez que o vi ainda era uma criança, cerca de quinze anos, o que dá uns vinte agora." Contou mentalmente, depois confirmou com a cabeça. "Ele já era bonito quando adolescente, mas aquele que correu escada acima agora é um exagero. Como vou viver com ele debaixo do mesmo teto?", ela gemeu.

Depois de pegar a última bolsa, István se aproximou de nós, pegou as chaves do carro e o levou até a garagem escondida sob o casarão. Enquanto isso, na companhia de Atilla, seguimos para a entrada principal.

A casa era linda. Uma escada antiga parecia dar as boas-vindas na entrada, levando à sala de estar, cinco degraus acima. A espaçosa sala ocupava todo o primeiro andar do edifício. A decoração era muito clássica: móveis e piso de madeira, lareira de tijolos. Tudo era decorado com cores quentes e suaves, que davam a impressão de uma caverna aconchegante. Havia muitas peles em forma de tapetes peludos por toda parte, muitos acessórios masculinos e nenhuma planta. Era evidente que não havia um toque feminino naquele interior, e os donos da casa eram homens.

"Está tarde. Querem tomar alguma coisa?", perguntou Atilla, abrindo uma garrafa e despejando um pouco da bebida nos copos.

Tomou um gole, seus olhos verdes fixos em mim interrogativamente. Aquela visão me fez lembrar o jeito como Massimo bebia — o mesmo tipo de olhar selvagem, a mesma maneira de lamber os lábios.

"Não posso, estou grávida", respondi, sabendo que o bebê o espantaria imediatamente.

"Que beleza! Em que mês?", ele perguntou sinceramente interessado. "Vou pedir um chá para você e algo para comer. O que está com vontade de comer? Tem uma governanta na casa, o nome dela é Bori. Se apertar o zero de qualquer telefone, você liga para ela. Ela cozinha muito bem e está conosco há quinze anos, então eu sei do que estou falando."

Eu não estava com fome, apenas incrivelmente cansada. Foram vinte e quatro horas muito longas.

"Peço desculpas a vocês, meus queridos, mas estou caindo de cansaço e, se puder, gostaria de me deitar."

Atilla pousou o copo e me pegou pela mão enquanto me conduzia escada acima. Fiquei um pouco surpresa com sua espontaneidade, mas não me importei com seu toque, então não me opus. Ele me levou pela escada para o segundo andar e abriu a porta de um dos quartos.

"Este será o seu quarto", disse, acendendo a luz. "Eu vou cuidar de você, tudo vai ficar bem, Laura."

Quando terminou a frase, ele me deu um beijo suave na face e, afastando seu rosto do meu, passou o polegar pela minha bochecha. Estremeci e me senti desconfortável, como se estivesse traindo o Homem de Negro. Me afastei, indo para dentro do quarto.

"Obrigada, boa noite", sussurrei enquanto fechava a porta.

No dia seguinte, acordei e instintivamente estendi a mão para o outro lado da cama.

"Massimo...", sussurrei, e as lágrimas encheram meus olhos. Uma vez minha mãe me disse que a mulher não deve chorar durante a gravidez, porque o bebê vai ser chorão, mas naquele momento não dei a mínima. Estava deitada, debulhada em lágrimas e rolando de um lado para o outro. Só comecei mesmo a sofrer depois que o cansaço havia passado. Aos poucos fui percebendo o que acontecera, e meu desespero assumiu uma forma mais tangível. Meu estômago tinha dado um nó, e todo o seu conteúdo subiu para a garganta. Eu não queria viver, não queria viver sem ele, não queria vê-lo, não queria sentir seu toque, o cheiro de sua pele. Eu o amava tanto que esse amor me causava dor. Cobri a cabeça com o edredom e uivei como um animal selvagem ferido. Sonhava em desaparecer.

"Chorar faz bem", ouvi uma voz e senti alguém abraçar minha cintura. "Olga me contou o que aconteceu. Lembre-se de que às vezes é mais fácil buscar alívio com um estranho do que com um amigo."

Afastei as cobertas e olhei para Atilla, que estava sentado na beirada da cama usando apenas a calça de um agasalho e segurando uma xícara de chá. Era encantador, prestativo e parecia sinceramente preocupado com a situação.

"Eu ouvi um barulho estranho enquanto estava indo para meu quarto, então entrei. Se você quiser, eu vou embora. Mas, se você preferir, posso ficar aqui sentado com você."

Olhei para ele pensativa e ele sorriu para mim, tomando um gole da caneca de vez em quando.

"Laura, minha mãe sempre me dizia: 'Se não for essa pessoa, então será a próxima'. Bem, você está grávida, o que complica um pouco as coisas, mas lembre-se de que tudo na vida acontece por algum motivo. E por mais cruel que possa parecer o que eu digo, acho que no fundo você sabe que tenho razão."

Limpei os olhos e o nariz, então me recostei na cabeceira da cama ao lado dele, estendi a mão e peguei a xícara de que ele estava bebendo.

"Sabia que você gosta exatamente do mesmo chá com leite que eu?", eu disse, provando a bebida.

"Com certeza, acabei de beber o que Olga preparou para você. Já são quase duas da tarde, você dormiu mais de doze horas, meu pai estava preocupado e marcou uma consulta com o amigo dele. Ele é ginecologista; vou te levar lá assim que você estiver pronta."

"Obrigada, Atilla, um dia você fará uma mulher muito feliz ao seu lado."

O jovem húngaro se virou e se apoiou nos cotovelos, olhando para mim.

"Ah, sinceramente, eu duvido", respondeu, divertido. "Eu sou cem por cento e declaradamente gay."

Meus olhos se arregalaram e provavelmente fiz a cara mais estúpida do mundo, porque Atilla explodiu numa risada incontrolável.

"Meu Deus, que desperdício!", gemi, fazendo um muxoxo.

"Verdade?", ele sorriu, provocando. "Eu até tentei ser bissexual uma vez, mas não é para mim; vaginas não são para mim. Claro que você é linda e usa os sapatos mais bonitos, mas eu prefiro os rapazes. Grandes, musculosos..."

"Ok, já entendi, já chega", cortei.

Atilla se levantou e empinou os quadris bem perto do meu rosto.

"Mas vocês podem olhar. Sem problemas." E acrescentou: "Arrume-se, Laura, vamos sair em uma hora e meia."

Tomei um banho, me vesti e desci. Olga estava encostada na bancada da cozinha e abraçando István. Eles nem perceberam quando entrei. Ela, toda charmosa, olhava-o nos olhos, balançando a cabeça de um lado para o outro enquanto ele mordiscava os lábios e permanecia em silêncio.

"Bom dia", eu disse, colocando minha xícara vazia na pia.

Minha presença não os perturbou em nada. Eles me cumprimentaram educadamente, sem tirar os olhos um do outro.

"Olga, o que você está fazendo?", perguntei em polonês, pegando um croissant doce.

Ao som da nossa língua materna, István sorriu e caminhou em direção à sala de estar.

"Como assim? Estou conversando."

"Telepaticamente? Sem palavras?"

"Laura, de que merda você está falando?" Olga ficou irritada e se sentou na bancada.

"Não faz muito tempo você estava apaixonada. E aí? Já passou?"

"Não faz muito tempo nossa vida parecia completamente diferente. Afinal, não tenho como estar com o Domenico quando você não está com o Massimo. E aí? Tenho que ficar chorando por um cara até o final da vida e ser celibatária, me alimentando de lembranças?"

Baixei a cabeça e respirei fundo.

"Me desculpe", sussurrei, mais uma vez sem conseguir controlar as lágrimas.

"Não tem o que desculpar, querida", ela disse, me abraçando. "Não é sua culpa, é daquele mafioso. Ele ferrou com a gente. Mas veja", Olga continuou, enxugando minhas lágrimas, "nem eu nem você temos a intenção de sofrer para sempre. Pelo contrário, eu pretendo esquecer o mais rápido possível e aconselho você a fazer o mesmo."

Naquele momento, Atilla entrou na sala e nós duas nos calamos.

Ele estava vestido com uma calça de agasalho tipo *boyfriend* na cor cinza mesclado e uma camiseta bege com um enorme decote. Estava usando tênis Air Max pretos e tinha nas mãos uma jaqueta de couro da mesma cor dos tênis.

Ele pôs os óculos escuros e sorriu radiante, mostrando a fileira de dentes brancos.

"Prontas?"

"Você deve estar brincando se acha que eu vou sair desse jeito", Olga gritou, enquanto corria escada acima. "Me dê cinco minutos."

Eu, por outro lado, não queria trocar de roupa, me sentia confortável com meus saltos altos e leves, jeans justo e um suéter solto de tecido grosso. Pus meus amados óculos aviador e olhei para o relógio.

De repente, senti uma pontada na barriga. Coloquei uma mão sobre ela e a outra sobre a mesa.

"O que foi, Laura?", Atilla, preocupado, me segurou pelo cotovelo.

"Nada, eu acho...", murmurei. "Toda vez que penso em Massimo, sinto essa dor idiota, como se o bebê sentisse falta dele." Levantei os olhos para ele. "Eu sei que é uma idiotice."

"Sei lá... Sabe, eu arranquei um dente do siso há algum tempo e, embora a ferida tenha cicatrizado rapidamente, alguns meses depois eu sentia dor no mesmo lugar, embora o dente tivesse sumido. O dentista disse que era uma dor fantasma. De modo que, sabe, tudo é possível!"

Eu me agachei perto da ilha da cozinha e ri.

"É, sim, é a mesma situação."

"Cheguei!", gritou Olga, correndo pelas escadas.

O outono na Hungria era definitivamente mais bonito e quente do que na Polônia. Embora novembro estivesse se aproximando, fazia quase vinte graus lá fora. Caminhamos pelas pitorescas ruas de Budapeste, saboreando a riqueza da arquitetura que nos cercava. Atilla dirigia com cuidado, mas firme; seu Audi A5 azul deslizava graciosamente pelas ruas movimentadas da capital.

Depois de meia hora, chegamos ao local. O jovem húngaro desceu e nos conduziu ao consultório particular do amigo de seu pai. Quando entramos, a recepcionista ouviu a solicitação de Atilla, respondeu em húngaro e depois de algum tempo entrei no consultório do meu novo ginecologista.

"Como está, tudo bem?", Olga perguntou, pulando da cadeira quando saí do consultório médico.

"Na verdade, não. Fizeram uns exames, os resultados saem amanhã. Preciso repousar, não me cansar demais, não ficar nervosa. Merda! Vou acabar ficando maluca o tempo todo deitada."

"Venha, linda, vou te comprar *lángos*, uma especialidade da culinária húngara, e te levar para casa. Vamos todos nos deitar, vai ser divertido", disse o jovem, colocando o braço em volta de mim.

Olga segurou minha mão.

"O que fazer, não é? Vamos nos deitar, afinal estamos todos grávidos!", ela riu, beijou minha testa e fomos para o carro.

Depois de comer aquele pão frito, terrivelmente gorduroso mas delicioso, com queijo e alho, voltamos para casa, onde, muito obediente, vesti um agasalho e pulei na cama. Algum tempo depois, István entrou em meu quarto, fechando a porta atrás de si.

"Conversei com meu amigo", ele começou, sentando-se na poltrona ao lado da cama. "Espero que não se chateie comigo por me preocupar com sua saúde. Sei que há risco nessa gravidez, então vou tentar fazer com que você se sinta o mais confortável possível aqui. Não se preocupe com nada, hoje mesmo vão instalar a TV polonesa aqui, e você tem um computador com acesso à internet na mesa ao lado da cama. Se precisar de mais alguma coisa, como livros, jornais ou apenas uma conversa, tudo lhe será fornecido."

Olhei para ele com gratidão.

"Por que você está fazendo tudo isso, István? Você nem me conhece! Além disso, não faz sentido, vim para cá fugindo da máfia siciliana, estou grávida e sou apenas o prenúncio de problemas."

"É muito simples. Amo sua amiga e ela te ama."

Deu um tapinha no meu ombro e saiu, passando por Olga na porta.

"Visita!", minha amiga exclamou alegremente, colocando uma xícara de chocolate quente ao meu lado. "Você não me contou o que o médico disse."

"As boas notícias são que o bebê se parece com um bebê e pesa tanto quanto uma colher de chá de açúcar. Sabe quando estou alegre ou feliz, porque aparentemente ele também fica satisfeito graças aos hormônios secretados. Infelizmente acontece a mesma coisa se eu ficar emputecida, então eu deveria estar vivendo numa bolha cor-de-rosa e mandar tudo para o inferno. Que mais... Ele tem cabeça, braços, pernas, um serzinho humano de quatro centímetros. Todos os dias o médico vai vir me examinar. Em um caso como o meu, seria de praxe eu ficar internada, mas como István é seu amigo, não preciso. Ah, você sabe que ele te ama?! Acabou de me confessar, simples assim."

Olga deitou a cabeça ao lado dos meus pés e afundou o rosto nas mãos.

"Meu Deus, eu sei, e daí, Laura, que merda?! Eu amo o Domenico. István me dá tesão, isso sim, ele é maravilhoso, gentil, atencioso, e tem aquele pau, sabe...?" Ela revirou os olhos, imaginando. "Mas não temos mais a química que costumávamos ter. Eu me lembro de quando o conheci. Era julho e fui passar duas semanas no lago Balaton. Você então estava com Paweł, que tinha um restaurante, e não via o mundo fora dele. Então aluguei um apartamento em Siófok e fiquei aproveitando o maravilhoso verão húngaro. Um dia resolvi ir a uma balada. Eu estava andando sem rumo, de bar em bar, mas nada me agradava. Aí comprei uma garrafa de vinho rosé, um maço de cigarros e, toda elegante, que nem uma sentinela em dia de Corpus Christi na Polônia, sentei na calçada e fiquei olhando as pessoas passando. Eu provavelmente parecia uma prostituta — e foi por isso que ele me viu. Ou então eu parecia uma pessoa normal e sóbria, tão maravilhosa quanto um milhão de dólares. Enfim, ele estava passando com seus amigos e se virou para me olhar, e por algum motivo eu o encarei. Ficamos olhando um para o outro como dois babacas, e István se esforçava para seguir o colega à sua frente. Continuei esquentando o meio-fio e ele desapareceu na multidão. Depois de alguns minutos, surgiu do nada na minha frente. Primeiro apareceram as elegantes e caras botas de motociclista, depois o jeans rasgado com uma protuberância enorme, porque, você sabe, aquele pau dele tem que caber em algum lugar... E depois eu vi o corpo musculoso e um olhar de matar, fixo em mim. Ele tirou o cigarro que eu estava fumando da minha boca e sentou-se ao meu lado, encostado na parede. Fumou sem dizer uma palavra, tomou um gole de vinho, levantou e saiu. Fiquei que nem uma idiota. 'O que foi isso?', pensei, mas ignorei e simplesmente continuei ali, ainda sem me mover. Cinco minutos depois, ele sentou ao meu lado, colocou uma garrafa de vinho na calçada, tirou seu canivete, abriu e disse: 'Se você quer se lembrar da Hungria degustando vinho, comece a beber algo melhor e eu vou garantir que não se recorde só do gosto do vinho'. E aí me deixei cativar por aquela cantada. Naquela noite conversamos até de madrugada, o tempo todo sentados na calçada. De manhã tomamos café, depois fomos para a praia e, acredite ou não, ainda não havia nada entre nós. No dia seguinte, nos encontramos para jantar em um pub que ele escolheu e, de novo, ficamos conversando que nem uns malucos. No fim, me despedi e fui embora. Agradeci a ele pelas duas noites maravilhosas e caí fora."

"O quê?", perguntei, espantada com aquela história. "Não entendo, por que você fugiu?"

"Ele era perfeito, maravilhoso e eu era jovem", Olga respondeu com tristeza. "Eu não tinha confiança em mim mesma, não conseguia controlar meus sentimentos e tinha medo de me amarrar nele. Mas relaxe, Laura. István não desistiu." Ela ergueu a mão como se antecipasse os acontecimentos. "Saí do pub e fui pela calçada lotada em direção ao apartamento. Eu estava a cerca de dez minutos de caminhada de lá e, quando estava quase na porta, senti alguém me virar vigorosamente, me encostar no portão vizinho e me beijar maravilhosamente. Quando terminou, ele disse: 'Você esqueceu de dizer adeus'. Então ele se virou e quis ir embora, e o que eu deveria fazer...? Corri atrás dele, caí nos seus braços e assim passamos dez dias. Depois fomos até a casa dele em Budapeste e descobri que era um cara muito rico, divorciado e que tinha um filho. Tudo isso era muita pressão em cima de mim, de modo que, um pouco depois da minha chegada à Hungria, fugi. Ele disse que entendia, mas não conseguia esquecer ou aceitar aquilo. Então ele ligava, me visitou várias vezes em Varsóvia..."

Encarei-a encantada com sua história cheia de afeto e especialmente pela paixão.

"Por que você nunca me contou sobre isso, Olga? É tão lindo!" Dei um sorriso irônico, e ela me retribuiu com um golpe de travesseiro no rosto.

"Por isso mesmo, sua vadia! Porque você ia ficar rindo de mim. Essa porra cheia de sentimentos não faz meu estilo, mas posso te dar uma palhinha com detalhes sobre os dez dias que passei com o pau dele na minha boca. Você ia ficar entusiasmada, posso te garantir."

Capítulo 6

Eu ficava deitada na cama. As horas, dias e semanas passavam. Olga e Atilla se deitavam comigo e, às vezes, István se juntava a nós. Ficávamos jogando, lendo livros, assistindo à TV, nos entediando, mas, no geral, acabamos por nos acostumar. Éramos um pouco como irmãos. Os resultados dos meus exames melhoravam a cada dia, e eu estava tranquila. Não posso dizer que estava feliz, porque não houve dia em que não tenha pensado em Massimo. Mas já tinha aprendido a viver assim. Também ligava para minha mãe, cada dia com um chip diferente. Graças a Deus meu celular tinha uma opção de bloqueio de tela, então minha mãe pensava que o número era sempre o mesmo. Mamãe não tinha o hábito de ligar, mas de esperar por uma ligação, e mesmo quando ela telefonava para meu número eu não atendia e ligava depois.

E assim o outono passou sem que ninguém suspeitasse de meu paradeiro. Dezembro estava chegando. Não era mais tão divertido porque parei de caber nas roupas; tinha uma barriga realmente minúscula, mas muito mais visível do que algumas semanas antes. Olga tinha suas lutas internas e István, por sua vez, lutava com a relutância dela, até que, finalmente, um dia, houve uma conversa que eu esperava fazia dias.

"Laura, é hora de voltarmos para a Polônia ou de eu me mudar", disse Olga, sentando-se ao lado do balcão da cozinha, enquanto eu tomava o café da manhã. "Já está tudo bem com o bebê, você está se sentindo bem, ninguém nos persegue, ninguém nos procura, e já se passou mais de um mês e meio. Vamos voltar."

Fiquei feliz por ela ter dito isso. Nós duas sentíamos falta do nosso país. Eu sentia falta dos meus pais e dos meus amigos, e Olga também. Tinha sido maravilhoso na Hungria, porém eu me sentia como uma hóspede e não conseguia imaginar ficar lá para sempre.

"Você tem razão, Olga. Já contou ao István?"

"Sim, conversamos a noite toda, ele entende a decisão. E, provavelmente, graças a essas poucas semanas, aceitou o fato de que não há futuro para nós."

Atilla desceu até a cozinha e me abraçou forte como sempre, beijando-me na cabeça.

"Como está minha mamãezinha favorita?", perguntou.

O fato de ele ser gay me ajudava muito a me aproximar dele. Mesmo sendo um dos caras mais bonitos que já tinha visto na vida, eu o tratava como um irmão.

"Eu me sinto tão bem... pena que logo iremos embora", disse, me aconchegando em seu ombro.

Ele deu um pulo para trás como se houvesse se queimado, deu a volta na ilha da cozinha, foi até o outro lado e, apoiando-se com as duas mãos no tampo da mesa, falou alto:

"Vocês não podem simplesmente ir embora e me deixar aqui sozinho! Além disso, Laura não deveria mudar de médico novamente. E se ficar doente na Polônia, quem vai cuidar dela? Eu não concordo, vocês não vão a lugar nenhum."

Quando acabou de vociferar, bateu com a mão na mesa e olhou furiosamente para mim. Fiquei surpresa com sua reação! De repente ele deixou de ser o carinha maravilhoso para se tornar um homem monopolizador, que se recusava a devolver o que lhe pertencia.

"Atilla, não aja como um bosta!", Olga bufou, levantando-se. "Não brigue com a gente porque fico emputecida quando você age como um babaca. Não vamos te deixar, só vamos voltar para o nosso país, entendeu? Existem aviões, carros e não vivemos no Canadá. Você pode nos ver todas as semanas se quiser, e temos muitos garotões lindos pra caralho em Varsóvia para você."

Me levantei e fui até ele, aconchegando minha cabeça em seu corpo musculoso.

"Vamos, Godzilla, não fique bravo", eu disse. "Venha conosco se quiser, mas temos que voltar."

Dei um tapinha nas costas dele e subi as escadas. Como era de esperar, não demorou muito e meu irmão adotivo gay veio atrás de mim. Ele invadiu o quarto e fechou a porta. Veio até mim, colocou a mão em meu pescoço e me pressionou contra a parede. Tive uma sensação familiar de formigamento no estômago; só Massimo me tratava assim. Inesperadamente, sua língua invadiu minha boca com violência, e ele pressionou todo o seu corpo contra o meu. Fechei os olhos e, por um momento, tive a sensação de ter recuado no tempo. Nossas línguas dançavam num ritmo perfeito e preguiçoso, enquanto suas mãos enormes seguravam meu rosto com ternura. Os lábios macios envolviam minha boca, quentes, apaixonados e selvagens.

"Atilla, o que você está fazendo?", sussurrei, atordoada, virando minha cabeça para o lado. "Você não disse..."

"Você realmente acreditou que eu era gay?", perguntou, passando a língua pelo meu pescoço. "Laura, sou 100% hétero. Eu te desejo praticamente desde o momento em que entrou nesta casa, adoro seu cheiro e sua aparência quando acorda. Adoro a maneira como você cruza as pernas, escova os dentes, lê um livro e morde os lábios quando pensa em algo", suspirou. "Meu Deus, quantas vezes eu quis ter você!"

Fiquei tão chocada que a princípio não entendi o que ele estava me dizendo. E sua língua ainda me lambendo não facilitava muito as coisas.

"Mas estou grávida e sou casada com um homem 100% mafioso. Você entende isso?" Eu o empurrei. "Ô rapaz! Eu te trato como a um irmão, e você inventou toda essa baboseira de ser gay só para me foder? Deus, isso é nojento!" Furiosa, abri a porta. "Te manda daqui!" Ele não reagiu e eu gritei: "Cai fora, Atilla!"

Olga, como convém a um pitbull, apareceu alguns segundos depois e ficou parada na porta.

"O que está acontecendo? Por que você está berrando?"

"Estou só gritando um pouco. Faça as malas, vamos embora."

Olga olhou para nós dois com indisfarçável intranquilidade e, não tendo recebido uma resposta, virou-se e foi para o quarto dela.

Depois de duas horas, estávamos prontas para partir. Na maior parte desse tempo, Olga ficou no quarto com István, que aparentemente não gostou nada da nossa partida. Não tenho ideia de como ela lhe agradeceu por aquelas semanas de estadia, mas ele parecia bastante satisfeito quando saíram do quarto.

Eu o beijei e ele me abraçou por um longo tempo... como um pai. Eu gostava dele, me sentia à vontade com István e sabia que, ao contrário do filho, ele não tinha más intenções.

"Obrigada", eu disse, me afastando dele.

"Me liguem quando chegarem."

Atilla saiu de casa depois da nossa discussão e não voltou até partirmos. Eu sentia muito, mas, por outro lado, estava bastante chateada com ele. Os sentimentos eram instáveis, de modo que, no final, não me importei muito com sua ausência.

A estrada para a Polônia era longa, definitivamente muito longa, e, devido ao fato de nossa partida ter sido repentina, não tínhamos planejado para onde iríamos afinal. Isso só nos ocorreu na metade do caminho.

"Laura, sabe o que me passou pela cabeça?", Olga perguntou.

"Acho que a mesma coisa que passou pela minha. Que não podemos voltar para o seu apartamento."

"Bem, eu já sabia há alguns dias; não estou falando disso."

Olhei para ela interrogativamente.

"Veja só, estive pensando nisso por um tempo e nossa fuga não faz absolutamente nenhum sentido. Ele vai encontrar você de qualquer maneira, quer queira quer não. Além disso, querida, existem maneiras legais de resolver seus assuntos, e foder com a sua vida simplesmente porque Massimo é um filho da puta não faz sentido. Você já deu uma respirada, já se recuperou e se acalmou. Não estou dizendo para ligar para ele imediatamente, mas vamos deixar que nos encontre. Estaremos na Polônia, não na Sicília, ele é um merda aqui, é só um italiano bem-vestido, não um *don* a quem todo mundo se curva."

Fiquei ouvindo com atenção cada palavra que Olga dizia. Percebi aos poucos que ela estava certa e que eu estava agindo como uma idiota egoísta. Fugi e coloquei naquela situação a inocente Olga, que não devia nada a Deus e que já estava farta de tudo aquilo.

"Você tem razão", admiti. "Mas eu não quero voltar para o nosso apartamento. Por enquanto, vamos ficar no meu antigo hotel no centro e procurar algo com calma. Temos dinheiro, vai ser só uma questão de escolher o bairro. Onde eu mais gostaria de morar é em Wilanów, mas não no centro, mais longe. É tranquilo, os edifícios são baixos, fica perto do centro, tem uma clínica ali perto. Paweł Ome vai me indicar um médico e se certificar de que eu não morra de dor durante o parto."

"Vejo que você já planejou tudo."

"Claro que não. Apenas me ocorreu." Dei de ombros.

Quando chegamos a Varsóvia, já estava anoitecendo. Nesse meio-tempo, liguei para Natalia, uma amiga com quem trabalhei, e pedi que reservasse um quarto para mim em seu nome. Eu não queria mais fugir, mas também não queria tornar as coisas mais fáceis para meu marido fazendo o check-in no hotel com meu próprio nome. Quanto mais nos aproximávamos do nosso destino, mais estávamos cansadas e, ao passar pela fronteira, pisei no acelerador, querendo chegar o mais rápido possível.

Eu corria pelo anel viário; era noite e quase não havia trânsito. Então eu vi luzes azuis piscando no espelho retrovisor e depois no para-brisa.

"Ai, cacete, a polícia!", exclamei.

Olga virou a cabeça, completamente imperturbável com a situação.

"Qual era a velocidade?"

"Sei lá, porra, mas estava alta."

"Tudo bem, vou dar uma enrolada neles."

Infelizmente, depois de quinze minutos de papo e confidências sobre a gravidez, uma longa viagem e mau humor, os policiais me deram uma multa e me tiraram pontos da carteira. Não me importei muito, no entanto eles tiveram que me identificar, e isso significava que Massimo descobriria onde eu estava. Talvez eu estivesse paranoica, mas tinha de pensar na possibilidade de Massimo ter acesso às bases de dados da polícia. Quando finalmente chegamos ao hotel, paguei adiantado por uma semana e fomos dormir.

Depois de três dias, encontrei um apartamento não onde eu queria, mas era tão lindo que não pude resistir. Para que o dono não quisesse assinar um contrato, paguei seis meses adiantado e depositei um caução. Ele ficou muito feliz.

O imóvel, infelizmente, ficava perto de onde Martin, meu ex, morava, mas eu sabia que, mesmo que nos encontrássemos, ele passaria bem longe de mim.

Nós nos mudamos e eu suspirei de alívio — finalmente estávamos em casa depois de tantas semanas. O apartamento era lindo, grande demais para nós duas, mas isso era um detalhe. A grande sala de estar com cozinha aberta ocupava metade do espaço, depois havia três quartos e um closet, dois banheiros e um lavabo. Não planejávamos dar festas ou fazer reuniões ali, mas é sempre melhor ter mais do que menos.

Era terça-feira. Estávamos sentadas no grande sofá da sala, assistindo TV.

"Tenho de dar um pulo na casa dos meus pais", anunciou Olga. "Por um dia, no máximo dois. Também vou passar na casa dos seus para tagarelar um pouco, contar umas mentirinhas, dizer como está tudo ótimo com você agora. Vou amanhã de manhã, minha mãe ligou hoje e está me atormentando, então que seja."

"Isso, vá mesmo!", eu disse, "Vou continuar fazendo a mesma coisa que nas últimas semanas, ou seja, ficar deitada vendo os filmes que não pude ver antes."

Olga foi embora no dia seguinte pela manhã e, depois de algumas horas em casa, me senti sozinha. Liguei o notebook e verifiquei as programações dos cinemas com calma. Eram tantos filmes que eu queria ver que comprei logo ingressos para duas sessões, um filme depois do outro. No total, passei quase cinco horas no cinema, partindo do princípio de que não fazia diferença estar em casa ou na poltrona do cinema.

Quando minha maratona terminou, peguei um táxi e voltei para Wilanów. Ao girar a chave na porta, ouvi a TV ligada. *Olga já voltou?*, pensei surpresa. Fechei a porta e fui em direção ao som que ouvia. O apartamento estava completamente às escuras, apenas o brilho da TV iluminava a escuridão. Olhei para a tela e meu coração baqueou: estava sonhando acordada o mesmo pesadelo da última vez. A imagem da TV estava dividida em duas: de um lado a imagem de uma câmera de vigilância passando a cena da traição de Massimo e, do outro, um encontro num jardim. Me sentei no sofá e senti que ia desmaiar. De repente alguém pressionou o botão de pausa e o filme parou. Respirei fundo, sabendo que ele estava lá. Fechei os olhos.

"Massimo?!"

"Se você olhar atentamente para o lado esquerdo, verá uma verruga na nádega do meu irmão, algo que eu não tenho", ele disse. "E se você olhar para o lado direito da tela, verá que, naquela mesma hora, eu estava sentado com os homens de Milão no jardim."

Ao ouvir sua voz, quase chorei. Ele estava ali, podia sentir seu cheiro, mas não escutava direito o que ele dizia.

"Laura, porra, levante-se e olhe, depois me explique o que diabos aconteceu com você todas essas semanas!", gritou quando eu não reagi. "Se quer fugir de mim, diga isso na minha cara, e não fuja nem se esconda de mim. Você me tratou como seu pior inimigo, não seu marido. E se isso não bastasse, decidiu que eu era um idiota que trairia você com alguém que realmente odeia!"

Naquele momento, a luz da sala se acendeu e o *don* se levantou da poltrona, se colocando à minha frente. Olhei para cima, diretamente em seus olhos. Ele era o cara mais lindo na face da Terra. Usando uma calça preta e um suéter de gola alta da mesma cor, estava deslumbrante. Ele continuou parado, olhando gelidamente para mim. Havia muito tempo que eu não sentia aquele gelo ártico. Me esforcei para tirar os olhos dos dele, porque seu olhar até doía. Me virei para a TV. Massimo apertou o play novamente. Tudo o que ele disse fazia sentido, e toda a situação de repente ficou clara. Massimo adiantou vários minutos do vídeo e eu o vi claramente se levantar da mesa, e depois de alguns momentos ele aparece na biblioteca onde seu irmão está transando com Anna. Eu me senti mal. Nunca na vida tinha me sentido tão mal. Eu tinha estragado tudo, simplesmente. Como o ser humano imperfeito que era, me enganei e estraguei tudo. Eu queria abrir a boca para dizer alguma coisa, mas não sabia o que seria apropriado naquela situação.

"Adriano foi embora", disse Massimo depois de algum tempo. "E, para deixar tudo ainda melhor, levou Anna com ele, que, talvez, seja agora a mulher mais feliz do mundo. Graças a isso, a trégua foi oficialmente selada e tenho certeza de que você estará segura." Ele se sentou na poltrona ao lado. "Faça as malas, vamos voltar para a Sicília hoje."

"Não vou deixar Olga aqui."

"Ela está com Domenico, voltando da casa dos pais dela. Eles devem estar aqui em uma hora. Faça as malas."

"Não tenho nada para levar."

"Então se vista e venha", disse com firmeza, levantando-se da poltrona.

Ele estava com raiva, ou melhor, puto da vida até o limite. Nunca tinha sido tão indiferente e gélido comigo. Eu não queria alimentar sua fúria, então fiz o que ele disse.

Levamos quinze minutos até o aeroporto, quinze longos e silenciosos minutos. Quando entrei no avião, Massimo me entregou um comprimido e um copo d'água.

"Tome isso, por favor", ele disse o mais calmamente que pôde.

"Não quero, vou dar um jeito."

"Você já expôs meu filho o suficiente, então não adianta agora ficar preocupada com limites."

Engoli o remédio e caminhei obedientemente em direção à cabine com cama. Peguei um cobertor de lã, me cobri e fechei os olhos. Eu estava calma e feliz; saber que ele não havia me traído me deu um sentimento de conforto que eu não tinha desde nossa lua de mel. Eu sabia que teríamos de conversar, mas, como ele precisava de tempo, eu lhe daria o quanto precisasse. O mais importante era que ele era meu de novo.

Quando abri os olhos, já era de manhã e eu estava deitada na minha cama na Sicília. Sorri e estendi a mão para encontrar meu marido, mas, como era de costume, ele não estava lá. Vesti meu roupão e fui até o quarto de Olga. Estava prestes a pegar a maçaneta da porta quando me lembrei de que ela poderia não estar sozinha. O mais silenciosamente possível, espiei para dentro do quarto. Ela estava deitada na cama, escondida atrás de um notebook.

"Oi", eu disse, fechando a porta e deslizando para debaixo das cobertas. "Massimo está tão puto que nem conversa comigo, só me dá ordens. Isso me chateia."

"E você está surpresa? Ele não fez nada e foi acusado de traição, e você tirou dele o que ele mais ama no mundo. Perdoe-me, querida, e só vou dizer isso para você, mas acho que ele tem razão. No lugar dele, eu teria matado você. Sério!" Ela fechou o computador. "Eu te disse que ele não tinha feito aquilo, mas você não quis me ouvir. Talvez isso te ensine a esclarecer a situação em vez de fugir dela."

"Vou cumprir a penitência com humildade", eu disse, cobrindo o rosto com o travesseiro. "E Domenico, como está?"

Olga sorriu e fechou os olhos. Depois murmurou algo baixinho e, organizando as ideias, começou a falar:

“Ele foi me buscar ontem na casa dos meus pais. Imagine minha surpresa quando dei com ele no portão, quando estava levando meu cachorro para passear. Estava lá parado, sabe, todo italiano, sério, encostado na Ferrari preta do Massimo. Meu Deus, que lindo que estava! Me joguei em cima dele e meu cachorro fugiu.”

Comecei a rir.

“Não acredito! Como foi isso?”

“Infelizmente, aquele maldito vira-lata começou a espernear e saiu correndo, e eu o segui, porque ele é o cachorro queridinho da minha mãe. Aquele merdinha do caralho corria todo feliz pelo bairro e eu parecia uma tonta atrás dele.”

“E Domenico?”

“Domenico ficou observando a situação. Você sabe, isso acabou sendo bom, porque eu me concentrei no maldito cachorro em vez de querer fazer um boquete nele ali embaixo no prédio. Laura, estou vivendo há quase dois meses sem sexo. Existe um limite...”

“Ué, e o István? Quando estávamos em Budapeste, você e ele não... nada...?”

Olga balançou a cabeça, sua expressão demonstrando orgulho.

“Não houve nada, eu dormia com ele, o abraçava, mas nada mais. Continuando, peguei o maldito animal, subi com ele, me despedi dos meus pais e quinze minutos depois estava caminhando, cheia de graça, na direção do Domenico. Ele abriu a porta do carro e, antes de eu entrar, me encostou na lateral do carro e me beijou. Ah, Laura, como ele beija bem! Vou te falar! Como se ele quisesse me comer. A gente ficou se beijando que nem quando se beija no ensino médio, me fodendo com a língua...”

“Ok, já entendi!”, dei um assobio, expressando o que sentia.

“E depois ele me comeu na estrada. Não mais com a língua. Mas o pobre homem não levou em consideração que isso seria impossível naquela nave espacial, então tivemos que sair. Ainda bem que estávamos com tanto tesão que nem nos importamos que estivesse zero grau lá fora. Você sabe, isso é novo para ele, e devo admitir que para a minha bunda pelada também. Embora eu ocasionalmente a tenha exposto nua a tais condições, só fiz isso em circunstâncias excepcionais. Só que uma vez não foi suficiente, então paramos três vezes nas florestas à beira da estrada, e nos atrasamos para pegar o avião. Quer dizer, eu sei que é particular, mas também tem uma hora que ele pode decolar, não é? De uma forma ou de outra, vou pegar um resfriado, posso sentir isso."

"Mas e aí? Nós viajamos todos juntos?" Estava curiosa, porque dez minutos depois de tomar a pílula não me lembrava de mais nada.

"Sim, eu, você, Domenico, Massimo e o pessoal da segurança."

"E o que o Homem de Negro disse durante o voo?", perguntei, olhando para ela por detrás do travesseiro.

"Nada, porque ele não ficou sentado com a gente. Ficou olhando para você o tempo todo enquanto você dormia. Ele parecia estar rezando por você. Fui falar com ele um instantinho, mas ele não queria ficar de papo comigo. Depois ele tirou você do avião e colocou no carro, e pôs você na cama em casa, vestiu o pijama e ficou te observando de novo, sentado na cadeira. Eu sei porque queria ajudá-lo com tudo isso, mas ele não me deixou. Aí Domenico me levou para o quarto e foi assim que você acordou de manhã."

"Serão dias difíceis", suspirei. "Bem, tenho de fazer exames, vou ligar para o médico e marcar uma consulta. Volto logo."

Peguei o telefone e liguei para a clínica. Como sempre, o nome mágico Torricelli abriu todas as portas para mim. Eu tinha mais escolhas do que um mortal comum. Eu me vesti com uma túnica larga de lã cinza, minhas adoradas botas Givenchy pretas e uma jaqueta de couro da mesma cor. Não havia inverno na Sicília, mas o fato é que já não podíamos contar com o calor forte. Quando voltei ao quarto de Olga, fiquei surpresa ao descobrir que ela estava pronta.

"Sugiro um café da manhã na praia. O que você acha?", ela disse alegremente. "Vamos a um pequeno restaurante em Giardini Naxos, onde eu passeava com o Domenico quando você estava com o Massimo no Caribe. Eles fazem uma omelete de presunto e queijos deliciosa."

"Maravilha. Tenho consulta em duas horas, então vai dar tempo. Vamos."

Caminhamos pela casa completamente vazia e, quando saímos para a garagem, deixei Olga esperando, contornei o prédio e fui até a garagem para pegar meu Bentley. Abri a portinha do armário das chaves, onde sempre estavam penduradas, e me surpreendi ao descobrir que, embora os carros estivessem lá, não havia uma única chave lá dentro.

"Que porra é essa?", disse enquanto saía.

Vi o segurança sentado no jardim, então fui até ele para descobrir o que estava acontecendo.

"Olá, gostaria de ir ao médico, mas não sei onde estão as chaves."

"Infelizmente, a senhora não pode deixar a propriedade. Essa é a decisão do *don*. O médico virá vê-la aqui. Se precisar de mais alguma coisa, me diga e será entregue em casa."

"Você deve estar de brincadeira comigo!", gritei. "Onde está o Massimo e onde está o meu guarda-costas, Paulo?"

"O *don* viajou e levou Mario e Domenico com ele, voltarão amanhã. Estou à sua disposição hoje."

"Que merda!", resmunguei entre os dentes, olhando para o o armário à minha frente. "Que bom estar em casa!"

Passei por Olga, que ainda estava parada na entrada da mansão.

"Fodeu, melou tudo! Estamos de castigo, não podemos sair, as chaves do carro sumiram, o portão está trancado, não tem lancha no píer e o muro em volta da casa é muito alto."

"Fique puta depois, Laura, agora vamos pedir alguma coisa para o café da manhã." Ela encolheu os ombros e me abraçou maternalmente. "A omelete nem era tão boa assim."

Depois de algumas horas e da visita do médico, que disse que estava tudo bem e tirou uma amostra de sangue, começamos a ficar entediadas. Tive então a brilhante ideia de chamar uma cabeleireira e uma esteticista. Em uma hora, toda a equipe com suas parafernálias já estava lá.

Como se sabe muito bem, não há nada melhor para desemputecer do que fazer as unhas da mão, do pé e os cabelos. Fizemos nossas unhas, depois cortamos os cabelos e renovamos a coloração. Para ter certeza, consultei o tesouro da sabedoria, o oráculo Google, para saber se tingir os cabelos durante a gravidez poderia fazer a criança nascer ruiva. Minha avó me passava essas superstições quando eu era mais nova. Só que isso não tem o menor cabimento, basta alertar o cabeleireiro para que use tipos adequados de produtos. Depois de quase quatro horas, parecíamos gente de novo. Eu cheirava a cereja e Olga, a baunilha. Não sabíamos muito bem por que nos arrumamos tanto naquele dia se nossos cavalheiros só voltariam no dia seguinte, mas qualquer motivo para se arrumar era bom.

Por fim, excepcionalmente, jantamos na sala de jantar da casa, porque o tempo lá fora não estava favorável às refeições ao ar livre. São apenas alguns dias de chuva na Sicília em dezembro, e aquele era um desses dias. Olga esvaziou uma garrafa de vinho e simplesmente desabou; depois disso, foi dormir.

Mas eu não estava nem um pouco cansada. Liguei a TV e fui para o closet, no lugar onde as roupas de Massimo estavam penduradas, e procurei desesperadamente pelo cheiro dele entre elas. Vasculhei prateleira após prateleira, mas tudo cheirava apenas a roupa limpa. Finalmente encontrei uma jaqueta de couro, na qual havia o cheiro intenso do Homem de Negro. Tirei-a do cabide e me sentei no tapete, abraçando-a. Me deu vontade de chorar enquanto pensava em como ele devia ter enlouquecido de ansiedade e desespero. Me lembrei de como o tratei quando ele ligou, e lágrimas me vieram aos olhos.

"Me desculpe!", sussurrei, as lágrimas escorrendo pelo meu rosto.

"Eu conheço essas palavras", ouvi atrás de mim.

Olhei para cima e vi Massimo acima de mim. Ele estava de pé usando um terno preto, seus olhos frios e opacos me estudando atentamente.

"Estou com raiva de você, pequena. Ninguém nunca me deixou tão furioso. Gostaria que soubesse que, por sua causa, tive de me livrar de pessoas ótimas, porque não cuidaram de você. Voando pela Europa à sua procura, também perdi um negócio lucrativo, o que minou minha autoridade com outras famílias." Foi até o armário e pendurou a jaqueta. "Estou cansado, então vou tomar um banho e dormir."

Acho que ele nunca tinha sido tão indiferente comigo. Senti que o estava perdendo, que ele estava se afastando de mim. Quando ouvi o som da água batendo no chão, decidi me arriscar. Tirei a roupa e fui ao banheiro. O Homem de Negro estava nu, e a água quente se derramava sobre seus músculos divinos. Ele parecia exatamente como na primeira vez em que o vi em toda a sua glória. Estava com os cotovelos apoiados contra a parede, deixando a corrente de água quente envolver seu corpo. Cheguei por trás dele e me encostei nele, minhas mãos se movendo involuntariamente para seu pau. Antes de chegarem ao destino, ele as agarrou e se virou para mim, segurando meus pulsos.

"Não", disse em tom calmo e confiante.

Eu me encostei no vidro, incapaz de acreditar que ele estava me afastando.

"Quero voltar para a Polônia", disse, ofendida, me virando para a saída do box. "Me avise quando estiver de bom humor."

Minha provocação agiu sobre ele como a capa vermelha na frente do touro. Ele agarrou minha mão e me empurrou contra a parede com um movimento vigoroso. Examinou meu corpo com olhos frios, enquanto suas mãos longas acariciavam o caminho percorrido por seu olhar.

"Você agora tem uma barriguinha", ele sorriu, enquanto se ajoelhava na minha frente. "Meu filho está crescendo."

"É filha, Massimo, e sim, ela está bem crescida agora. Tem uns nove centímetros."

Ele encostou a testa no meu ventre e ficou imóvel, sem se preocupar com a água quente escorrendo por suas costas. Passou os braços em volta do meu corpo e segurou minha bunda, pressionando os dedos firmemente nela.

"Só Deus sabe o sofrimento que você me causou, Laura."

"Massimo, por favor, vamos conversar."

"Agora não. Agora vai sofrer um castigo por escapar."

"Infelizmente não pode ser muito pesado." O Homem de Negro parou e seus olhos se estreitaram me fitando. "É que tive problemas com a gravidez", sussurrei, acariciando seus cabelos. "Por isso não podemos..."

Sem me deixar terminar, ele se levantou de um salto. Cerrou a mandíbula e seu peito ondulava como num galope. Tive a impressão de que a água que corria por ele estava prestes a evaporar sob o calor da fúria que sacudia seu corpo. Ele se afastou de mim, cerrou os punhos e soltou um rugido terrível, então se virou e caminhou em direção à porta.

Fiquei matutando sobre a minha estupidez e a maneira de lhe revelar meus problemas de saúde. Praguejei contra mim mesma e pus as mãos no rosto, ouvindo-o gritar alguma coisa em italiano. Peguei a toalha e saí correndo para o closet, de onde Massimo saiu vestido apenas com uma calça de moletom cinza e tênis. Ele jogou no chão o celular que tinha na mão e olhou para mim como se fosse me matar. Eu queria impedi-lo, mas apenas ergueu as mãos e passou por mim sem dizer uma palavra enquanto descia as escadas. Peguei sua camisa, a calcinha de renda que eu tinha tirado antes e corri atrás dele.

Ele não me via, andava pelo corredor, batendo os punhos contra as paredes e gritando palavras em italiano. Desapareceu depois de descer as escadas e eu parei na frente da porta do porão, que ele bateu com força. Eu nunca tinha estado lá antes, não sei por quê, mas nunca tinha tido vontade de checar os cômodos lá embaixo. A verdade é que eu imaginava todo tipo de coisa: cadáveres trancados em geladeiras ou uma câmara de tortura com um homem nu sentado em uma cadeira. Meu coração disparava como louco com a ideia de ir até lá, mas não o suficiente para me impedir de fazê-lo. Decidi descer.

Girei a maçaneta e passei silenciosamente pela porta. Desci com cuidado os degraus pouco iluminados e, a distância, pude ouvir o som de gemidos e pancadas. *Que Deus me ajude!*, pensei, enquanto imaginava a visão de coisas macabras acontecendo à minha frente.

Então as escadas terminaram e, depois de respirar fundo três vezes, me inclinei por trás da parede para avaliar a situação. Imagine minha surpresa quando vi uma sala de ginástica em vez de joelhos perfurados por balas e corpos quebrados pela tortura na roda! Um saco de boxe estava pendurado no teto, uma *punching ball* estava ao lado dele, barras de apoio, um manequim de luta livre e dezenas de outras coisas que eu não tinha ideia para que serviam. Olhando ao redor, descobri que a sala se dobrava num ponto para formar um L. Caminhei em silêncio até a outra parede e espreitei para ver o que estava acontecendo.

Diante de meus olhos havia uma espécie de jaula, e dentro dela Massimo e um de nossos guarda-costas. Eles se socavam, ou melhor, era o Homem de Negro que batia nele sem piedade. Embora a diferença de peso entre eles fosse considerável, o *don* não teve problemas em destroçá-lo. Quando seu oponente levantou as mãos num gesto de capitulação, outro homem entrou na jaula e Massimo recomeçou.

Eu não tinha ideia de que ele fosse capaz de lutar assim, tinha certeza de que sempre haveria gente para socar por ele. Bom, e isso era verdade. O corpo de Massimo era incrivelmente flexível, estava em perfeita forma, mas nunca pensei que ele devesse isso à luta. Dava chutes muito altos e efetivamente usava a jaula para derrotar o oponente. Não preciso dizer que aquela visão era muito sexy, nem que o fato de Massimo estar extremamente bravo comigo fazia diferença para mim.

Depois de terminar mais um *sparring*, ele soltou aquele rugido animal novamente e caiu sentado dentro da jaula, encostando-se na grade. Um dos homens entregou-lhe uma garrafa de água e os três se dirigiram para a saída, por isso tiveram de passar por mim. Não dei a mínima para o fato de me verem, nem tentei me esconder; afinal, eu era a esposa dele. Quando passaram por mim, puderam perceber que eu estava usando uma camisa do Homem de Negro, e cada um deles moveu gentilmente a cabeça e depois saiu. Respirei fundo e caminhei em direção ao exausto Massimo, que, ao ouvir meus passos, apenas ergueu os olhos. Não ficou muito surpreso em me ver. Ele realmente não estava se importando comigo.

Tendo aprendido pelo exemplo da situação no banho, decidi abordar meu marido de forma mais inteligente. Empurrei a porta de tela e desabotoei aos poucos a camisa enquanto passava por ela. Quando estava a apenas um metro dele, abri a camisa toda, para revelar meus seios generosos e minha calcinha de renda vermelha favorita. Seus olhos escureceram e ele mordeu o lábio involuntariamente. Terminou de beber o restante da água da garrafa e então a jogou casualmente no canto da jaula. Sem dizer nada, fiquei abaixada em frente a ele, de modo que sua cabeça ficou ao nível do meu ventre, e ostensivamente puxei minha calcinha para baixo, jogando-a sobre sua barriga suada.

Ele cheirava maravilhosamente bem; seu suor fumegante combinado com o cheiro de gel de banho era a mistura de aromas mais sexy do mundo. Eu o inspirei como se fosse o perfume mais perfeito de todos. Eu sabia que tinha de dar o primeiro passo, ou melhor, toda uma série de passos, porque Massimo não se mexia.

Eu me agachei e peguei o elástico da calça, enganchando meus dedos nele. Olhei para o rosto do Homem de Negro, como se procurasse sua aprovação. Infelizmente ele estava impassível.

"Por favor...", sussurrei suavemente, com os olhos brilhantes.

Ele elevou os quadris, me permitindo tirar sua calça. Quando joguei a calça úmida no tapete, as coxas ligeiramente abertas de Massimo revelaram uma ereção monumental e espetacular. Não haveria nada de surpreendente nisso se não fosse o fato de ter lutado por cerca de vinte minutos com três homens, e de trinta minutos antes ter sentido um desejo ardente de matar.

Fiquei agachada novamente à sua frente, estiquei a mão direita e coloquei dois dedos na boca do Homem de Negro. Uma vez que senti que eles estavam molhados o suficiente, eu os puxei para fora e desci a mão para espalhar sua saliva na minha boceta. Antes que minha mão alcançasse o alvo, Massimo agarrou meu pulso, me puxou e avidamente pressionou seus lábios contra meu clitóris. Eu gemi de prazer e empurrei meus quadris em direção ao meu marido, segurando a tela atrás dele. Ele me lambia, penetrando profundamente sua língua e apertando as mãos com força na minha bunda. Eu não queria chegar ao clímax, não precisava de um orgasmo, só queria proximidade. Me pareceu que se eu o sentisse dentro de mim, o perdão viria junto com a sensação de estar completa.

Eu o agarrei pelos cabelos e afastei sua cabeça de mim, encostando-a à jaula. Me abaixei devagar e, quando nossos olhos estavam ao mesmo nível, senti os primeiros centímetros de seu pau duro afundarem em mim. O Homem de Negro abriu a boca e respirou fundo, sem tirar os olhos de mim. Estava pegando fogo, eu podia sentir, seu desejo era quase palpável. Deslizei ainda mais para baixo em sua barriga, estabelecendo o ritmo para toda a situação. Eu sabia que ele não gostava quando eu estava no poder, mas, como não me deixou terminar o que eu estava dizendo no quarto, ele deve ter ficado sem saber como proceder.

Coloquei minhas coxas em torno de seus quadris nus e me encostei com força contra seu corpo encharcado de suor. Eu tinha apenas um desejo agora: senti-lo dentro de mim. Peguei seu lábio inferior com meus dentes e comecei a chupá-lo. Massimo gentilmente segurou a minha bunda e começou um suave vaivém, que depois ficou mais rápido e mais forte. O tempo todo ele me examinava minuciosamente, como se procurasse em meus olhos a confirmação de que estava agindo certo.

“Me desculpe”, sussurrei, me apoiando de joelhos no tapete e agarrando a tela atrás de sua cabeça.

Meus quadris se aceleraram involuntariamente, dando ao meu corpo um ritmo cada vez mais rápido. O pânico invadiu seu olhar penetrante. Passou os braços em volta das minhas costas e me derrubou no tapete em um movimento, me imobilizando embaixo dele. Apoiado nos cotovelos, ele ficou acima de mim, seu nariz cutucando meus lábios.

"Eu que peço desculpas", respondeu silenciosamente, me penetrando mais uma vez.

Massimo se movia tão suavemente que quase esqueci quão brutal e implacável ele podia ser. Seu corpo, que ondulava ritmicamente, me colocou em estado de completo êxtase. Eu sabia que, assim como eu, ele não desejava acrobacias ou bizarrices, só queria me sentir. Num dado momento, ele parou no meio do movimento, descansando sua testa contra a minha, e fechou os olhos com força.

"Eu te amo tanto...", sussurrou. "Quando você fugiu, arrancou meu coração e o levou com você por todas essas semanas."

Ao ouvir isso, minhas palavras ficaram presas na garganta e lágrimas encheram meus olhos. Meu marido maravilhoso e forte agora se expunha a mim, me punindo com sinceridade. Seu lábio inferior enxugou cada gota que desceu pela minha bochecha.

"Eu morro sem você", disse, e seu pau começou a se mover dentro de mim novamente.

Eu não queria gozar e, além disso, não tinha vontade depois das palavras que ouvi. Só queria que ele se saciasse com aquilo que eu tinha tirado dele tão brutalmente algumas semanas antes.

"Não aqui", ele ofegou, me levantando do tapete e me pegando nos braços.

Nu, atravessou a primeira sala e, passando pela segunda, pegou uma das toalhas da prateleira. Ele me colocou no chão por um momento e, depois de a enrolar em sua cintura, me pegou em seus braços novamente e começou a subir as escadas. Me carregou pelos corredores sem dizer uma palavra, de vez em quando passando por alguma porta. Finalmente chegou à biblioteca e me deitou no tapete ao lado da lareira, que mal ardia.

"Na primeira noite em que você quis fugir e eu te derrubei bem ali, pensei que não conseguiria." Tirou a toalha e começou a deslizar para dentro de mim. "Quando vi a fresta que seu roupão abriu, tudo que eu sonhava era entrar em você." Seu pau enorme afundou até o fim e eu gemi, enquanto jogava minha cabeça para trás. "Eu queria tanto você que, quando matei aquele homem, diante dos meus olhos eu me via te comendo." O corpo do Homem de Negro se movia cada vez mais rápido e a tensão no meu corpo começou a aumentar. "Depois, quando você desmaiou e eu estava trocando sua roupa..."

"Seu mentiroso!", eu o interrompi, ofegando ruidosamente. Lembrei dele me dizendo que Maria havia me vestido.

"... eu enfiei meus dedos em você, e você estava tão molhada. E mesmo inconsciente você gemeu de prazer ao senti-los dentro de você."

"Seu pervertido!", sussurrei.

Ele me silenciou com um beijo, sua língua passeando apaixonadamente pela minha boca. Ele se afastou por um momento e olhou para mim. Segurou meu rosto com ambas as mãos e com um gemido alto ele gozou, jorrando tanto esperma quente que tive a impressão de que seu pênis havia crescido mais alguns centímetros. Terminou, então desabou em cima de mim, descansando a cabeça entre meus seios.

Depois de alguns minutos deitado assim, senti seu coração gradualmente voltar ao ritmo normal.

"Pegue a toalha, querida", ordenou, levantando-se ligeiramente. "E a enrole na minha cintura quando eu me levantar."

Eu obedeci sua ordem. Não esperava encontrar ninguém no caminho, mas na verdade era melhor que ninguém além de mim visse sua bunda.

Massimo e eu andamos pela casa toda até subirmos para o andar de cima, indo para o chuveiro novamente. Ele tirou a toalha e a camisa que eu estava usando. Abriu o chuveiro e nós dois ficamos sob a água quente.

Passados vinte minutos, já estávamos deitados, com a diferença de que nossa posição normal, isto é, "eu deitada no braço dele", foi substituída por uma nova, intitulada "Massimo tagarela com a barriga". Era assim: sua cabeça ficava nas minhas coxas, seu queixo ficava apoiado no meu púbis e sua mão acariciava o montinho visível na minha barriga.

"Sobre o que vocês estão conversando?", perguntei, mudando o canal na TV.

"Estou contando ao meu filho quantas coisas sensacionais o esperam aqui, quem ele deve levar em consideração e de quem pode se livrar."

"Será uma menina, Massimo. Além disso, todos vocês deveriam, única e exclusivamente, levar em consideração a minha pessoa." Massimo desviou seu olhar da barriga para mim. "Eu gostaria, se não for um incômodo, de terminar o que eu dizia." Ele abriu a boca para falar, mas eu levantei a mão sinalizando que parasse. "Não me interrompa. Você sabe muito bem que, por causa do meu coração doente, essa gravidez não é fácil para o meu corpo. Os acontecimentos daquela noite horrível também não me ajudaram, e o médico na Hungria disse..."

"Onde?" Uma expressão de espanto cruzou seu rosto. "Você se escondeu de mim na Hungria todo esse tempo?"

"E o que você pensou? Que eu ficaria em Varsóvia, no nosso apartamento, esperando você aparecer? Não importa! Tive problemas por várias semanas e fiquei de repouso absoluto, porque essa era a recomendação, não fui a lugar nenhum, não fiz nada, apenas fiquei deitada. E como não tinha interesse em fazer sexo na época, não perguntei ao médico se poderia fazer."

"Estou furioso com você", ele rosnou, levantando-se e se deitando ao lado.

Essa eu não aguentei.

"Massimo, como eu deveria ter ficado?" Me sentei na cama e peguei um travesseiro. "Você me culpa por fugir, ok, ok, mas algo me diz que, em uma situação parecida, se fosse comigo, haveria pelo menos um cadáver. Além disso, sou eu quem pode se queixar de aquela piranha estar de volta à nossa casa. Ah, e aquele seu irmão doentio, que não consegue manter as mãos em si mesmo. Então não me irrite, Massimo, aceite minha humildade e mostre a sua!"

Ele virou a cabeça para mim e me encarou por um momento, perplexo. Era evidente que não estava acostumado a ter uma mulher se opondo a ele. Quando terminei meu discurso, senti uma leve pontada na barriga e pus a mão no local, estremecendo ligeiramente.

"O que há de errado, amor?" Massimo levantou-se de um salto e colocou a mão na minha barriga. "Vou ligar para o médico."

Eu o encarei com os olhos arregalados, enquanto ele corria pela sala procurando por um celular. Estava completamente nu, seu cabelo emaranhado e ainda ligeiramente molhado. A visão me embriagou, me dando muita alegria e satisfação, e ao mesmo tempo me fez perceber como ele devia ter ficado enlouquecido de preocupação quando eu desapareci.

"Pelo que me lembro, seu celular se espatifou na parede há mais de uma hora, e, além disso, estou bem, Massimo. Estou com cólica, devo ter comido alguma coisa que me fez mal." O Homem de Negro parou e olhou para mim interrogativo. "Massimo, você está paranoico", continuei, "e está prestes a ter um ataque cardíaco. Em alguns meses você vai passar por um parto, e, se não mudar sua atitude, temo que você não viverá para ver esse lindo momento, e nosso bebê ficará órfão de pai no dia do seu nascimento." Levantei as sobrancelhas, divertida, e peguei a garrafa de água ao lado da cama.

Ele arrancou a garrafa da minha mão, não me deixando tomar nem um gole.

"Esta água está aberta há três dias, não beba", disse, jogando fora uma garrafa quase cheia. "Vou pedir leite para você."

Ele pegou o telefone ao lado da cama, disse algumas palavras e, quando terminou, ficou parado, com o olhar fixo em mim. Fiquei pasma. Sua paranoia estava ficando perigosa e eu sabia que se tornaria um incômodo.

"Massimo, eu só estou grávida, não estou doente nem morrendo."

O Homem de Negro caiu de joelhos e aninhou a cabeça na minha barriga.

"Estou enlouquecendo com o pensamento de que algo possa acontecer com você ou o bebê. Queria que já tivesse nascido e que eu pudesse..."

"... ficar maluco de vez!", finalizei por ele. "Querido, pare de se preocupar o tempo todo, aproveite o fato de você me ter com exclusividade, porque em alguns meses estarei ocupada o tempo todo atrás de uma criaturinha fofa."

Ele ergueu a cabeça e olhou para mim. Havia algo totalmente novo em seu olhar.

"Você está sugerindo que não vai ter tempo para mim?", perguntou, indignado.

"Querido, pense bem, eu vou ser mãe de uma criança pequena, isso exige atenção o tempo todo, o bebê será totalmente dependente de mim. Então, respondendo à sua pergunta, sim, terei menos tempo para você. É natural."

"Ele vai ter uma babá", bufou ofendido, levantando-se e caminhando em direção à porta, onde alguém estava batendo. "Se eu quiser trepar com você, nenhum humano, nem mesmo nosso filho, vai poder me impedir de fazer isso."

Bebi o leite e fui me dar conta de que já era tarde porque meus olhos estavam se fechando por conta própria. Massimo estava sentado na cama com o notebook no colo, concentrado no trabalho. Me aninhei em seu ombro e logo adormeci.

Capítulo 7

Acordei de manhã e, como sempre, estendi a mão para o outro lado da cama. Que milagre! Ele estava lá. Surpresa, me virei e vi que estava exatamente na mesma posição com o computador no colo. Ele dormia. *Meu Deus, o pescoço dele vai doer horrores!*, pensei, tentando tirar o notebook. Abriu os olhos e sorriu para mim.

"Oi, querido", eu disse em voz baixa. "Qual a intensidade da dor nas costas?"

"Não é incômoda o suficiente para me impedir de chupar a boceta da minha linda esposa."

Ele colocou o notebook no chão e tentou deslizar para debaixo das cobertas, mas apenas emitiu um chiado e caiu de costas no travesseiro.

"Vire de bruços, vou lhe fazer uma massagem", eu disse, saindo de baixo do cobertor.

Um pouco depois, estava sentada em cima de sua bunda nua, massageando suas costas musculosas.

"Sinto que aquele treino noturno te deixou quebrado."

"Às vezes tenho de descarregar, e eu acho que a jaula é o melhor lugar para fazer isso. Além disso, o MMA é a forma de luta mais eficaz, porque combina elementos de vários estilos." Ele virou a cabeça para o lado. "Com mais força!"

Aumentei a intensidade da pressão e ele gemeu de satisfação.

"Gostei daquela jaula", disse, me inclinando em direção a sua orelha. "Vejo muitas utilidades para ela."

Massimo sorriu sem querer e se virou com energia, me agarrando pela cintura. Então ele fez um giro, sem que eu percebesse, de modo que, pouco depois, eu estava esmagada por seu peso.

"Veja, querida, isso também é MMA, e provavelmente você gosta, porque na verdade tem muita utilidade na cama. Pode ser uma surpresa para você, mas os maiores espetáculos europeus desse esporte são realizados na Polônia." Beijou meu nariz e foi para o banheiro. Alguns minutos depois, saiu enrolado na toalha, pegou seu celular novo e desapareceu no terraço.

“Não pense que não sei o que acontece no meu país”, respondi desafiadoramente. “Já ouvi falar desses espetáculos, passam toda hora na TV, mas nunca vi ao vivo.”

Lembrei que, uma vez, Olga estava namorando um cara que treinava MMA e achou que seria legal se eu fosse aos seus encontros com ela. Então ela arrumou um namorado para mim — o nome dele era Damian, que era definitivamente um pedaço de mau caminho. Um enorme lutador careca de MMA, que parecia um gladiador. Olhos azuis, um nariz grande e quebrado e uma boca incrivelmente sexy que fazia maravilhas. Nos divertimos bastante; ele era um cara muito legal no geral, bom e surpreendentemente inteligente. Surpreendentemente porque o estereótipo dessas pessoas é o de troglodita sem escolaridade, mas era bem mais inteligente do que eu e muito bem-educado.

Infelizmente, depois de alguns meses ele conseguiu um contrato na Espanha e foi embora. Ele até me pediu para ir com ele, mas para mim o mais importante na época era o trabalho. Ele ligou um tempo depois, mandou e-mails, mas eu não respondi, porque acredito que relacionamentos a distância não têm futuro.

A voz do Homem de Negro me tirou dos meus pensamentos.

“No que está pensando essa cabecinha?”, perguntou.

Decidi poupá-lo da história do meu ex-amante e menti:

“Que eu gostaria de ver um espetáculo desses.”

Massimo já havia saído do terraço e, me encarando, disse:

“Isso é ótimo, porque em alguns dias haverá outro espetáculo desses. Vai ser em Gdańsk, então, se você quiser ver, poderemos visitar seu irmão no caminho.”

Quando ele falou isso, meus olhos se iluminaram e um largo sorriso apareceu no meu rosto. Eu sentia saudade do Jakub; embora nosso último encontro, no casamento, não tenha sido muito legal, comecei a pular de alegria, porque o veria novamente. O Homem de Negro ficou me observando divertido e, pulando do colchão, saltei para cima dele, enchendo-o de beijos no rosto.

“Mulheres grávidas não deveriam pular”, observou com naturalidade, me carregando nua em direção ao armário. “Vamos tomar café.”

Ele me deixou em cima do tapete grosso e pegou os agasalhos que estavam na prateleira.

“Trepe comigo aqui, *don*”, eu disse, jogando os braços para trás da cabeça e abrindo as pernas dobradas na altura dos joelhos.

Massimo parou e se virou para mim, como se não tivesse certeza do que tinha ouvido. Colocou a calça de volta no lugar e se aproximou de mim, parando tão perto que nossos dedos dos pés quase se tocaram. Fixou os olhos negros na minha xota e mordeu o lábio inferior. Segurou seu pau sem dizer uma palavra, então começou a deslizar a mão com suavidade, mas com firmeza, para cima e para baixo, até que, algum tempo depois, já estava bastante duro. Admito que o ajudei um pouco colocando os dedos em sua boca primeiro e depois, para sua satisfação, brincando com meu clitóris. Finalmente, caiu de joelhos na minha frente e se agarrou ao meu mamilo com avidez, mordendo-o e sugando-o alternadamente.

“Mais forte”, murmurei enquanto enroscava meu dedos em seus cabelos.

Sua língua fazia círculos sensuais ao redor do meu mamilo e seus dedos brincavam com meu clitóris intumescido. Mal conseguia esperar para ele entrar em mim, eu sentia muita falta do seu pau, especialmente a sensação de que ele me abria por dentro. Levantei os quadris para dar o sinal de que não podia esperar mais, contudo Massimo o ignorou, e seus lábios viajaram até os meus. Agarrou minha cabeça com vigor e enfiou a língua na minha boca, me mordendo e me beijando com tanta força que eu não conseguia recuperar o fôlego.

“Não espere mais força do que isso, pequena”, afirmou, afastando os lábios de mim.

Eu sabia que ele se referia ao bebê e que estava certo, mas todo o meu corpo estava exigindo uma foda de primeira. No entanto, aceitei humildemente sua preocupação e o sexo delicado que ele me ofereceu naquela manhã.

Algum tempo depois, desci as escadas, onde Domenico lambia gotas de chocolate nos pés de Olga. O telefone do Homem de Negro tocou novamente logo depois que me levou ao orgasmo, por isso me vesti e desci para o café da manhã.

“Estão se divertindo?”, perguntei, de pé no batente da porta e olhando para aquela cena tocante.

Mas eles nem prestaram atenção em mim e, ainda se sujando de chocolate, estavam nas preliminares para outra orgia.

"Vão para o quarto, seus devassos!", gritei, enquanto me sentava à mesa rindo. "Além do mais, quer saber de uma coisa, Domenico? Nunca pensei que você fosse um garanhão. Nos dois primeiros meses era você que escolhia meus sapatos e minhas roupas."

O jovem italiano lambeu a perna de Olga e limpou o rosto com um guardanapo, depois me lançou um olhar surpreso.

"Isso não é bem verdade", disse encolhendo os ombros. "Não sei o quanto isso vai decepcionar você, mas a maior parte do que você recebia para usar era Massimo quem escolhia. Quer dizer, não só o estilo, mas as próprias roupas ou sapatos. Ele sabe exatamente do que você gosta. Além disso, pelo que eu sei, ele presta atenção quando algo chama sua atenção, como aquelas botas Givenchy. Portanto, lamento informar que não fiz muito."

"Viu?! Então não venha de sacanagem!", disse Olga, sem dar a mínima e agarrando-o pela camisa. "Você vai me vestir bem linda também?"

"Não, minha querida, eu vou te despir bem linda", ele disse pertinho de sua boca, dando-lhe um abraço apertado e cheio de paixão.

"Vou vomitar agora mesmo, eu juro!" Levantei as mãos em sinal de rendição. "Estou avisando. Estou grávida e enjoada a ponto de vomitar. Depois não vão me culpar."

Naquele momento, Massimo entrou na sala de jantar e, ao se sentar à mesa, seu celular tocou novamente. O Homem de Negro praguejou e, atendendo o telefone, se afastou de nós, indo para outra sala.

Domenico o ouviu com uma ligeira carranca, depois suspirou e voltou a beber o café.

"O que está acontecendo?", perguntei ao jovem italiano. "O telefone dele não para de tocar!"

"Negócios", Domenico disse sem olhar para mim.

"Por que você está mentindo?" Coloquei a caneca sobre a mesa com mais força do que pretendia.

Massimo olhou na minha direção, por causa do impacto do vidro na madeira, e estreitou os olhos ligeiramente.

"Não posso dizer a verdade, então não pergunte." Ele se escondeu atrás do jornal e eu olhei para Olga.

"Que merda! Se ofendeu", eu disse em polonês. "Às vezes eu fico de saco cheio deles, é sério."

"Ah, quer saber...?", começou Olga, mordiscando uma panqueca. "Você realmente quer saber o que está acontecendo? Laura, para que precisamos saber disso? Acho que, enquanto estivermos vivendo esse romance bucólico aqui, estou feliz."

"Tudo resolvido", disse Massimo com um sorriso, sentando-se à mesa e pegando seu café. "Daqui a uma semana iremos para a Polônia. Vamos assistir às lutas de MMA, eu vou acertar algumas coisas com Karol e você, querida, vai se encontrar com Jakub."

Ao ouvir isso, Olga endireitou-se ligeiramente e revirou os olhos, o que não escapou à atenção de Domenico.

"Olga, você não ficou feliz?", ele perguntou, tomando um gole de café.

"Isso é loucura!", ela murmurou, olhando para mim.

Jakub, meu amado irmão, era um colecionador. Consciente de sua própria beleza e da atração que exercia, aproveitava ao máximo, comendo todas que encontrava pelo caminho, principalmente minhas amigas. Por azar, Olga também não escapou dessa. Tínhamos cerca de dezessete anos quando ele decidiu trepar com ela. Prefiro pensar que foi só uma vez, mas o bom senso diz que provavelmente foram várias vezes. Acho que se não fosse pela distância que os separa, eles ainda estariam trepando até hoje; graças a Deus, os quase quatrocentos quilômetros de distância foram eficazes em mantê-los separados. Antes que a loucura siciliana começasse, é claro.

Eu podia ver a atmosfera se adensando e Domenico nos observava com desconfiança, então decidi mudar de assunto.

"O que vamos fazer hoje? Vocês vão desaparecer de novo, nos deixando nesta prisão? Podemos contar com você para nos honrar com sua presença?", perguntei com ironia, sorrindo artificialmente para o Homem de Negro.

"Se vocês tivessem se comportado e não tivessem fugido, ainda teriam o portão aberto e seu Bentley estacionado na entrada." O *don* voltou-se para mim e apoiou o cotovelo na mesa. "Você se comportou bem, Laura?"

Pensei um pouco no que responder e, incapaz de encontrar uma resposta, decidi correr o risco:

"Claro que sim." Mostrei-lhe o sorriso mais doce do mundo. "Eu e sua filha também." Acariciei a barriga com carinho, sabendo que isso derreteria qualquer gelo.

Os olhos de Massimo não se afastaram dos meus nem por um segundo, o que me deixou completamente desconcertada.

"Então, perfeito, vão ganhar presentes do Nicolau", disse, e naquele momento seus olhos brilharam como os de um menino ao ver um saco de doces. "Preparem-se, temos de sair ao meio-dia."

"Que legal!", Olga exclamou. "É isso mesmo, hoje é dia 6 de dezembro, é o dia do Nicolau, o Papai Noel polonês, que traz presentes para as crianças comportadas!" Ela beijou Domenico e sumiu pelo corredor.

Fiquei sentada ainda por um tempo, tomando meu chá, depois me levantei e fui para o quarto.

Entrei no closet e, sem ter ideia do que íamos fazer, me afoguei em um mar de cabides. Tão estranho! Apesar de saber que o tempo passava, não tinha percebido quão rápido isso ocorria. Tinha chegado ali em agosto, mas já era dezembro e o ano estava chegando ao fim.

Pensei em meus pais e no fato de sempre ter passado as festas de final de ano com eles. Lembro como ficava ansiosa pelos presentes deles. Quando era uma garotinha, desejava que a primeira estrela aparecesse logo no céu para a ceia começar. O telefone tocando na mesa de cabeceira me tirou dos meus pensamentos. Não conseguia achar o celular e corri para o quarto. Massimo estava sentado na cama com meu iPhone na mão. Estendi a mão para ele, mas ele silenciou a chamada e colocou o telefone de volta ao lado do abajur.

"É sua mãe", disse com um sorriso. "E eu sei por que ela está ligando", acrescentou.

Fiquei pasma. Olhava para ele com o rosto crispado, enquanto esperava uma explicação.

"Por favor, me dê o celular", exigi, me aproximando.

O Homem de Negro me agarrou e me jogou na cama, me beijando com ternura. Eu sabia que poderia ligar para ela quando quisesse, mas, naquele momento, o homem deitado em cima de mim era a coisa mais importante.

"Ligou para agradecer pela bolsa", murmurou entre beijos. "E o papai, pelo telescópio."

Recuei, olhando para ele inquisitiva.

"O quê?"

O Homem de Negro beijava todo o meu rosto, e seus lábios suavemente passavam pelas minhas bochechas, olhos, nariz e orelhas.

"Mas eu também queria dar presentes de Natal", falei. "Principalmente para minha família."

"Não queria que você ficasse triste porque vai perder o Natal tradicional com seus parentes este ano. Seu irmão comprou ingressos para o jogo do Manchester United."

Sua língua deslizou novamente em minha boca, e, não encontrando nenhuma resposta minha, ele se afastou. O Homem de Negro se inclinou para trás para me observar. Estava muito surpresa, digerindo o que ele acabara de dizer. De fato, as últimas semanas me fizeram esquecer que a hora dos presentes estava chegando, mas como diabos ele sabia que isso era tão importante para mim?

"Massimo", comecei, saindo de baixo dele, que suspirou e se virou para mim, cruzando as mãos sob a cabeça, "em primeiro lugar, como você sabia de que modo celebramos o Natal? Em segundo lugar, como sabia o que minha família queria ganhar de presente?"

Ele revirou os olhos, fechou-os teatralmente e ficou em silêncio por um momento.

"Eu esperava que você ficasse feliz e agradecida."

"Estou feliz e muito agradecida. Agora, por favor, me responda."

"Meu pessoal verificou suas contas, eu sei no que você gasta seu dinheiro e no que não gasta." Ao terminar a frase, ele se desviou, como se já soubesse o que viria a seguir.

"Que porra você fez?!" Fiquei irada em um segundo.

"Meu Deus, já sabia que isso ia acontecer!"

"Massimo, que merda! Será que tem alguma parte da minha vida em que você não se intromete?"

"Laura, por favor, é só dinheiro!"

"Não, Massimo! Não é só dinheiro, mais precisamente, é o meu dinheiro!" Uma torrente de raiva fluía de mim. "Por que você precisa me controlar a esse ponto? Você não poderia ter perguntado?", grunhi.

"Não teria sido uma surpresa", respondeu, olhando fixamente para o teto.

Meu celular começou a tocar novamente. Peguei-o e vi o número da minha mãe no visor. Antes de eu responder, o Homem de Negro ainda conseguiu dizer:

"Uma bolsa da última coleção da Fendi, bege, você tem igual, só que amarela." Ele encolheu os ombros e eu atendi a ligação:

"Oi, olá, mamãe!", comecei feliz, sem tirar os olhos de Massimo.

"Querida, o presente do Nicolau é maravilhoso! Mas pelo amor de Deus, eu sei quanto custa essa bolsa! Você ficou maluca?"

Que saco, agora terei que ficar me explicando, pensei, *que maravilha!* E me imaginei dando um soco nas costelas do Homem de Negro.

"Mãezinha, agora ganho em euros, e aqui as promoções são muito melhores que na Polônia."

Naquele momento eu deveria ter corrido e batido com a cabeça na parede. *Como assim promoções? Estamos no início de dezembro, quando os preços só sobem!*, pensei. Perturbada com minha própria estupidez e com o modo como tinha acabado de dar um tiro no próprio pé, desabei na cama e esperei.

"Promoções? Agora?", ouvi no fone. *Bravo, bravo, Laura*, mentalmente eu me estapeava. Com todo esse nervosismo, o celular escorregou e, antes que eu estendesse a mão para pegá-lo, já via o rosto do Homem de Negro, que, com um sorriso doce, começou a conversar com minha mãe. Foi como um chute na cabeça. A sala começou a girar e minha ansiedade se transformou em pânico histérico. Minha mãe pensava que eu tinha terminado com ele por ter me traído, e agora ele tinha tirado o telefone de mim e, como se nada houvesse acontecido, estava de conversinha com ela.

"Meu Deus, meu Deus, que merda!", fiquei resmungando, até que o telefone voltou para mim.

"Laura Biel, o que você tem a dizer?!"

Quase fiquei em posição de sentido ao ouvir essas palavras.

"O celular me escapou da mão!", eu disse, esperando um golpe ou uma imediata decaptação com um imenso facão enferrujado.

"Esse Massimo é um homem muito educado, acho que ele combina com você."

Naquele segundo, embora eu estivesse deitada, meu queixo caiu até o chão. Ou melhor, foi pela ala oeste da propriedade e rolou no cais.

"Será que estou ouvindo bem?", perguntei, incrédula.

"Ele me explicou rapidamente toda a confusão, só isso. Você devia ter aprendido outras línguas, assim entenderia nossa conversa."

Então a voz do meu pai, quase inaudível no fone, veio em meu socorro.

"Meu Deus! Eu tenho de fazer tudo sozinha", minha mãe suspirou. "Querida, tenho de ir, papai não consegue montar o telescópio e vai acabar quebrando tudo. Amo você, filha. Obrigada novamente por essa surpresa maravilhosa. Nós te amamos. Tchau!"

"Também amo vocês. Tchau!", eu disse, finalizando a ligação.

Desliguei o celular e olhei com expectativa para meu marido, que obviamente estava sorrindo para mim.

"O que você disse a ela?"

"Que te dei um aumento para te trazer de volta para o meu hotel." Seus braços me envolveram com força. "Também mencionei a confusão que resultou da sua suspeita de traição, mas não se preocupe, eu menti, fazendo você parecer um pouco menos inteligente. Ela riu e disse que era bem a sua cara agir assim." Ele me virou, de modo que agora estávamos de lado, e me prendeu com sua perna. "Aliás, não sabia que você era ciumenta, isso é novo para mim. Pelo menos sua mãe sabe que ainda estamos juntos."

"Obrigada", sussurrei, beijando-o com ternura. "Obrigada por tudo."

O Homem de Negro esticou a perna e depois ficou por cima de mim.

"Daqui a pouco vou te comer", ele sussurrou, puxando minha calça. "E você sabe por quê?"

Eu me contorcia sob ele, me livrando das outras roupas.

"Por quê?", perguntei, puxando sua calça.

"Porque eu posso." Sua língua penetrou minha boca com violência enquanto suas mãos seguravam minha cabeça com força.

Eu admirava sua musculatura. Dei uma olhada para baixo, me espiando e abrindo a camisa dele que eu estava vestindo. Suspirei ao ver uma pequena bola embaixo da minha pele, como se colada no baixo-ventre. Parecia que tinha engolido um pequeno balão. Estava louca de felicidade por saber que carregava seu bebê, mas odiava as mudanças no meu corpo. Levantei os olhos e encontrei o olhar preocupado do Homem de Negro. Um pouco depois, ele se ajoelhou ao meu lado.

"O que está acontecendo?", perguntou, me colocando em seu colo.

Aninhei a cabeça em seu peito, inalando o cheiro maravilhoso e intenso de sua água de colônia.

"Estou ficando gorda", disse pateticamente. "Mais um mês ou dois e não vou entrar em nenhuma roupa."

"Que bobinha você, meu amor", ele disse, rindo e beijando minha cabeça. "Para mim você pode ficar mais gorda que eu, porque isso significa que meu filho está crescendo e que é grande e forte. Agora pare de se preocupar com essas bobagens e vá se vestir porque temos de chegar no local em menos de uma hora."

"Aonde vamos?"

"A um lugar aonde você ainda não foi. Vista uma roupa confortável."

Meu marido vestiu um jeans desbotado sexy, uma camisa preta de manga comprida e botas de cano alto desamarradas. *Uau!*, pensei, olhando para ele, *isso é novidade!* Ele ajeitou os cabelos com as mãos e desapareceu na saída, me beijando antes com ternura. Eu também me levantei e fui para minha parte do closet. Conforto para mim significava algo diferente, mas agora que eu sabia que não era nenhum passeio formal, podia relaxar. Peguei o cabide e tirei meu blusão preto Kenzo com um tigre. Não estava calor lá fora, mas também não estava frio, então decidi mostrar minhas pernas ainda delgadas e escolhi um short grafite da One Teaspoon. Finalizei com botas Burberry e meias compridas. Pus minhas coisas numa bolsa Le Boy preta da Chanel e desci as escadas.

Antes de sair da casa, encontrei Olga, que, obstinadamente, explicava alguma coisa a Domenico. Quando o Homem de Negro chegou, todos fomos para os carros estacionados. Claro que cada um dos rapazes tinha o seu. Massimo abriu a porta de um BMW i8, outro veículo espacial que fingia ser um carro, e Domenico conduziu Olga até o Bentley.

"Quantos carros você tem no total?", perguntei quando Massimo fechou a porta e ligou o motor.

"No momento, não sei, vendi alguns, mas comprei outros, então, digamos... alguns. E não sou eu que tenho, nós temos. Não me lembro de nenhum acordo pré-nupcial, então o que é meu é seu, querida." Ele beijou minha mão e deu a partida.

Sim, temos, pensei. *Humm... Mas é uma pena que apenas um de nós possa dirigir todos. Para mim, acho que vai sobrar um tanque com cabine de avião e um milhão de botões, ou um carro de boi.*

Capítulo 8

Saímos da rodovia e pegamos uma estrada sem asfalto, o "sonho" de todo veículo com suspensão baixa. Tudo tremia e chacoalhava tanto que eu tinha a sensação de que o carro iria se desintegrar. Olhei em volta: estávamos exatamente no meio do nada. O deserto rochoso e a vegetação esparsa sugeriam que a surpresa não seria muito luxuosa. Se essa cavalgada tivesse acontecido alguns meses antes, eu teria pensado que os dois iriam atirar em nós e nos enterrar em algum lugar, porque era uma chance em um milhão de alguém nos encontrar ali. De repente, veio uma curva e vi um muro de pedra com um grande portão no centro. Massimo pegou seu celular, disse algumas palavras e a porta de metal começou a se abrir lentamente.

Pegamos um caminho reto de asfalto; as palmeiras crescendo dos lados formavam um túnel. Não tinha ideia de onde estávamos, mas sabia que, mesmo se perguntasse, não saberia a resposta, porque era disso que se tratava a surpresa. Enfim o carro parou perto de um belo prédio de dois andares, feito da mesma pedra da propriedade em que morávamos. A maioria dos imóveis da ilha eram assim, como se fossem construídos com pedras levemente manchadas.

Quando descemos, um homem mais velho apareceu na entrada da casa, cumprimentando de maneira afetuosa os nossos cavalheiros. Não sei quantos anos ele poderia ter, mas pelo menos sessenta, com certeza. Beijou Massimo, dando-lhe um tapinha de leve no rosto e dizendo algumas palavras. O Homem de Negro estendeu o braço e me deu a mão.

"*Don* Matteo, conheça minha esposa, Laura."

O homem me beijou duas vezes e sorriu com bom humor.

"Estou feliz que você esteja aqui", disse num inglês sofrido. "Esse menino esperou muito tempo por você."

De repente, tiros estrondosos soaram ao meu redor e eu me aconcheguei ao ombro de Massimo com horror. Nervosa, olhei em volta em busca da origem do ruído, mas havia apenas a incrível natureza ao redor.

"Não tenha medo, amor", disse Massimo, passando o braço em volta de mim. "Ninguém vai morrer hoje. Vamos, vou te ensinar a atirar."

Ele me conduziu pela linda casa, e eu me esforcei para entender o que acabara de me dizer. *Atirar? Estou grávida e ele quer que eu atire? Não me deixa pegar uma sacola mais pesada sozinha, e agora de repente tenho de atirar?* Percorremos todos os cômodos até a parte de trás da casa. Fiquei petrificada.

"Caramba, como nos filmes!", disse Olga, pondo-se ao meu lado e agarrando minha mão.

Massimo e Domenico caíram na gargalhada ao nos ver assim.

"E onde estão as nossas bravas e implacáveis eslavas?"

"Elas ficaram em casa", eu disse, me voltando para eles. "O que estamos fazendo aqui?"

"Queremos ensinar vocês a usar armas." O Homem de Negro me abraçou com força. "Acho que vai ser útil e, mesmo que nunca precise atirar, é uma excelente forma relaxar, você vai ver."

Naquele momento, outro tiro foi disparado e eu dei um pulo de susto, aninhando a cabeça no peito do Homem de Negro.

"Eu não quero", sussurrei. "Estou com medo."

Massimo segurou meu rosto suavemente e me beijou com delicadeza.

"Querida, em geral ficamos assustados com o que não conhecemos, mas vá com calma. Consultei seu médico sobre isso, e atirar é tão perigoso para você quanto jogar xadrez. Venha."

Depois de alguns minutos e muitas inspirações profundas, pus os protetores auriculares, observando o Homem de Negro enquanto pegava sua arma. *Don* Matteo estava ao meu lado, segurando meu braço como se temesse que eu precisasse de apoio.

Massimo afastou as pernas e carregou a pistola Glock calibre 9 mm com os cartuchos. Ele não usava protetores auriculares e, em vez de óculos de proteção, estava usando óculos escuros Aviator Porsche. Parecia másculo, lindo, cativante e tão sexy que eu estava pronta para me ajoelhar na frente dele e fazer um boquete. De repente sua roupa daquele dia tinha assumido um sentido novo e combinava com aquilo tudo. Eu não estava mais assustada com aquela visão, apenas me excitava, temporariamente sem capacidade de raciocinar. Perigoso, dominador, brutal e meu! Eu sentia calor, o sangue fervia em mim, eu estava cheia de tesão. *Meu Deus, é tão simples*, pensei, *ele não precisa fazer nada, só olho para ele e minhas pernas ficam bambas.*

Ele assentiu para o senhor parado ao meu lado, respirou fundo e disparou dezessete balas com uma velocidade tal que a série de tiros se transformou em um único estrondo. Ao baixar a arma, apertou um botão e o alvo se aproximou. Quando estava bem à sua frente, sorriu, revelando seus dentes brancos, e ergueu as sobrancelhas com orgulho.

"Foi tudo na cabeça", ele disse com uma cara de menininho. "A prática dá resultado."

Essa brincadeira me pareceu tão macabra que cheguei a sentir um aperto no peito.

"Mas para ganhar tem de acertar dez tiros no meio do peito, não é? Então você não marcou o número máximo de pontos", eu disse, segurando o papel. O Homem de Negro sorriu e ergueu meus protetores auriculares.

"Mas com certeza matei meu oponente." Dito isso, ele beijou meu rosto. "Agora você, pequena, vamos! Vou ser pouco profissional e vou me posicionar atrás de você, porque quero que se sinta segura." Ele me levou até a posição de tiro e explicou brevemente como a arma funcionava, onde apertar para liberar o pente, como recarregar e como mudar para fogo contínuo sem ter que recarregar após cada tiro. Depois que carreguei minha arma e percorri todas as etapas necessárias, o Homem de Negro se alinhou atrás de mim, de modo que meu corpo ficasse encostado no dele.

"Olhe bem: o alvo e a alça de mira devem estar alinhados. Depois, inspire e, ao expirar, aperte o gatilho, lenta e decididamente. Não dê um puxão, apenas faça um movimento suave. Você dá conta, amor."

É como jogar xadrez, é como jogar xadrez, eu ficava repetindo mentalmente, tentando convencer meu cérebro de que não havia nada a temer. Senti Massimo me apoiando levemente em uma perna e segurando meus quadris.

Puxei o ar e expirei, fazendo o que ele pediu. Foi uma fração de segundo, tiro e estrondo, ou vice-versa, não sei. A força da bala disparada jogou minhas mãos para cima, o que eu de forma alguma esperava. Aterrorizada com o poder que tinha em minhas mãos, comecei a tremer e lágrimas brotaram dos meus olhos.

O Homem de Negro segurou a arma e, puxando-a com delicadeza das minhas mãos, colocou-a sobre a mesa à frente. Eu me virei para ele e fiquei histérica.

"Que nem xadrez, é?", gritei. "Eu não quero saber desse xadrez!"

Massimo me abraçou com ternura, acariciando meus cabelos, e senti seu peito estremecer com o riso abafado. Levantei a cabeça e vi diversão misturada com preocupação em sua face.

"Amorzinho, não te aconteceu nada, por que essas lágrimas?"

Fiz beicinho e, um pouco envergonhada, me escondi em seu abraço.

"Me assustei."

"Mas com o quê? Estou aqui."

"Massimo, é uma responsabilidade muito grande ter uma arma nas mãos. Saber que você pode matar uma criatura viva muda completamente o significado dessa atividade. Sua força, poder, potência... Fiquei apavorada, atirar exige respeito."

O Homem de Negro balançou a cabeça, seu olhar deixava trair seu orgulho.

"Estou impressionado com a sua sabedoria, pequenina", ele sussurrou, me beijando suavemente. "E agora, voltemos à aula."

Os tiros seguintes foram mais fáceis e, depois de disparar alguns cartuchos, quase não me impressionavam mais. Tinha a sensação de haver atingido o nível de uma especialista.

Algum tempo depois, *don* Matteo saiu e, quando voltou, trouxe outro "brinquedinho" para nós.

"Você vai amar." Massimo segurou o rifle que o homem havia colocado à sua frente. "É um M4, um rifle de assalto, bonito, relativamente leve e agradável de atirar, pois não tem recuo como a Glock. Isso é porque você o apoia no ombro."

"Bela arma", repeti com um pouco de desconfiança. "Vamos experimentar."

De fato, esse tipo de arma era muito mais fácil de disparar, apesar de ser mais pesada.

Depois de mais de uma hora de esforço atirando, eu estava exausta. *Don* Matteo nos convidou para ir até o terraço ao lado do campo de tiro, onde um almoço deslumbrante foi servido. Frutos do mar, massas, carnes, antepastos e toda uma variedade de sobremesas. Fiquei doida! Eu atacava uma delícia atrás da outra, como se não visse comida há pelo menos uma semana.

O Homem de Negro bebia vinho em uma taça e de vez em quando mastigava uma azeitona, me abraçando.

"Adoro quando você tem apetite assim", ele sussurrou bem no meu ouvido. "Significa que meu filho está crescendo."

"Fi-lha...", murmurei entre as mordidas. "Será uma menina. E se você quiser encerrar essa discussão, acho que no próximo ultrassom já poderemos descobrir quem está certo."

Seus olhos brilharam e sua mão passeou na minha barriga sob a blusa.

"Não quero saber antes do nascimento. Eu quero uma surpresa. Além disso, eu sei que é um menino."

"Menininha."

"O mais engraçado vai ser se acabarem sendo gêmeos", disse Olga, servindo vinho a todos. "Aí vai ser uma viagem! Laura, seu marido gângster e dois pirralhos barulhentos! Domenico", ela olhou para o jovem italiano, "aí a gente se muda, não é?"

"Graças a Deus a gravidez não é múltipla, só um coração bate na minha barriga." Dei de ombros e voltei a me empanturrar.

Depois de terminar minha refeição, me recostei numa cadeira de balanço suspensa. Olga se espreguiçava languidamente ao meu lado. Os três cavalheiros discutiam algo à mesa, e eu agradecia a Deus por aquilo que meses atrás eu amaldiçoava.

"Você acredita em destino, Olga?"

"Você sabe que eu estava pensando justamente sobre isso? Veja como é incrível! Há apenas seis meses nossa vida era tão pacífica, organizada em seu caos e normal. E agora estamos na Sicília, aquecidas pelos raios do sol de dezembro. Nossos homens são mafiosos, cafetões e assassinos." Ela deu um pulo e se sentou, quase caindo da espreguiçadeira. "Puta merda, que cagada isso tudo! Veja só! Eles são pessoas ruins e nós os amamos pelo que são, então também somos ruins."

Estremeci com essas palavras, mas, no fundo, havia muita verdade nelas.

"Não os amamos pelo que fazem de mal, mas pelo que fazem de bom. Como se pode amar alguém por matar as pessoas? Além disso, todo mundo faz coisas ruins, só que a escala é outra. Veja o meu exemplo. Você lembra quando, na quinta série, eu dei um soco na cara do Rafał, aquele loirinho, porque ele estava te espetando com um alfinete? Também não foi uma coisa boa que eu fiz, mas desde aquele dia você me ama."

"Fala sério, Laura!", Olga revirou os olhos.

Nós duas nos viramos para a mesa quando escutamos cadeiras sendo arrastadas. Domenico e Massimo puseram alguma coisa na cabeça, e riam como crianças.

"Cacete, toda vez que vejo aquele sorriso fico com medo", Olga resmungou, me puxando em direção a eles.

"Caras senhoras, convido-as para verem um filme", disse *don* Matteo, apontando para a entrada da casa.

Nós duas ficamos confusas, fitando nossos homens.

"O que você tem aí na cabeça?", perguntou Olga, batendo em Domenico, que usava uma espécie de capacete com uma câmera.

"É uma câmera: a outra vai ficar no cano da arma. Vamos mostrar a vocês por que podem se sentir seguras com a gente."

Bateram as mãos num *high five* e caminharam rumo ao que parecia ser um labirinto de pedra.

"Caras senhoras, por aqui", Matteo nos mostrou o caminho.

Nós nos sentamos nas poltronas e ele puxou as cortinas para que o aposento ficasse completamente às escuras. Depois ligou telas enormes mostrando a imagem das câmeras de Massimo e Domenico.

"Vou explicar às senhoras o que vai acontecer agora. Os senhores Massimo e Domenico vão treinar um ataque, aquele tipo de treinamento que as forças especiais também usam. Com ele, verificamos a velocidade de reação, o raciocínio, os reflexos e, claro, a técnica de tiro. Eles sempre foram melhores do que muitos comandos que passaram pelas minhas mãos, mas há muito tempo não os vejo, então vamos ver como estão agora."

Fiquei muito atordoada. Um homem que lidava com forças especiais treinava a máfia.

De repente, na tela, surgiu uma movimentação. Domenico e Massimo estavam passando por outra porta, atirando em manequins que simulavam bandidos.

"Que hipocrisia!", disse Olga em polonês. "Matando colegas de profissão."

Não havia como negar, no entanto, que seu treinamento era sexy, e a concentração e a tranquilidade no rosto do Homem de Negro me excitavam de uma maneira incomum. Eles se esgueiravam pelos quartos, atirando e se escondendo. Pareciam um pouco com meninos brincando de guerra, só que tinham rifles de verdade nas mãos. Depois de alguns minutos, tinham finalizado. Começaram a fazer palhaçadas, gritando e fazendo caretas para as câmeras, agitando suas armas como *rappers* em videoclipes americanos.

"Idiotas!", disse Olga, levantando-se da cadeira.

Ao final, nos despedimos de *don* Matteo, entramos nos carros e voltamos para casa. O BMW deslizava silenciosamente pela rodovia, e os alto-falantes ecoavam a melodia menos máscula do mundo: "Strani Amori", de Laura Pausini. O Homem de Negro simpatizou com a letra e, se divertindo, cantou para mim em italiano. Naquele dia ele estava se comportando como um garotão, parecia um cara comum de trinta anos que gosta de fazer palhaçadas, se divertir e que tem muita paixão pela vida. Não se parecia em nada com um babaca autoritário, implacável, que ficava enlouquecido a respeito da minha segurança e que não conseguia lidar com questionamentos.

Passamos por nossa saída na estrada e vimos o Bentley virar onde deveríamos ter virado. Olhei inquisitiva para o Homem de Negro, sem dizer nada: eu não precisava. Ele sabia muito bem o que eu queria perguntar. Apenas sorriu, sem tirar os olhos da pista, e pisou no acelerador com mais força.

Dezenas de quilômetros depois, as placas começaram a indicar o caminho para Messina. Dirigiu pelas ruas estreitas por bastante tempo e, finalmente, chegou a um muro monumental de pedras dispostas de forma intrincada.

Tirou um controle remoto do bolso e abriu o grande portão de madeira. Lancei-lhe um olhar questionador mais uma vez, mas ele apenas ergueu as sobrancelhas, sorrindo para mim, e começou a subir pela entrada.

Estacionou ao lado de uma bela casa de dois andares e saiu do BMW.

"Venha", disse, abrindo a porta e oferecendo a mão para me ajudar a sair do carrão espacial.

Eu ainda estava em silêncio, esperando uma explicação. Mas ele não disse nada. Apenas girou a chave e me conduziu para dentro. Caramba! Até fiquei sem fôlego. Na gigantesca sala de estar, provavelmente chegando ao primeiro andar, ficava a mais bela árvore de Natal que eu já tinha visto na vida, decorada com bolas e luzes douradas e vermelhas. O fogo crepitava na lareira e, bem ao lado dela, havia um tapete feito da pelagem branca de algum animal. Mais adiante havia sofás, poltronas marrons e bege, uma mesa de centro de madeira e uma TV enorme. E, mais adiante ainda, havia uma sala de jantar com uma enorme mesa de carvalho, castiçais maravilhosos e cadeiras estofadas em tecido na cor bordô. Tudo em cores quentes e com acabamento muito elegante.

"O que significa isso, Massimo?" Eu me virei e o fitei curiosa e assustada.

"Este é o meu presente para você."

"Esta árvore de Natal?"

"Não, pequena, esta casa. Comprei para que você sempre a associe a mim e ao bebê, para que só tenha boas lembranças aqui. Eu quero que você tenha o seu lugar na Terra e que nunca mais fuja de mim, mas para mim. Se você sentir necessidade de se esconder em algum lugar, este lugar estará esperando por você." Ele se aproximou de mim e segurou meu rosto surpreso entre suas mãos. "Se você quiser se mudar da mansão, poderemos morar aqui. Com menos empregados, já que seremos só os três: você, eu e nosso filho..."

"Filha!"

"... e vou te garantir aqui o máximo de privacidade e segurança. Desejo a você tudo de melhor, querida."

Seus lábios se juntaram aos meus e seus dentes mordiscaram suavemente meu lábio inferior. Ele agarrou minha bunda e me levantou, me segurando na altura de sua cintura. Coloquei minhas coxas em volta dele e o beijei de novo. Acariciava minha boca e suas mãos viajavam por todo o meu corpo, enquanto ele me carregava em direção à grande mesa da sala de jantar. Me deitou no tampo da mesa e, agarrando a parte de trás da camiseta, puxou-a pela cabeça. O largo sorriso não desaparecia do meu rosto, e ele tirou meu short.

"E as botas?", perguntei, quando o short encostou no chão junto com a calcinha de renda.

"As botas ficam."

Fez um gesto para que eu pusesse as mãos para cima, e algum tempo depois eu estava deitada na frente dele apenas com as meias longas até o meio das coxas e as botas pretas. Ele segurou meus quadris com suas grandes mãos e, com rapidez, me empurrou até o fim da mesa, me surpreendendo um pouco. Achei que iria me puxar e me penetrar. Seus olhos lascivos e levemente apertados me atravessavam. Abri bem as pernas, apoiando os pés na mesa e jogando os braços atrás da cabeça. O Homem de Negro até gemeu.

"Adoro isso!", sussurrou, abrindo os botões de seu jeans e penetrando a minha boceta molhada com seu olhar.

"Eu sei."

Ficou parado completamente nu à minha frente, acariciando e apertando a parte externa das minhas coxas.

"Esta casa tem mais uma grande vantagem", disse, caminhando em direção à parede e depois pressionando um botão num painel ao lado da lareira. No mesmo momento, ouviu-se a música "Silence", de Delerium. "Tem som", sussurrou, enfiando a língua na minha boceta molhada.

Estava ansiosa por aquele momento desde que o vi dar seu primeiro tiro. Eu me contorcia sob o toque sedento de seus lábios e de sua língua, que se embrenhava em mim. Massimo atacou meu clitóris quente e intumescido. Deslizou suavemente dois dedos para dentro da minha boceta e sem nenhuma pressa começou a movê-los para a frente e para trás. Eu sabia que em um instante já estaria no limite do prazer. Na verdade, eu já estava no limite desde que ele havia tirado a calça, mas não queria gozar tão rápido.

"Eu sei que você quer gozar", disse, colocando outro dedo no meu cu.

Eu não aguentava mais. Gozei em um segundo e meu corpo foi atingido por um raio. O Homem de Negro não parou, pelo contrário, acelerou seus movimentos.

"Mais uma vez, pequena." Deslizou suavemente mais um dedo para dentro da minha bunda.

"Ai, meu Deus!", gritei, surpresa com a intensidade da sensação.

Sua língua roçava meu clitóris num ritmo frenético. O orgasmo seguinte veio alguns segundos depois, então outro e mais outro. Eles paravam e vinham se aproximando em ondas, me dando um prazer extremamente exaustivo. Eu via Massimo diante dos meus olhos como num filme — de pé com sua arma, concentrado e forte, divertido e despreocupado. Abri os olhos e olhei para ele. Seu olhar fixo em mim era animalesco e cheio de desejo, o que me levava ao auge do prazer. Agarrei sua cabeça, e quando o último orgasmo penetrou meu corpo, senti os espasmos musculares me paralisarem. Desabei sobre a mesa e ele se afastou de mim vagarosamente.

"Boa menina", sibilou, mordendo o lábio inferior, então agarrou meus tornozelos e me puxou para a beira da mesa.

À nossa volta soava uma música semelhante a uma oração, e eu o amava mais do que nunca.

Sem tirar os olhos de mim, ele pegou seu pau duro e, apontando-o na direção certa, lentamente me penetrou, observando minha reação.

"Mais forte", sussurrei bem baixinho.

"Não me provoque, pequena. Você sabe que eu não posso."

Sentia muita saudade do Massimo agressivo. Era a única coisa que eu odiava na gravidez, ele não poder mais me comer do jeito que eu adorava. Ele também não estava satisfeito, só que mais importante do que uma boa foda era o bem-estar do bebê.

Ele gemeu, inclinou a cabeça e me penetrou até o fundo. Logo depois, seus quadris começaram a se mover com cuidado e continuamente. Fizemos amor e, ao contrário do que eu estava acostumada, ele foi terno e gentil, reagindo a cada suspiro meu, a cada movimento da cabeça. Acariciava meus mamilos com os dedos da mão direita, apertando-os com força de vez em quando, e com o polegar da mão esquerda fazia círculos em volta do meu clitóris. A combinação de dor e penetração total me fazia sentir em gravidade zero.

"Bata em mim!", pedi, quando a música recomeçou. Seus quadris estacaram. "Bata em mim, *don*!", gritei, quando ele não respondeu.

Seus olhos brilharam de fúria, sua mão foi até minha garganta e seus dedos a apertaram. Um grito cheio de luxúria escapou da minha boca e inclinei a cabeça para trás. Eu sentia que ele queria me foder com força e brutalidade, mas sabia que não o faria. Massimo analisou a situação por um momento, e então, com um movimento brusco, me puxou para fora da mesa, ficou de pé próximo à parede e se encostou nela.

"Como se fosse uma puta?", ele sibilou, entrando em mim mais uma vez, enquanto eu apoiava a testa na pedra à minha frente.

"Isso mesmo!" Senti o prazer reacender em meu corpo quando ele agarrou meus cabelos com uma das mãos e o pescoço com a outra.

Não importava que seu movimento dentro de mim fosse lento e suave, tudo o mais que ele fazia me deixava com tesão. Ele me sufocava com tanta habilidade que eu mal conseguia conter minha excitação. De vez em quando tirava a mão do meu pescoço para castigar meus mamilos inchados e doloridos. Seus dentes mordiam minhas orelhas, pescoço e ombros, não me dando a chance de uma revanche.

Quando sentiu que estava perto de gozar, Massimo me soltou e me virou para que o encarasse.

"Sente-se", disse ele, apontando um apoio baixo para os pés. Ele agarrou meu rosto com força e abriu os lábios com os polegares. "Até o fim, pequena." Depois de falar isso, sem avisar e com brutalidade, começou a enfiar o pau na minha boca, inundando-a logo depois com uma poderosa onda de porra. Eu me engasguei, agarrando suas mãos em desespero, mas ele não parou até terminar. Mesmo depois de gozar, ele ainda manteve seu pau na minha boca.

"Engole", ordenou, mirando friamente meus olhos.

Fiz o que mandou e então ele me soltou e me empurrou para o sofá.

"Eu te amo!", eu disse alto com um sorriso, enquanto ele se virava para a parede para baixar o volume da música.

“Sabia que a maioria das putas não é tão pervertida quanto você?”, perguntou, deitando-se ao meu lado e nos cobrindo com um cobertor macio.

“Então são putas fracas.” Dei de ombros e comecei a lamber suavemente seus mamilos. “Amanhã tenho consulta com o médico. Espero que ele nos deixe nos comportar como sempre nos comportamos na cama.”

Massimo me abraçou.

“Eu também, porque não tenho ideia de quanto tempo mais vou aguentar suas provocações.”

“Bem, não tenho culpa de gostar de sentir um pouco de dor...”

O Homem de Negro se virou para o lado para me encarar.

“Um pouco? Mulher, eu quase te estrangulei!” Ele suspirou alto e se deitou de costas novamente. “Às vezes tenho medo do que você causa em mim, pequena.”

“Então imagine o medo que eu sinto quando estou junto de você.”

Capítulo 9

"Bom dia!" Sua voz sensual me envolveu antes que eu pudesse abrir os olhos.

Gemi e encostei o nariz em seu peito, tentando absorver o cheiro da água de colônia.

"Meu pescoço está doendo", eu disse, ainda com os olhos fechados.

"Provavelmente porque passamos a noite no sofá."

Abri os olhos, em pânico, e só depois de ver a árvore de Natal gigante decorada é que me lembrei da noite anterior.

"Não sei como é aqui, mas no meu país enfeitamos a árvore na véspera do Natal, ou talvez um dia antes, se as crianças insistirem muito. Mas em 6 de dezembro?!", falei bocejando.

"Se você fica feliz em vê-la, farei com que ela fique enfeitada o ano todo. Além disso, o que eu deveria fazer? Passar uma enorme fita vermelha em volta da casa?"

"Em primeiro lugar, você não precisava ter comprado uma casa."

"Ah, pequena!" Ele se virou de costas e, como era seu hábito, pôs o braço sob a minha cabeça. "É um investimento e, além disso, não sei se uma mansão em Taormina é o melhor lugar para uma criança. Eu gostaria de ficarmos juntos, só nós três, e lá sempre aparecem algumas pessoas."

"Mas a Olga também está lá." Eu me virei e me apoiei ligeiramente sobre o cotovelo. "O que vou fazer aqui sozinha?"

O Homem de Negro se sentou e se encostou no sofá, de frente para mim.

"Você vai ter um filho e a mim, não é o suficiente?" Havia tristeza em seus olhos. Pela primeira vez vi como Massimo ficava quando ele estava realmente chateado. Segurei seu rosto entre minhas mãos e descansei minha testa na dele.

"Meu amor, mas você quase não fica em casa!" Esfreguei as têmporas nervosamente, em busca de uma solução. "Vamos fazer assim: quando o bebê nascer, vamos morar na mansão e ver como fica. Se você tiver razão, nos mudaremos para cá, senão ficaremos lá. E então este lugar aqui será apenas meu refúgio, e um lugar de orgia, quando eu puder trepar a todo vapor de novo e beber."

Saí do cobertor e fui para o tapete, fazendo uma dancinha selvagem de alegria, fantasiando com o sexo e as bebidas. Massimo me olhou divertido, depois me agarrou pelos braços e me carregou pela casa.

"Então, vamos marcar cada canto daqui para que você associe apenas com a orgia que eu vou lhe proporcionar com certeza."

Voltamos para a mansão em Taormina e eu logo desci do carro e corri para a sala de jantar. *Comida, comida*, essa palavra se repetia como um mantra na minha cabeça. Nossa nova casa era mesmo adorável, mas, infelizmente, ninguém tinha pensado em encher a geladeira.

"Panquecas!", exclamei, correndo para a sala onde Olga estava sentada junto à grande mesa.

Ela me olhou por detrás do notebook e, feliz em me ver, fechou-o, colocando-o no chão.

"Lembro dos bons momentos em que você sentia vontade de vomitar só de pensar em comida. E veja só agora! Calma aí, sua bunda está crescendo!"

"A bunda não, só a barriga", resmunguei, me servindo de todas as comidas que desejava. "Além do mais, minha bunda é tão pequena que, se crescer um pouco, vou até ficar feliz."

Com um sorriso, Olga me serviu chá e leite e, em seguida, colocou duas colheres de açúcar na xícara.

"Ganhei um Rolex", ela anunciou, acenando com a mão na frente do meu rosto. "Ouro rosé, madrepérola e diamantes. E você, o que ganhou?"

"Uma casa", murmurei entre as mordidas.

Os olhos de Olga se arregalaram e ela engoliu em seco tão alto que deu para ouvir de onde eu estava.

"O que... você... ganhou?!", gaguejou sem acreditar.

"Uma casa! Está surda, porra?"

"Cacete! Eu ganhei um relógio e você uma casa? E onde está a justiça neste mundo?"

"Fique grávida de um mafioso, case-se com ele, depois tolere um babaca mandão sacudindo uma arma, aí você vai ganhar um castelo, eu garanto."

Nós duas rimos, nos cumprimentando com um *high five*.

"Qual é a graça aqui?", Massimo perguntou ao entrar na sala e se sentar à mesa.

Estava vestido com um terno preto e uma camisa preta, o que anunciava um funeral ou trabalho.

"Aonde você vai?" Olhei para o *don* enquanto baixava o garfo. "Tenho consulta no médico à uma da tarde."

"Sim, eu sei, e vou", disse, servindo-se de ovos.

"Com roupa de coveiro?", Olga deixou escapar.

O Homem de Negro fitou-a inexpressivo, depois pegou a cafeteira e encheu uma xícara.

"Acho que Domenico está afogando o ganso no quarto. Por que você não vai ver se ele não precisa de uma mãozinha?", ele perguntou sem olhar para ela.

Olga bufou e recostou-se no assento, cruzando os braços sobre o peito.

"Ele gozou tantas vezes nas últimas duas horas que sinceramente duvido que ele consiga andar. Mas é bom que você se preocupe com seu irmão caçula, Massimo." Ela terminou de falar e lhe deu um de seus sorrisos falsos favoritos, cheios de veneno.

"Ok, vamos nos concentrar em mim", eu disse, pondo de lado o clima tenso. "Quem vai ao médico comigo?"

"Eu!", os dois exclamaram quase em uníssono, trocando olhares de fogo logo em seguida.

"Beleza! Então vamos todos juntos!", falei.

Olga bebeu um gole de café e se levantou da cadeira.

"Que foi? Eu só queria emputecer o Homem de Negro já de manhã! Senti sua falta." Ela beijou minha testa e saiu.

"Vocês são como duas crianças", resmunguei, enquanto me servia de outro lote de panquecas com Nutella.

No consultório médico, o clima estava muito tenso. A julgar pela expressão no rosto do dr. Ventura, porém, ele estava mais nervoso do que qualquer um de nós naquele dia. Não era de admirar, já que dessa vez o Homem de

Negro decidiu honrar o consultório, de que era proprietário, com sua presença e não saiu de lá nem por um minuto. Ele queria ter certeza de que o médico não me diria o sexo do bebê. Quando chegou a hora do exame e o doutor esticou o preservativo no transdutor de ultrassom, por pouco Massimo não matou o médico e desmaiou de raiva. Fiquei surpresa com isso e chateada ao mesmo tempo, porque esse já era meu terceiro médico. Massimo, no entanto, sobreviveu bravamente à consulta inteira, tentando não tirar os olhos do monitor, apenas olhando para o meu rosto de vez em quando.

"Senhores", começou o dr. Ventura, sentando-se na cadeira e com as imagens do ultrassom e os resultados dos exames nas mãos, "liguei para o doutor húngaro da sra. Laura, porque não tinha muita clareza a respeito da situação. Ele me enviou toda a documentação que faltava e suas observações. Devo admitir que ele cuidou de você de maneira exemplar, e que, na verdade, houve mesmo alguns motivos para preocupação." Ele fez uma pausa e tomou um gole de água. "Agora os resultados estão perfeitos, você está em ótima forma e seu bebê está se desenvolvendo bem, é grande e saudável. Seu coração está se saindo muito bem para lidar com o peso da gravidez. Não temos absolutamente nenhuma necessidade de nos preocupar."

"Doutor Ventura", Massimo estreitou os olhos, trançando os dedos sobre a barriga.

"Sim, *don* Massimo?", gaguejou o médico, apavorado.

"Por que a vida do meu filho estava em perigo?"

"Bem..." O médico segurou os documentos à sua frente e começou a folheá-los nervosamente. "Pelos exames e observações do médico na Hungria, e pelas informações que tenho, parece que sua esposa passou por um grande estresse. É possível que tenha durado mais de um ou dois dias e o coração não tenha aguentado. O organismo deve ter começado a se rebelar e, para resumir, rejeitou o feto como uma ameaça, como algo que consumia sua energia vital."

"Mas agora está tudo bem, não é?", perguntei, acariciando a mão de Massimo e olhando para o médico ao mesmo tempo.

"Sim, está tudo bem."

"E sexo?" O Homem de Negro encarou Ventura novamente com seu olhar assassino.

Mesmo que eu devesse fazer jejum de sexo até o final da gravidez, acho que o médico não ousaria dizer isso a ele naquele momento.

"Se o senhor está perguntando se há contraindicações, não há."

"E é... digamos, permitido em qualquer intensidade?", perguntei, olhando para o chão.

Levantei a cabeça e vi o olhar do médico passando de mim para Massimo.

Meu Deus, pensei, *se vamos ter que tratar assim do assunto, como se pisando em ovos, nunca vou ficar sabendo, e por quase meio ano só vou trepar devidamente pela metade*. Respirei fundo.

"Doutor, me deixe perguntar com franqueza: nós gostamos de sexo violento. Podemos fazer esse tipo de sexo?"

O rosto de Ventura ficou vermelho e ele parecia procurar respostas nos papéis desajeitadamente. Embora fosse um ginecologista e tivesse esse tipo de conversa várias vezes ao dia, não era comum falar com o chefe de uma família mafiosa sobre o modo como ele gostava de comer sua própria esposa.

"Os senhores podem fazer sexo do jeito que quiserem."

Massimo se levantou graciosamente de sua cadeira e me puxou para a porta com tanta agilidade que eu nem tive tempo de me despedir. Quase corremos pela rua, e ele me agarrou e me empurrou contra a primeira parede que encontrou.

"Eu quero te comer... agora!", disse, fechando minha boca com um beijo ávido. "Vou te comer para você saber o quanto eu senti falta do nosso jeito. Venha." E, me puxando pela mão, correu em direção ao carro, depois me jogou lá dentro e quase se teletransportou, de modo que antes que eu pudesse colocar o cinto de segurança ele já estava correndo pelas ruas estreitas em direção à rodovia.

Alguns minutos depois, passou pela saída para a mansão e foi a caminho de Messina. Eu sabia para onde estava me levando e fiquei feliz, pensando em como seria trepar na privacidade absoluta da minha nova casa. Sem empregados, sem seguranças, sem amiga pervertida — só eu e ele.

"Eu tenho mais uma surpresa para você", ele disse, abrindo o grande portão com o controle remoto.

Ele me lançou seu olhar gélido enquanto esperava para poder entrar na casa. Um sorriso malicioso e quase inexpressivo passeava por seus lábios, e suas mãos agarravam o volante com força. Quando o portão se abriu o suficiente para o BMW passar, os pneus cantaram na arrancada, e paramos na entrada.

Ele saltou do carro, abriu galantemente minha porta e me carregou em seus braços.

Quando chegamos à porta da frente, pôs a chave na fechadura e a girou sem me soltar por um segundo. Em seguida, fechou a porta com um chute e subiu as largas e imponentes escadas que imediatamente eram vistas ao entrar na casa.

"Primeiro, vamos tomar banho", anunciou, me colocando no chão de um lindo banheiro climatizado. "Não posso suportar o cheiro de outro homem no seu corpo."

Eu comecei a rir. Não achei que um preservativo de látex ou o transdutor do ultrassom cheirassem mal.

"Massimo, é apenas um médico!"

"É um cara! Levante os braços." Tirou rapidamente o suéter de cashmere que eu estava usando, depois o sutiã, a saia e a calcinha. Tudo caiu no chão. "Tudo meu!", murmurou, seu olhar selvagem varrendo meu corpo nu.

"Só seu", assenti, enquanto ele me punha debaixo da água quente.

"Você tem três minutos." Ele se virou e saiu do banheiro.

Fiquei surpresa. Esperava uma trepada no chuveiro, ou pelo menos uma brincadeira com o sabonete, e só sobrou uma grande decepção. Peguei o sabonete líquido e comecei a ensaboar meu corpo.

"Os três minutos já passaram", disse um pouco depois, de pé na porta.

"Puxa vida! Pensei que os três minutos fossem uma metáfora", falei e me enxaguei rapidamente.

"Pronto!" Abri os braços, exibindo minha pele nua e limpa.

Massimo se aproximou, tirando a camisa no caminho, e inalou o cheiro que exalava de mim.

"Muito melhor", disse, presunçoso, enquanto abraçava minha cintura e me erguia nos braços.

Ele me carregou para o quarto, onde, embora ainda estivéssemos na metade do dia, reinava a penumbra.

O que eu mais gostava nos países mediterrâneos era o fato de todas as janelas terem persianas motorizadas. Eu gostava do escuro. Martin sempre me dizia que isso era um traço vampiresco e depressivo meu, que ele odiava.

Havia uma cama gigantesca no quarto, apoiada em quatro colunas, com um dossel preto sobre ela. Diante dela estava um pequeno banco forrado de cetim acolchoado na cor grafite, do mesmo comprimento do colchão. Nas laterais, havia mesinhas de cabeceira de madeira decoradas a mão, e no canto uma cômoda com velas. Tudo era escuro, sólido e muito estiloso.

Ele me deitou no colchão macio, derrubando dezenas de travesseiros no chão.

“Surpresa!”, disse, alcançando uma das colunas e puxando uma corrente com uma pulseira macia de trás dela.

Cenas de meses anteriores passaram diante de meus olhos, como num filme, quando ele me acorrentou à cama e me mandou assistir à performance de Veronica chupando-o.

“Nada disso!” Pulei da cama, confundindo-o completamente.

“Não me provoque, pequena”, Massimo sibilou, agarrando meu tornozelo.

“Você me deve trinta e dois minutos, agora quero cobrar”, eu disse.

Ele soltou minha perna, me olhando com curiosidade.

“O quê? Não se lembra mais?” Estreitei os olhos enquanto recuava. “Você me deu uma hora na nossa noite de núpcias e eu usei cerca de meia hora. Você prometeu que eu teria sessenta minutos, então agora você se deita.” Apontei para o lugar onde, um momento antes, eu mesma estava deitada.

Os olhos do Homem de Negro ardiam de desejo e sua mandíbula se apertava pausadamente enquanto mordia o lábio inferior. Ele se deitou de costas, bem no centro do colchão, e ergueu os braços com as correntes para os lados, em direção aos pilares. Fiquei surpresa e impressionada com sua submissão, mas preferi aproveitar a oportunidade e, sem esperar que ele mudasse de ideia, fechei as correntes em torno de seus pulsos.

Havia pequenos botões de pressão nas laterais dos fechos, e ele me instruiu, olhando para a mão direita: "Você tem que pressionar aqui com dois dedos para soltar. Experimente".

Fiz o que Massimo pediu, obediente, sabendo que ele queria me ensinar algo que pudesse ser útil depois. Na verdade, o mecanismo era bastante simples, mas complicado o suficiente para ser impossível se livrar das amarras sozinho.

"Inteligente", eu disse, prendendo a tira de novo.

"Obrigado, eu mesmo inventei."

"Então você conhece uma maneira de se libertar?"

Massimo parou, uma sombra de ansiedade passando por seu rosto.

"Não há como escapar disso. Nunca pensei que ficaria imobilizado aqui."

Por alguns segundos, me perguntei se ele estava falando a verdade, mas só de olhar para seus olhos ligeiramente apavorados eu sabia que não estava mentindo. Isso me deixou feliz e me assustou ao mesmo tempo. Eu sabia muito bem o que Massimo queria fazer. Também sabia que o Homem de Negro nunca na vida concordaria com aquela situação, e quando eu o libertasse — o que era inevitável —, ele se vingaria.

"Existe alguma coisa que eu não tenha permissão para fazer?", perguntei, tirando sua calça e rezando em silêncio para que ele não dissesse exatamente o que eu estava prestes a fazer.

Massimo pensou por um momento e, como se não desconfiasse de nada, balançou a cabeça em negativo.

"Ótimo!" Sua cueca boxer e sua calça caíram no chão, e me inclinei sobre ele.

Peguei seu pau e comecei a massageá-lo lentamente, para cima e para baixo. O Homem de Negro gemeu e encostou a cabeça nos travesseiros, fechando os olhos. Eu gostava quando ele ficava relaxado e, para o que eu queria fazer, ele precisava de muito relaxamento. Senti seu pau endurecer em minha mão enquanto minha respiração acelerava.

Sem tirar meus olhos dos dele, fiz um círculo lentamente com a língua ao redor da cabeça de seu pau. Ele puxou o ar e não o soltou enquanto minha língua tocava sua vara. Estava louco de tesão e eu podia sentir pelo seu gosto o quanto me queria.

Mas eu não ia me apressar. Pelo contrato, eu tinha meia hora e a intenção era aproveitar cada minuto. Coloquei os lábios em volta da cabeça do pau dele e lentamente fui abocanhando-o, de modo que ele pudesse sentir cada centímetro deslizando para dentro da minha boca. Os quadris do Homem de Negro se elevaram, como se ele quisesse apressar o fim, no entanto, com um movimento de mãos, não permiti.

Enquanto eu continuava a lenta carícia, Massimo murmurava algo incompreensível. Quando sua rola finalmente entrou inteira na minha boca, encostando na garganta, um longo gemido escapou de sua boca, e as correntes roçavam nas vigas de madeira. Ergui a cabeça mais uma vez e repeti a tortura sem pressa. O *don* se contorcia e me incentivava a acelerar, mas isso só retardava meus movimentos. Me levantei e mordi seu mamilo enquanto ouvia com satisfação o silvo que escapava de seus lábios. Beijei seu peito, acariciei seus ombros, de vez em quando me esfregava contra seu pau duro. Eu sabia o quanto Massimo estava sendo torturado, e, apesar dos olhos fechados, eu estava bem ciente de como estavam suas pupilas naquele momento. Corri a língua do pescoço até os lábios cerrados com força. Deslizei meu dedo indicador em sua boca, separando um pouco os lábios.

"Massimo", perguntei em um sussurro, "quanto você confia em mim?"

O Homem de Negro abriu os olhos e me fixou com o olhar lascivo.

"Sem limites. Ponha meu pau na boca."

Com um riso irônico, corri a língua sobre seus lábios secos. Ele tentou pegá-la com os dentes, mas fui mais rápida.

"Você quer que eu te faça um boquete?" Com a mão direita agarrei firmemente seu pênis, e com a esquerda segurei seu queixo. "Peça: por favor!", ordenei, com os dentes cerrados.

"Não force a barra, pequena", ele rosnou na minha boca, ainda tentando pegar meus lábios.

"Ok, *don*, esse vai ser o melhor boquete da sua vida."

Soltando seu pênis, me abaixei até que minha cabeça estivesse um pouco acima de seu pau, duro como aço. Então coloquei a boca em volta dele e comecei a chupá-lo com força. Acho que nunca fiz um boquete com aquela velocidade. O Homem de Negro gemia, murmurava e puxava as amarras.

"Relaxe, querido", eu disse, lambendo meu dedo indicador e colocando-o bem no meio da sua bunda.

O corpo de Massimo enrijeceu e ele parou de respirar.

Meu dedo não conseguiu entrar nem um centímetro, e as mãos enormes do Homem de Negro me agarraram, me virando de costas. Surpresa, me deitei embaixo dele, olhando para seus olhos negros raivosos. Ele pairava sobre mim sem dizer nenhuma palavra, me perfurando com o olhar. Ofegava ruidosamente e sua testa pingava suor.

"Você não gostou, meu bem?", perguntei com meiguice, fazendo cara de boba.

O *don* ainda estava em silêncio, ofegando sobre mim, suas mãos apertando cada vez mais meus pulsos.

Fechei os olhos, não querendo ver sua reação violenta, e então senti que me prendia com as amarras. Depois o colchão afundou e, quando abri os olhos, descobri que estava sozinha. Ouvi o som da água do chuveiro escorrendo. *Incrível! No meio da ação, ele foi tomar banho!*, pensei. *Será que eu forcei a barra tanto assim?* Não queria machucá-lo, mas apenas testar algo de uma forma pouco convencional. Li sobre anatomia masculina uma vez e aprendi que alguns experimentos podem ser tão gostosos para os homens quanto para as mulheres, e até mais. Bem, talvez não para o cara mais machão na face da Terra, mas para a maioria, provavelmente, seria muito agradável.

"Foi a última vez que você teve controle sobre mim!", a voz dele me tirou daqueles pensamentos.

Massimo estava na soleira, todo molhado, o peito ainda ondulando em um ritmo alarmante.

"Como você se libertou?", perguntei, mudando de assunto. "E por que você parou para tomar banho?"

Ele sorriu com malícia e se aproximou de mim, parando tão perto que seu pau se projetava, triunfante, a alguns centímetros do meu rosto.

"Você não acha que vou te dizer isso agora, quando tenho a intenção de te comer com tanta força que você vai querer fugir e vão ouvir seus gritos lá em Varsóvia, não é?" Ele agarrou minha cabeça e enfiou o cacete duro na minha boca. "Chupe bem forte", disse, empurrando seus quadris num ritmo frenético. "E eu não me lavei, só tentei me esfriar na água gelada."

Ele me sufocava com aquele pau grosso, empurrando-o bem profundamente. Ele diminuiu a velocidade por um momento, acariciando meu rosto com os polegares, depois acelerou, me tratando como sua prostituta particular.

De repente, seu celular tocou na mesa de cabeceira. O Homem de Negro olhou para o visor e rejeitou a chamada, mas algum tempo depois o zumbido recomeçou. Massimo resmungou algumas palavras em italiano e agarrou o telefone sem parar de meter na minha boca.

"É o Mario, eu tenho de atender, e você chupe com mais força!", disse, soltando o ar e desamarrando um dos meus braços para que eu pudesse segurar seu pau.

Massimo sabia que isso me excitava. Sabia que adoro interromper suas conversas de negócios. Apertei seu pau e o levei ainda mais fundo em minha boca.

"Puta que pariu...", ele sussurrou, respirando fundo e colocando o celular mais perto do ouvido.

Ele tentava não falar, apenas ouvir, acalmando de vez em quando sua respiração ofegante. Seus joelhos tremiam e um suor frio escorria por seu corpo. Apoiou-se com a mão livre na cabeceira da cama. Eu sabia que ele estava perto de gozar. Depois de um minuto cansativo de conversa, ou melhor, do monólogo de Mario, Massimo deixou escapar duas frases com os dentes cerrados e jogou o celular contra o armário.

Massimo me agarrou e me virou, soltou minha outra mão e mais uma vez me movimentou. Pegou as amarras e me prendeu de novo, só que agora eu estava deitada de bruços.

"Você tem sorte, pequena, que eu não tenho tanto tempo quanto presumi", disse, levantando meus quadris de forma que minha bunda ficou empinada e meu rosto ficou imerso no travesseiro. "Precisamos nos apressar."

Massimo terminou de me arrumar e enfiou a mão na gaveta da mesa de cabeceira. Puxou algo de dentro dela e, com o joelho, abriu com força minhas pernas dobradas.

"Agora é você que vai relaxar", sussurrou, inclinando-se sobre mim e mordendo meu pescoço de leve.

Então ele se abaixou e sua língua mergulhou na minha boceta tão sedenta de sua boca. Gemi de prazer e empinei os quadris ainda mais. Depois de um momento, eu estava à beira do orgasmo, então Massimo parou e se ajoelhou atrás de mim. Acariciando minha bunda delicadamente, enfiou a outra mão nos meus cabelos e puxou com força. Inclinei a cabeça para trás e o senti bater na minha bunda com força. Gritei. Ele puxou mais os meus cabelos e me bateu novamente. Senti a pele queimando e o lugar onde bateu, pulsando.

"Relaxe, já disse!"

Seu pau duro me invadiu com brutalidade e força, e eu senti que estava no espaço sideral. Só então percebi o quanto sentia falta do meu amante dominador. Ele soltou minha cabeça e agarrou meus quadris com força, metendo sem parar, com força crescente.

"Isso!", gritei, atordoada com a sensação.

Massimo respirava ruidosamente, seus dedos cravados em meu corpo. De repente, uma de suas mãos afrouxou a pressão e ele pegou algo que estava ao lado de sua perna. Escutei uma vibração suave em volta. Eu queria ver o que era, mas não conseguia me virar toda, só podia virar a cabeça para o lado.

"Abra a boca", disse.

Abri e ele enfiou uma coisa de borracha só um pouco mais grossa que um dedo. Depois de alguns segundos, ele a tirou e começou a esfregar meu cu com aquilo. Adivinhei o que era, então relaxei, embora não tenha sido fácil com as investidas brutais de seus quadris.

Senti o pequeno vibrador que eu tinha acabado de receber na boca ser enfiado no meu rabo. Eu gritava bem alto enquanto o prazer se espalhava pelo meu corpo. O movimento rítmico e vibrante dentro de mim me trouxe, inevitavelmente, para mais perto de meu objetivo: um orgasmo poderoso e pelo qual não aguentava mais esperar.

Deixando o vibrador dentro de mim, ele me bateu na bunda de novo e começou a gozar. Quando senti que explodia dentro de mim, me juntei a ele, agradecendo em silêncio pelo fato de a casa estar vazia. O silêncio só foi rasgado pelos nossos gritos altos e as batidas do seu quadril contra a minha bunda.

Gozamos juntos por muito tempo e intensamente até que, num certo momento, senti meu corpo ficar mole e perdi as forças. Afastei bem os joelhos e caí no colchão, sentindo Massimo fazer o mesmo, mas apoiado sobre os cotovelos para não me esmagar.

Com um movimento hábil, ele liberou meus pulsos e caiu para o lado, cobrindo minha cintura com sua perna. Afastou o cabelo molhado do meu rosto suado e me beijou suavemente.

"Você já pode tirar isso de mim?", murmurei, sentindo minha bunda ainda vibrar.

Massimo riu e pegou aquela rolha mágica. Gemi quando senti que saía do meu corpo e depois silenciava.

"Você está bem?", ele perguntou, preocupado.

Eu não conseguia pensar ou falar, mas sabia que eu e o bebê estávamos ótimos.

"Muito bem!"

"Eu adoro comer você, pequena."

"E eu senti tanto a sua falta, *don*."

Tomamos um banho juntos. Eu fui para a cama enrolada em um roupão macio. Massimo entrou na sala envolto em uma toalha e me serviu um copo de chocolate frio.

"Dois meses atrás eu teria recebido champanhe", suspirei de decepção, enquanto pegava a bebida.

O Homem de Negro encolheu os ombros, se desculpando, e puxou a toalha, enxugando os cabelos com ela.

Meu Deus, como ele é lindo!, pensei, quase me engasgando com o chocolate. *É injusto, terrível e assustador que um homem possa ser tão perfeito. Já se passaram quase quatro meses e ainda não me cansei de olhar para ele.*

"Precisamos voltar", disse secamente. "Eu devo estar em Palermo ainda hoje."

Eu me sentei, tomei um gole e fiz um bico.

"Não fique assim, meu bem. Eu tenho de trabalhar, temos um probleminha em um dos hotéis. Mas tenho uma ideia", acrescentou, sentando-se ao meu lado. "Daqui a alguns dias vamos ver o espetáculo de luta, então talvez você possa ir para a Polônia antes. Vá ver seus pais e eu irei o mais rápido possível."

Ouvir a palavra "pais" me deixou feliz, e então olhei para minha barriga crescendo. Mamãe certamente não deixaria de perceber que ganhei peso — e muito.

"Leve Olga com você, porque Domenico tem de ir comigo. O avião está à sua disposição, você pode voar quando quiser."

Eu me sentei confusa, triste e feliz ao mesmo tempo.

"Qual é o problema, Massimo?"

Ele se virou, olhando para mim, e se levantou. Seus olhos estavam calmos e inexpressivos.

"Nada, pequena." Passou o polegar pelo meu lábio inferior. "Eu tenho de trabalhar, vá se vestir."

Voltamos para a mansão, e o Homem de Negro, depois de nos despedirmos afetuosamente, desapareceu na biblioteca. Fiquei encostada na parede em frente à porta, fitando a maçaneta. Centenas de pensamentos giravam na minha cabeça e meus olhos se encheram de lágrimas. *O que está acontecendo comigo?*, pensei. *Só tem um minuto que não o vejo e já sinto saudade dele*. Segurei a maçaneta com delicadeza e a pressionei, entreabrindo a porta.

Na sala, perto da janela, estava o *don* virado para Domenico, que lhe mostrava algo pequeno em suas mãos. Meu olhar caiu sobre o objeto e eu congelei de espanto. *Ai, meu Deus, é um estojinho com um anel! Será que o jovem italiano pretende pedir Olga em casamento? Ou há algo que eles não queriam me contar?* Atordoada com o que sabia, ou melhor, com o que não sabia, resolvi não perturbá-los e ir para meu quarto.

Eu me sentei no terraço e, enrolada em um cobertor, fiquei observando o pôr do sol. Não sentia nem um pouco de frio, lá fora fazia dezesseis graus, mas gostava de me cobrir. Não queria ir para a fria Polônia. Não sem ele, e não tendo de enfrentar minha mãe. Por um lado eu queria ver meus pais, mas, por outro, eles não precisavam daquele confronto.

Enquanto bebia meu chá, fazia planos. O mais importante era me vestir de forma que a barriga não ficasse visível. Poderia lidar com a questão do aumento de peso inventando uma historinha sobre muita massa e pizza.

Graças a Deus que não estou mais vomitando, pensei, *porque simular uma intoxicação permanente faria meu pai, que é tão inteligente, ficar desconfiado.* De repente, entrei em pânico: *o que vou vestir lá?! Afinal, não tenho nada que sirva para esconder minha gravidez.* Cansada dos meus pensamentos, pus a cabeça entre os joelhos.

"Eu nunca vou querer engravidar", ouvi a voz de Olga, que se aproximava. "O que eu faria sem álcool?"

Horrorizada com esse pensamento, ela se sentou na cadeira ao meu lado, colocando as pernas sobre a mesa.

"Acho que preciso de uma bebida", disse.

"Acho que não", eu disse, pousando a xícara. "Vamos viajar."

"Puta que pariu! De novo?! Para onde e para quê? Acabamos de chegar!", ela gritou, olhando para o céu.

"Para a Polônia, minha querida, para a amada pátria. Acho que vamos pela manhã. O que você acha?"

Olga pensou por um momento, olhando de um lado para o outro como se procurasse alguma coisa.

"Eu vou é trepar", disse, assentindo firmemente com a cabeça.

"E você lá tem com quem trepar?", perguntei provocando, sabendo que Domenico estava com Mario e Massimo.

"Não tenho?! Tirei um cochilo de uma hora e o italianinho sumiu enquanto isso. Vou procurar por ele e mãos à obra!"

Me levantei e dobrei o cobertor, pondo-o de volta na poltrona.

"Receio que você não tenha com quem trepar." Dei de ombros, fazendo beicinho. "Os negócios! Você está condenada a ficar comigo esta noite, vamos."

Capítulo 10

Olga foi fazer as malas, e, apesar de meus esforços para me obrigar a fazer o mesmo, não consegui. Perdendo a guerra contra a preguiça pela terceira vez naquele dia, decidi tomar um banho. Não que me sentisse suja, queria apenas ficar debaixo da água morna.

Entrei no enorme banheiro e abri o chuveiro, enchendo o banheiro todo com vapor em alguns segundos. Peguei o celular e conectei-o ao alto-falante da penteadeira. Depois de um tempo, "Silence", do Delerium começou a tocar. Fui para a água e fechei os olhos, as batidas rítmicas me relaxaram e a música ao meu redor me fez descontrair. Apoiei os braços na parede, deixando o fluxo quente fluir sobre meu corpo, acalmando os pensamentos.

"Senti sua falta", uma voz falou na minha orelha.

Me assustei, embora soubesse quem estava atrás de mim. Não foi medo que senti, mas uma simples reação a sons inesperados.

"Parece que nossa despedida não foi suficientemente carinhosa", ele disse, segurando meus quadris.

Ainda de costas para ele, me apoiei nos controles, apertei os botões apropriados e os jatos d'água começaram a fluir. Ele apertou minhas mãos, seus lábios e dentes corriam pelos meus ombros e pescoço até chegarem à minha boca. Sua língua, depois de penetrar minha boca, suavemente se entrelaçou à minha. Ele estava nu, molhado e teso quando parou atrás de mim. Dobrou os joelhos um pouco e, com um movimento hábil, enfiou seu grande pau ereto em mim. Eu gemi e descansei a parte de trás da cabeça no seu peito musculoso. As mãos do Homem de Negro passeavam pelos meus seios hipersensíveis, apertando-os sem parar, e meus quadris rebolavam preguiçosos. Eu sentia o desejo crescendo em mim; meu corpo se contraía e relaxava ao ritmo de seus movimentos.

"Você não acha que vim aqui para me esfregar em você, acha?" Os dentes de Massimo mordiam minha orelha, causando dor.

"Espero que sim, *don* Torricelli."

Ele me agarrou com violência, me arrastando para fora do chuveiro, e me colocou na frente de uma grande pia com um espelho. Então ele apoiou meu corpo nu na bancada fria ao lado e puxou meu cabelo de forma que eu o visse na enorme superfície espelhada.

"Fique olhando para mim", grunhiu, me penetrando novamente.

Com a mão livre, agarrou meus quadris com força e começou a me foder com rapidez. Dominada pelo prazer, fechei as pálpebras em êxtase. Me entreguei.

"Abra os olhos!", gritou.

Olhei para Massimo e vi loucura; embora eu soubesse que ele se controlava, isso me excitou. Me agarrei à bancada da pia para firmar meu corpo e abri os lábios delicadamente enquanto os lambia.

"Mais forte, *don*", sussurrei.

Uma rede de veias definidas apareceu no corpo do Homem de Negro, e eu tinha uma visão magnífica dos seus músculos torneados, fortes e sobressalentes em mim. Mordendo os lábios, ele mantinha seus olhos negros penetrantes longe dos meus.

"Como quiser." O ritmo dele estava me matando. Algum tempo depois, senti o prazer se espalhar pelo meu ventre. "Ainda não, pequena", murmurou.

Mas sua proibição soou como uma permissão para mim. Comecei a gozar olhando para ele e com o gemido alto se transformando em um grito. Mesmo assim, Massimo não diminuiu a velocidade nem por um momento, e depois de alguns segundos eu gozei pela segunda vez. Eu estava ofegante e meu corpo tremia.

"Fique de joelhos", ele disse enquanto eu afundava na pia.

Sem conseguir recuperar o fôlego, obedeci ao seu comando e ele enfiou o pau na minha boca, segurando minha cabeça com força. No entanto, apenas deslizou com suavidade para dentro e me deixou definir o ritmo. Pelo seu sabor misturado ao meu, eu sentia que ele estava quase gozando, então me ajeitei melhor e o chupei ávida e profundamente.

A bunda do Homem de Negro se contraía e ele ofegava. Ele tirou o pau da minha boca e gozou gritando, derramando o esperma quente sobre meus seios molhados. Olhava para mim, pondo tudo para fora. Inclinada para trás e empinando o peito para a frente, eu gemia enquanto massageava seus testículos com a mão.

Quando terminou, Massimo pousou as mãos na bancada de mármore atrás de mim.

"Um dia você ainda vai acabar comigo, pequena", ele disse ofegante.

Comecei a rir enquanto Massimo limpava meus seios; olhei para ele pelo canto dos olhos.

"Você acha que é tão simples assim?", perguntei. "Você acha que ainda não tentaram?", repeti as mesmas palavras que ele havia dito na primeira noite depois do sequestro, quando tentei atirar nele com uma arma que estava travada.

Os lábios do Homem de Negro se curvaram em um sorriso malicioso e ele pôs as mãos no meu rosto.

"Você é perspicaz. Isso é bom e perigoso ao mesmo tempo."

Eu me levantei e fiquei na frente dele, abraçada com firmeza ao seu corpo maravilhosamente musculoso.

"Não gosto de me despedir de você, Massimo", disse quase chorando.

"É por isso que não vamos dizer adeus, amor. Estarei de volta antes que você sinta saudade". Enquanto limpava com a toalha o que ainda restava de porra, beijou suavemente minha boca. "Seu avião sai ao meio-dia, vai chegar de tarde. Quem vai buscar vocês é o Sebastian, o mesmo motorista da última vez. Você tem o número do Karol no seu celular: se precisar de alguma coisa, ligue. Ele cuidará de você até minha chegada."

Eu o encarei horrorizada, porque as instruções que estava me dando soavam como se eu estivesse em perigo. Tudo o que ele estava fazendo me parecia suspeito — a partida repentina, me mandar de volta para a Polônia. Massimo permitia de vez em quando que eu me distanciasse dele.

"*Don*, o que está acontecendo?" Ele ficou em silêncio e continuou a me limpar. "Que merda, Massimo!", gritei, segurando a toalha.

Ele baixou os braços e olhou para mim.

"Laura Torricelli, quantas vezes tenho que te dizer que nada está acontecendo?" Ele segurou meu rosto entre as mãos e beijou-o com força. "Eu te amo, pequenina, e em três dias estarei com você. Prometo. Agora não se zangue, porque meu filho não gosta." Ele acariciou minha barriga com a mão, sorrindo feliz.

"Filha."

"Que ela não seja tão megera como a mãe", falou e deu um salto para trás porque sabia que levaria um soco depois do que tinha dito.

Corri atrás dele nua, tentando acertá-lo com a toalha molhada, mas ele foi mais rápido. Quando alcancei o quarto, Massimo me agarrou e me derrubou na cama, me enfiando sob o edredom e me apertando com ele.

"Você me completa, pequena. Graças a você, acordo todos os dias para viver, não apenas para existir." Ele olhou para mim com olhos calorosos e cheios de amor. "Todos os dias agradeço a Deus por quase ter morrido." Ele aproximou sua boca e acariciou a minha suavemente. "Eu preciso mesmo ir, me liga se acontecer alguma coisa."

Massimo se levantou e foi até o closet, voltando depois de alguns minutos com um terno preto padrão e uma camisa da mesma cor. Me beijou mais uma vez e desapareceu escada abaixo.

No dia seguinte, acordei surpreendentemente cedo. Quando olhei para o relógio, eram sete horas. Passei alguns minutos vendo TV e fui ao banheiro. Pela quarta vez nas últimas vinte e quatro horas, tomei banho e lavei os cabelos, afinal tinha bastante tempo. Fiz uma escova e maquiei os olhos. Não sei para quê, já que Massimo tinha viajado.

Sentei no tapete do closet e dei um gemido, exausta só de pensar em fazer as malas. Claro, Maria poderia fazer isso para mim, como sempre, mas dessa vez eu tinha de escolher minha roupa com muita precisão. Vasculhei, roupa por roupa, entre as minhas inúmeras peças de grife. Infelizmente, a maior parte das minhas coisas favoritas enfatizava a barriga em vez de escondê-la. Enquanto na Sicília eu gostava de expô-la, na Polônia seria melhor me cobrir toda. *Meu Deus, como seria maravilhoso poder contar ao mundo todo sobre o bebê*, pensei, enquanto me sentava sobre um monte de camisas, camisetas, blusas e vestidos.

"Está fazendo uma liquidação?", Olga perguntou, parada na porta com uma caneca de café na mão. "Levo tudo!"

"Porra, Olga!", gritei, me afundando no monte de roupas. "Você sabia que não tenho muito o que levar? Além disso, não tenho nem roupa de inverno porque aqui não faz frio."

Olga colocou energicamente sua caneca sobre a mesa e, gritando e me rodeando, começou a zombar de mim:

"Que horror! Vamos ter que fazer compras." Ela caiu de joelhos ao meu lado. "Meu Deus, o que vamos fazer agora?!"

Eu a encarei irritada, sabendo que ela estava sendo irônica e que eu realmente não precisava de mais roupas.

"Sai daqui!", sibilei enquanto punha na mala algumas peças escolhidas. "É bom que eu caiba nas minhas botas", eu disse, abraçando minhas Givenchy. "Você está pronta?"

"Com certeza mais do que você."

Depois de tomar o café da manhã e graças à ajuda recebida para fazer as malas, antes das onze já estávamos sentadas no carro indo para o aeroporto. Antes mesmo de chegar àquela armadilha voadora, tomei um calmante. Depois me sentei na poltrona, adormecendo um pouco antes de decolar. Isso fez a viagem parecer um teletransporte.

"Bom ver a senhora de novo", Sebastian me cumprimentou, abrindo a porta do meu Mercedes.

"Você também." Sorri para ele radiante e, ainda meio entorpecida, entrei no carro.

Ele nos levou até a garagem subterrânea do meu prédio e alguns minutos depois já estávamos no apartamento.

"Por que exatamente não posso ir para o meu apartamento?", Olga perguntou, afundando no sofá. "Afinal de contas, eu tenho um apartamento!"

Coloquei um pouco de água para ferver para o chá e dei uma olhada na geladeira. Fiquei surpresa ao descobrir que estava abarrotada de comida.

"Porque o Massimo quer que fiquemos juntas. E além do mais, por que cargas d'água você ficaria sozinha? Você já está de saco cheio de mim?"

Peguei o pote de creme de avelã na prateleira e mergulhei a colher nele. Olga se levantou e parou na soleira, encostada no batente da porta.

"O que estamos fazendo aqui? Eu me sinto tão desorientada e... estranha aqui." Ela fez uma careta e uma cara tristonha.

"Eu sei como é, eu também. Veja que loucura! Como alguns meses podem mudar uma vida! Amanhã vamos visitar nossos pais, você vai na casa dos seus e eu, dos meus. Temos de prepará-los de alguma forma para o fato de que passarão o Natal sem a gente pela primeira vez na vida."

Pensar em ir até lá me deixava doente. Eu sentia falta deles, mas só de saber que ia ter de fazer um teatrinho, que ia ter de representar, isso já me fazia perder a vontade de ir.

"Ah, está nevando", disse Olga, olhando pela janela. "Puta que pariu! Está nevando!"

Ficamos paradas olhando como se fosse algo fora do comum. E desejei voltar para a Sicília.

"Vamos fazer compras", murmurei, sem tirar os olhos do vidro. "Vamos melhorar nosso humor!"

"Ah, por falar em compras...", ela começou, virando-se para mim. "Domenico me deu um cartão de crédito. Por incrível que pareça, o cartão tem meu nome." Seus olhos se arregalaram e ela balançou a cabeça num gesto expressivo. "Tenho a impressão de que ele quer mesmo imitar o Massimo. E é justo por isso que não sei se ele sente alguma coisa por mim ou se quer só copiar o irmão."

A cena que tinha visto na biblioteca no dia anterior passou pela minha cabeça. Eu lutava comigo mesma, pensava se devia ou não contar a Olga, mas percebi que não era da minha conta e que eu não devia estragar a surpresa.

"Na minha opinião, Olga, você está viajando. Vamos beber chá e comprar roupas folgadas para mim."

"Laura, você sabe que está exagerando com essa barriga, não é? Mal se consegue ver! Só dá para ver se alguém realmente quiser ver; sem exagero." Ela sacudiu a cabeça.

"Ah, sei lá!" Segurei a barriga e acariciei a protuberância. "Pode ser que você tenha razão, mas eu conheço minha mãe, ela vai descobrir essa gravidez só de sentir meu cheiro, por isso prefiro ter cuidado."

Mais de uma hora depois, após o chá, algumas barrinhas de cereais e meio pote de Nutella, dirigimos meu BMW branco até o estacionamento do shopping. Claro que não antes de trocar de roupa para algo com mais cara de inverno. Optei por botas pretas Givenchy, legging de couro, na qual mal consegui entrar, ou pelo menos assim me pareceu, uma túnica creme folgada, e, como o inverno tinha realmente chegado, um colete de pele de raposa cinza. Por outro lado, Olga pôs o que mais adorava, um short curto e botas Stuart Weitzman até o meio da coxa, um cardigã folgado da cor das botas e uma jaqueta de couro. Estilo prostituta, como era seu padrão.

Circulamos pelas lojas, gastando muito dinheiro, carregadas de sacolas cheias de coisas de inverno. Não sabíamos por que precisávamos de tantas, uma vez que na Itália não teriam utilidade nenhuma para nós. Por fim, para abafar o remorso, concordamos que deixaríamos tudo na Polônia, porque certamente um dia precisaríamos delas. Levadas por esse pensamento, continuamos a esbanjar o dinheiro suado de nossos rapazes. Enquanto caminhávamos pelas butiques, meu celular começou a tocar. Quando puxei o aparelho da minha bolsa e vi o número não identificado, fiquei feliz.

"Oi, pequena", ele disse com seu adorável sotaque ao telefone. "Como vão as compras?"

"Ah, tudo perfeito! Eu adoro roupas que parecem sacos, bem largas", disse com sarcasmo. "Como você sabe onde estou?" Meu Deus, que pergunta estúpida eu tinha feito. Assim que terminei de perguntar, bati com o punho na testa.

"Meu bem, seu celular tem transmissor, seu relógio também, e você está andando num carro que também tem", respondeu ele, rindo. "E aquele vestido vermelho que você acabou de comprar é deslumbrante e não se parece em nada com um saco."

Meu corpo estremeceu todo e eu olhei em volta, nervosa — como ele sabia o que eu tinha comprado? Eu estava prestes a perguntar sobre isso quando notei dois homens enormes andando por perto.

"Para que preciso de seguranças, *don*?", perguntei surpresa. "Afinal de contas, estou na Polônia e, além disso, não corro nenhum perigo." Hesitei por um momento. "Não é mesmo?"

"Claro que não corre perigo", respondeu ele sem pensar. "Mas eu gosto de saber que minhas criaturas mais amadas estão seguras."

"Ah, entendo, você está falando de Olga e eu", ri e me sentei em um banco no meio do corredor central.

Massimo murmurou algo em italiano que não entendi.

"Estou falando de você e do meu filho."

"Filha!", eu o interrompi.

"Você está proibida de usar esse vestido vermelho até que eu o batize." Sua voz era autoritária e, embora eu não pudesse vê-lo, sabia como era a expressão do seu rosto quando disse aquilo. "Agora volte para suas compras e cumprimente seus pais por mim."

Suspirei ao colocar o telefone na bolsa e olhei para Olga. Ela fingiu enfiar dois dedos na garganta, como se quisesse vomitar.

"Estou vomitando um arco-íris de felicidade!", resmungou, revirando os olhos.

"Não seja invejosa." Fiz uma careta e me levantei, segurando seu braço. "Olhe, temos companhia, e eles documentam tudo o que fazemos." Acenei com a cabeça para os brutamontes.

"Puta que pariu!", xingou. "Ele tem uma cabeça pior que a da sua mãe."

"De fato." Comecei a rir. "Vamos."

No dia seguinte, vestindo uma túnica folgada, apertada apenas no busto, legging e um casaco, fui visitar minha família. Decidi não informar meus pais sobre minha visita, contente por fazer uma surpresa. Deixei Olga perto do apartamento onde ela morou quando criança e fui para a casa dos meus pais. A casa da família foi sempre o único lugar a que me referia como "minha casa". Meu irmão e eu já tínhamos combinado havia muito tempo que, embora nenhum de nós jamais fosse morar ali permanentemente, nunca a venderíamos. Jakub morava a quase quinhentos quilômetros de meus pais, e eu — que morava em Varsóvia —, a quase cento e cinquenta. No entanto, isso não mudava o fato de termos nossas lembranças mais felizes relacionadas àquele lugar.

Mamãe trabalhava muito no jardim, e a casa tinha mudado completamente de aparência nos últimos anos. Não conseguia imaginar ninguém além de nós morando ali.

Parei na frente da porta da entrada e toquei a campainha. Algum tempo depois, meu pai abriu a porta.

“Olá, minha querida!”, exclamou, me puxando para dentro. “O que veio fazer aqui? Como você está linda!”

Eu podia ver lágrimas brotando em seus olhos, então o abracei com mais força ainda.

“Surpresa!”, sussurrei, aconchegada em seu ombro.

Logo depois, minha adorável mãe veio da sala, impecavelmente vestida e maquiada, como sempre.

“Filhinha!”, ela soluçou, abrindo bem os braços.

Eu me joguei sobre ela em um abraço e, por razões desconhecidas, comecei a chorar. Cada vez que mamãe reagia tão cheia de emoção à minha presença, lágrimas corriam pelos meus olhos.

“Mamãezinha.”

“Por que você está chorando de novo?”, ela perguntou, acariciando minha cabeça. “Aconteceu alguma coisa? De onde veio a ideia dessa visita inesperada?”

Pessimismo: essa era a paixão e o talento ocultos de minha mãe, e ela adorava se preocupar, fantasiando problemas mesmo quando eles não existiam.

“Minha nossa! Acho que fiquei emocionada”, gaguejei, fungando.

“Então está bom, querida, já chega.” Ela deu um tapinha nas minhas costas. “Tomasz, faça um chá, e você, tire esse casaco e se sente.”

Minha capacidade de criar uma mentira rápido foi posta à prova de novo. Contei a eles sobre o treinamento em Budapeste e como ele se encaixava perfeitamente no meu trabalho. Contei uma longa história sobre festas imaginárias que organizei e, quando surgiu uma pergunta sobre as aulas de italiano, usei três palavras que conhecia e mudei de assunto.

Depois de uma hora e meia de monólogo, chegou a hora de mostrar o funcionamento do telescópio que meu pai havia ganhado do Homem de Negro, mas que, oficialmente, tinha sido um presente meu. Eu o observava lutando com o aparelho que ele buscava regular, murmurando algo baixinho.

“Isso pode levar bastante tempo”, minha mãe observou, colocando uma garrafa de vinho tinto e duas taças sobre a mesa.

“Ai, meu cacete!...”, xinguei baixinho. Esse lance ao anoitecer eu deveria ter previsto.

Mamãe serviu o vinho e ergueu a taça para um brinde, esperando por mim. Com certo pânico no olhar, levantei minha taça e a levei aos lábios. *Oh, Deus, como isso é bom*, pensei, enquanto sentia o gosto de álcool na boca. Se pudesse, beberia toda a garrafa de uma vez.

Papai continuava tentando sair do obscuro desconhecimento total em relação ao telescópio enquanto mamãe se servia de outra rodada.

"Você não gostou?", ela perguntou, olhando para a quantidade constante de vinho na minha taça. "Este é o seu Pinot Noir favorito, da Moldávia."

"Na verdade, parei de beber." Seu olhar surpreso e fixo em mim não anunciava nada de bom. "Você sabe, não é, mamãe, na Itália se bebe o tempo todo." Eu estava tentando emplacar uma mentira, me perguntando o que poderia dizer. "E álcool é carboidrato", terminei de dizer, sorrindo timidamente.

"Bem, acabei de notar que você parece melhor", mamãe respondeu, apontando para mim. "Quero dizer que você está mais gordinha. Você não faz exercícios?"

Não, porra, estou grávida, pensei, sorrindo falsamente para ela.

"Eeeiii, não tenho tempo para fazer exercícios. Mas infelizmente tenho tempo para comer, sobretudo no trabalho. Você sabe: pizzas, massas e a bunda não para de crescer, por isso desisti do álcool e assim purifico meu corpo." Rezei para que ela acreditasse em mim. Não foi fácil, porque sempre adorei vinho e nunca o recusei. Eu recusaria comida mais rápido do que álcool.

Minha mãe olhou para mim com desconfiança por um momento, girando a taça nos dedos. Seus olhos mostravam que claramente não acreditava em mim. A voz de meu amado pai me salvou daquela situação embaraçosa.

"Ahá! Consegui! Laura, venha ver", ele disse, acenando para mim.

Pulei da cadeira como se estivesse em brasas, corri para ele e coloquei o olho na luneta. De fato, papai havia localizado a lua, que parecia impressionante e incrivelmente bela naquele *close-up*. Bastante entusiasmada, eu tagarelava como uma louca. Para minha sorte, meu pai compartilhou seus conhecimentos de boa vontade e por bastante tempo. Depois de uma palestra de quinze minutos sobre astronomia, minha entediada mãe foi embora. Eu ainda fingia estar ouvindo, pensando em como evitar outra situação que pusesse tudo a perder. E o conhecimento de meu pai sobre os corpos celestes era tão extenso que ele o compartilhou comigo por mais uma hora.

Lutando com as pálpebras que se fechavam de tédio, bem quando pensei que perderia aquela luta desigual, minha mãe se intrometeu e dessa vez me salvou do meu pai.

"O jantar está pronto, vamos", disse, apontando para a cozinha.

Vou ficar doida se não for embora amanhã, pensei. *Papai me salva da mamãe, mamãe me salva dele e eu estou quase me perdendo nas minhas próprias mentiras. Tem muito tempo que não faço tanto esforço mental.*

Minha cabeça implorava por um descanso.

Sentei à mesa, contemplando as iguarias preparadas, e senti uma fome avassaladora. Me servi de um pouquinho de cada delícia, depois comi e me servi de novo. Posso dizer que devorava a comida porque não chamaria aquilo de um jeito normal de comer. Depois de vinte minutos de banquete, levantei os olhos do prato para encontrar o olhar de meus pais aterrorizados. "Cacete!", amaldiçoei baixinho, "acho que vou embora hoje mesmo." Minha mãe mastigava um bocado com calma, olhando alternadamente para o meu prato vazio e para mim.

"O que foi?" Elevei as sobrancelhas, surpresa. "Aumentei um pouco minha capacidade estomacal de tanto comer macarrão o tempo todo!"

"Estou vendo!" Mamãe balançou a cabeça, desaprovando.

Eu estava prestes a comer toda a torta de maçã com marshmallow, mas dei um tempo, sabendo que aquilo seria demais para eles. Além disso, planejava visitar a cozinha à noite, quando ninguém me incomodasse ou me encarasse.

Depois do jantar, assistimos a um filme juntos e então me deitei em meu antigo quarto no andar de cima. Eu poderia dormir no andar de baixo, na sala de estar, mas isso significaria ficar ao lado do quarto dos meus pais, então desisti depois de pensar um pouco sobre isso.

Já pela manhã, ao acordar, lembrei que meus pais estavam no trabalho e pelo menos durante as próximas horas não teria de me preocupar com seus olhares desconfiados. Entediada, vi TV por um tempo e depois fui tomar banho. Liguei o chuveiro e fiquei sob o jato quente. Fechei os olhos e me lembrei do meu último banho com Massimo. Senti falta dele. Quase pude sentir o toque de sua mão. Guiada por essa visão, comecei a me tocar, acariciando meus seios inchados e friccionando meu clitóris algumas vezes. Senti que aquilo me fazia bem. Essa era uma das vantagens indiscutíveis da gravidez — meu corpo estava muito sensível e respondia melhor ao toque.

Pensei em como Massimo era brutal comigo, na dor que ele me causava e no quanto eu adorava aquilo. Quase pude sentir sua língua em mim. Abri mais as pernas, friccionando meu clitóris ainda mais rápido com os dedos. Cenas passaram pela minha cabeça como num filme. Ele agarrando meus quadris com força, me pegando por trás e me comendo. Um grito abafado escapou da minha garganta enquanto o orgasmo corria pelo meu corpo. Expirei, sentindo toda a pressão drenada para fora de mim. *Ufa, era disso que eu precisava.*

Desliguei o chuveiro e fiquei ao lado do box. Olhei em volta e, não encontrando uma única toalha, pensei que deveria voltar ao meu quarto para pegar meu robe.

"Que droga!", suspirei, abrindo a porta e subindo as escadas.

Depois de caminhar alguns passos, parei petrificada na soleira do meu quarto. Os olhos arregalados de minha mãe me analisavam assustadoramente, fixando-se na minha barriga redonda. Fiquei presa ao chão, incapaz de me mexer. Mamãe apenas balançava a cabeça sem dizer nada, como se para afugentar um pensamento intrusivo ou para despertar, e continuava olhando para minha barriga redonda. Finalmente ela se sentou, suspirou e me olhou bem nos olhos. Eu me senti mal e comecei a ofegar, profunda e rapidamente, e ouvi um zumbido em meus ouvidos.

Peguei meu robe da cadeira ao lado e me enrolei nele enquanto desabava no assento.

Fechei os olhos, tentando acalmar meu coração.

"Tome", ela disse, enfiando um comprimido na minha boca.

"Esse eu não posso tomar", falei engasgada. "Na minha bolsa."

Ouvi que ela vasculhava minha bolsa e, em seguida, puxou a bolsinha de remédios e me entregou o comprimido certo. Eu o coloquei debaixo da língua e esperei que fizesse efeito. Senti uma queimação no esterno, e meu coração, batendo forte, abafava todos os outros sons. Meu Deus, eu preferia morrer naquele momento a viver e ter de enfrentar minha mãe.

"Vou chamar uma ambulância", ela disse, se levantando.

"Mãe, não!" Abri os olhos e olhei para ela. "Já vai passar."

Ela se sentou no tapete à minha frente, medindo meu pulso. Eu pedia a Deus em pensamento que me teletransportasse para a Sicília. Os minutos passavam e, apesar dos olhos fechados, eu ainda sentia seu olhar de repreensão me atravessando. Sem me dar conta, coloquei a mão sobre a barriga, respirei fundo e abri as pálpebras.

Pude ver decepção, preocupação e tristeza em seu rosto. Quando percebi aquilo, fiquei ruminando os fatos, já que tinha planejado tudo perfeitamente, as roupas, a história...

"Mamãe, o que você está fazendo em casa?!"

"Queria passar o dia com você, por isso cancelei as reuniões", ela respondeu, se levantando do tapete e se sentando na cadeira ao lado. "Como está se sentindo?"

Por um momento, pensei na resposta, porque me sentia bem fisicamente, mas mentalmente... que drama!

"Já está tudo bem. Fiquei um pouco nervosa." Eu sabia que ela estava em silêncio porque não queria me estressar, porém isso não mudava o fato de que não me deixaria passar sem uma conversa. "Estou no início do quarto mês", sussurrei sem nem mesmo olhar para ela. "E eu sei o que você vai dizer, então, por favor, me poupe."

"Não sei o que dizer." Ela levantou as mãos para cobrir o rosto. "Laura, está tudo indo muito rápido nos últimos tempos. Você nunca foi assim. Primeiro essa viagem ao exterior, depois esse homem estranho, esses segredos, esses mistérios e agora... um filho!"

Eu sabia que minha mãe tinha razão e que, independentemente do que eu dissesse, nada mudaria.

"Mãe, eu o amo", disse, mesmo que não fizesse sentido.

"Mas um filho?!", ela gritou, se levantando. "Você não precisa fazer um filho com alguém só porque o ama. Especialmente se você o conhece..." Ela fez uma pausa, e eu sabia por quê.

Corri até minha mala e tirei as primeiras roupas que encontrei. Enquanto ela pensava, me vesti rapidamente, peguei minhas coisas e fechei o zíper.

"Laura Biel, que droga! Há quanto tempo você conhecia esse homem quando decidiu que seriam pais?"

Eu cerrava os punhos de raiva, mas na verdade estava chateada comigo mesma.

"Mãe, que diferença faz?"

"Não foi assim que criei você. Há quanto tempo você o conhecia?"

"Eu não planejei isso, simplesmente aconteceu. Você acha que sou tão burra assim, acha?" Peguei minha bolsa. "Eu o conhecia há umas três semanas." Só depois de dizer isso é que percebi a idiotice da situação. Eu esperava que minha mãe entendesse algo que não fazia sentido nem para mim mesma.

Ela empalideceu e ficou rígida feito uma pedra de gelo. Eu sabia que a havia magoado e sabia que não tinha jeito. Mas não podia contar a ela a verdade sobre o sequestro, a visão de Massimo enquanto quase morria, a máfia e toda aquela bagunça siciliana.

"E o que vai acontecer se você enjoar daquele garoto rico?", perguntou em voz alta. "Ele vai abandonar você com a criança, e eu acho que não criei você para isso. Você lembra que uma família consiste em pelo menos três pessoas? Como você pôde ser tão irresponsável?" Ela tentou ficar calma, mas as emoções prevaleceram. "Você já pensou no que pode acontecer a uma mulher solteira com um filho? Agora não se trata mais apenas de você!"

"Eu me casei uma semana depois de voltar da Polônia, sem acordo pré-nupcial, mamãe", rosnei bem na cara dela. "Tenho direito a todos os malditos bens dele. Tenho tanto dinheiro que o bebê poderá usar as cédulas como fraldas. E Massimo me ama e ama esse bebê, tanto que ele preferiria se matar a nos deixar." Levantei a mão quando vi que minha mãe queria dizer algo. "E acredite em mim, eu sei, porque tentei fugir dele. Não me julgue, mamãe, porque você não tem ideia da situação que está tentando compreender!", gritei e desci correndo as escadas.

Peguei meu casaco, calcei os sapatos e corri para fora. Estava nevando; o ar gelado envolveu meu rosto. Eu o inspirei profundamente e apertei o botão da chave do carro. Joguei minha bolsa no banco e comecei a dirigir. Queria chorar, estava com raiva de mim mesma, queria gritar, vomitar e morrer. Depois de um tempo, saí da cidade e desci por uma estradinha em meio à floresta.

Depois de dirigir algumas centenas de metros, parei, saí e comecei a gritar. Gritei até sentir que já tinha sido o suficiente. Fui até o carro e chutei o pneu várias vezes com minhas botas extremamente caras da Givenchy. Eu precisava do Homem de Negro como nunca em minha vida.

Passado algum tempo, me acalmei e sentei minha bunda, que só aumentava, dentro do carro. Liguei para o número do meu marido e no terceiro toque ele atendeu. Soluçando e fungando, abri a boca para falar, mas sem sucesso. Quando ouvi sua voz, caí no choro. Numa mistura de inglês e polonês, tentei explicar a ele o que havia acontecido, de vez em quando batendo as mãos no volante e gritando que nem louca. Ao fundo, ouvi Massimo resmungar alguma coisa em italiano e, um momento depois, no retrovisor, vi um Passat preto vindo em minha direção. Dele saltaram os dois caras corpulentos que eu tinha visto no shopping. Um deles correu para a minha porta, abriu-a e com consternação olhou para mim e para dentro do carro, examinando-o como se procurasse alguém.

"Mas que merda é essa? Não se pode nem chorar?!", gritei, fechando a porta na cara dele.

O cara pôs o celular na orelha e foi embora, levando o amigo.

"Minha linda", ouvi a voz suave e calma nos alto-falantes do carro. "Assoe o nariz e diga o que aconteceu novamente em inglês."

Então eu contei a ele tudo o que havia se passado naquela última hora, com a testa encostada sobre o volante.

"Estou sem forças, Massimo. Estou magoando as pessoas que me amam, estou com raiva e deprimida, e você não está aqui." Senti a fúria crescer dentro de mim e a raiva tomou conta do meu corpo. "E sabe de uma coisa, *don*?", grunhi. "Você complicou a minha vida, você fodeu com tudo, e no geral... puta merda! Vou parar porque vou chorar de novo."

Desliguei meu telefone. Eu sabia que não deveria fazer isso, mas vi o Passat atrás de mim, e pensei que Massimo já tinha informações precisas o bastante sobre o que eu estava fazendo e onde estava. Dei a volta, passei pelos bonitões no carro preto e, levantando uma nuvem de neve fresca, voltei.

Fui até o prédio da Olga, desci e toquei o interfone. Quando ela respondeu, anunciei que voltaríamos, o que a deixou radiante.

"E aí? Como foi lá?", falou alegremente ao entrar no carro.

"Ah, nem me pergunte! Tive uma discussão com minha mãe, ela ficou sabendo da gravidez e do casamento, e depois tive uma discussão com o Massimo, porque pirei." Comecei a chorar e caí em seus braços. "Caralho, estou de saco cheio, Olga!"

Seus olhos estavam aterrorizados e ela abriu a boca completamente surpresa.

"Vamos trocar de lugar." Ela soltou seu cinto de segurança e caminhou até minha porta, dando a volta no carro. "Saia daí, Laura. Já! Vai !", Olga repetiu, abrindo meu cinto a e me puxando pelo casaco. "Você não vai dirigir nesse estado, saia!"

Parecíamos duas idiotas, eu gritando, em lágrimas, e agarrada ao volante, e ela me puxando e sacudindo os braços. Já que eu me sentia incapaz de tirar a mão do volante, Olga se inclinou e mordeu meu dedo.

"Ai!", gritei, soltando a mão, e só então Olga me arrastou para fora do carro.

"Porra! Se você não estivesse grávida, eu ia enfiar a mão em você! Entre aí!"

Percorremos os primeiros quilômetros em completo silêncio, até que senti que toda a raiva em mim se transformava em preocupação e remorso.

"Desculpe", sussurrei, mordendo os lábios. "A gravidez está me deixando doida."

"Bem, isso parece mesmo verdade. Ok, é melhor você me contar o que aconteceu em casa."

Então contei tudo para Olga e esperei sua reação.

"Caramba! Essa foi pesada!", ela concluiu, balançando a cabeça. "Klara agora tem com o que se divertir."

"Ela vai me renegar." Dei de ombros. "Ela não vai superar esse golpe e vai me abandonar."

"Ei, que nada! Ela vai superar isso..." Depois de um momento de reflexão, acrescentou com voz calma: "Sabe, não é todo dia que uma mãe descobre de repente que sua filha está grávida e recém-casada. Além disso, não é tão ruim assim, porque pelo menos ela não sabe que o Massimo é o chefe de uma família de mafiosos. E também não sabe que toda hora alguém quer matá-lo ou matar você. Veja os aspectos positivos, Laura!" Eu olhava para Olga incapaz de acreditar no que estava ouvindo. "Bem, acho que estou enganada. Além do mais, Laura, fique feliz de já não ter esse problema na cabeça. Pode ser que o modo não tenha sido o mais feliz, mas pelo menos é o fim das mentiras."

Sim, no fundo Olga estava certa, mas e daí? A situação parecia ter melhorado um pouco, contudo não mudou o fato de que minha mãe não iria mais falar comigo. E já que éramos igualmente teimosas, eu também não iria ligar para minha mãe depois do que ela havia me dito.

Duas horas depois, estávamos em casa, e, mesmo sendo apenas duas da tarde, caí na cama. A gravidez, o coração doente, a briga com minha mãe — tudo isso me fez querer cair no sono e dormir durante todo aquele dia terrível. Olga me fez uma xícara de chá e anunciou que tinha marcado um encontro com seu amante para terminar oficialmente o relacionamento e pôr um fim em todos os assuntos que deveria ter encerrado algumas semanas antes. Concordei com ela e, quando saiu, liguei a TV e adormeci.

Capítulo 11

“Por que você não está pelada?”, ouvi um sussurro suave na minha orelha.

Abri os olhos. O quarto e a sala de estar estavam completamente às escuras, embora o relógio da TV marcasse onze horas. Eu me virei, aconchegando o rosto no torso nu do meu marido.

“Primeiro, porque não esperava acordar ao seu lado e, segundo, eu precisava sentir o seu cheiro na sua camiseta.” Peguei a camiseta que estava vestindo pela bainha e tirei-a, jogando-a no chão.

O Homem de Negro me envolveu em seus braços com força, me apertando contra seu peito.

“Você não parecia uma mulher cheia de saudade ao telefone.” Ele se afastou um pouco para me observar. “E por falar em telefone, o seu está desligado desde ontem.”

Olhei para Massimo em pânico; de fato, tinha desligado o celular e, infelizmente, por causa de toda a confusão, esquecido de ligá-lo outra vez. Eu estava perfeitamente ciente de que se em alguns instantes eu fosse receber a reprimenda do ano, ele estaria com razão. Seu olhar, entretanto, era surpreendentemente gentil, e suas mãos passando pelo meu cabelo não indicavam nenhum problema.

“O que você veio fazer aqui hoje?”, perguntei, franzindo a testa. “Você deveria vir só amanhã. Aconteceu alguma coisa?”

“Meu amor”, ele sussurrou, beijando minha testa, “fiquei assustado com sua ligação, com o estado em que você estava.” Ele suspirou novamente, me apertando contra si. “Eu deveria estar com você quando sua mãe descobriu sobre o bebê.”

“Desculpe por ter gritado daquele jeito; às vezes não consigo me controlar.” Virei de costas, bufando alto. “E ela não ficou sabendo apenas do bebê. Num acesso de honestidade, eu contei a ela também sobre o casamento. Eu dei a ela o pacote inteiro de presente em alguns minutos.”

Com elegância, Massimo se levantou da cama e apertou um botão do controle remoto, e uma luz brilhante inundou o quarto. Ele mordia o lábio inferior, concentrado, e seu belo corpo musculoso se contraía e relaxava alternadamente. Ficou olhando pela porta para as grandes janelas, claramente confuso, pensando em alguma coisa. Para mim, ele poderia ficar assim pelo resto da vida, ostentando seus encantos, mas infelizmente minha barriga roncando tinha outras ideias.

"Laura, tenho algumas coisas para resolver", disse por fim, desaparecendo no banheiro, onde escovou os dentes, e depois no closet, de onde voltou, um momento depois, vestido com um terno preto. "Prepare-se para viajar. Vamos para Gdańsk hoje. Domenico e Olga estão no apartamento dela. Devo estar de volta às quatro da tarde."

Fiquei ali parada com a cara mais idiota do mundo, me perguntando o que seria tão importante assim para fazê-lo se vestir em trinta segundos e sair de repente.

"Massimo, você acabou de chegar, não pode tomar café da manhã comigo?"

"Eu cheguei de noite. Na verdade, passei a noite toda com você." Ele se sentou na beira da cama, me beijando delicadamente. "Vou resolver tudo num instante e depois serei todo seu."

Cruzei os braços sobre o peito e fiquei bicuda como uma menininha.

"Você deve saber, Massimo, que estou insatisfeita", disse com amargor. "E como marido você tem o dever de agradar sua esposa." Respirei fundo. "Além disso, estou com raiva, frustrada, triste e faminta..." Deixei escapar essas palavras, sentindo uma onda avassaladora de desespero e infelicidade tomar conta de mim.

Os olhos de Massimo escureceram e se apertaram ligeiramente ao me fitarem. Ignorei o sinal animal e esse foi meu erro. Só me dei conta quando Massimo tirou o paletó e sorriu com malícia. Ele se aproximou de mim e com um movimento firme me pegou nos braços, depois, sem dizer uma palavra, atravessou a sala e me colocou de frente para a grande mesa de jantar. Ficou atrás de mim.

"Vamos fazer como daquela vez", anunciou em tom sério, tirando minha calcinha e abrindo minhas pernas.

Ele se ajoelhou por trás de mim, se apoiando levemente sobre a mesa, e sua língua quente começou a deslizar pela minha boceta. Gemi alto quando ele começou a fazer movimentos circulares com a língua. Me deitei esticada, apoiando as mãos na mesa fria. Massimo lambia minha boceta com vontade, me levando à beira do gozo. Quando ele se levantou, enfiou dois dedos dentro de mim, como se quisesse me preparar para o que viria depois. Friccionava minha boceta com a mão direita sem parar, e abriu o cinto com a mão esquerda.

"Rápido e forte", ele sussurrou enquanto a calça caía no chão. "E não me diga mais isso..." Nesse momento sua rola tomou o lugar dos dedos, e a mão que estava dentro de mim agarrou meus cabelos, inclinando minha cabeça. "Não me diga mais que eu não satisfaço você." Seus quadris se movimentavam num ritmo alucinado e um grito alto escapou da minha garganta.

Massimo soltou minha cabeça e agarrou minha bunda com força, metendo com vigor em mim.

"Você gosta de me provocar, é?", ele sibilou, abaixando uma das mãos para que seus dedos roçassem meu clitóris.

Seu pau duro se movia dentro de mim com tal velocidade que eu senti que não demoraria muito. Ele estava quase deitado em cima de mim, sem interromper as carícias com os dedos e sem mudar o ritmo. Me segurou pelo peito com a mão esquerda, pressionando minhas costas contra seu tórax. Quase esmagava meus mamilos com os dedos, girando-os e acariciando-os alternadamente. Aquilo era demais para mim. Eu gozei com um gemido alto, esticada sobre a mesa e encharcada de suor. Quando o Homem de Negro sentiu os músculos da minha vagina se contraindo ao redor de seu pênis, mordeu meu ombro com força e se juntou a mim, me inundando com um poderoso jato de porra.

"Adoro isso", sussurrou enquanto nós dois tentávamos recuperar o fôlego, colados juntos na mesa.

Depois de algum tempo, ele se levantou e, com um movimento habilidoso, me virou, de modo que agora eu estava deitada de costas e de frente para ele. Massimo olhou para seu pau ainda duro e o enfiou em mim pela segunda vez com um sorriso malicioso. Atordoada após o orgasmo, não tive forças para proferir nenhuma palavra quando ele começou a acelerar novamente.

"Você disse alguma coisa sobre insatisfação?" Ele dobrou minhas pernas na altura dos joelhos e descansou meus pés sobre a mesa. "Mais uma vez, pequena", ele sussurrou, esfregando o polegar em meu clitóris intumescido e sensível.

Depois de mais quinze minutos de sexo, eu apenas rezava para que não houvesse um terceiro round. *Como é possível para um cara da idade dele trepar como um adolescente?*, pensei enquanto descansava deitada, meio inconsciente, no tapete da sala. Massimo fechou a calça e sorriu de satisfação enquanto olhava meu corpo afogado de prazer. Ele se aproximou e, me levando nos braços, me colocou no sofá e me cobriu com o cobertor.

"Como eu disse, estarei de volta lá pelas quatro da tarde." Ele me beijou com força na boca, todo satisfeito, então pegou o paletó preto e saiu.

Mas que trepada deliciosa!, pensei, enquanto a porta da frente se fechava atrás dele. "Provavelmente até mais do que eu gostaria", suspirei. "Na próxima vez vou pensar duas vezes antes de provocá-lo."

Fiquei ali mais meia hora olhando para a neve que caía até que, por fim, me levantei e fui tomar um banho. Arrumei o cabelo com cuidado e fiz uma maquiagem especial nos olhos. Não havia nenhum resquício do meu maravilhoso bronzeado italiano, mas eu parecia extremamente bem. Ouvi um barulho enquanto vasculhava o meu closet atrás de uma roupa adequada.

"Estou com fome, vamos comer alguma coisa", ouvi minha amiga me chamando.

Dei uma olhada na sala de estar, mas ela não estava lá, então fui até a cozinha e vi Olga com a bunda empinada em uma legging bem justa, mexendo na geladeira.

"Doces, vinho sem álcool, sucos", ela disse, esquadrinhando as prateleiras. "Que droga, eu queria comer macarrão! Ou um bife!" Afastou-se da geladeira. "É isso mesmo, quero bife, batatas, salada e cerveja. Mexa essa bunda, porque não vai demorar muito e vou passar mal de fome!"

Fiquei encostada na parede, observando minha amiga.

“Não diga que ainda não comeu nada hoje!”

“Porra, Laura, eu tinha coisas mais importantes para fazer do que comer, caramba! O jovem italiano está resolvendo alguma coisa com os caras lá em frente e acho que está no mesmo estado que eu, então ele quer trepar.”

Nesse momento, a porta se abriu e depois se fechou com um estrondo, e Domenico irrompeu na cozinha. Eu o encarei com horror, me perguntando o que estava acontecendo.

“O quê? Ainda não está pronta?”, perguntou surpreso.

Sacudi a cabeça, deixando-os sozinhos, e fui me vestir. Estava com tudo pronto: tudo o que eu queria vestir naquele dia para agradar meu marido. Botas pretas Casadei de camurça, vestido curto cinza Victoria Beckham e um casaquinho Chanel da cor dos sapatos. Peguei minha bolsa e depois de dez minutos parei na porta da cozinha, onde Domenico e Olga lambiam Nutella.

“Vocês são tão nojentos... Vamos!”

Pegamos o elevador até a garagem e entramos no SUV preto. Domenico se sentou com o cara da segurança e Olga se sentou atrás comigo.

“Você cuidou de tudo?”, sussurrei para ela em tom conspiratório, esquecendo que ninguém sabia polonês.

“Cuidei merda nenhuma!”, ela suspirou. “Antes que o Adam tivesse tempo de se encontrar comigo, os sicilianos chegaram e foi tudo pro caralho!”

Fiz uma careta e encolhi os ombros, me desculpando.

“Mas pelo tom da nossa conversa concluí que ele estava ciente do que eu gostaria de lhe dizer”, acrescentou.

O carro parou em frente ao restaurante de um famoso chef polonês. Fiquei surpresa com o fato de os italianos conhecerem esses lugares do mapa gastronômico de Varsóvia.

Entramos, todas as mesas estavam ocupadas. *Claro, bem na hora do almoço*, pensei. O jovem italiano caminhou até o gerente, que estava por perto, e sussurrou algumas palavras em seu ouvido, colocando algo em sua mão. E o outro, após alguns minutos, nos conduziu a uma pequena sala intimista, longe dos olhares curiosos dos outros clientes. Nós nos sentamos em uma mesa redonda, folheando o menu. Depois de algum tempo, fizemos o pedido, e o garçom, para nossa alegria, trouxe um prato de *waffles* poloneses.

Depois de apaziguar um pouco a fome com gordura de porco e pepinos em conserva, Olga se inclinou em minha direção.

"Tenho de ir ao banheiro", anunciou. Pedimos licença a Domenico e seguimos em direção ao salão principal.

O interior do restaurante era decorado de forma minimalista mas de bom gosto: muita madeira por todo o lado e retratos em preto e branco nas paredes. Além disso, havia buquês de copos-de-leite em vasos, uma música agradável saindo dos alto-falantes e o cheiro maravilhoso da comida. Minha fome aumentou ainda mais!

De repente, Olga ficou petrificada, olhando para um homem sentado a uma das mesas.

"Puta que o pariu! Que merda!", praguejou baixinho, apertando minha mão.

Virei-me para onde ela estava olhando e de repente compreendi. Um loiro excepcionalmente bonito estava se levantando da poltrona: ombros largos, uma jaqueta de corte perfeito, lábios carnudos. Sim, Adam era definitivamente uma bela mercadoria. Rico, atraente e inteligente. Quando viu Olga, se desculpou com seus convidados e caminhou em nossa direção.

Ele avançou confiante e, ficando muito perto de nós, cumprimentou-a com um beijo; inclinando-se para mim, acenou com a cabeça sem dizer uma só palavra.

"Senti sua falta", ele disse lambendo os lábios, sem tirar os olhos dela.

Pôs as mãos nos bolsos e seu corpo assumiu uma postura despojada, enquanto mantinha as pernas bem abertas. Essas eram as características de todos os homens ricos — indiferença, senso de poder e autoconfiança. Nós duas amávamos e aquele homem emanava tudo isso.

"Oi, Adam", ela gaguejou, olhando para trás nervosamente. "Eu queria conversar, sabe, mas não é a hora nem o lugar."

Tentei fazer alguma coisa para sairmos daquela situação embaraçosa, porém minha amiga apertou os dedos em volta do meu pulso, insinuando que não era nada.

"Você nunca se incomodou com a hora ou o lugar." Ele ergueu as sobrancelhas provocativo, e deu um sorriso malicioso.

"Adam, falamos por telefone, tá?", disse, me puxando atrás dela.

Olga tentou passar pelo seu patrocinador angelical, mas ele não desistiu. Agarrou-a pelos braços e enfiou a língua em sua boca. Olga soltou minha mão e, com todas as suas forças, empurrou o ricaço cheio de tesão. Depois, armou os braços e bateu nele com tanta força que o barulho do tapa abafou a música, e os olhos dos ali presentes se voltaram para nós três. Me afastei deles e com o canto do olho vi Domenico, que vinha em nossa direção.

"Domenico!", foi o que tive tempo de balbuciar antes que seu punho cerrado atingisse o rosto de Adam. O loiro despencou de cara no chão, mas o siciliano continuou a socá-lo até o segurança intervir.

O gerente gritava alto, os clientes se levantaram das cadeiras e o jovem italiano, queimando de desejo de matar, queria se desvencilhar, contido pelas mãos de dois gorilas. Os seguranças dos italianos tentaram libertar Domenico, mas os funcionários do restaurante estavam em maior número. De repente, sem saber quando ou de onde, a polícia apareceu e algemou Domenico. Enquanto isso, Adam levantava o rosto do chão, fazendo ameaças e amaldiçoando baixinho, e Olga, chorando, murmurava algo incompreensível. *Meu Deus, será que vai chegar uma hora em que nossas vidas serão simples, fáceis e tranquilas?*, pensei.

Depois de algum tempo, os dois homens desapareceram e ficamos sozinhas, encolhidas sob os olhares dos outros clientes. Olga fez uma reverência cheia de sarcasmo e caminhou em direção à mesa. Antes que pudéssemos alcançá-la, o celular vibrou na minha bolsa.

"Você está bem?", ouvi a voz assustada de Massimo.

"A polícia prendeu o Domenico."

"Eu sei. Você está bem?"

"Não."

"Vá para casa e espere por mim", disse e então desligou.

"Bom, parece que estamos conversados", murmurei, pegando meu casaco e arrastando Olga até a saída.

Entramos no SUV, onde o choro de Olga se transformou em fúria.

"Puta que pariu, que vergonha! Como pôde ser tão estúpido, como pôde?!" Ela sacudiu os braços furiosamente e bateu no banco do motorista.

"Ei, tudo bem!", eu disse, abotoando meu casaco. "Eles vão aprender uma lição, um e outro. O lourão não vai mais beijar as mulheres alheias, e Domenico vai descobrir que não pode fazer o que bem entender onde quer que queira."

"Merda, estou com muita fome!", acrescentou depois de um momento de silêncio.

Comecei a rir e conduzi o carro em direção ao meu restaurante favorito de comida chinesa para viagem.

Em casa, nos sentamos no tapete e espalhamos as caixas de comida. Peguei uma garrafa de vinho da geladeira e servi um copo para Olga. Ela engoliu em seco e acenou com a cabeça para me dizer que queria uma recarga. Depois de beber três, caiu de costas e escondeu o rosto com as mãos.

"Ai meu Deus, e se alguma coisa acontecer com ele?!", murmurou quase chorando.

"Eu acho que o Domenico quebrou o nariz do loiro...", eu disse.

"Não dou a mínima para o Adam e o nariz dele, estou preocupada com o Domenico."

"Acho que você já não dava a mínima para o nariz dele há muito tempo!", acrescentei um momento depois, pegando mais um pouco de macarrão com pato. Olga tirou as mãos do rosto e me lançou um olhar engraçado e cheio de desaprovação.

"Você é muito má."

"E você está com fome. Anda, coma."

Frustrada, Olga esvaziou a garrafa até o fim e pegou outra. Para lhe fazer companhia, decidi beber meu vinho também. Acendi a lareira e me sentei ao lado dela no sofá. Envolvidas em cobertores, vimos TV sem trocar uma palavra. Esse é um ponto positivo da amizade: estar confortável com alguém e poder ficar em silêncio.

Já passava da meia-noite e eu ainda não tinha notícias de Massimo. Olhei para minha amiga bêbada e com a maquiagem borrada, que dormia toda embrulhada. Decidi tirar sua roupa, mas, assim que tentei, ela rosnou algo e se enrolou com mais força.

"Está bem, não é não", sussurrei, beijando sua testa antes de ir tomar banho.

Tomei uma ducha e voltei para ficar com ela no sofá. Achei que, quando ela acordasse, não gostaria de estar sozinha. Entediada, passeei um pouco pelos canais. Fiquei lá deitada, fitando a televisão. Queria até ligar para o Massimo, para saber o que estava acontecendo, mas eu sabia que se quisesse dizer alguma coisa, ele mesmo ligaria. Já passava das duas quando peguei no sono.

Meio adormecida, meio acordada, senti alguém me pegar nos braços e me levar para o quarto. Abri os olhos e vi o rosto cansado do meu marido.

"Que horas são?", perguntei enquanto ele me colocava na cama.

"Cinco horas. Durma, amor."

"E o Domenico?" Abri os olhos para que soubesse que não escaparia com facilidade.

O Homem de Negro se sentou na beirada do colchão, tirou o paletó e começou a desabotoar a camisa.

"Ele está numa prisão polonesa e, infelizmente, vai passar algum tempo lá." Ele abaixou a cabeça e suspirou. "Já disse tantas vezes a ele que aqui não é a Sicília. E não seria um problema se ele pusesse as patas num homem qualquer, mas ele tinha que bater num magnata polonês, quase um orgulho nacional." Massimo levantou a cabeça e olhou para a parede. "Karol disse que as sanções que vão lhe impor podem não ser retiradas, apesar de seus contatos."

"Sanções?", fiquei surpresa.

"Três meses de prisão devido à possibilidade de fuga e multa. E tudo poderia até ser resolvido se não fosse o fato de o homem que ele decidiu espancar ser uma das pessoas mais ricas da cidade. Além disso, esse Adam está com o nariz quebrado, o que significa um problema de saúde que dura mais de sete dias. No seu país, algo assim já exige por lei um processo, ele nem precisa processar o Domenico. Claro, se quiser ele pode, mas mesmo se não quiser a promotoria vai lidar com esse caso de qualquer maneira."

Eu o encarei assustada e senti os resquícios do meu sono desaparecerem.

"Massimo", eu me aconcheguei às suas costas, abraçando-o, "e o que vai acontecer agora?"

O *don* ficou imóvel e eu sentia seu coração galopando.

"Nada. Tenho uma reunião com o advogado amanhã e provavelmente iremos visitar aquele bundão do Adam. Talvez eu dê um tiro nele, por exemplo, sem testemunhas, e o enterre na floresta."

Eu o rodeei e me sentei em seu colo, mirando seus olhos, e segurei seu rosto.

"Não gosto nada disso", falei, fazendo uma careta.

"Amanhã vamos viajar, ficar aqui é inútil de qualquer maneira. Vamos de avião para Gdańsk para a luta de MMA. Também tenho algumas reuniões. Depois voltamos para a Sicília", ele suspirou e descansou sua testa contra a minha. "Karol vai cuidar de tudo, não se preocupe, pequena." Ele beijou meu nariz. "Essa não é a primeira estadia de Domenico atrás das grades." Massimo sorriu e, me levantando um pouco, me deitou nos lençóis macios, depois me cobriu com seu corpo. "Você não pensava que com o gênio que ele tem essa teria sido a primeira condenação dele, não é?"

Fiquei surpresa, muito surpresa e menos preocupada com o que ele disse.

"Veja bem, minha linda, meu irmão caçula é muito temperamental, mas disso você já sabia, já viu alguns exemplos de suas habilidades. Ele também é, embora não pareça ser, bastante amoroso. Teve um caso com uma de nossas gerentes em um clube de Milão. Para desgraça dela e dele, essa mulher tinha um marido que parecia uma combinação de gorila com cavalo. E como meu irmão não é nenhum mestre em discrição, o troglodita descobriu o caso." Massimo riu e começou a beijar meu pescoço. "Eu poderia ter reagido, mas por outro lado ele sabia bem o que estava fazendo. Quando se tratava de confronto, as habilidades de Domenico eram colocadas à prova. Ele se engalfinhou com o cara por uns bons quinze minutos, até que finalmente deu um tiro no joelho do troglodita."

"O quê?", engasguei atordoada.

Massimo estava se divertindo como uma criança, o que eu não conseguia entender.

"Ora, Domenico atirou nele porque sabia que não venceria a luta. O azar foi que o cara era de uma família de policiais. Domenico foi preso, eu paguei o necessário, e pronto!" Ele ergueu os braços. "Então, querida, como você mesma pode ver, não precisa se preocupar, Domenico não aprende com seus erros." Ele rolou, saindo de cima de mim, e se deitou ao lado, olhando para o teto, enquanto sua alegria ia desaparecendo. "O problema é que dessa vez Domenico se deparou com uma pessoa rica e arrogante como ele. Portanto, o dinheiro, nesse caso, pode não ser o suficiente para convencer o Adam a mudar sua declaração."

Ouvi um barulho na sala de estar e nós dois erguemos os olhos. Na soleira do quarto, enrolada em um cobertor, estava Olga, aterrorizada e chorando.

"Há quanto tempo você está parada aí?", perguntei, me levantando.

"Se você está perguntando se eu ouvi tudo, sim, eu ouvi. Cacete!" Ela desabou no chão e afundou o rosto nas mãos. "Tudo por minha causa, como pude ser tão imbecil?!" Olga começou a soluçar e seu corpo todo tremia.

Eu me inclinei sobre ela, tomando-a em meus braços.

"Querida, não é sua culpa, você não fez nada."

Seus gritos ficaram mais altos e me despedaçavam o coração.

"Olga, se alguém é culpado, é o Domenico e a burrice dele", disse Massimo, aproximando-se dela. "E já que você ouviu a conversa, sabe que não é a primeira vez." Ele a pegou pelos ombros e a colocou em frente a ele. "Se quiser vê-lo amanhã, você vai comigo, mas ficar histérica não vai nos ajudar em nada." Massimo deu uma olhada no relógio de pulso. "Principalmente antes das seis da manhã. Não durmo há quase um dia inteiro, então, por favor, vá dormir e conversaremos depois." Ele virou Olga em direção à porta e deu-lhe um empurrãozinho. "Boa noite."

Olhei para ele censurando-o e a segui. Eu a coloquei no quarto de hóspedes, no andar de cima, e dei-lhe um sedativo para que conseguisse dormir.

Quando voltei para o Homem de Negro, fiquei surpresa ao descobrir que ele dormia. Não sei por que fiquei surpresa com o fato de um homem cansado estar dormindo. Provavelmente porque só o vi dormindo poucas vezes. O corpo nu de meu marido repousava sobre os lençóis brancos. Seu rosto estava lindo e sereno, sua boca, ligeiramente entreaberta e ele respirava num ritmo regular. Um braço estava sob a cabeça e o outro estendido para o meu lado da cama, como se estivesse esperando que eu deslizasse sob ele. Meus olhos vagaram pelo peito musculoso, pela barriga, até chegarem à junção das coxas.

"Humm...", sibilei, lambendo os lábios. Seu lindo pau descansava preguiçosamente na coxa direita, me provocando a agir.

"Nem pense nisso", ele disse sem abrir os olhos. "Deite-se aí."

Eu gemi, suspirei, chiei por um momento e, obediente, fiz o que pediu.

Acordei depois do meio-dia e descobri que Massimo tinha ido embora, o que não me surpreendeu nada. Fui até a cozinha, preparei uma xícara de chá com leite e liguei a TV da sala. Depois da uma da tarde, preocupada com o sono prolongado da minha amiga bêbada, fui ao quarto dela. O mais silenciosamente possível, abri a porta e fiquei estática. A cama estava vazia.

"Que porra está acontecendo aqui?!", murmurei enquanto descia as escadas e pegava meu telefone.

Liguei para Olga e esperei, mas ela não atendeu. Tentei mais uma vez e mais duas e depois liguei para o Homem de Negro. Fiquei sabendo muito pouco — ele não podia falar e Olga não estava lá com ele. Confusa, sentei no sofá, esfregando minhas têmporas. Para onde Olga teria ido e por que diabos não atendia o celular?

Um ronco no meu estômago me tirou do devaneio. Olhei para baixo e me lembrei de que estava grávida. Desde que o enjoo matinal tinha acabado, às vezes me esquecia disso. Liguei a TV no canal de música e fui até a cozinha preparar o café da manhã. Abrindo a geladeira, olhei para o relógio. Eram quase duas da tarde. *Hora perfeita para a sua primeira refeição*, pensei.

Rihanna e sua "Don't Stop the Music" me faziam dançar enquanto eu fritava os ovos. Saltitando pela cozinha, preparei uma refeição para cinco pessoas e depois de alguns minutos fui para a sala.

Passei pela porta, entrando na sala enorme, e quase tive um ataque cardíaco quando vi a figura sentada no sofá. Olga olhava fixamente para mim, sem dizer uma palavra. Dei uma olhada nela, coloquei meu prato na mesa e desliguei a TV.

"Por que você está vestida assim?", perguntei, meus olhos varrendo seu corpo.

O vestido que ela usava era mais adequado para a nossa noite de sábado do que para o meio do dia, e os incríveis saltos altos mais adequados para ficar sentada na cama do que para uma caminhada. O tecido preto revelava seus seios e mostrava quase completamente sua bunda. Ela tirou o casaco de pele cinza, que mal chegava à cintura, e o jogou no chão. Tirou os sapatos, as meias rasgadas e começou a chorar.

"Eu precisava", ela se engasgou em meio às lágrimas. "Eu precisava."

Meu coração quase parou no peito enquanto eu olhava para aquela imagem infeliz. Fui até ela e me sentei no tapete, segurando-a pelos joelhos.

"Olga, o que você fez?"

As lágrimas escorriam por seus cílios postiços, manchando as linhas cuidadosamente feitas; ela parecia lamentável.

"Você tem vodca?"

"Caralho, sério?!", gritei, fazendo uma careta e ela respondeu que sim, com um aceno da cabeça. "Acho que tenho no freezer, vou checar."

Fui até a cozinha e voltei algum tempo depois com um copinho, uma lata de Coca zero e uma garrafa de Belvedere. Servi a vodca para ela, que bebeu de uma vez, sem nem pegar o refrigerante.

"Uau! Sem dó nem piedade!", eu disse, servindo o segundo.

Ela bebeu três doses, enxugou o nariz e o rosto e então começou a falar.

"Pensei muito nisso tudo... conheço o Adam e sei que ele não vai me largar." Ela tomou um gole da lata de Coca. "E não é que ele me ame tanto, porque ele não me ama, mas por orgulho. Aquele orgulho masculino de merda que o Domenico ofendeu. Você sabe quem estava sentado com ele naquela mesa?" Neguei com a cabeça. "Aqueles amigos dele, aqueles babacas ricos, donos de metade dos clubes, uns fodões, uns pseudovalentões. Então você pode imaginar como foi para ele levar na cara bem na frente dos coleguinhas. Adam está de nariz quebrado, mandíbula rachada e parece um mongol." Ela acenou para mim para servi-la novamente. "Bem, fui falar com ele."

"O que você fez?", berrei, derramando a vodca.

"O que mais eu deveria fazer? Esperar pelo julgamento em que Domenico seria condenado e depois esperar que ele saísse da prisão? Porra, Laura, eles não são indestrutíveis, aqui certamente não! O próprio Massimo disse ontem que pode ser difícil e complicado, então eu queria resolver as coisas."

"O que você fez?", repeti minha pergunta um pouco mais baixo, mas ainda muito alto.

"Não grite, porra, apenas ouça." Ela bebeu outra dose e estremeceu. "Me levantei cedo e, quando o Massimo saiu, me vesti, fui para minha casa e me troquei. Adam sempre teve uma queda por prostitutas de luxo. Então entrei no carro e fui até a casa dele. Parei na porta, respirei fundo e bati. Ele não ficou nem um pouco surpreso por eu ter aparecido. Abriu a porta e sem dizer uma palavra voltou para a sala, onde estava vendo TV. Eu fui atrás dele, me sentei na poltrona e lhe entreguei um pedaço de papel. Pedi que escrevesse que não tinha sido um ataque, mas que Domenico estava se defendendo."

"O quê?", gritei, dessa vez quase me sufocando de tanto rir. "Você só pode estar de brincadeira!"

"A reação dele foi parecida com a sua. Eu queria ter por escrito que, se ele conseguisse o que queria, e eu sabia o que ele queria, eles libertariam Domenico."

"E daí...?"

"Ele ligou para um advogado e pediu detalhes. O que ele teria de escrever, dizer e fazer para que o homem que estava preso fosse solto, e depois escreveu tudo e assinou." Ela tirou um envelope da bolsa e jogou-o sobre a mesa. "Depois ele diria o mesmo à polícia e teoricamente deveria dar tudo certo. Ele dobrou o papel, fechou o envelope e colocou-o na minha bolsa."

Eu olhava para Olga e para o envelope, me perguntando se queria mesmo ouvir a próxima parte. Ela respirou fundo e olhou para mim com olhos tristes.

"E...?"

"Ele me disse para esperar um momento e saiu da sala por alguns minutos. Quando ele voltou, pediu que eu fosse ao banheiro, porque estava tudo pronto ali, e eu tinha cinco minutos. Claro que fiz o que ele disse, sem largar a minha bolsa. Quando cheguei lá, na penteadeira ao lado da banheira, estava um conjunto de couro, botas, chicote... Me vesti, voltei e... O que posso te dizer, Laura? Deixei que ele me fodesse como uma puta. Nem só uma vez, nem duas; ele me fodeu por duas horas, até ficar entediado. E ficou sorrindo, quando eu saí, e me disse que uma puta sempre seria uma puta."

Olga me matou com essa história. Parecia um filme, só que realmente tinha acontecido.

"Que merda, Olga!", sussurrei, balançando a cabeça. "Ok, e agora? Eles vão simplesmente deixar Domenico sair? Você não acha que vai ser um pouco estranho e que os sicilianos não vão acreditar no bom coração dele?!"

"Eu pensei nisso. O advogado do Adam vai entrar em contato com eles, exigindo certa quantia em dinheiro para um acordo e não levando o caso ao tribunal. Provavelmente, se eu conheço a vida, Adam vai apresentar um pedido de desculpas, Massimo vai aterrorizar seu irmão e tudo estará acabado antes mesmo de começar. Ah, e o melhor de tudo... Você sabe por que a polícia chegou lá tão rápido?" Balancei a cabeça de novo. "Eles tinham ido buscar dinheiro com um dos amigos dele... Legal, né? E o idiota ficou se gabando das conexões dele."

Escondi o rosto nas mãos e bufei, mirando seus olhos turvos.

"E como você está se sentindo?"

"Mais ou menos", disse encolhendo os ombros. "O pior foi que, antes de eu ir ao banheiro, Adam me disse que não tinha intenção de transar com um saco de batatas, então que tinha que ser bom pra mim, e a prova disso seriam meus orgasmos. Além disso, ele disse que eu deveria falar com ele em inglês, já que falo assim com meu novo namorado." Arregalei os olhos e Olga continuou como se falasse consigo: "Isso mesmo, viu?, dona Olga, preste atenção, concentre-se para gozar, mesmo ardendo de vontade de cometer um homicídio e, ainda por cima, tendo que mimá-lo verbalmente em inglês!" Ela encolheu os ombros. "Então fiquei imaginando que era o Domenico, e afinal, se não fosse pelo fato de ser aquele lixo, eu diria que estava me sentindo muito bem. Satisfeita, bem comida, exausta e completamente saciada. Mas era o Adam, e eu tive seis orgasmos, então me sinto uma merda porque traí o primeiro cara que amo de verdade." Olga balançou a cabeça. "Vou tomar um banho, porque estou com o fedor daquele animal."

Sentei no sofá, analisando o que tinha ouvido. Eu não tinha ideia do que pensar. Por um lado, eu a admirava pela teimosia e dedicação; por outro, eu a repreendia por não ter deixado o Homem de Negro cuidar de tudo. Eu me perguntei se teria feito o mesmo e, quando cheguei à conclusão de que sim, faria, eu a absolvi em meus pensamentos.

Olhei para o prato de comida fria na mesa. Ele já estava lá havia uma boa hora e eu perdi minha vontade de comer. Eu não estava com fome, estava nervosa, mas sabia que o bebê não tinha culpa de nada e que eu precisava comer. Fui até a cozinha e peguei o que havia sobrado da comida chinesa, esquentei e comi sem sair do balcão.

Quando terminei, Olga estava sentada no sofá, enrolada em um roupão de banho e passando os canais. Então a porta da frente se abriu e Massimo entrou, seguido por Domenico. Olga começou a chorar e, com soluços violentos, correu em sua direção, saltando sobre o italiano feliz.

"Chega, chega!", ele repetia, enquanto a carregava pela sala. "Eu estou aqui, nada vai acontecer, nós somos Torricelli, não é fácil se livrar de nós." Ele se sentou no sofá e continuou acariciando as costas de Olga, que seguia agarrada a ele.

Eu me aproximei do Homem de Negro e coloquei o braço em volta dele. Ele beijou minha testa delicadamente e sorriu.

"O voo sai em duas horas. Como está meu filho?" Ele acariciou a parte baixa da minha barriga.

"É filha!", Olga gritou, virando-se para nos encarar.

Massimo beijou minha testa e, depois de pendurar o paletó, sentou-se à mesa, ligando o notebook. Fui até ele e me aconcheguei nas suas costas, ainda olhando para aquela cena de amor. Depois de dez minutos, Olga parou de chorar e começou a gritar com Domenico, socando-o no peito e repreendendo-o por seu comportamento estúpido no dia anterior. O jovem italiano, rindo, evitou seus golpes e agarrou suas mãos, até que finalmente a derrubou no tapete macio e a beijou com força. Desviei o olhar, me sentindo uma intrusa ou uma *voyeuse*. Depois de um momento de silêncio, Massimo disse algo em italiano a Domenico, que se levantou, beijando minha amiga mais uma vez, e depois os dois irmãos desapareceram escada acima. Entrei no closet e comecei a colocar as coisas nas malas.

"E se ele quiser trepar?", Olga disse num tom de conspiração, sentando-se ao meu lado. "Porra, você acha que os caras sentem essas coisas, será que ele vai notar?"

Eu a encarei enquanto dobrava outro vestido.

"Você está me perguntando uma coisa sobre a qual não entendo nada, mas, sem dúvida, pode inventar uma historinha. Intoxicação alimentar ou dor de cabeça, menstruação, talvez?"

"Menstruação não é um obstáculo para ele." Olga fez uma careta. "Mas um papo sobre carinho e um aconchego sempre funcionam."

Levantei a mão em sinal de solidariedade e mostrei meu dedo indicador estendido: "Isso! Quando eu não sabia como contar a Massimo sobre a gravidez, também apliquei esse golpe e funcionou".

Depois de uma hora, estávamos prontas. O pessoal da segurança pegou nossa bagagem e antes das seis já estávamos no avião. Eu estava me sentindo excepcionalmente bem, nem pensei por um momento em tomar um comprimido. Mas quando me sentei naquele pedaço de metal voador, imediatamente deixei de ser tão durona. Peguei minha bolsa para procurar os remédios, e então meu marido me tomou pela mão, me tirou dali e me levou para o quarto.

"O voo leva menos de trinta minutos, então vou fazer com que o tempo passe de forma que você esqueça que está num avião", disse, me empurrando para o colchão e tirando a camisa.

Capítulo 12

Na verdade a viagem foi muito curta e, com Massimo entre as pernas, nem percebi quando o voo começou e terminou. Descemos no aeroporto de Gdańsk, onde o pessoal da segurança recolheu nossa bagagem e entregou ao Homem de Negro a sua Ferrari. *Meu Deus! Algum pobre coitado teve de dirigir até ali para que o príncipe pudesse correr por Trójmiasto com seu brinquedinho.* Incrédula, balancei a cabeça pensando nisso enquanto entrava no carro. Passei os olhos por seu interior e fiquei chocada porque não era o mesmo carro.

"Alguém trouxe o carro de Varsóvia?", perguntei quando o motor rugiu.

O Homem de Negro riu e acelerou, deixando todos para trás.

"Querida, é um carro completamente diferente! Temos uma Ferrari Itália na casa, mas não é adequada para dirigir no inverno, porque tem tração traseira. Essa é uma Ferrari FF, é 4x4 e é muito melhor para este clima."

Naquele momento, me senti uma idiota. Eu não conseguia distinguir dois carros teoricamente diferentes e, na escuridão, uma espaçonave negra parecia uma espaçonave negra. Fiquei encarando o para-brisa. Devido à ação rápida na nossa partida de casa para viajar, esqueci completamente de me surpreender com a soltura do jovem italiano. Então me virei em direção ao meu marido, com a mão em seu joelho.

"Como você conseguiu soltar o Domenico tão rápido?"

"Eu não consegui, a ganância falou mais alto para aquele idiota. O advogado dele entrou em contato com o nosso e, depois de acertarem um valor, o caso deixou de ser relevante."

"Ah, sei", eu disse laconicamente, evitando continuar o assunto.

"Aliás, isso é estranho", o Homem de Negro falou, olhando para mim. "O cara tem tanto dinheiro que eu estava convencido de que não haveria acordo. Eu até havia estudado um pouco da história dele, mas não precisei usar o conhecimento que adquiri."

"Ele é muito rico?"

O Homem de Negro riu ao sair do anel viário da cidade.

"Lembre-se, meu amor, não existe homem rico no mundo que só faça negócios legítimos. Adam também é um deles e está muito mais próximo de mim do que da Madre Teresa."

"Então Domenico seria solto de qualquer maneira?", perguntei, consternada e apavorada ao mesmo tempo, julgando que o sacrifício de Olga não tinha sido necessário.

"Minha pequena, eu entendo de duas coisas: ganhar dinheiro e fazer chantagem."

Eu me senti mal só de pensar no que Olga tinha feito e que aquilo poderia vir a público. Por outro lado, pensei que ela não tinha saída e que havia agido por motivos altruístas.

"Chegamos", disse Massimo, se aproximando do Sheraton, na cidade de Sopot.

Aflita por saber daquilo, perdida em pensamentos sombrios, eu o segui enquanto ele caminhava pela entrada principal e entrava no elevador.

A suíte era bem espaçosa e ficava no último andar de uma ala com vista para o mar. Infelizmente não tive muita chance de apreciar o cenário porque estava escuro e nevava. Sentei em uma poltrona na varanda envidraçada, olhando fixamente para a vista lá fora. Eu não sabia o que pensar: se me preocupava ou se ignorava toda aquela situação, que, felizmente, havia terminado para nós.

"No que você está pensando?", Massimo perguntou, de pé atrás de mim e massageando meus ombros. "Tem alguma coisa absorvendo seus pensamentos hoje, e eu queria que você me contasse o que é, porque, se está te perturbando por tantas horas, deve ser importante."

Embaralhei na minha cabeça todas as mentiras possíveis que eu poderia usar para me proteger da curiosidade dele, mas não me saí muito bem.

"Estou pensando na minha mãe", disse, estremecendo ao relembrar o que acontecera na casa dos meus pais.

O Homem de Negro rodeou a poltrona e se ajoelhou na minha frente, abrindo levemente minhas pernas. Seu corpo se moveu para junto do meu e seus lábios pararam a alguns milímetros da minha boca. Ele acariciou meu rosto com o polegar, me observando com os olhos semicerrados.

"Por que minha esposa está mentindo para mim?" Seus olhos escureceram e uma ruga apareceu em sua testa.

Suspirei e deixei cair meus braços, resignada.

"Massimo, tem coisas que não posso e não quero falar para você." Segurei seu rosto e o beijei com força. "Sua filha está com fome", eu disse, me afastando dele e esperando que uma mudança de assunto o distraísse. "Então, por favor, faça alguma coisa em relação a isso."

"Já encomendei o jantar, vamos comer no quarto", ele falou, segurando meus quadris e me puxando um pouco em sua direção. "E agora sou todo ouvidos para saber o que está acontecendo."

Mas que merda! Gritei um milhão de xingamentos por dentro, frustrada até não poder mais por não conseguir me livrar daquele homem e de sua curiosidade, mas escolhi ficar em silêncio. Por um lado, eu sabia que não fazia nenhum sentido; por outro, também sabia que eu não conseguiria esquecer o que Olga me contara. Meu marido estava de joelhos, olhando para mim, seu olhar gradualmente começando a soltar faíscas.

"Se você não quer falar, vou adivinhar", sibilou, levantando-se e virando-se para as janelas. "É sobre a Olga?" Então Massimo virou a cabeça e seu olhar cheio de ira encontrou meus olhos amedrontados. "Então eu acertei", ele disse, cruzando as mãos sobre o peito. "Vou compartilhar com você as informações que tenho, se isso fizer você se sentir aliviada em saber que eu sei."

Rezei silenciosamente para que Massimo estivesse blefando, mas como ele me decifrara com tanta facilidade, não ficaria surpresa se ele já soubesse de tudo.

"Massimo, o que você quer dizer?", perguntei no tom mais indiferente que eu poderia fingir. "O que a minha amiga fez para você dessa vez?"

Sempre vale a pena tentar mentir, pensei, *ou pelo menos bancar a idiota que não sabe de nada.*

O Homem de Negro riu e recostou-se nas esquadrias das janelas que iam do chão ao teto.

"Para mim, nada, mas a dedicação à causa do meu irmão foi digna de admiração, uma pena que não era necessária", disse sarcasticamente. Meus olhos ficaram enormes, redondos e quase pularam quando ouvi isso. "Sim, querida, eu sei o que Olga fez para conseguir que aquele merda retirasse seu testemunho. No início eu fiquei com raiva dela, porque ela não me ouviu quando disse que resolveria tudo. Mas então percebi quão longe ela tinha ido por Domenico. E sabe de uma coisa?" Massimo se aproximou e se inclinou sobre mim, se apoiando nas laterais da poltrona. "Essa é uma excelente característica para uma mulher em uma família como a nossa. Olga me impressionou." Ele beijou minha testa e caminhou em direção à porta, na qual alguém batia.

Eu me sentei, confusa, enfiada na poltrona, e me perguntei se poderia esperar por ao menos um dia sem nenhuma coisa fora do comum.

O garçom trouxe a comida, colocou-a sobre a mesa, tirando primeiro as flores, e pôs também o *cooler* com o vinho. Preparou tudo e desapareceu depois de algum tempo. Eu me levantei da cadeira e me sentei à mesa, colocando um guardanapo de linho no colo. O *don*, àquela altura, já tinha trocado de roupa e sentou à minha frente, com uma camisa ligeiramente desabotoada e calça preta, descalço. Eu queria dizer algo, mas nada me ocorreu.

"Eu pedi ganso..."

"Eu faria a mesma coisa que a Olga", eu o interrompi e os talheres tilintaram no prato de Massimo. "É normal fazer isso quando se ama alguém."

"Chega!", ele gritou, levantando-se da mesa com violência. "Nem pense numa coisa dessas, Laura!"

"Ora, mas você não disse que ficou impressionado?!", murmurei, e ele ficou me olhando sem acreditar.

"Sim, no caso de Olga, que é uma leviana. Eu tinha muitas dúvidas se os sentimentos dela por meu irmão eram verdadeiros, agora eu sei que são."

"Ah, então quer dizer que se ela dá a bunda para salvar um ente querido isso é bom, mas se eu der, é ruim."

Massimo se aproximou de mim e me pegou pelos ombros com violência, me pondo de pé.

"Você é minha esposa, você carrega meu filho, eu o mataria e depois me mataria sabendo que você se sacrificou assim por mim." Ele me abraçou, me levantando, com a respiração acelerada. "Nunca nem pense numa solução dessas, pequena! Merda!", ele gritou, me soltando, e então começou a resmungar algo em italiano enquanto andava de um lado para o outro pela sala.

Bem, minha confissão não foi necessária, pensei, observando sua reação. O que não mudava o fato de que eu teria realmente feito o mesmo para salvá-lo.

"E como você soube disso exatamente?", perguntei, sentando na cadeira e afundando meu garfo na carne suculenta.

Massimo parou e olhou para mim perplexo e provavelmente surpreso com a minha calma.

"Da gravação." Naquele momento, meus talheres tilintaram no meu prato.

"Do quê?" Virei a cabeça para o meu marido, que estava de volta ao seu lugar.

"Coma e quando terminar, vou te explicar tudo."

Encorajada por suas palavras e ciente de que minha objeção e meu beicinho eram inúteis, me joguei nos pratos. Ganso, batatas, salada, beterrabas que não pareciam e nem tinham gosto de beterrabas, sobremesa, uma segunda porção de sobremesa, até que desacelerei com um chá com limão, já meio desmaiada com a quantidade de comida.

O Homem de Negro observou o banquete com uma expressão satisfeita, me olhando por cima de sua taça de vinho.

"Pronto", eu disse, teimando. "Estou ouvindo."

"No começo fiquei confuso, porque parecia que Olga queria aquela situação." Ele respirou fundo e se serviu de um pouco mais de vinho. "A cena parecia assim: ela entra na sala vestida com uma roupa bem bonita." Sua boca se curvou em um sorriso zombeteiro. "E então ele fica metendo nela por umas duas horas, a julgar pelo que mostra o relógio, e então Olga vai embora e pronto."

"E como você pode ter certeza de que é uma gravação recente?"

"Veja bem, querida, Adam está com a cara quebrada e o jornal de ontem estava em cima da mesa em que eles transaram." Ele abriu as mãos, encolhendo os ombros, como se pedindo desculpas.

"E onde você conseguiu a gravação?"

"Não era endereçada para mim, era Domenico quem deveria receber. Aquele enganador queria provocá-lo dessa forma, e acredito que também queria destruir a vida da Olga. O advogado dele entregou o DVD para os policiais na prisão, mas os idiotas nos confundiram e, quando saímos, recebi o pacote que era para Domenico."

De repente, tudo o que Massimo e Olga disseram fazia sentido. Desde o início, Adam tramou para humilhar seu oponente e acabar com seu relacionamento. O fato de que Adam queria que ela gozasse e falasse inglês tornou-se ainda mais lógico diante daquilo, tinha de ser evidente no filme que Olga estava feliz, querendo aquilo. Ele deixou a roupa no banheiro para ter tempo de montar a câmera e, além disso, deixá-la ainda mais natural. E pelo que Massimo estava dizendo, a gravação começou depois da cena da assinatura do depoimento que garantia a liberdade de Domenico, e só mostrava duas horas de uma boa foda violenta.

"Como você sabia que Olga não estava simplesmente traindo Domenico?"

"Eu não sabia", ele disse, se levantando. "Eu blefei um pouco, só a sua reação me convenceu das minhas suposições. Comecei a tentar convencer você a falar já no carro, mas acho que depois da viagem ficou difícil você se concentrar."

"E agora?" Fiquei ao lado dele, encostando a cabeça no seu peito.

"Nada. Destruí a gravação, o Domenico está livre e amanhã vamos ver as lutas." Massimo sorriu, me empurrando ligeiramente para longe dele. "E se você está perguntando sobre esta noite, vou curtir minha esposa grávida."

Na manhã seguinte, para minha surpresa, acordei ao lado do meu marido. Fiquei abobalhada de tal modo que, quando ele abriu os olhos, perguntei o que tinha acontecido, causando-lhe um riso nervoso. Nós até descemos para o café da manhã juntos, o que me deixou aturdida mais uma vez por não termos comido no quarto e por Massimo não estar com pressa. Entramos no restaurante e, quando vi Olga sentada à mesa com Domenico, parei. O Homem de Negro apertou minha mão, me puxando na direção deles.

Depois de trinta minutos de uma refeição juntos, nosso idílio familiar acabou.

"Temos a primeira reunião ao meio-dia", disse Massimo, virando-se para mim. "Depois, mais uma e estaremos de volta para buscá-las por volta das quatro. Sebastian está no hotel, basta ligar para a recepção e dizer que precisa do carro." Ele beijou minha cabeça e, acariciando o ombro de Olga, foi embora.

A cara que ela fez após esse gesto não tinha preço. Horror misturado com nojo e preocupação.

“Mas que porra é essa?”, Olga perguntou, limpando o lugar onde a mão do Homem de Negro a tocou.

Tentei não olhar para ela por um momento, me perguntando se lhe contava a verdade. Mas minha amiga era como Massimo quando o assunto era descobrir a verdade: inabalável, insistente, curiosa e difícil de se livrar.

“Laura!”, ela rosnou, “estou falando com você!”

Ah, Deus, eu me sentia encurralada novamente. Mais um dia com muita informação, curiosidades e situações que preferiria evitar.

“Ele sabe”, soltei, olhando para Olga. “Ele sabe sobre o Adam.” Ela respirou fundo e ficou com a cara vermelha. “Antes que você comece a gritar, ele não soube por mim.” Depois dessas palavras, seu rosto adquiriu um tom esbranquiçado. “Comece a respirar, Olga, vou te contar tudo.”

Ela começou a bater com a testa na mesa, na qual os copos e os pires chacoalharam. Coloquei a mão no lugar onde Olga batia para amortecer o impacto.

“Pare com isso, merda, não aconteceu nada!” Olhei em volta, sussurrando em tom conspirativo. “Mas é melhor você saber o que a porra do seu amante estava planejando.”

Olga se ergueu e ficou imóvel, fechando os olhos com força.

“Ei, pare com isso, pior não vai ficar.”

Contei a ela tudo que fiquei sabendo pelo Homem de Negro, o que explicava o comportamento esquisito dele com Olga no restaurante. Esquisito e bizarro, já que o *don* nunca dedicara a Olga nenhum afeto em especial. Massimo a respeitava e sabia que eu não poderia viver sem ela, mas acho que também sentia um ciúme irracional que o impedia de simpatizar com ela. Mas depois do que Olga fez por Domenico, isso mudaria. Sua atitude para com ela deu um giro de cento e oitenta graus.

“Bom dia”, ouvi atrás de mim e olhei para o rosto apavorado de Olga.

“Ainda mais essa... merda!”, ela rosnou, olhando para meu belo irmão parado atrás de mim.

Eu me levantei e me joguei nos braços de Jakub, me esquecendo de que ele uma vez tinha transado com a minha amiga.

“Olá, caçulinha”, ele disse, me abraçando. “Seu namorado me tirou da cama e um dos gorilas dele me trouxe aqui me arrastando pela neve.” Ele se sentou ao meu lado e virou para o lado esquerdo. "Oi, Olga, minha querida, como você está?" E passou a mão suavemente sobre sua coxa, sorrindo feito um bobo.

"Jakub, pega leve", grunhi.

Ele cravou os olhos na minha barriga.

"Puta merda! Mamãe não estava mentindo!" Sentei na cadeira, fazendo uma caretinha. "Cacete! Eu vou ser tio... mas isso não é nada, porque você vai ser mãe e isso é que é foda!"

Eu também fiquei olhando para a minha barriga, a qual Jakub encarava. Na verdade, com a camiseta muito apertada que eu estava usando, minha barriga, que antes era perfeitamente reta, não parecia mais tão reta assim.

"Vou para a academia, vou correr", anunciou Olga, afastando-se da mesa.

"E por que você está mentindo?", meu irmão perguntou. "Fale a verdade, fale que você vai botar chifres com maestria em alguém."

Meu Deus, vai começar!, pensei, revirando os olhos.

"Adivinhou." Olga bateu palmas com sarcasmo. "Mas, infelizmente para você, não é você quem vai experimentar a minha maestria."

Depois de trocarem farpas, Olga foi correr, coisa que não combinava mesmo com ela, e Jakub focou sua atenção em mim.

"Então é assim? Gravidez, marido, mudança... Que mais?" Jakub começou a conversa, mexendo o café. Eu estava nervosa, passando a mão na barriga. "Ah! E a *cosa nostra?* Tinha me esquecido do mais interessante!"

Levantei os olhos, fitando-o com horror enquanto ele bebia seu café, sorrindo charmosamente. Seus ombros largos de nadador tremiam de tanto que Jakub ria. Ele pousou a xícara e cruzou as mãos atrás da cabeça.

"Irmã, dava para perceber desde o início e, além disso, tenho o Google, e seu marido não é anônimo."

"Meu Deus!", sussurrei, afundando o rosto nas mãos. "Papai e mamãe sabem?"

"Você é burra ou o quê? Claro que não. Talvez eles suspeitem de algo. Além disso, venho me ambientando na área financeira de uma das empresas do Massimo há algum tempo, e já dava para perceber um pouco do que se tratava."

"O quê?!", disse um pouco alto demais, chamando a atenção dos fregueses das mesas ao lado. "Você está trabalhando para ele?"

"Eu lhe presto uma consultoria, mas não vamos falar nisso. Melhor me dizer como você se sente e o que aconteceu em casa."

Conversamos por um longo tempo e, como já havíamos terminado o café da manhã, fomos para a suíte. Havia muitas coisas para falar e muito pouco tempo, e meu irmão bonitão acabou sendo bastante protetor em relação à irmã grávida.

"Vamos almoçar juntos?", perguntei quando já estava ficando tarde.

"Acho que jantar, porque agora você tem de se arrumar. Pego você por volta das sete. As lutas começam às oito da noite." Arregalei os olhos enquanto Jakub terminava de falar.

"Como é? Você vem nos buscar?"

"Massimo me disse para levar vocês e ele depois nos alcança porque tem uma reunião."

Fiquei triste, não pela primeira vez e, provavelmente, não pela última. De novo uma reunião, e de novo era outra pessoa que me levava para onde eu deveria ir com Massimo. Eu não estava muito empolgada com as lutas sem ele, porque foi o Homem de Negro quem me inspirou a me interessar mais por aquilo.

Meu irmão foi embora e liguei para Olga, descobrindo que ela havia marcado cabelo e maquiagem para matar o tempo. Tive uma hora para tomar banho e vasculhar minha bagagem em busca de uma roupa para a noite. Sentei na frente das malas, tirando para fora seu conteúdo. Eu nunca tinha ido a esse tipo de espetáculo, então não tinha ideia se era para usar um vestido com penas ou se bastaria um jeans. Em certo momento, me ocorreu uma boa ideia — preto. Não importava o que eu estivesse vestindo, se fosse preto, ficaria perfeito.

Peguei minhas botas Manolo Blahnik pretas de cano alto na mala, combinei-as com uma calça de couro da mesma cor, que mais parecia uma legging, e uma camisa preta larga Chanel, que escondia perfeitamente a gravidez. Satisfeita com minha decisão rápida, fui tomar banho. Depois vesti um conjunto de lingerie de renda preta e coloquei um roupão de banho por cima.

As maquiadoras e os cabeleireiros terminaram por volta das seis horas. Quando eles saíram, me olhei no espelho. Eu estava ótima. Os apliques foram perfeitamente transformados numa linda trança grossa, e a maquiagem cinza esfumada combinava muito bem com as roupas selecionadas. Tirei meu roupão branco e peguei minha blusa para vestir, mas coloquei-a de volta no lugar um pouco depois ao ouvir a voz da minha amiga.

"Me ligue quando aquele seu irmão bundão chegar", disse Olga, saindo do quarto. "E vista suas roupas, você fica aí desfilando nessa lingerie como se quisesse seduzir alguém!"

"Estou me vestindo!", gritei. "Além disso, estou grávida e isso não é sexy."

Olga bateu na cabeça e, segurando a maçaneta da porta, disse:

"Sua babaca, mal dá pra ver essa gravidez, você está mais magra do que eu e, pelo que eu sei, não estou esperando um filho. Vista-se e me ligue."

Fechei a porta e apaguei as luzes, em seguida, coloquei "Silence" para tocar e pus meus fones de ouvido. Eu tinha tempo e, pra falar a verdade, não estava com pressa de ir a lugar algum. Fiquei na escuridão, olhando pela janela a neve caindo, tão espessa que quase obscurecia o cais.

A música tocava novamente quando um dos fones de ouvido saiu do lugar e foi substituído por um suave sotaque britânico.

"Meus", disse Massimo, deslizando as mãos dos meus quadris até a barriga e acariciando o tecido. "Não se preocupe", ele sussurrou, colocando o pequeno fone de volta no meu ouvido.

A maravilhosa voz feminina ecoava na minha cabeça, mas eu não conseguia me concentrar nela, desorientada com a situação. De repente, senti um lenço delicado cobrir meus olhos e descansei a mão contra o vidro, me apoiando. Eu estava cega e surda, desarmada. Ainda de pé atrás de mim, Massimo tirou o celular da minha mão e o colocou entre meus seios, prendendo-o no sutiã. Então ele me virou vigorosamente e ergueu meus braços acima da cabeça, segurando-os com uma só mão. Mordeu meus lábios suavemente, deslizando sua língua entre eles. Abri minha boca e esperei que ele me beijasse, mas não aconteceu. Senti seus dentes morderem meu queixo, meu pescoço, minha clavícula até chegarem ao meu mamilo. Massimo o friccionava através da renda do sutiã, mordendo e lambendo alternadamente. Eu gemia enquanto tentava me libertar, mas o aperto em meus pulsos aumentou. Com a mão livre, ele acariciou a parte interna das minhas coxas, abrindo-as. A música tocava, me confundindo enquanto Massimo beijava meus seios e introduzia os dedos em mim.

Em certo momento, eu só sentia a fricção rítmica no meu clitóris, então, sem eu esperar, ele enfiou a língua profundamente em minha boca, libertando minhas mãos ao mesmo tempo. Me beijou e eu pressionei meu rosto com vontade contra o dele. Deslizei as mãos em seus ombros nus enquanto nossas línguas continuavam a dançar. Movi-as mais para baixo e fiquei surpresa ao descobrir que Massimo estava despido. Com suas mãos sob minha bunda, ele habilmente me levantou, me carregando pela sala.

"Massimo", eu disse, sem ouvir o som de minhas próprias palavras, abafadas pela música. "Eu quero..."

"Eu sei o que você quer", ele sussurrou de novo em minha orelha. "Mas você não vai ganhar, então não fique pensando nisso." Pondo o fone de ouvido de volta na minha orelha, ele me deitou no colchão macio.

Massimo tirou o celular dos meus seios e o colocou ao lado. Depois tirou uma alça do meu ombro, depois a outra, até que meus seios ficaram livres. Ele os mordia com força e brutalmente, chupava, acariciava e fazia círculos com os dedos. A música pulsante estava começando a me irritar enquanto a sensação se espalhava por cada centímetro do meu corpo. Eu sabia que estava ofegante e gemendo mais alto do que o normal, mas, sem ouvir a intensidade da minha própria voz, não me importava com nada. Os lábios de Massimo viajavam pelo meu ventre, alcançando a renda da calcinha. Abri mais as pernas, dando a ele um sinal claro de que a provocação tinha terminado e de que ele deveria se ocupar comigo com seriedade. Infelizmente, tudo que senti foi sua respiração quente. E eu percebi quando ele se levantou e se afastou.

Queria tirar a faixa e os fones de ouvido, mas sabia que me arrependeria. Não porque meu marido fosse me punir, mas porque eu estragaria a surpresa. Enquanto eu estava deitada, confusa, senti sua mão voltar delicadamente meu rosto para o lado, e seu pau duro passava pelos meus lábios entreabertos. Eu gemia de prazer e o agarrei com força, chupando e lambendo como uma louca. Seu sabor era perfeito e o cheiro me deixava sem fôlego. Eu não tinha ideia se estava bom para Massimo, nem mesmo o que ele estava fazendo até que suas mãos foram parar nos meus cabelos. Eu gostava quando ele me guiava, conduzia minha boca do jeito que ele gostava e tinha certeza de que o estava levando à loucura.

Passado um tempo, Massimo tirou a mão da minha cabeça e me moveu de um jeito que eu fiquei completamente reta. Ele se colocou por cima de mim e encostou seu pau nos meus lábios. Eu os abri com obediência e bastante satisfeita. Os quadris do Homem de Negro marcavam o ritmo da penetração em minha boca e, enquanto isso, ele foi descendo, passando a boca pela minha barriga e cada vez mais para baixo, alcançando logo depois meu clitóris pulsante. Suas mãos compridas deslizaram minha calcinha quase até os tornozelos, e quando me livrei dela, abri as pernas ao máximo. Nos encaixamos, eu estava sufocada por sua ereção poderosa e comecei a gritar quando Massimo passou a me lamber com avidez, colocando dois dedos dentro de mim. Então ele rolou de costas, me puxando, de forma que agora eu estava por cima. Apoiei o cotovelo em sua coxa e agarrei seu pau duro com vigor. Rápida e brutalmente, comecei a mover minha mão para cima e para baixo, sentindo que sua pica ficava cada vez mais dura. Massimo não me deixava para trás, ele me mordia e chupava enquanto aumentava a fricção, e enfiou outro dedo. Ele me comia com a língua e os dedos, me levando à beira do gozo. Eu adorava essa posição. O 69 sempre me proporcionou duas sensações que eu amo: poder e prazer.

Senti meu ventre queimando e todos os meus músculos aos poucos começaram a se contrair. Minha respiração acelerou e os movimentos de Massimo dentro de mim se intensificaram quando ele sentiu que eu estava quase gozando.

"Não!", gritei, arrancando a faixa dos olhos e os fones das orelhas. Senti o orgasmo indo embora e o Homem de Negro me olhou surpreso, sorrindo um pouco. "Eu quero te sentir", falei.

Não precisei dizer duas vezes. O *don* me tirou de cima dele e enfiou e tirou seu pau de mim só para brincar com minha boceta completamente molhada.

"Me coma, estou implorando!", sussurrei, agarrando seus cabelos e pressionando seus lábios com força contra os meus.

Ele gostou de ouvir isso. Massimo adorava sexo brutal, adorava quando eu era promíscua e vulgar. Ele se endireitou, ajoelhando-se, então agarrou minha perna, colocando-a em cima de seu ombro, virou meus quadris ligeiramente e meteu de novo em mim com uma força tremenda. Seu pau alcançou a parte mais profunda da minha feminilidade e sua mão esquerda começou a apertar aos poucos meu pescoço. Ele deslizou o dedo indicador para dentro da minha boca e, quando sentiu que comecei a chupá-lo, passou a me comer com um rugido selvagem.

Depois de alguns minutos, senti que eu estava prestes a gozar. A neve caía lá fora, o quarto estava escuro e tudo que eu podia ouvir era minha própria respiração entrecortada e os sons abafados de Delerium vindo dos fones de ouvido ao meu lado. Cheguei a um gozo longo e poderoso, cravando as unhas na coxa dele. Quando pensei que o prazer estava indo embora, Massimo caiu sobre mim e mais uma vez me levou ao orgasmo, esfregando-se contra meu clitóris intumescido.

Ficamos deitados ali por vários minutos, ofegantes e suados, tentando recuperar o fôlego.

“Ah, eu tinha me penteado”, disse com tristeza quando estava quase recuperada. “E maquiado...”

“Mas estava insatisfeita.” Ele beijou minha testa, com a respiração ainda ofegante. “Além disso, você está incrivelmente perfeita! Já está tarde, temos de nos aprontar.” E desapareceu no banheiro.

Seu hipócrita, pensei, mal caminhando e com as pernas moles em direção ao espelho. Quando parei na frente dele, senti raiva. Bem como pensei! Enquanto a maquiagem, digamos, ainda se mantinha no lugar, o cabelo, definitivamente, não. Peguei o telefone, rezando para que o cabeleireiro do hotel estivesse disponível. Por sorte, ele estava. Cinco minutos depois, a trança estava sendo refeita enquanto o rapaz olhava para mim de forma estranha.

Massimo, por sua vez, terminava de tomar banho e falava ao celular, andando pela sala e gritando alguma coisa em italiano. Agradeci ao meu salvador e vi o Homem de Negro, que continuava ao telefone, pagar-lhe antes de fechar a porta, quase empurrando o cabeleireiro para o corredor.

Capítulo 13

"Sejam bem-vindos!", saudou a garota na entrada lateral para o salão, erguendo a mão.

A neve caindo quase a cobria por completo. Ela vestia um agasalho de treino, uma jaqueta e se comunicava com um fone de rádio no ouvido, no qual gritava algo de vez em quando. Olhei em volta e vi filas enormes de pessoas esperando para entrar. Fiquei feliz por não ter de ficar lá fora. Massimo segurava minha mão e me puxava para a porta. Atrás de nós, caminhavam pela neve Domenico, Olga e meu irmão — que claramente irritava os dois amantes com sua presença.

Uma jovem pôs em meu braço uma pulseira com a inscrição VIP e me mostrou o caminho. Entramos por um corredor estreito, que logo se transformou em uma sala maior. Lá havia garçons com bandejas repletas de taças de champanhe e algumas garrafas em *coolers*. Aperitivos, pratos quentes e muitas sobremesas: por um momento, pensei que havíamos nos enganado em relação ao evento, mas, quando o programa das lutas chegou às minhas mãos, eu sabia que estávamos onde deveríamos estar.

Olga caminhou descontraída para o centro do salão, pegando duas taças de champanhe e bebendo uma imediatamente.

"O que você tem aí?", ela perguntou, tirando das minhas mãos o programa com as fotos dos participantes. "Vamos ver esses tesudos."

Com uma taça nas mãos, e murmurando de vez em quando, Olga folheou as páginas com satisfação. Eu me voltei para meu marido, absorto numa conversa com Jakub e Domenico. Tentei ouvir o que eles sussurravam de forma tão conspiratória, mas, infelizmente, eles baixaram bem o tom, de modo que não conseguia entender uma palavra. Então Olga deu um grito, e nós quatro olhamos para ela, que estava junto à mesa de coquetéis e meio espantada. Minha amiga depois fez a cara mais boba do mundo, tentando fingir que o grito assustador não tinha sido nada demais.

"Ei, não foi nada! Eu só fiquei animada com o programa das lutas."

Olga deu de ombros e caminhou até mim, me arrastando para outra mesa.

"Olhe só que merda!" Ela apontou para a penúltima página.

Encarei a foto do lutador e fiquei petrificada. A foto mostrava Damian, meu ex-namorado. Peguei o folheto e olhei para ele, sem acreditar no que via. Infelizmente, não importava o que eu via ou não: meu ex lutaria naquele dia, e não havia como ignorar. Vendo que Olga estava me encarando com seu olhar alegre, engoli em seco o caroço que crescia na minha garganta de modo que, enfim, consegui fazer minha voz sair:

"E por que você está tão feliz, sua imbecil?", perguntei, entregando a ela o programa. "Admita: você sabia disso, não é?"

Olga se afastou um pouco e cautelosamente ficou do outro lado da mesa, tomando um gole da taça.

"Um passarinho me contou...", ela murmurou e sorriu.

"E por que você não me contou?" Apertei os olhos, mirando-a com raiva.

"Porque assim não viríamos de jeito nenhum, e eu queria muito ver o espetáculo." Olga veio até mim e colocou a mão no meu ombro. "Além disso, Laura, há milhares de pessoas aqui, não há chance de você se encontrar com ele."

Baixei a cabeça e olhei para a foto de Damian de novo, dessa vez focando no visual daquele homem. As legendas descreviam suas realizações até o momento, recordes e sucessos profissionais nos circuitos internacionais. Fiquei enternecida enquanto lia, e as memórias inundaram minha cabeça. Lamentavelmente, não podia falar mal dele, porque todas as recordações eram boas e legais. Lamentavelmente... porque seria bem melhor para mim não gostar dele naquele momento.

"Você aposta que Damian vai ganhar?", ouvi uma voz bem perto do meu ouvido e enrijeci. "O adversário dele é forte lutando no chão, pode ter problemas com ele."

Jesus, no chão?!, pensei. Quando Damian me apresentou ao mundo do MMA, eu também tinha problemas. Balancei a cabeça como se para afugentar pensamentos impertinentes e me virei para o Homem de Negro com um sorriso bobo.

"Acho que ele vai ganhar", respondi confiante, beijando-o suavemente. "Vai acabar com o adversário com uma guilhotina ou uma chave de braço. É um *grappler*, então vai procurar decidir no chão mesmo." Sacudi os ombros, com um sorriso malicioso nos lábios.

Massimo ficou de boca aberta e olhou para mim com surpresa.

"O que você disse?", ele riu, balançando a cabeça. "Meu bem, será que tem alguma coisa que eu precise saber?"

Mantive-o em suspense por um momento, me gabando do meu próprio conhecimento.

"Você precisa saber que eu sei ler." Mostrei a Massimo o folheto que estava segurando, apontando para a nota do perfil. "Parece que é isso que ele faz."

"Dizem que ele apostava em você...", disse Olga em polonês com uma cara séria, olhando para mim.

Ignorei seu comentário e peguei a taça de suco que Massimo pôs ao meu lado. Tomei um gole, fingindo indiferença, embora tenha estremecido por dentro com a lembrança do lutador que eu estava prestes a ver em combate.

Uma garota da equipe veio até nós, apontando um caminho mais ao fundo do corredor. Entretidos, fomos percorrendo corredores largos até que, em algum ponto, passando por um portão de metal, entramos no lugar onde ficava a arena. Olhei em volta e fiquei estarrecida: o lugar era enorme, arquibancadas de dois andares circundavam inteiramente o ringue, no chão havia cadeiras agrupadas em vários setores e, no centro, o octógono. Senti meu estômago revirar e minha mão inconscientemente apertou o braço de Massimo com mais força enquanto eu me lembrava da jaula. Era muito maior do que a que tínhamos na mansão, mas isso não tinha importância. A lembrança da tela e as possibilidades que ela oferecia me fizeram esquecer de quão sexualmente saciada eu estava, e, de repente, senti uma necessidade doentia de trepar. *Meu Deus! Por causa dessa gravidez, vou acabar morrendo de tanto trepar!*, pensei, olhando para meu marido com os olhos apertadinhos.

Massimo me observava com calma, penetrando em cada pensamento sujo que circulava em minha mente. Ele sorriu e mordeu suavemente o lábio inferior, como se soubesse com detalhes o que se passava pela minha cabeça. Encostou seus lábios nos meus e, ignorando a mulher parada ao lado dele, deslizou sua língua para dentro da minha boca. Joguei os braços em volta do seu pescoço, permitindo que ele me beijasse mais fundo e com mais força.

Ficamos ali por um momento até que meu irmão revirou os olhos e seguiu a mulher que tentava indicar nossos lugares. Todos os três sumiram, deixando-nos sozinhos, e quando minha necessidade exibicionista de amor foi acalmada, fomos em direção à jaula.

Não foi nenhuma surpresa para mim estarmos sentados na primeira fila. Seria mais estranho se nos sentássemos em outro lugar. No entanto, fiquei surpresa com o fato de Olga se sentar ao meu lado e Domenico e Jakub ao lado de Massimo. Eles estavam envolvidos em alguma conversa conspiratória novamente, então percebi que não era bem uma reunião social e nem tentei bisbilhotar.

As duas primeiras lutas foram longas e fascinantes; a brutalidade de um esporte como o MMA era emocionante. Apesar de ter regras claras, às vezes parecia não haver nenhuma. Após a terceira luta, anunciaram um intervalo de quinze minutos, e aproveitei para fazer uma visita ao banheiro. Puxei Olga e obedientemente informando ao meu marido aonde íamos, partimos em busca de um banheiro. Massimo queria ir conosco, mas o presidente da federação que organizava a luta apareceu para me salvar e o reteve numa conversa. Fomos apenas apresentados socialmente e Olga e eu corremos para a saída que dava no salão.

Quando o segurança viu a pulseirinha VIP, deixou-nos passar por todas as entradas até que, para meu horror, descobri que não tinha ideia de onde estávamos.

"Laura, para onde você está me arrastando?", Olga perguntou, olhando de um lado para o outro. "Isso aqui não parece ser um banheiro."

Olhei em todas as direções e, fazendo uma careta de raiva, concordei que ela tinha razão. Estávamos paradas num corredor que estava vazio, então não havia nem a quem pedir informações. Tentei girar a maçaneta da porta pela qual chegamos ali e fiquei desapontada ao descobrir que ela havia travado. Para abri-la do nosso lado, era necessário um cartão magnético.

"Vamos", falei, arrastando minha amiga. "Em algum lugar vamos acabar chegando."

Depois de um tempo perambulando e passando por algumas portas, fomos parar nos bastidores do evento. A equipe organizadora corria com fones de ouvido, gritando num rádio. Alguém estava sentado no chão, olhando para o monitor enquanto comia um sanduíche, outros fumavam. Fascinada, diminuí o ritmo, observando aquele caos planejado. Passamos por homens vestidos com camisetas idênticas, com o logotipo das empresas e do organizador. *Devem ser os treinadores*, pensei. Adiante estavam os camarins dos artistas que atuavam na abertura e das meninas que mostravam o número dos rounds nos intervalos. As Garotas do Octógono — essa era a inscrição que estava na porta de seu vestiário — eram fenomenais: graciosas, atléticas, beldades de cabelos compridos, sorrindo com dentes que pareciam pérolas. Era bom olhar para elas enquanto retocavam a maquiagem e pintavam os lábios, aproveitando o intervalo de quinze minutos. A gerente ou responsável delas corria à sua volta gritando loucamente, mas elas pareciam ter profundo respeito por essa mulher e não revidavam os ataques de loucura. *Que mulherzinha nojenta!*, pensei, olhando para ela. *Deviam acalmá-la à força, até porque são em maior número. Que cadela malvada!*

"É aqui!", Olga gritou ao ver a inscrição WC. "Eu vou primeiro porque estou apertada depois de todo esse champanhe."

Depois de cuidarmos das nossas necessidades fisiológicas, decidimos perguntar a alguém da equipe como voltar ao nosso lugar. Olhei em volta para as placas apontando para o escritório. *Com certeza alguém ali vai nos ajudar*, pensei enquanto me virava. Dei um passo e a porta ao meu lado se abriu e um cara enorme com uma barba enorme surgiu na nossa frente. Quase pulamos para trás de susto. Antes que a porta do vestiário de onde ele saiu se fechasse, meus olhos cruzaram um olhar conhecido. Fiquei paralisada.

"Puta merda!", sussurrei totalmente paralisada quando a porta se fechou com um estrondo. "É o..."

Fiz uma pausa, a porta se abriu mais uma vez e Damian ficou ali parado, confuso.

"Eu não acredito!", ele disse, balançando a cabeça. "Você finalmente voltou."

Ele me puxou e me abraçou com força, e eu fiquei pendurada como uma boneca em seus braços poderosos. Minha amiga estava petrificada. Em vez de me salvar, Olga ficou de boca aberta e eu só rezei para não ver Massimo atrás dela logo depois.

"Eu te escrevi tantas vezes pedindo para nos encontrarmos, e você agora está aqui." Ele respirou fundo, me colocando no chão. "Você mudou... E esses cabelos!" Passou suas mãos enfaixadas pelo meu rosto.

"Oi!", foi o que deixei escapar, porque não conseguia pensar em nada mais inteligente. "Você parece bem."

Quando terminei de dizer isso, dei um tapa na minha cabeça com força: *Deus, eu queria acreditar que era só isso, embora, na verdade, ele pareça divino.* Olga ria ao meu lado, até que seu ex-amante também apareceu na porta.

"Porra!", gemeu, como se tivesse sido atingida por um raio.

Nós quatro estávamos na entrada do vestiário e eu me perguntava se queria morrer ali, naquela hora, ou se queria matar Olga. O momento de silêncio constrangedor foi interrompido por um menino com fones de ouvido gritando:

"Três minutos para entrar no ar!"

"Temos de ir", anunciou Olga, me puxando com ela.

O amigo de Damian também o agarrou, puxando-o para dentro.

"Boa sorte!", sussurrei enquanto Damian desaparecia atrás da parede.

Nós duas quase corríamos, ignorando o escritório que originalmente havia sido nosso destino. Atordoadas, sem dizer uma palavra, voamos pelo corredor até chegarmos à arena principal.

Me encostei na parede, tentando acalmar minha respiração, e olhei para Olga, que ofegava na minha frente.

"Milhares de pessoas, certo? E ele não vai nos encontrar, não é?!"

Minha amiga tentou mostrar arrependimento, mas sem sucesso. Em vez disso, começou a rir.

"Mas ele é um puta gato!", Olga gemeu, lambendo os lábios. "Você viu que grandão que ele é e como Kaspar está bonito...?"

"E nós estamos pegando fogo!", eu ri.

Não acreditava no que tinha acontecido um momento antes, mas, por outro lado, concordei 100% com ela. Os dois não pareciam deste mundo.

Voltamos aos nossos lugares, e encontramos o olhar de desaprovação de Massimo.

"Onde você esteve esse tempo todo? Os seguranças estavam procurando por você", ele falou entredentes.

"É um espaço enorme, nos perdemos", olhei para ele me desculpando e o beijei suavemente. "Sua filha queria ir ao banheiro." Segurei a mão dele, colocando-a na minha barriga.

Era minha maneira de lidar com Massimo, não importa o que acontecesse. Sempre que mencionava o bebê, ele se acalmava e parecia esquecer sua raiva. Dessa vez também foi assim; seu olhar furioso se derreteu como um sorvete ao sol, e um sorriso tímido dançou em seus lábios.

Eu me lembro das lutas seguintes como se estivesse no meio de um nevoeiro, porque sentia um forte aperto no estômago, à espera da penúltima luta da noite. Quando finalmente anunciaram seu nome, quase dei um pulo. As luzes se apagaram e ressoou a conhecida música "O Fortuna", da ópera *Carmina Burana*. Todo o meu corpo ficou arrepiado, e os músculos do meu abdômen ficaram tensos. Tinha uma lembrança nítida dessa peça e das ocasiões em que a ouvi.

Dei uma espiada com o canto do olho para o Homem de Negro; ele olhava para a saída dos lutadores sem saber de nada. Olhei para Olga e ela me encarou com uma sobrancelha levantada. Eu conhecia bem aquele olhar zombeteiro e estava bem ciente de que ela sabia exatamente o que eu estava pensando naquele momento. As luzes piscaram e Damian apareceu a caminho da jaula. Ele caminhava com firmeza, de vez em quando relaxando os ombros, seguido por Kaspar e o restante dos treinadores. Eles o despiram e um momento depois pudemos admirar aquele gladiador circulando pelo octógono. Damian ergueu o braço para cumprimentar a multidão e ficou ao lado de uma das vigas da jaula.

A mão de Olga apertou a minha enquanto eu tentava, o mais desapaixonadamente possível, observar aquela montanha de músculos parada a alguns metros de mim. As luzes dos refletores diminuíram mais uma vez e outra música começou. Damian se aqueceu no lugar, esperando seu oponente, e tive a impressão de que seus olhos, vagando pela multidão, estavam me procurando.

Em nosso rápido encontro, nem tive oportunidade de lhe explicar o que estava fazendo ali ou de anunciar que era casada e que estava à espera de um filho.

Uma das belas garotas circulou pela jaula mostrando a placa que dizia "Primeiro Round", e o gongo anunciou o início da luta. Eu estava nervosa, e acho que dava para perceber, porque Massimo acariciou delicadamente minha perna. Primeiro, os dois homens trocaram alguns golpes, então Damian agarrou seu oponente e o derrubou no chão da jaula. A multidão aplaudiu quando Damian se sentou sobre ele e começou a socá-lo com os punhos numa velocidade mortal. Passado algum tempo em que a cabeça do outro era batida compassadamente no chão, o juiz investiu contra Damian, bloqueando seus movimentos e anunciando o fim do duelo. Quase todos então se levantaram de suas cadeiras, aplaudindo o vencedor que no auge da alegria saltou pela lateral da jaula e, erguendo as mãos em triunfo, sentou-se na beirada.

De repente, Damian me viu sentada na plateia e ficou parado por alguns segundos, novamente me deixando paralisada. Fiquei imóvel olhando para ele, enquanto ele pulava do vão e corria em minha direção, chegando ao meu lado em um segundo. Massimo, que estava ocupado falando sobre o nocaute excepcionalmente rápido, nem percebeu quando o brutamontes, num piscar de olhos, surgiu a apenas alguns centímetros dele. Damian estava ofegante, e eu afundava cada vez mais na cadeira tentando inutilmente me esconder. Então o Homem de Negro se virou e se levantou, seguido por Domenico e Jakub. Consternado, o lutador olhava para mim e para Massimo, até que, depois de longos segundos, o segurança fez sinal para que ele voltasse à jaula para o anúncio do resultado. Damian levou a luva à boca e, olhando para mim, me mandou um beijo silencioso, depois ergueu as mãos gritando mais uma vez. Houve um aplauso estrondoso enquanto a montanha de músculos à minha frente voltava ao octógono sem tirar os olhos de mim.

Me sentei pregada na cadeira e tive medo de olhar para o lado, sentindo o olhar do meu marido me queimando.

"Você pode me explicar o que aconteceu aqui?", ele soltou entredentes, sentando-se.

"Não", eu disse brevemente, não querendo provocar uma discussão. "Estou cansada, podemos ir embora agora?"

"Não, não podemos." Ele se virou para Domenico e disse algo, depois o caçula se levantou e caminhou em direção à saída.

Eu me virei para Olga, esperando apoio, mas só encontrei uma cara de boboca, que mostrava que ela estava tentando conter uma risada.

"Olga, porra!"

"O quê?" Ela não aguentou e começou a rir toda nervosa. "Não é minha culpa se estamos na primeira fila e seu ex-namorado tentou beijar você na frente do seu marido gângster." Ela ria ainda mais. "Aliás, alguma coisa me diz que essa vai ser uma viagem e tanto!"

Eu a encarei com um olhar cheio de ódio, mas Olga olhou para algo atrás de mim, me ignorando.

"O seu marido, daqui a pouco, vai me queimar com o olhar. Não sei bem o que vou fazer."

Virei a cabeça, encontrando os olhos flamejantes de Massimo, e ele até tremia de tanta raiva. Engoliu em seco tão alto que, apesar da barulheira no salão, pude ouvir claramente. Sua mandíbula se contraía ritmicamente, quase rasgando seu rosto, e fechou as mãos.

"Você me excita quando fica bravo", eu disse, me inclinando para ele e acariciando seu joelho. "Mas não me impressiona e não tenho medo de você, então pode parar com isso agora." Levantei as sobrancelhas e neguei com a cabeça algumas vezes.

O Homem de Negro olhou para mim impassível por um momento, depois se inclinou e apertou minha coxa.

"E se eu trouxer para você a mão esquerda dele, que usou para te mandar o beijo, você vai ficar impressionada ou não?" Seus lábios se curvaram num sorriso malicioso e eu enrijeci. "Foi isso que eu pensei, pequena." Ele acariciou meu rosto com o polegar. "Essa é a última luta e depois acabou-se a festa. Espero que você não esteja planejando mais excessos." Massimo se afastou de mim, encostou-se na cadeira e olhou para Damian enquanto ele saía do ringue.

Massageei as têmporas, me perguntando, e não era a primeira vez, se Massimo estava falando sério ou apenas tentando me assustar. E mais uma vez cheguei à conclusão de que era melhor não verificar qual seria o limite do meu marido. Eu nem sequer olhei para o meu ex.

Quase não assisti à última luta, pensando no que aquela noite ainda me reservaria. Eu não estava com vontade de ficar para a festa e queria saber como cair fora. E então me ocorreu algo.

"Querido", me virei para meu marido enquanto caminhávamos pelo corredor em direção à saída depois que a luta acabou. "Não estou me sentindo bem."

O Homem de Negro ficou imóvel e me olhou assustado.

"O que está acontecendo?"

"Nada." Coloquei a mão suavemente sobre o ventre. "Mas estou meio fraca e queria me deitar."

Massimo assentiu com a cabeça e segurou minha mão com força, movendo-se mais rápido em direção ao carro em que Sebastian nos aguardava.

Entramos acompanhados de Olga e Jakub. Algum tempo depois, Domenico se juntou a nós, sentando-se bem ao lado de Olga, como se demarcasse o território.

Ele começou uma discussão com o Homem de Negro, da qual o *don* evidentemente não gostou, pois logo depois Massimo gritou alguma coisa e socou com o punho no assento, fazendo toda a limusine tremer. O jovem italiano, porém, não desistiu, claramente pressionando Massimo.

"Eu tenho de voltar lá e ficar um pouco na festa", ele disse, enquanto o carro começava a se mover. "Olga vai com você, Domenico já chamou um médico."

"Que porra é essa de médico para você?", Olga gritou em polonês. "Você está se sentindo mal? O que está acontecendo?"

"Meu Deus, estou fingindo!" Revirei os olhos, sabendo que eles não nos entenderiam. "Eu não quero ir lá e encontrar o Damian."

"Eu sabia que conhecia aquele tipo de algum lugar", disse Jakub, divertido. "Bem, talvez seja realmente melhor você não ir à festa."

"Obrigada", respondi, olhando para meu irmão.

"Em inglês", Massimo disse, sem tirar os olhos do celular e da mensagem que digitava. "Devo estar com você em uma hora, fique com Olga até lá. E, se algo acontecer, me ligue." Ele olhou para Olga e minha amiga concordou, séria.

Meu Deus, que farsa!, suspirei para mim mesma e, infelizmente, mais uma vez era eu a mentora e o centro das atenções.

Algum tempo depois, nos aproximamos do final da rua onde ficava a parte mais badalada da cidade. O Homem de Negro me beijou com preocupação, olhando nos meus olhos, e os três homens saíram do carro.

"Puta que pariu, até que enfim!" Olga recostou-se no assento ao meu lado. "Sebastian", ela disse ao motorista, "por favor, vá para o McDonald's. Eu quero comer porcaria."

"Sim!" Levantei o dedo indicador, aprovando a ideia. "Eu também."

Não sei quanto comemos, mas, ao longo de trinta minutos, pedimos três vezes aquela deliciosa porcaria, gotejando gordura. A senhora que nos serviu admirou em particular o meu apetite, sobretudo porque com a roupa que eu usava naquele dia era absolutamente impossível ver que estava grávida.

O motorista estacionou em frente ao hotel e abriu a porta para nós. Caminhamos pelo corredor, acenando com charme para o segurança de Massimo no saguão, o qual deu um pulo ao nos ver. Quase gritamos "boa noite" em coro para ele, que então se sentou e voltou a mexer em seu notebook.

Estávamos perto do elevador e apertamos o botão para chamá-lo. Encostei a cabeça na parede e fiquei esperando. Estávamos cansadas, entupidas de comida e entrando em coma por causa de tanta junk food.

A porta se abriu e, quando levantei os olhos, vi Kaspar saindo do elevador e Damian logo atrás dele, encostado ao espelho. Ao perceber que eu estava perto dele, empurrou o amigo confuso, que voou direto ao encontro da atônita Olga, e me puxou para dentro. A porta se fechou e começamos a subir.

"Oi", Damian disse, tocando levemente minha cabeça.

"Oi!, eu gemi fracamente, sem saber bem o que estava acontecendo.

"Senti saudade." Então suas mãos seguraram meu rosto e ele grudou em mim, tirando meu fôlego.

Comecei a movimentar os braços, tentando me libertar do seu aperto de ferro, mas não consegui. Eu o empurrava para longe de mim e não me dava por vencida. Sua língua abriu minha boca da forma que eu já conhecia e seus lábios acariciaram os meus. Apesar de toda a brutalidade, Damian era terno e extremamente passional. *Ai, meu Deus, me ajude a não retribuir esse beijo*, eu repetia na minha cabeça. Então ouvi o som da porta se abrindo. Senti Damian se afastar de mim e, um momento depois, se estatelar no chão. Virei a cabeça e vi Massimo segurando o corrimão do elevador, dando chutes fortes em seu oponente.

Então Damian se levantou e pulou sobre ele, empurrando-o para o corredor. Aterrorizada, corri atrás deles, mas fui solenemente ignorada. Eles se socaram, se chutaram e, por fim, caíram no chão, onde começaram a lutar. Ora um estava por cima, ora o outro; eles se empurravam e se davam socos na cara, no corpo, chutes com os joelhos. Com certeza não tinham o mesmo peso, mas isso não alterava o fato de o duelo ter sido bem equilibrado.

Eu estava furiosa e com medo, mas não ia intervir, percebendo que no calor da briga eles poderiam me machucar ou, pior, machucar o bebê.

Então Domenico irrompeu pela porta no final do corredor gritando alguma coisa, seguido por nossos seguranças. Eles separaram os dois homens, afastando-os. O Homem de Negro gritava, e Domenico, como uma parede, postou-se à sua frente, explicando-lhe algo com calma. Algum tempo depois, a segurança do hotel chegou em outro elevador e os hóspedes dos outros quartos começaram a espiar assustados.

Os guarda-costas soltaram Damian, que, lançando um olhar furioso para mim, entrou no elevador e desapareceu logo depois.

Domenico se aproximou e, com um gesto amplo, me indicou que entrasse no quarto, empurrando minhas costas com delicadeza. Caminhei em direção à porta, passando por toda a agitação, e meu marido veio atrás de mim.

"Que diabos foi aquilo?!", Massimo gritou, batendo a porta. "Supostamente você estava passando mal!" Ele andava de um lado para o outro pelo quarto, limpando o sangue do rosto. "Saio de uma reunião importante e venho para cá porque estava preocupado e a minha mulher..." Ele parou na minha frente. "Minha mulher grávida está se lambendo dentro do elevador com um idiota qualquer!"

Um rugido raivoso irrompeu de sua garganta, e suas mãos em punhos começaram a bater cadenciadamente contra a parede até que começou a escorrer um fio vermelho.

"Quem é ele, porra?" Massimo se aproximou e agarrou meu queixo, levantando-o com o dedo. "Eu estou perguntando!"

Eu estava com medo. Pela primeira vez em meses eu estava com medo daquele homem. Pela primeira vez, também após muito tempo, me dei conta de quem Massimo era e do seu caráter. Senti meu coração acelerar e minha respiração ficar mais pesada. Eu ouvi um zumbido e meus olhos escureceram. Me agarrei à bainha esfarrapada de sua jaqueta e senti que ele me segurava em seus braços antes de eu cair no chão.

Abri os olhos. Massimo estava sentado em uma poltrona ao lado da cama. Estava claro lá fora e dava para ver a neve caindo através das cortinas abertas.

"Desculpe", ele sussurrou, ajoelhando-se ao meu lado. "Olga me contou tudo."

"Você está bem?", perguntei, olhando para o hematoma em seu rosto e para o arco da sobrancelha cortado.

Ele balançou a cabeça positivamente e pegou minha mão enquanto eu tentava tocar seu rosto. Beijou minha mão sem olhar para mim.

"Ele não sabia que eu tinha alguém", suspirei, tentando me levantar. "Eu também peço desculpas, não sei como chegou a isso." Fechei os olhos, enfiando a cabeça no travesseiro novamente. "O que você estava fazendo no hotel?"

Quando fiz a pergunta, percebi que aquilo tinha soado mal. O Homem de Negro se sentou ao meu lado e seus olhos se estreitaram.

"Se eu não soubesse exatamente o que aconteceu ontem, tomaria sua pergunta de forma bastante errônea." Ele respirou fundo e passou a mão pelos cabelos. "Fui ao clube e me encontrei com quem precisava, mas não pude me concentrar nos negócios sabendo que você estava com problemas, então voltei. Você não estava no quarto, então chamei o motorista, porque você não atendeu o celular." Massimo me fitou, me censurando. "Ele disse que tinha acabado de te deixar no hotel, porque antes você tinha ido comer." Balançou a cabeça. "Saí do quarto para te encontrar e dei com vocês." Suas mãos feridas se fecharam em punhos novamente. "Por que você mentiu para mim?"

Arregalei os olhos para ele, procurando uma boa explicação na minha cabeça, e não consegui encontrar. Então decidi que nessa situação era melhor falar a verdade.

"Era a única maneira de você não me obrigar a ir à festa." Encolhi os ombros. "Eu sabia que poderia encontrar o Damian lá e não queria provocar nada." Cobri a cabeça com o edredom que o Homem de Negro, logo depois, puxou de mim. "E, como você pode ver, ficou ainda pior. Prometa que não vai matá-lo." Meus olhos se encheram de lágrimas. "Estou implorando."

Massimo ficou me encarando sem esconder sua irritação.

"Ainda bem que o médico estava por aí." Ele acariciou meu rosto. "Acho que vou contratá-lo em tempo integral."

"Prometa!", repeti quando ele tentou mudar de assunto.

"Eu prometo", Massimo respondeu, se levantando. "Além do mais, eu não faria isso, porque ele é um dos homens de Karol, e para piorar as coisas, primo dele." Balançou a cabeça, desapontado, e desapareceu na sala de estar.

Eu me estiquei e olhei para o meu relógio; era quase meio-dia. O Homem de Negro voltou e se deitou ao meu lado com o notebook, colocando as pernas dele sobre as minhas.

"Você não parece muito bem. Você dormiu?", perguntei, me virando para encará-lo.

Massimo balançou a cabeça negativamente, sem tirar os olhos da tela.

"Por quê?" Me inclinei mais para perto, abraçando sua cintura.

Ele revirou os olhos e suspirou, deixando o computador de lado.

"Talvez porque minha esposa grávida tenha desmaiado e eu estava preocupado com seu estado." Ele me olhou mais de perto e acrescentou: "Ou talvez porque minha esposa, beijando outro cara, me deixou tão estressado que não vou dormir até o final da semana que vem." Ele franziu os lábios em uma linha fina. "Quer que eu continue?" Massimo pegou o notebook e voltou a ler.

"Você fica tão sexy quando fica com raiva." Depois de dizer isso, minha mão afundou dentro da calça de moletom cinza. "Eu quero chupar você." Quando ele ouviu isso, seus músculos se contraíram e ele mordeu o lábio inferior involuntariamente. "Por favor, *don*, me deixe te fazer um boquete."

Meus dedos acariciaram seu pau, que despertava para a vida, e meus lábios beijaram seu ombro nu e machucado.

"Há algumas horas você estava desfalecendo. De onde vem essa explosão repentina de energia?", ele perguntou enquanto eu abaixava sua calça sem nenhuma pressa.

"Eu tomo uns narcóticos pesados", respondi, me divertindo, puxando as pernas da calça. "Você não está me ajudando." Fiz beicinho e me sentei sobre os calcanhares, deixando os braços caírem em resignação.

Os quadris de Massimo se ergueram, mas ele não tirou os olhos da tela nem por um segundo; ele estava me ignorando. No entanto isso não me incomodou, e depois de algum tempo, ele estava nu da cintura para baixo, exibindo seu pau grosso e ereto, me provocando. Por mais que o Homem de Negro tentasse não demostrar sua excitação, seu corpo o traía.

Enquanto me movia sobre sua perna, me preparando para o ataque, algumas palavras em italiano escaparam da boca de Massimo e, do nada, largando o notebook, ele se levantou. Meus olhos se arregalaram e eu congelei em uma posição sedutora no centro do colchão. Eu o observava com uma leve careta de surpresa enquanto ele vestia a camisa preta que pendia na cadeira.

"Eu preciso fazer uma videoconferência", ele disse, colocando o suporte do notebook para a cama.

Abotoou a camisa e, ainda nu da cintura para baixo, recostou-se confortavelmente, depois ajeitou a câmera de tal forma que apenas uma parte de seu peito, pescoço e cabeça ficassem visíveis. Apertou algumas teclas e um momento depois ouvi uma voz masculina do outro lado. Sentei na cama e observei essa estranha provocação. Meu marido mafioso estava descansando na cama, vestindo apenas uma camisa preta e fazendo negócios com o pau duro, implorando por um belo boquete.

O Homem de Negro pegou os documentos que estavam sobre a mesinha de cabeceira e começou a virar as páginas, de vez em quando os mostrava ao interlocutor; algum tempo depois, os dois estavam imersos na conversa.

Me inclinei, exibindo a lingerie de renda preta, e como um gato engatinhei em direção à sua virilha. Massimo deu uma olhada na minha bunda empinada e pigarreou ligeiramente enquanto continuava a conversa. Eu me movi em direção a seus pés e comecei a beijar e lamber seus dedos, expondo minha bunda bem na altura do rosto dele. Fui escalando mais e mais pela parte interna de suas panturrilhas, abrindo suas pernas centímetro por centímetro. Ele não podia me ver, a tela cobria toda a parte inferior do seu corpo, que agora estava sob meu controle.

Quando alcancei sua ereção vigorosa, revelei minha posição para ele com um sopro suave. Sua mão livre agarrou o lençol, como se Massimo se preparasse para um ataque que não veio. Eu soprava, cutucava-o quase imperceptivelmente com a língua e acariciava sua rola. Depois de alguns momentos, o Homem de Negro colocou os documentos de volta sobre a mesinha e moveu o notebook para que pudesse observar minhas ações. Me inclinei sobre ele, mirando suas pupilas dilatadas, e parei de me movimentar. Ele também estava esperando, e, esperando, não parecia certo de que nada estivesse acontecendo. Recuei um pouco, mudando de posição, e, depois de verificar a amplitude do ângulo da câmera e quanto ela podia alcançar, me deitei ao lado de seu corpo. Peguei sua mão nos lençóis e enfiei sob a renda da calcinha. Os olhos do *don*, fixos na pessoa que ligou, se arregalaram quando sentiu como eu estava molhada para ele. Introduzi seus dedos cada vez mais fundo, esfregando-os primeiro no clitóris e depois empurrando-os para dentro. Eu os acariciava, de vez em quando puxando-os para fora, lambendo-os e colocando-os de volta onde eu queria.

Seu peito começou a subir e descer com ritmo, e seus dedos pararam de obedecer aos meus comandos, indo mais fundo e mais forte dentro de mim. Descansei a cabeça no travesseiro e fechei os olhos, sentindo uma onda de prazer percorrer meu corpo. Eu queria gemer e sabia que acabaria fazendo algum barulho, então peguei seu pulso e me libertei das armadilhas do prazer. O Homem de Negro, sem interromper a conversa ou desviar a atenção do interlocutor, fingiu limpar a boca com a mão molhada, como se estivesse pensando em alguma coisa. Quando o gosto da minha boceta atingiu seus lábios, ele os lambeu e seu pau cresceu ainda mais. Ele abaixou a mão e se aproximou da minha cabeça, agarrando meus cabelos. Gentilmente me puxou em direção à sua virilha, dando um sinal claro de que já tinha sofrido o bastante. Deixei sua mão me guiar para o lugar certo, e, quando me aproximei do seu pau, abri a boca. No momento em que senti seus primeiros centímetros em minha boca e o cheiro do meu homem entrar em minhas narinas, fiquei doida. Engoli o pau inteiro, segurando sua base com brutalidade, movendo a mão para cima e para baixo, seguida de perto pela boca. A mão de Massimo agarrou meus cabelos com força para desacelerar o ataque, mas infelizmente, por estar focado em duas atividades ao mesmo tempo, ele não tinha chance contra mim. Eu chupava forte e até o fim, de vez em quando chupando suas bolas.

Seus quadris começaram a se contorcer nervosamente, seu corpo inteiro ficou tenso e sua voz, presa na garganta. Levantei os olhos e vi meu marido; ele estava suado e claramente se arrependeu de me deixar fazer aquilo. A conversa devia ser muito importante, caso contrário Massimo já teria finalizado a chamada. Eu gostava de atormentá-lo assim, era algo que me excitava ao extremo. Ele estendeu a mão para os papéis mais uma vez e os levou para baixo, de modo que o interlocutor pensasse que estava olhando para eles, enquanto seu olhar caía sobre mim. Ele estava em brasa; suas pupilas negras inundaram completamente seus olhos, e seus lábios entreabertos mal puxavam o ar. Em certo momento, senti a primeira gota, e depois um poderoso fluxo de esperma inundou minha garganta. Massimo ainda estava ouvindo o homem falando no computador e fingindo estar olhando os papéis. Levou tempo para terminar, muito mais do que o normal, e não acho que tenha ficado feliz com isso naquele momento. Quando Massimo terminou, seu corpo relaxou, ele pigarreou e olhou para o interlocutor. Me ajoelhei na frente dele e limpei a boca lambendo meus lábios explicitamente, então me levantei e fui para o banheiro.

Tomei um banho e voltei para o quarto, onde Massimo, preso exatamente na mesma posição, ainda conversava. Eu estava perto do janelão secando meus cabelos com uma toalha, olhando para o mar, quando o cômodo ficou em silêncio. Não tive tempo de me virar para meu marido para ver se ele havia terminado sua reunião quando ele pressionou meu rosto contra o vidro.

"Você é insuportável", disse, tirando meu robe e jogando a toalha no chão. "Sua bundinha vai ser punida por isso." Ele me pegou e me carregou para o sofá. "Você gosta de testar meus limites? Ajoelhe-se!"

Com os seios no braço do sofá, abri bem as pernas enquanto Massimo me encoxava com sua perna direita. Segurei o braço do sofá e fiquei esperando o que estava por vir. Massimo estava em pé ao lado do sofá, esfregando o polegar no meu cu.

"Gosto de você nessa posição", ele disse, me empurrando até que meus joelhos tocassem o braço do sofá. "Relaxe!" Obedeci educadamente e senti seu polegar entrando com violência ali. Eu gritei. "Você não está me ouvindo, Laura", disse, e enfiou mais um dedo na minha bunda. Eu queria me livrar do seu aperto, mas ele me segurou e agarrou meus braços.

"Nós dois sabemos que você vai gostar logo que começar a me obedecer."

Seus lábios tocaram minhas costas nuas e eu senti um arrepio percorrer minha espinha. Massimo soltou meus braços e os dedos de sua mão livre moveram-se para o clitóris e começaram a fazer movimentos circulares constantes ao redor dele. Eu gemia enquanto descansava o rosto no braço do sofá.

"Você mesma está vendo", disse, aumentando a força e a velocidade dos movimentos dentro de mim. "Devo parar?"

"Me coma!", sussurrei.

"Não consigo te ouvir", ele rosnou, enfiando os dedos com mais força em mim.

"Me coma, *don*!"

"Como desejar..." Ele substituiu os dedos pelo pau já duro em um movimento hábil e começou a se mover enlouquecido.

Seus quadris batiam contra a minha bunda e sua mão não deixou de acariciar minha boceta nem por um momento. Eu sabia que não demoraria muito, especialmente porque eu quase tinha gozado quando estava lhe fazendo o boquete. Então seus movimentos pararam, ele me agarrou pela cintura e, me virando, me sentou em seu colo. Abriu minhas coxas e forçou seus dedos no meu rabo.

Eu gritava alto, ignorando por completo a acústica da sala de estar, e sua outra mão começou a massagear pausadamente meus mamilos sensíveis. Agora eu tinha o poder e ditava o ritmo dos meus movimentos. Coloquei as mãos no assento e, me apoiando nelas, comecei a buscar meu orgasmo, me movendo cada vez mais rápido. Eu sabia que não seria capaz de aguentar por muito tempo, e meus braços começaram a tremer com o esforço de suportar meu peso por alguns minutos. O Homem de Negro me agarrou a cintura e, com força, novamente me penetrou.

"Se acaricie!", ele sussurrou em meu ouvido.

E meus dedos começaram a circular pelo meu clitóris. Senti todos os meus músculos ficarem tensos e minha voz sumindo no ritmo frenético da respiração. O Homem de Negro me levantava e me abaixava sobre ele, até que o orgasmo tomou conta de cada parte do meu corpo. Enquanto eu gozava, senti Massimo ejacular em mim, gritando bem alto, o que aumentou meu prazer. Depois de vários segundos, nós dois gozamos e Massimo se virou e deitamos de lado.

Estávamos curtindo aquele momento quando o telefone tocou. O *don* atendeu, respirando fundo. Ouviu por um momento e depois caiu na gargalhada.

"Barulhos?" Ele perguntou com seu adorável sotaque britânico e ficou em silêncio por um momento novamente ouvindo. "Então, eu gostaria de alugar todos os quartos adjacentes ao meu. Por favor, retire os hóspedes e indenize--os pelo transtorno. Pode pôr na minha conta. Obrigado." Ele desligou o telefone sem esperar pela resposta e me puxou para junto dele. "Puritanos", ele bufou, rindo. "Na Itália eles seguiriam nosso exemplo em vez de reclamar na recepção." Ele beijou meu pescoço e meu rosto. "E eu vou comer a minha mulher como eu quiser e ela vai gritar tão alto quanto quiser"

Capítulo 14

Infelizmente não conseguimos aproveitar o espaço adquirido nem a possibilidade de fazer barulho, pois às 17 horas, depois de uma carinhosa despedida de Jakub e de um almoço muito tardio, entramos no avião e voltamos para a Sicília.

Só quando chegamos lá percebi que o Natal seria dali a uma semana. O pessoal do serviço preparou a casa com enfeites e decoração completa. Uma enorme árvore de Natal com milhares de luzes foi colocada no jardim e, nos corredores, as lindas flores frescas foram substituídas por azevinho. Em todo esse ambiente maravilhoso, eu só sentia falta de duas coisas: da neve e dos meus pais.

"Vamos passar o Natal com a família", disse Massimo, pondo de lado a xícara de café. "Por isso, amor, tenho um pedido para você." Ele se virou para mim. "Certifique-se de que tudo esteja do seu gosto. Gostaria que os pratos poloneses também estivessem presentes. Vou trazer um *chef* do seu país, ele chegará em três dias."

Olga largou o jornal que estava lendo e olhou para o *don*, inquisitiva.

"Mas é a família de quem?", ela indagou, tirando a pergunta da minha boca. "Da Máfia, como suponho?"

Massimo riu com ironia e olhou novamente para a tela do computador à sua frente. Eu me balançava na cadeira junto à mesa, devorando mais panquecas de café da manhã, e encarei o Homem de Negro sentado na poltrona junto à mesinha ao meu lado. Desde seu retorno da Polônia, estava estranho, calado, calmo, como se estivesse concentrado. Ele não queria discutir comigo e era quase gentil com Olga. Algo tinha acontecido, mas eu não tinha ideia do quê.

À tarde, enquanto Domenico e Massimo discutiam alguma coisa na biblioteca, peguei meu notebook e saí para o terraço. De repente, Olga apareceu perto de mim com uma garrafa de vinho e um copo de suco.

"O que estamos fazendo?", ela perguntou e sentou-se.

"Você está fazendo o que costuma fazer." Balancei a cabeça, apontando para o álcool. "E eu queria saber como meus pais estão." Fiz uma cara triste. "Não sei o que vou fazer. Por um lado, sei que minha mãe estava certa, mas, por outro, ela não precisava me dizer aquelas coisas." Pressionei o botão para ligar o notebook. "Além disso, ela também tem telefone, poderia me ligar de vez em quando."

"Vocês duas são estupidamente teimosas, iguaizinhas." Ela tomou um gole de vinho. "É foda, mas o bom é que Domenico me deixou experimentar as bebidas do Natal."

"Não enche", rosnei, bebendo meu suco. "Vamos ver o que está acontecendo no Facebook."

Por quase uma hora, naveguei pelos perfis dos meus pais, de amigos e do meu irmão. Verifiquei o que estava acontecendo com as pessoas do meu antigo emprego e respondi às mensagens que estavam no messenger havia semanas. Antigamente, as redes sociais eram o que eu mais amava no mundo, era viciada nelas. Agora eu tinha tantas outras coisas melhores para fazer que elas se tornaram desnecessárias.

Estava prestes a desligar o computador quando uma postagem de uma das minhas amigas me chamou a atenção. Abri o link que ela continha e fiquei engasgada.

"Puta que pariu, está vendo isso?! Eu vou matá-lo daqui a pouco, pode ter certeza!", eu disse furiosa para Olga. "Eles escreveram aqui sobre o Damian e seu 'acidente'!"

Os olhos de Olga se arregalaram.

O texto dizia: "Após uma grande luta, na qual arrematou mais uma vitória, o jovem lutador de Varsóvia sofreu um grave acidente de carro. Sua vida não está em perigo, mas suas pernas e braços quebrados o impedirão de lutar por muitos meses." Bati com a tampa do notebook. "Afinal de contas, caralho, eu vi quando ele entrou no elevador com suas próprias pernas, e acho que eles tinham transporte para o clube. Não aguento mais essa loucura!" Gritei e corri pelo terraço, pelo quarto até chegar ao corredor, acelerando em direção à biblioteca.

Passei pela porta como uma tempestade, ignorando o fato de que o *don* não estava sozinho.

"O que há de errado com você, cara?!" Vendo minha fúria e meus braços agitados, Mario me agarrou pela cintura antes que eu pudesse alcançar o *don*. "Massimo, que droga, mande ele me soltar!"

O Homem de Negro disse algo aos homens reunidos que, me lançando olhares divertidos, saíram da sala. Então Mario me colocou no chão e fechou a porta, depois desapareceu atrás deles.

O *don* estava de pé, com as costas na parede, os longos braços sinistramente cruzados sobre o peito.

"Posso saber a que devo esse acesso de loucura?", ele perguntou, os olhos brilhando de raiva.

"Por que Damian está no hospital?"

"Eu não sei." Ele ergueu os braços. "Talvez ele tenha passado mal, não foi isso?!"

"Massimo, não sou idiota", rosnei. "Ele está com as pernas e os braços quebrados!"

"Mas foi um acidente." Um sorriso malicioso surgiu em seu rosto.

"Então você sabe o que aconteceu." Fui até ele e dei-lhe um tapa no rosto com tanta força que minha mão chegou a doer. "Que conversa foi aquela nossa depois da luta? Você prometeu que não faria nada a ele!"

A cabeça do Homem de Negro voltou com calma ao lugar depois do tapa que recebera, e seus olhos já completamente escuros brilhavam como fogo vivo.

"Eu prometi que não o mataria", grunhiu entredentes, me agarrando pelos ombros e me jogando no sofá. "Além disso, minha querida, nossa conversa aconteceu após o 'acidente' de Damian, e lembre-se de que nem tudo é o parece."

Balançando os braços, tentei me levantar, mas ele montou em minhas pernas e me imobilizou.

"Em primeiro lugar, baixe a bola, porque senão vou ter de chamar novamente o médico e, em segundo lugar, me escute um pouco."

"Não tenho intenção de conversar com você", respondi o mais calmamente possível. "Me deixe ir."

O Homem de Negro olhou para mim por um momento, depois atendeu ao meu pedido.

Eu me levantei e, lançando-lhe um olhar furioso, saí, batendo a porta atrás de mim o mais forte que podia. Voltei para o quarto, peguei a bolsa, as chaves da minha nova casa e, furiosa, saí em direção à garagem. Para minha alegria, se é que era capaz de sentir alegria naquele estado, todas as chaves dos carros tinham voltado para a caixa pendurada na parede. Entrei no Bentley e em alguns minutos já estava dirigindo para longe da propriedade.

Não fugi porque Massimo sabia muito bem aonde eu estava indo, e também porque assim que atravessei os muros da mansão os seguranças me seguiram. Eu só queria aproveitar a oportunidade de não olhar para ele e de me esconder num lugar onde pudesse pôr a raiva para fora sem problemas.

Não demorei muito para chegar à nossa nova casa. Nesse meio-tempo, parei no posto de gasolina e comprei bebidas, batatas fritas, biscoitos, sorvete e três sacos de outras besteiras para me confortar. Dirigi até perto da porta de entrada e saí do carro, carregando as sacolas comigo. Em segundos, uma das pessoas saltou do SUV preto e as tirou de mim sem dizer uma palavra. Não fazia sentido brigar com ele ou dizer-lhe educadamente para se foder, porque ele não me escutaria de qualquer maneira, então eu apenas entrei em casa.

"Vamos ficar aqui fora", ele disse, colocando as compras no balcão e saindo.

Desempacotei tudo e, armada com uma colher, sorvete, batatas fritas e biscoitos, me sentei na sala, acendendo a lareira. Tirei o celular da bolsa e liguei para Olga. Ela atendeu no terceiro toque.

"Onde diabos você está, Laura?"

"Ah, na casa nova. Estou puta e não quero falar com ele."

"E eu?", ela perguntou, irritada. "Você também não quer falar comigo?"

"Quero ficar sozinha", respondi depois de pensar um pouco. "Posso?"

Ficamos em silêncio durante vários segundos.

"Você está se sentindo bem?", ela finalmente gaguejou.

"Sim, estou com meus remédios, está tudo bem, a segurança está do lado de fora da casa. Volto amanhã."

Desliguei e continuei a olhar para o fogo. Estava pensando sobre o que fazer, se deveria ligar para Damian, pedir desculpas a ele. Ou talvez não tivesse por que ligar. Depois que a raiva passou, comecei a me perguntar sobre o fato de não ter deixado Massimo terminar de falar e de ter ido embora. Eu não conhecia bem o quadro da situação, apenas especulava. Esse era meu caráter, eu era impulsiva e meu comportamento era muitas vezes movido por emoções. A única justificativa que eu tinha era de estar grávida e não ter muito controle sobre o que estava fazendo.

No dia seguinte, acordei e olhei para o celular; já passava das nove e Massimo não tinha me ligado nem uma vez. Fiquei ali me perguntando se havia feito a coisa certa indo embora, mas meu remorso foi rapidamente substituído pela fúria por ele ter me ignorado. *Tenho um coração fraco e estou grávida, e aquele idiota nem liga se eu estou viva. Os seguranças estão lá fora e não têm ideia se estou bem ou não*, pensei.

Desci até a cozinha e me sentei na bancada com uma xícara de chá na mão, sem leite, infelizmente, porque não pensei em comprar. Desembrulhei o último pacote de biscoitos de chocolate e, enquanto os levava à boca, um ponto vermelho perto do teto chamou minha atenção. Dei um pulo e me aproximei.

"É por isso que você não ligou!", eu disse, balançando a cabeça.

Havia câmeras por toda a casa. Só quando comecei a olhar os arredores é que percebi que elas estavam em quase todos os lugares, inclusive no banheiro. O Homem de Negro sabia muito bem o que eu estava fazendo, porque provavelmente estava me observando o tempo todo. Terminei de comer meus biscoitos e, respirando fundo, me dirigi ao quarto para pegar minhas coisas e ir para casa.

Cheguei à mansão, entrando pela ampla passagem de carros, onde vi um BMW com a janela quebrada bem na entrada. Hesitante, saí do Bentley e olhei em volta, não havia ninguém lá, nem meus seguranças. Senti o terror e o pânico tomarem conta de mim. Comecei a andar rápido e, depois de dar alguns passos, vi que a porta da academia estava aberta e alguns gritos e barulhos vinham lá de baixo. Desci as escadas, me esgueirando pela parede, e inclinei a cabeça.

Meus olhos se depararam com Domenico, seminu, estraçalhando os aparelhos, enquanto Massimo, ao lado de várias pessoas, o observava calmamente. Era evidente que o caçula queria sair da sala e os outros estavam ali para impedi-lo. Ele corria, gritando e batendo nas paredes com os punhos. Eu nunca o tinha visto assim. Mesmo quando ele quase matou meus seguranças no dia em que tentaram bater no meu carro, não era nada comparado ao que Domenico estava fazendo naquele momento.

Saí de trás da parede e, quando me viu, Domenico entrou em um frenesi ainda maior. Massimo olhou para o meu lado, seguindo o olhar do irmão, e um segundo depois estava ao meu lado.

"Vá lá para cima!", me ordenou, me empurrando em direção às escadas.

"O que está acontecendo?"

"Eu já disse!", gritou tão alto que cheguei a dar um pulo e lágrimas encheram meus olhos.

Corri escada acima para o quarto de Olga e, ao passar pela porta, fiquei imobilizada. O quarto estava completamente devastado, a cama quebrada, as cômodas viradas, as vidraças em pedaços. Parei, tirei o telefone da bolsa e liguei para Olga, com as mãos trêmulas. Então ouvi o toque do celular entre os destroços. Olhei em volta mais uma vez para me certificar de que ela não estava ali e fui para a biblioteca, sendo escoltada do quarto de Olga por um dos seguranças.

"Por que você está me observando?", gritei depois de ele passar vários minutos me encarando dentro da sala.

"Não estou observando a senhora, mas como a senhora se sente."

Franzi a testa, mas não disse nada.

Depois de muito tempo, a porta se abriu e Massimo entrou na sala. Suas mãos estavam arranhadas e parecia que alguém o arrancara da cama à força.

Quando ele ficou na minha frente, as lágrimas saltaram dos meus olhos novamente e, apesar dos meus melhores esforços, meu rosto ficou molhado. O Homem de Negro se sentou ao meu lado e me pôs em seu colo, me abraçando com força.

"Não é nada grave, não chore."

Afastei meu rosto molhado dele e olhei profundamente em seus olhos preocupados.

"Não é nada grave? O quarto de Olga está em ruínas, ela se foi, Domenico parece louco, e você está me dizendo que não é nada grave?"

O *don* respirou fundo e se levantou, me deixando no sofá. Ele caminhou até a lareira e se encostou nela.

"Domenico viu o vídeo." No primeiro momento, não entendi o que ele quis dizer. "Ele ficou furioso, começaram a discutir, ele não deixava Olga falar, descontou nos móveis. Ela escapou da sala e correu para mim. E, quando desci atrás dele, ele tentou atirar em si mesmo."

"O quê?!", deixei escapar, surpresa.

"Meu irmão, ao contrário do que parece, é muito sensível, sabe, artista, pintor e não conseguiria sobreviver à traição uma segunda vez."

"Puta que pariu! Aquele vídeo!", sussurrei, colocando as mãos na cabeça, quando finalmente me dei conta do que Massimo estava falando. "Onde está a Olga?"

"Ela saiu de carro."

"E aquele BMW quebrado na entrada?"

"Bem, antes que ela tentasse ir embora, Domenico entrou em um frenesi ainda pior e tentou impedi-la. Os caras o arrastaram para o porão porque é à prova de som, e só lá eu pude trancá-lo. Olga está segura, não se preocupe com ela. Quando tudo se acalmar eu te levo até ela."

Eu balançava a cabeça enquanto ouvia tudo aquilo, sem conseguir entender.

"Você pode me explicar só mais uma vez?", perguntei, enxugando o rosto e prestando atenção em Massimo.

"Esta manhã, o mensageiro entregou um pacote. Olga ainda estava dormindo. Como sempre, Domenico já estava de pé desde as seis, por isso, quando o mensageiro apareceu, ele mesmo pegou o pacote. Entrou em seu escritório, viu a gravação e ficou furioso, vendo seu grande amor trepando com outra pessoa. Ele correu atrás dela, Olga veio até mim, eu corri escada abaixo, lutamos um pouco e peguei a arma dele." Massimo balançou a cabeça. "Olga então entrou em ação, gritando que tinha feito aquilo por ele. Infelizmente Domenico não tinha ideia do que ela queria dizer, então ficou ainda mais furioso com o que Olga disse, correu atrás dela quando ela anunciou que estava indo embora. Os dois ficaram correndo pela casa, ele jogava nela tudo o que encontrava, e então Olga correu para a garagem e entrou no BMW que estavam preparando para mim." Ele me olhou com um olhar desapontado e acrescentou: "Eu queria buscar minha esposa desobediente assim que ela acordasse. Bom, quando Olga quis dar a partida, Domenico pulou no capô, e, sem conseguir abrir a porta, começou a bater no para-brisa com os punhos, depois deu um chute, e aí eu pensei que aquilo tudo já era o suficiente e o arrastamos para o porão. Coloquei Olga em outro carro e a mandei com um segurança para o hotel, o mesmo onde você se hospedou quando veio para a ilha. É o mais próximo."

"Você disse que Domenico não conseguiria sobreviver à traição uma segunda vez. Então, quando foi a primeira vez?", perguntei, consternada.

Massimo sentou-se ao meu lado e se espreguiçou, pressionando as costas com força contra o encosto do sofá.

"Mas que manhã intensa estou tendo!" Ele cobriu os olhos com as mãos e bocejou em silêncio. "Podemos conversar enquanto tomamos café? Eu quero que você coma alguma coisa. Uma dieta composta de sorvete, batatas fritas e biscoitos não serve para o meu filho." Ele pegou minha mão e me puxou para a sala de jantar.

Estávamos sentados à grande mesa, repleta de comida, mas eu me sentia vazia. Não conseguia me lembrar da última vez em que Olga e Domenico não estavam no café da manhã.

"Eles vão se reconciliar?", perguntei, enquanto mordiscava o bacon.

O Homem de Negro olhou para mim e encolheu os ombros.

"Se ele ouvir e conseguir entender, provavelmente sim. Mas será que Olga vai voltar depois do que viu?" Massimo se afastou da mesa e se virou para mim. "Sabe, amor, nenhuma mulher normal vai querer ficar com um cara que destrói móveis, carros, tenta se matar e matá-la."

"Ah é?!", perguntei sarcasticamente. "E com um homem que mata pessoas, dá tiro em mãos alheias ou quebra pernas por ciúme?"

"Isso é bem diferente", disse, balançando a cabeça. "Quanto à reação dele, Domenico já se apaixonou antes. Olga não foi seu primeiro amor: antes dela houve Katja." Ele tomou um gole de seu café e ficou pensando. "Há alguns anos fomos à Espanha a negócios, ficamos em um hotel com um dos chefes. Um dia antes de nossa partida, ele nos convidou para ir a sua casa e nos recebeu da melhor maneira que pôde. Cocaína, álcool e mulheres; uma das meninas era Katja, uma bela loira ucraniana. Ela era a favorita do espanhol, que demonstrava isso de uma maneira bastante peculiar, tratando-a como uma merda. Não sei o que ela tinha que Domenico ficou louco por ela. No fim da noite, ele não se conteve e perguntou por que ela permitia ser tratada assim. Ela disse que não poderia deixá-lo, porque não tinha para onde ir nem como ir. Aí, o cavalheiro Domenico estendeu a mão para ela e disse que talvez agora tivesse, com ele. Ele a impressionou, mas ela não se decidiu, ficou lá e nós voltamos para a Sicília. Alguns dias depois Katja ligou, disse que ele queria matá-la, que a tinha prendido, que ela tinha perdido dentes com socos e que não tinha ninguém para quem ligar", Massimo suspirou, sorrindo. "E o burro do meu irmão entrou no avião, foi até lá e dirigiu rumo à casa do espanhol com uma arma na mão, sozinho. O espanhol deixou-o entrar porque o conhecia, então Domenico lhe arrancou dentes com socos, amarrou-o e tirou fotos embaraçosas dele.

"O que quer dizer?", eu o interrompi.

"Amor...", ele riu, acariciando meu joelho. "Como posso explicar para que você entenda..." Massimo pensou por um momento, e dava para ver como se divertia tentando encontrar a solução. "Domenico colocou o pau na boca do espanhol e tirou fotos que pareciam que ele o estava chupando. E depois disse que se o cara fosse atrás dele ou o perseguisse, ele espalharia as fotos por toda a Espanha. Então ele pegou Katja, colocou-a no avião e a trouxe para a Sicília. Eu fiquei furioso, mas o que podia fazer depois que tudo estava feito? Por vários meses, estava tudo calmo. O espanhol não queria fazer negócios conosco, mas também não perseguiu Domenico. E, então, no verão, tudo acabou. Estávamos num banquete em Paris e os espanhóis também estavam lá." Massimo abaixou a cabeça, balançando-a em desaprovação, e caiu na gargalhada. "Ela era mesmo uma puta e não deixaria de ser, e Domenico a pegou trepando com o ex, no banheiro. Ele não tinha ido lá por acaso, mas isso era irrelevante, o importante era o que ela estava fazendo ali. Então Domenico desabou, se drogou, bebeu, fodia quem aparecesse na frente, como se isso fizesse alguma diferença para ela e como se ela fosse ficar sabendo.

"E não ficou sabendo?"

“O espanhol a levou com ele e uma semana depois a encontraram morta de overdose.” Massimo suspirou alto. “Então, pequena, você pode ver que a situação é bem difícil e mais complicada do que você pensa.”

“Eu quero falar com ele.” Os olhos de Massimo se arregalaram, traindo o terror. “Vou explicar para ele.”

“Ok, mas não me faça soltá-lo.”

“O quê?! Você o amarrou?!”

Massimo fez que sim com a cabeça, se desculpando com um sorriso.

“Vocês são todos doentes! Vamos lá.” Descendo as escadas, pedi a Massimo para ficar lá em cima e não descer comigo. Ele concordou, mas disse que permaneceria no patamar de qualquer maneira, para ouvir o que estava acontecendo.

Saí de trás da parede e olhei, arrasada, para a sala. Domenico estava sentado no centro, com os braços e as pernas amarrados a uma cadeira de metal com encosto. Aquela visão quase me partiu o coração. Me aproximei dele e, me ajoelhando, peguei seu rosto nas mãos. Ele estava calmo ou talvez simplesmente exausto. Me encarou com os olhos marejados e não conseguia falar.

“Meu Deus, Domenico, o que você fez?!”, sussurrei, acariciando seu rosto. “Se você me ouvir, tudo vai se esclarecer, mas você precisa escutar bem o que vou dizer.”

“Ela me traiu!”, rosnou, a fúria inundando seus olhos, e eu recuei. “Outra puta me traiu!”, gritou, jogando-se na cadeira, e eu, apavorada, pulei para a parede atrás de mim. Ele tentava arrebentar as cordas que o prendiam, mas Massimo era um mestre em laços eficazes, e eu sabia disso pela minha própria experiência.”

“Que merda, Domenico!”, gritei quando não sabia mais o que fazer. “Seu egoísta do cacete, o fato de você ser um cretino é uma coisa, mas outra coisa é que nem todo mundo é.” Eu me levantei e segurei seu rosto vigorosamente com as duas mãos. “Agora me escute por cinco minutos e eu te desamarro.”

Domenico olhou para mim por um momento, e, assim que pensei que poderia começar a falar, outro rugido poderoso escapou de sua garganta. Dando um empurrão, ele derrubou a cadeira e caiu com ela no chão.

O Homem de Negro saiu do esconderijo e levantou o irmão, foi até um dos armários ao lado da jaula e de lá trouxe uma fita adesiva preta. Cortou um pedaço e, limpando antes o rosto do caçula com uma toalha molhada, selou sua boca a força.

"Agora você vai ficar em silêncio e ela vai falar, e depois todos nós vamos almoçar!", ele disse, e se sentou no saco de boxe que tinha sido arrancado do teto.

Peguei uma cadeira que estava perto da parede e me sentei diante do resignado Domenico, depois comecei a falar.

Após vinte minutos de monólogo e da história de como Olga se sacrificou por ele, de como Adam havia planejado tudo e de como ele finalmente lhe enviou o pacote por vingança, e depois de Massimo confirmar minha história, tirei a fita de sua boca e o Homem de Negro desamarrou suas mãos e pernas. O corpo de Domenico caiu no chão com estrondo e ele começou a chorar.

O *don* se aproximou, levantou seu irmão e o abraçou. Foi a cena de reconciliação mais comovente que eu já tinha visto até aquele momento. Mesmo assim, decidi não participar, pois a cada segundo me sentia mais uma intrusa. Subi as escadas e me sentei em um dos degraus para não ser vista. Os dois ficaram ali por muito tempo num abraço de ferro, conversando em italiano.

"Vamos vê-la", disse Domenico, parado na minha frente. "Eu preciso vê-la."

"Acho melhor tomar um banho antes", Massimo se intrometeu, "e o médico vai tratar das suas feridas, porque, pelo que vejo, algumas terão de ser suturadas." Deu-lhe um tapinha nas costas. "O médico já está esperando há uma hora, achei que seria necessária uma injeção de sedativo", acrescentou rindo.

"Desculpe", gemeu o jovem italiano, baixando a cabeça. "Ela não vai me perdoar por isso."

"Vai perdoar." Eu me levantei, subindo as escadas. "Mas não é o tipo de coisa que ela costuma ver na vida."

Parei na frente da porta do quarto do hotel onde Olga estava hospedada e enfiei a chave na porta. Enquanto dirigíamos, decidi falar com ela primeiro antes que Domenico começasse a se diminuir diante dela. Cruzei a soleira e o corredor até chegar à sala de estar, mas Olga não estava em lugar nenhum. Passei então pela sala de estar e saí para o terraço, onde a vi sentada com uma garrafa de vodca na mão.

“Tudo bem?”, perguntei, me sentando a seu lado.

“Estou que nem essa vodca: péssima”, respondeu, sem nem olhar para mim.

“Ele está aqui, está lá embaixo.”

“Ele que se foda!”, rosnou. “Eu quero voltar para a Polônia.” Ela se virou para mim, largando a bebida. “Você sabia que ele jogou um vaso em mim?”

Olga me encarava com olhos furiosos e eu fui tomada por uma vontade boba de dar uma risadinha. Antes que pudesse me conter, bufei bem na cara dela.

“Desculpe”, gemi, cobrindo a boca que soltava uma salva de gargalhadas violentas.

Olga ficou confusa e olhou para mim com irritação óbvia enquanto eu tentava me acalmar.

“Laura, ele queria me matar!”

“Mas com o quê, um vaso...?!” Mais uma vez, não me aguentei e ria loucamente, soltando os braços em sinal de capitulação. “Olga, desculpe, isso é muito engraçado!”

Seu rosto se iluminou pouco a pouco, a fúria dando lugar à consternação. Com uma expressão tola no rosto, depois de um longo momento lutando consigo mesma, Olga se juntou a mim.

“Não me irrite mais”, ela disse, rindo. “Uma tentativa de homicídio com um vaso ainda é uma tentativa de homicídio.”

“Ele destruiu o carro, acabou com a academia, o quarto e, no fim, Massimo teve de amarrá-lo no porão.”

“E para ele estava tudo bem!” Olga cruzou os braços sobre o peito. “Deviam ter deixado que ficasse lá.”

Eu me virei para ela e coloquei minha mão sobre a dela.

“Olga, ele tinha o direito de ter essa reação e nós duas sabemos disso muito bem.” Ela me encarou, os olhos ligeiramente fechados. “Você sabe o que tudo parecia, o que Domenico devia estar pensando?” Soltei sua mão e me levantei. “Na minha opinião, vocês precisam conversar.” Me dirigi à porta. “Agora mesmo.”

Eu estava prestes a pegar o celular e ligar para meu marido quando os dois invadiram a sala. Levantei os braços e os abaixei resignada quando Olga, furiosa, bateu a porta do terraço, ficando do lado de fora. Antes que eu pudesse começar a gritar com os dois, Massimo me agarrou pela cintura e me carregou para o corredor, abrindo espaço para seu irmão. Domenico correu pela sala e logo depois estava ajoelhado aos pés da ofendida Olga.

"Dê um minuto para eles agora", disse o *don*, beijando minha testa com um sorriso malicioso.

Olhei para o terraço e fiquei petrificada: o jovem italiano, com um anel na palma da mão, se declarava para minha amiga, pedindo-a em casamento. Suspirei. O rosto de Olga mostrava susto, empolgação e surpresa total. Escondia o rosto nas mãos, e todo o seu corpo estava enfiado na poltrona. Domenico falava e falava, e os segundos passavam como horas.

Então algo que eu não esperava aconteceu: Olga se levantou e, sem dizer uma palavra, passou por nós e saiu. Larguei Massimo e a segui pelo corredor. Entramos no elevador e descemos até o térreo.

"Vou embora, querida", disse com lágrimas nos olhos. "Isso aqui não é para mim, sorry."

Eu a abracei e comecei a chorar. Não podia obrigá-la a ficar. Mais de uma vez na vida ela tinha feito algo contra si mesma só por minha causa.

Entramos no carro e voltamos para a mansão, onde Olga arrumou suas coisas. Uma hora depois, Massimo parou na porta de seu quarto, anunciando que o avião estava pronto e que a levaria para a Polônia.

Chorei durante todo caminho, no aeroporto e junto do avião. Não conseguia imaginar o que aconteceria agora, quando eu estaria completamente sozinha.

Olga estava indo embora.

Capítulo 15

Em dois dias seria a véspera de Natal. Não dou a mínima para o Natal se não estiver com a família, com os amigos, com Olga. Domenico desapareceu no dia em que ela partiu e Massimo agiu como se nada tivesse acontecido. Ele ficou trabalhando, contratou algumas pessoas e arranjou todo tipo de tarefas para mim para que eu não pensasse no que estava acontecendo. Saí com Maria para escolher a decoração da casa e provei os pratos de Natal com o cozinheiro. Massimo até me mandou fazer compras em Palermo, mas, sem Olga, nem isso me deixava feliz. Ele fazia amor comigo todas as noites e todos manhãs, como se isso aliviasse minha saudade, mas de nada adiantava. Foi então que percebi minha situação: eu estava total, absoluta e irremediavelmente sozinha. As pessoas normais, quando se casam, só perdem a liberdade sexual, mas eu perdi minha vida inteira.

Liguei para minha amiga, mas Olga falava comigo como um zumbi ou estava bêbada. Tentei falar com Jakub, só que ele também tinha sua própria vida. O único consolo era o fato de o bebê estar se desenvolvendo bem e de não haver nada de errado com ele. O aparente idílio da minha existência não me trazia felicidade, portanto, na Véspera do Natal, sentia um desejo irresistível de ficar sozinha.

"Massimo, vou passar um dia em Messina", disse, enquanto tomávamos o café da manhã juntos.

O Homem de Negro largou os talheres e se virou para mim. Por um momento ficou me observando como se folheasse na minha cabeça as páginas dos meus pensamentos.

"A que horas você quer ir?", perguntou sem tirar os olhos de mim.

Fiquei abobalhada e, ao mesmo tempo, com raiva, satisfeita e confusa com sua resposta. Esperava uma discussão, perguntas ou uma simples preocupação, mas meu marido apenas aceitou.

"Daqui a pouco", grunhi, me levantando da mesa.

"Vou pedir à Maria que leve comida para você; não quero que meu filho volte a comer só biscoitos e sorvete."

Entrei no Bentley enquanto meus seguranças carregavam o SUV com toneladas de comida. Olhei para as iguarias pelo retrovisor, imaginando quem comeria aquilo tudo.

Menos de uma hora depois, parei na garagem de nossa casa; os homens descarregaram tudo e levaram para a cozinha, e eu me recostei no sofá da sala. Fiquei olhando para o teto, para a lareira, para a árvore de Natal, até me dar conta de que estava tão frustrada que precisava dividir aquilo com alguém. Liguei o notebook, espiei o perfil dos amigos com quem achava que gostaria de trocar uma palavra e com pesar admiti que essa pessoa não existia.

Estava prestes a desligar o computador quando outra pessoa veio à minha mente, com quem eu não só podia, mas deveria conversar. Coloquei o nome e o sobrenome do lutador de Varsóvia no campo de busca do Facebook. Ele apareceu na mesma hora, mostrando que éramos amigos no Face. Pensei por um momento, me perguntando como isso era possível, mas, incapaz de obter uma resposta, cliquei no botão das mensagens. Batucava no computador, me perguntando o que escrever e por que deveria escrever para ele. Será que uma maldade contra meu marido havia me empurrado inconscientemente para aquela conversa? Ou talvez eu só quisesse falar com ele sem outras intenções? A certa altura, bati o dedo sem querer num lugar qualquer e um emoji sem sentido algum apareceu na mensagem enviada.

"Que merda!", xinguei, batendo as mãos no notebook.

Poucos segundos depois, uma mensagem apareceu no monitor do computador, avisando que Damian estava ligando e o aplicativo começou a fazer aqueles sons agudos estranhos. Em pânico, comecei a procurar uma maneira de desligá-lo e..., oh, destino cruel!, atendi a ligação.

"Tudo certo?", Damian perguntou, olhando diretamente para mim.

Ainda atordoada, me sentei olhando para ele e sem saber o que dizer. Na verdade, eu é que deveria perguntar se estava tudo bem.

Apesar das contusões no rosto, Damian parecia sedutor, e sua boca grande estava ainda maior com o inchaço que era visível. Ele estava deitado com a cabeça sobre um travesseiro branco e me observava de perto.

"Laura, você está bem?", ele repetiu, enquanto eu permanecia em silêncio.

"Oi, lutador", soltei depois de algum tempo. "Como você está?"

Ele sorriu e encolheu os ombros, seus lábios se torcendo ligeiramente.

"Se tivesse sido consequência de uma luta, até me sentiria melhor, mas na situação atual..." Damian suspirou e desviou o olhar da câmera.

"Me conte. O que aconteceu?"

"Não posso." Ele olhou diretamente para a câmera e apertou os lábios em uma linha fina.

"Porra, Damian", rosnei, irritada com sua resposta. "O que você quer dizer com não pode? Se meu marido te assusta, eu gostaria de saber, porque..."

"Marido?", ele me interrompeu. "Massimo Torricelli é seu marido?"

Balancei a cabeça, confirmando, e ele ficou parado por um momento.

"Garota, no que você se meteu?" Damian se endireitou na cama e colocou as mãos na cabeça. "Laura, você sabe que este homem é..."

"Eu sei bem o que ele faz." Dessa vez eu o interrompi. "E, sério, eu não preciso de aulas de moralidade agora, sobretudo de você. Dizem que você também não é santo. Além disso, qual é a diferença? Me casei e estou grávida. Eu tentei te dizer isso na noite em que você lutou, mas não tive oportunidade."

Seus olhos se arregalaram muito enquanto ele olhava para mim de boca aberta. Os segundos se passavam e eu me perguntava se deveria dizer algo, desligar ou bater com a cabeça na tela. Finalmente ele falou.

"Você vai ter um bebê?"

Fiz que sim com a cabeça com um leve sorriso à sua pergunta.

"Puta que pariu! Agora está tudo claro."

Eu o encarei, questionadora.

"Se eu soubesse de tudo isso, nunca teria agido daquela maneira, não sou suicida", respondeu à minha pergunta silenciosa. "E só posso agradecer pelo estado em que me encontro."

Olhei para Damian com os olhos arregalados novamente, esperando por uma explicação.

"Então, Laura, veja só, depois que eu desci, o pessoal do Karol apareceu e me chamou para ir à casa dele para uma entrevista. Fui lá e, sem saber com quem tinha esbarrado no corredor alguns minutos antes, desafiei meu oponente para outro duelo na presença de meu primo, acreditando que não havíamos resolvido totalmente a questão. Karol ficou tão furioso que ligou para Massimo, que de bom grado concordou com minha proposta de terminar o que havíamos começado. Nós nos encontramos na mansão do meu primo e nos espancamos como crianças lá fora", ele suspirou e balançou a cabeça. "Estava escorregadio, nevando, por azar escorreguei e caí, torci a perna e quebrei o braço, que vergonha!", falou entredentes. "Seu marido se aproveitou e acabou comigo, poupando minha vida, pela qual sou grato de verdade desde o momento em que descobri com quem tive o prazer de lutar. Em circunstâncias normais, ele simplesmente atiraria em mim."

Me recostei no sofá almofadado, compreendendo cada vez mais o significado das palavras do *don*, que disse que nem tudo era o que parecia ser. À altura, não sabia se estava com raiva de um ou do outro, ou talvez não tivesse absolutamente nenhum motivo para estar chateada. A voz calma do meu ex me tirou dos meus pensamentos.

"E como você se sente?", ele perguntou, com preocupação exagerada.

"Ótima, exceto que meu marido ditador toda hora quer matar alguém por minha causa." Eu ri, vendo que ele tinha achado engraçado. "Agora moro na Sicília, em Taormina, mas no momento vim espairecer um pouco na outra casa." Sacudi os ombros. "Estou sentada aqui sozinha e queria falar com alguém."

"Você vai me mostrar a casa?", Damian perguntou, cruzando as mãos atrás da cabeça, com um grande sorriso.

Ele era tão lindo que não pude recusar. Peguei o computador e o virei de forma que a câmera mostrasse a vista à minha frente. Percorri os cômodos e os andares até finalmente chegar ao jardim, onde me sentei em uma das enormes poltronas brancas. Coloquei meus óculos de sol e abri uma garrafa de espumante sem álcool, que havia pegado na cozinha antes.

"É assim que vivo aqui. Na verdade, para cá eu só dou umas fugidas, mas..."

"Você está bebendo álcool?", Adam grunhiu quando levei a taça à boca.

Eu ri.

"É uma bebida sem álcool, tem o mesmo sabor, mas só. Nenhum outro efeito infelizmente. Se Massimo me visse bebendo, eu passaria o resto da gravidez no porão."

"Você não fica de saco cheio dele às vezes?", perguntou indeciso. "Você não gostaria de voltar à normalidade, ao seu país?"

Eu pensei na sua pergunta por um momento. Analisando os últimos dias, isso era algo em que havia pensado várias vezes em segredo. Mas agora, quando alguém esperava que eu diagnosticasse o que sentia e queria, as palavras ficavam presas na minha garganta.

"Sabe, Damian, não é tão simples assim. Além do fato de que sou a esposa de um homem poderoso, que não me larga assim tão facilmente, estou carregando seu filho dentro de mim. E nenhum cara normal iria querer ter um relacionamento com uma mulher que carrega uma bagagem tão grande."

"Um cara normal talvez não, mas aquele que deixa que lhe quebrem os braços por ela..." Após dizer isso, houve um silêncio constrangedor. "Eu sei que é uma proposta um pouco surpreendente, mas..."

"Eu o amo", interrompi, porque achei que ele logo fosse falar demais. "Estou muito apaixonada por aquele homem e esse é provavelmente o maior problema." Encolhi os ombros e tomei outro gole. "Ok, meu querido, agora vamos falar de você. Ou melhor, o que você faz para o Karol?"

Encarei-o com olhos inquisitivos, cruzando os braços sobre o peito, e esperei. Os segundos se passaram e Damian apenas mexeu nos lençóis.

"Na verdade, já não faço mais nada para ele." Ele fez uma careta. "Você sabe como é, eu era jovem quando ele me pediu para entrar para um de seus clubes. Eu treinava, era grande e burro, então concordei. O dinheiro era bom, o trabalho não exigia muito. Mais tarde descobri que, afinal, eu era bastante inteligente, então comecei a supervisionar o trabalho das outras pessoas. E se não fosse pelo contrato na Espanha, provavelmente conheceria Massimo numa circunstância diferente daquela de agora."

"Peraí...", levantei a mão. "Então, quando estávamos juntos, você era..."

"Como você diz, me comportei mal, sim."

"Como eu nunca percebi?"

Ele riu, batendo acidentalmente na cabeça com a mão engessada.

"Ai!" Ele esfregou o local atingido. "Laura, querida", Damian começou a rir, "ora, eu não poderia começar um relacionamento dizendo: 'Oi, eu faço parte de um grupo criminoso, mas sou um cara legal por dentro'."

"Espere um segundo", eu disse, quando os clones, Rocco e Marco, meus guarda-costas, vieram correndo pelo jardim. Eles olharam em volta nervosos e eu olhei para eles como se fossem idiotas, tomando outro gole. "Não fale agora", eu disse baixinho, girando o monitor para que a câmera mostrasse a consternação deles. "Olhe pelo que tenho que passar aqui", sussurrei, depois mudei para o inglês: "O que está acontecendo, senhores? Estão perdidos?". Meu sarcasmo fez meu ex rir, mas ele logo silenciou.

"Senhora Laura, as câmeras do jardim ainda não estão conectadas. A senhora poderia voltar para dentro?"

Olhei para eles sem acreditar e bufei, desaprovando.

"Você está com meu marido na linha?", perguntei, apontando para o celular em sua mão. O homem assentiu, olhando para o chão. "Me dê aqui então."

"Massimo, não exagere", eu disse, antes que ele pudesse falar alguma coisa. "O dia está quente demais e preciso respirar um pouco." Estava pasma com tudo aquilo. "Seu filho quer respirar um pouco, então dispense seus gorilas."

Ainda havia silêncio no outro lado da linha, até que a voz calma do meu marido finalmente se fez ouvir:

"Eles não podem saber se está tudo bem com você aí, talvez Rocco fique com você."

Olhei para a conversa oculta com meu ex e sabia que o gorila troglodita definitivamente estaria interessado na voz masculina que tinha saído do computador.

"Amor", comecei, esperando que funcionasse com ele. "Se eu quisesse companhia, escolheria a sua. Então, por favor, domine sua paranoia e me deixe ficar sozinha comigo mesma. Estou me sentindo ótima, estou bem, daqui a pouco vou almoçar. Se você quiser, posso te ligar a cada hora."

"Logo vou iniciar uma reunião que pode durar até a noite." Fez-se silêncio do outro lado e então um suspiro pesado foi ouvido. "O segurança vai verificar de tempos em tempos para ter certeza de que você está bem."

Ouvindo isso, quase bati palmas de alegria.

"Te amo", sussurrei ao terminar a conversa, radiante com sua relativa flexibilidade.

"Eu também te amo. Até amanhã. Agora me passe para o Rocco, por favor."

Suspirei com uma cara sonhadora e entreguei o telefone ao segurança, dando-lhe um sorriso radiante. Ele olhou para mim sério e desapareceu, falando algumas palavras.

"Estou de volta", falei, reabrindo a janela de conversa. "Isso é o que eu ganho aqui." Abri os braços e encolhi os ombros. "Controle, controle e ainda mais controle."

Damian riu e balançou a cabeça sem acreditar.

Umas duas horas se passaram, nas quais falamos e recordamos de lugares, situações e amigos em comum. Ele me contou sobre a vida na Espanha e os lugares que visitou, graças ao fato de que lutava cada vez melhor e por organizações cada vez maiores. Damian falou sobre as pessoas que conheceu, sobre os treinos na Tailândia, no Brasil e nos Estados Unidos. Eu o escutava como se estivesse enfeitiçada, feliz por dentro que, por uma virada do destino, eu lhe tivesse enviado uma mensagem com um emoji sem sentido. Por um lado fiquei com pena dele pelas lesões que havia sofrido por minha causa, mas por outro, era por isso que podia falar com ele novamente.

"Preciso desligar", Damian disse quando ouviu um barulho no seu quarto. "Sebastian chegou aqui com comida pra mim." Sorri carinhosamente para ele. "Laura, você me promete uma coisa?", perguntou com timidez.

"Você sabe que odeio essas perguntas quando não sei do que se trata."

"Prometa que vai falar comigo às vezes. Eu estou proibido de entrar em contato." Ele fez uma careta e balançou a cabeça resignado. "Karol vai quebrar o que me resta de ossos saudáveis se eu falar com você. Ou é possível que seu marido venha atirar em mim."

"Adoro você, lutador, e posso cumprir essa promessa. Bom apetite!"

Damian me mandou um beijo e pouco depois eu estava sozinha de novo.

A bebida tinha me deixado um pouco enjoada, e lembrei que não tinha comido nada desde a manhã. Entrei e fiquei na cozinha por uns bons quinze minutos, arrumando um almoço caprichado para mim. Levei tudo para fora, item por item, até que, meia hora depois, tudo estava pronto. Sentei à mesa e, comendo uma azeitona, afundei no abismo da internet.

"Senhora Torricelli." Dei um pulo de susto, agarrando meu peito com a mão. "Desculpe, eu não queria assustar a senhora."

Olhei para cima, protegendo os olhos do sol, e vi um homem parado à minha frente; ele se aproximou um pouco, saindo do clarão. Fiquei de queixo caído quando vi um cara sorrindo feliz para mim. Ele era completamente careca e tinha o rosto quase quadrado. Seus traços marcantes eram adornados com uma barba clara de alguns dias e sua boca era carnuda. Os olhos verdes me atravessavam divertidos, e ele me estendeu a mão.

"Sou seu jardineiro, Nacho. Muito prazer."

"Não é um nome muito italiano", disse a primeira coisa que me veio à cabeça.

Estendi a mão com delicadeza e apertei a mão forte do meu interlocutor.

"Eu sou espanhol." Ele ergueu as sobrancelhas, ainda mais divertido, deslizando quase completamente para a sombra, para que eu pudesse examiná-lo de perto.

Oh, meu Deus!, gemi em pensamentos, quando vi que todo o seu corpo estava coberto de tatuagens coloridas. Todos os desenhos formavam algo como uma camisa de mangas compridas. Eles começavam nos pulsos e terminavam onde o pescoço começava. Era evidente que ele trabalhava muito fisicamente, porque seu corpo magro e musculoso não tinha um grama de gordura; ele não era enorme nem muito musculoso, mas esguio como um jogador de futebol ou um atleta. A regata mal cobria seu peito completamente raspado, e o jeans de cor clara descia ligeiramente na bunda, revelando uma cueca de cor clara. Se não fosse pelo cinto de ferramentas, a calça com certeza teria caído, mostrando o local que mais me interessaria. A certa altura, me dei conta de que estava babando ao ver aquele cara bonito e, para me castigar, me joguei um balde de água gelada mentalmente.

"Quem sabe você esteja com vontade...?!, perguntei, revirando os olhos, cheia de intenções, e então me repreendi novamente por flertar e olhei para a garrafa de água. *Com vontade, com vontade...*, minha consciência me recriminava e eu sacudi a cabeça um pouco irritada. *Você também está com vontade, Laura, embora não seja de beber água*, pensei.

O homem tirou um lenço escuro do cinto e enxugou a cabeça com ele antes de se sentar na cadeira ao lado.

"Estou com sede, sim, obrigado", respondeu, servindo-se de um pouco de água.

Fiquei surpresa com sua abertura, porque os funcionários da residência eram bastante reservados comigo.

"Há quanto tempo trabalha para o meu marido?", perguntei, mordiscando uma azeitona e empurrando um prato de comida para ele.

"Tem pouco tempo. Vou cuidar apenas desta casa", disse, pegando um pedaço de melão. "O *don* queria soluções concretas para o jardim. Será que vou poder discutir isso com ele hoje?"

"Eu sinceramente duvido." Dei de ombros e bufei, resignada. "Primeiro, ele vai trabalhar até tarde, e segundo, eu fugi dele para ficar aqui." Com sarcasmo, enchi minha taça e levantei-a num brinde. "Gostaria de um pouco de champanhe sem álcool?"

Minha resposta pareceu agradar ao homem. De qualquer forma, ele relaxou e olhou para o relógio, depois pegou outro pedaço de melão.

"O que fazer, não é? Falo com ele da próxima vez." Ele se levantou e pareceu começar a procurar algo no cinto de ferramentas. Sem tirar os olhos do que estava fazendo, ele perguntou: "Por que você está bebendo vinho sem álcool?".

"Porque estou grávida", respondi sem titubear.

O melão quase caiu de sua boca, e seus olhos pareciam ter entrado em pânico. Suas mãos que vasculhavam o cinto caíram, antes fechando a bolsinha na lateral.

"Massimo Torricelli vai ter um filho?"

Seu comportamento ficou cada vez mais estranho, e seu atrevimento e falta de escrúpulos, enervantes.

"Nacho, o que isso tem a ver com o jardim?"

"Nada, Laura, mas tem a ver com você. E um pouco comigo. Minha irmã também está grávida. Isso muda tudo. Uma boa tarde!" Ele beijou minha mão e desapareceu, observando a entrada da mansão.

Depois de alguns segundos, Rocco apareceu na porta da frente e olhou para mim, olhou em volta, acenou com a cabeça e entrou.

Tipo estranho esse jardineiro, pensei, enquanto continuava comendo e respondendo aos cumprimentos de Natal dos meus amigos. “Cem por cento de certeza de que ele usa drogas, ou as plantas que cultiva devem ser narcóticas de alguma forma. Pessoas normais não são tão felizes e certamente não tagarelam como ele.”

Capítulo 16

Na manhã da Véspera de Natal, acordei depois das onze, quando o sol já entrava no quarto principal. Me repreendi por não ter fechado as venezianas e, como castigo, me arrastei para fora da cama me condenando por ser tão tarde. Os italianos não faziam comemorações na Véspera, só no dia do Natal, mas, por causa da minha cultura, Massimo decidiu se adaptar.

Desci as escadas e vi uma grande caixa na cozinha, em cima da bancada. Eu a abri e comecei a remexer no conteúdo com curiosidade. Havia um pequeno envelope vermelho no topo com uma nota nele: "O carro virá buscá-la às três da tarde." Balancei a cabeça e continuei a fuçar o conteúdo do pacote. "Chanel", essa inscrição confirmava totalmente o que eu deveria encontrar na parte de baixo: um macacão preto feito de cetim e seda. Além disso, havia um par de sapatos de salto agulha maravilhosos. Bati palmas enquanto puxava tudo para fora e abraçava os presentes. O decote era reto, revelando os ombros por inteiro, e as mangas largas terminadas com punhos canelados mantinham tudo no lugar. A parte de cima não era justa, eu diria até que era folgada, marcada na cintura por um estreitamento. Como resultado, a calça cobria de maneira sexy a bunda, sem empiná-la, mas revelando todas as curvas; era perfeito. Liguei para o cabeleireiro e marquei com ele às treze. Pendurei minha roupa, tomei o café da manhã e fui para o banho.

Quinze minutos antes da hora marcada, eu estava pronta e fiquei surpresa ao descobrir que o carro que deveria vir me buscar também já estava lá. Entrei na limusine e peguei o celular. Eu queria ligar para minha mãe e desejar Feliz Natal, mas não tinha ideia do que dizer a ela. Deveria pedir desculpas de cara ou talvez esperar que ela começasse a se desculpar? Olhei para o visor, mas, depois de alguns segundos, guardei o celular de novo na bolsa.

O carro estacionou na entrada da propriedade e vi Massimo parado na porta, encostado na parede. O dia, embora ensolarado, não estava tão quente como na véspera; eu até ficaria tentada a dizer que estava frio. O termômetro mostrava onze graus à sombra. Fiquei feliz ao ver que Massimo correu em direção à limusine quando a viu chegar. Quando ele abriu a porta e segurou minha mão para me ajudar, eu estranhamente senti saudade e me joguei em seus braços. Com o rosto colado no suéter preto que ele estava vestindo, senti que Massimo sorria enquanto acariciava meus cabelos e beijava meu pescoço.

"Feliz Natal, meu amor!", ele sussurrou, me afastando dele. "Vamos entrar, senão você vai sentir frio."

Levantei a cabeça para vê-lo e minhas pernas tremerem: ele era tão lindo! Enfiei a mão em seus cabelos, delicada e lentamente, e o puxei para mim, nossos lábios se encontrando em um beijo apaixonado. Eu o beijei tão forte como se fosse a nossa última vez juntos.

"Vamos deixar esse jantar pra lá!" Mordi seu lábio e pus a mão entre suas coxas e não fiquei nem um pouco surpresa que seu pau estivesse armado como um canhão. "Que tal me comer nessa festa de Natal, *don* Torricelli?"

O Homem de Negro gemeu e com grande dificuldade se soltou de mim.

"Eu bem que adoraria, mas os convidados estão esperando, vamos!", ele disse, ajeitando a calça e me arrastando pelo corredor para dentro de casa.

Da sala de jantar principal, que eu visitava esporadicamente, vinham vozes, risos e sons de canções natalinas polonesas. Fiquei admirada, mas achei que, embora os convidados fossem italianos, meu marido quisesse reproduzir a atmosfera da festa polonesa. Com esse pensamento em mente, apertei mais sua mão e olhei com gratidão para ele, que se virou na porta da sala e beijou minha testa.

A primeira coisa que vi foi uma árvore de Natal gigante com montanhas de presentes embaixo dela. Depois vi a mesa maravilhosamente posta com milhões de velas e enfeites. Quando virei a cabeça na direção das vozes, que tinham se calado, fiquei sem palavras.

"Tudo de melhor para você, meu amor!" Massimo me abraçou com força e beijou o topo da minha cabeça.

Ergui os olhos para ele sem acreditar, depois olhei para as pessoas em pé, depois várias vezes para Massimo, depois para as pessoas reunidas em volta, até que as lágrimas começaram a correr pelo meu rosto.

Vendo isso, minha mãe caminhou em minha direção, me arrancando dos braços do meu marido e me apertando com força.

"Desculpe, filhinha", ela sussurrou.

Não tive condições de responder, porque estava chorando compulsivamente. Quando papai se juntou àquele abraço, a emoção foi ainda mais forte. Parecia que eu não conseguiria nem respirar em meio a tantas lágrimas. Ficamos lá imóveis, e eu senti toda a minha maquiagem escorrendo pelo rosto.

"Dizem que quando se chora durante a gravidez o bebê nasce chorão." A voz do meu irmão me tirou do meu torpor. "Olá, caçulinha!", Jakub disse, me afastando ligeiramente de meus pais e me abraçando com a mão livre e, na outra, segurando uma taça de vinho.

Foi demais para mim.

"Acho que vamos ao toalete", Olga disse, se aproximando.

Acenei com a cabeça, boba e feliz, e todos caíram na gargalhada, se divertindo com meu espanto. Quando passei pelo meu marido, sua mão roçou suavemente a minha. Eu olhei para ele.

"Surpresa!", ele disse baixinho, piscando feliz para mim.

Limpei os olhos tentando não borrar ainda mais a maquiagem, bochechas, o rosto todo, e me sentei na *chaise-longue* do banheiro, olhando para minha amiga.

"Gostaria de saber como fazer essa pergunta sem que parecesse estranho, mas o que vocês estão fazendo aqui?"

"Eu não sei nada sobre eles, mas eu acho que fui sequestrada", ela começou a rir. "Sério! Domenico foi atrás de mim na casa dos meus pais, pediu, implorou, chorou...", ela suspirou. "Quando eu o ignorei, ele foi falar com meu pai e o converteu. Você sabe, não foi difícil para ele fazer um simples professor de inglês ficar do lado dele. Ele desdobrou diante do meu pai a visão da minha prosperidade para o resto da vida, seu amor sem limites por mim e as visitas incríveis à Sicília." Ela encolheu os ombros. "Depois fez algo ainda pior: ele o persuadiu a participar de uma trama que me daria o golpe final."

"Deus, o que aconteceu?!" Meus olhos se arregalaram.

"Ele alugou um teatro", olhei para ela curiosa. "Ele alugou um teatro, porra, daqueles com palco e tudo!" Olga começou a agitar os braços, delineando a aparência do lugar. "Um teatro!", gritou como se eu fosse surda. "Ainda bem que não tinha público. Meu pai me enganou para me levar lá, e aí... coro e orquestra." Ela inclinou a cabeça. "Pois é, minha querida, dezenas de pessoas tocando "This I Love", do Guns N'Roses. E no meio de toda aquela zona, ele... Tão lindo, forte, bem-vestido!" Seus olhos brilharam e Olga suspirou. "E começou a cantar, e isso era outra coisa que eu não sabia sobre ele. Um desempenho tão foda que não tive chance de recusar." Ela estendeu a mão com um lindo anel, colocando-o embaixo do meu nariz. "Eu aceitei."

Eu me sentei olhando dela para o diamante e vice-versa, minha boca aberta, e me perguntei como era possível que minha proposta de casamento tivesse acontecido num quarto. Sempre sonhei com propostas espetaculares que me fizessem quase desmaiar — e o pedido de Domenico, sem dúvida, foi o dos sonhos de qualquer mulher. Um momento depois, quando voltei a mim, eu a abracei.

"E talvez ele tenha mencionado em todo esse idílio e enquanto ludibriava seus pais que era de uma família da máfia, não é?"

"Ah, claro! Já começou contando isso!" Olga começou a rir. "Ele também contou que tentou me matar, demoliu a casa e destruiu um carro no valor de centenas de milhares de euros. Mas você sabe, papai é flexível e não se importa com bobagens!" Ela deu um tapinha na cabeça. "Que nada! Ele pensa que tem um genro que é um anjo, um artista, um cavalheiro italiano."

"E, basicamente, ele não está enganado." Levantei a bunda do assento e estendi a mão para ela. "Beleza! Vamos!"

Voltamos para a sala de jantar, onde minha família inteira estava absorta em uma conversa à mesa. Quando entrei, ouvi o choro de minha mãe, as lágrimas brotando em seus olhos. Eu me aproximei dela e a beijei novamente, pedindo que não chorasse, porque eu acabaria chorando também. Ela se acalmou no abraço do meu pai e enxugou os olhos com um lenço.

Massimo acenou com a cabeça para o garçom e logo começaram a servir a ceia. Fiquei fascinada pela combinação dos pratos tradicionais poloneses da Véspera do Natal junto com os sotaques italianos. À medida que mais iguarias apareciam na mesa, o ambiente foi ficando mais relaxado. Não sei se foi resultado das sucessivas garrafas do excelente vinho ou se todos precisávamos de um tempinho para nos acostumarmos uns com os outros.

Num certo momento, Jakub, papai e o *don* foram para uma sala adjacente, de onde, algum tempo depois, vinha o cheiro dos charutos. Meu Deus, tipicamente cinematográfico: depois do jantar, uma bebida e um charuto! Olga sequestrou mamãe e foi lhe mostrar a mansão, e eu agarrei o braço de Domenico quando ele tentou se juntar ao meu marido.

"Vamos conversar", eu disse séria, puxando-o para o imenso sofá. "Domenico, tem certeza do que está fazendo?", perguntei quando me sentei e o puxei para se sentar ao meu lado.

"Você é uma hipócrita!" Me olhou fixamente e seus lábios formavam uma linha fina. "Se bem me lembro, você se casou com meu irmão depois de um mês!"

"Um mês e meio", resmunguei, olhando para o tapete. "Além disso, eu não tive escolha, se você não se lembra, Massimo me sequestrou."

"Mas ele não forçou o casamento", Domenico me interrompeu.

"Ah, também não me forçou uma gravidez, não é?!" Olhei para ele com ar zombeteiro.

"Tudo bem, o filho pode ter sido culpa dele, mas, Laura, olhe... Por que esperar? Me apaixonei por ela, quero que fique comigo, não tenho nada a perder, só a ganhar. Sempre é possível se divorciar e, além disso, sinto que é ela." Ele cerrou os punhos com força e seus olhos brilharam de raiva. "Além disso, o que ela fez por mim provou que ela também me ama."

Balancei a cabeça em silêncio confirmando o que Domenico dizia. Na verdade, eu provavelmente era a última pessoa que deveria lhe dar sermão. Estendi a mão, sinalizando para ele que me abraçasse.

"Ei, ei, esse é o meu noivo!", ouvi a voz e senti minha amiga me afastar dele.

Olga se sentou no colo de Domenico e lhe deu um beijo sem pudor, ignorando a presença da minha mãe por completo.

"Por que seus pais não estão aqui?", perguntei, olhando para ela.

"Eles não podiam deixar a vovó e ela não podia vir." Ela encolheu os ombros.

Passamos o resto da noite junto à lareira. Cantamos canções de Natal — cada um a sua, o que foi um pouco confuso — e abrimos os presentes. Olga ganhou um carro vermelho — um maravilhoso conversível Alfa Romeo Spider. Claro que não deixaram passar sem comentar se aquele carro também não seria destruído em caso de algum futuro confronto. Rindo, dei um tapinha na cabeça de Olga. Eu não esperava que os presentes do meu marido fossem baratos, mas, quando vi o que meus pais ganharam, me senti um pouco emocionada. O casaco de pele de zibelina russa que minha mãe tirou da caixa me deixou sem fôlego, e o dela também, eu acho. Papai, por outro lado, ficou feliz ao descobrir que era dono de um veleiro estacionado na Masúria e quase chorou, porque sempre tinha sonhado com isso. Fiz uma cara de desaprovação para Massimo.

"Você está exagerando, meu amor", sussurrei em seu ouvido. "Ninguém espera tais presentes, principalmente porque não temos como retribuir."

O Homem de Negro sorriu de leve e beijou minha testa, me puxando para ele.

"Pequena, e para quem eu daria? Além disso, não espero retribuição. Abra seu presente." Ele me empurrou levemente em direção à árvore de Natal para me fazer encontrar o que havia preparado para mim.

Vasculhei entre os galhos frondosos à procura de algo para mim e, sem conseguir encontrar nada, sentei no chão, fazendo um bico. Massimo se levantou, divertido, e estendeu a mão para o galho acima de mim, no qual estava pendurado um envelope preto. Ele me entregou e ficou de pé na minha frente esperando. Fiquei surpresa e apavorada ao mesmo tempo. Odiei aquele envelope porque me lembrava da noite em que ele anunciou que eu havia sido sequestrada. Fiquei virando-o entre os dedos, observando meu marido, que parecia ter lido o que eu estava pensando, e balancei a cabeça devagar.

"Pode abrir." Um sorriso suave apareceu em seus lábios.

Abri o envelope e tirei uns documentos de dentro dele. Comecei a ler, mas, infelizmente, tudo estava em italiano.

"O que é isso?" Fiz uma careta, não tendo ideia do que tinha recebido.

"Uma empresa." Ele se ajoelhou ao lado e pegou minha mão. "Eu queria te dar independência e ao mesmo tempo deixar você fazer o que ama. Vamos criar uma marca de roupas para você gerenciar." Quando Massimo disse isso, fiquei sufocada. "Você vai ter um ateliê em Taormina, a Emi vai te ajudar na escolha dos designers. Você vai definir..."

Não o deixei terminar, me atirando em seus braços. O resultado foi que o *don* caiu e eu caí sobre ele em um beijo indecentemente longo. Suas mãos encontraram minha bunda, sem constrangimento algum, e começaram a amassá-la continuamente. Nem mesmo a sonora reclamação de minha mãe adiantou. Era o melhor presente que ele poderia me dar, e algo que eu definitivamente não esperava — trabalho!

"Eu te amo", sussurrei quando parei de beijar sua boca.

"Eu sei." Ele me segurou, me levantou e me colocou de pé ao lado dele.

Meus pais olhavam para nós e pareciam satisfeitos. Agradeci a Deus pelo fato de estar tudo tranquilo e de nada de ruim estar acontecendo. No entanto eu sabia que o Natal duraria mais que um dia e, conhecendo minha sorte, sabia também que algo iria acontecer. Mas preferi não pensar nisso. Fiquei feliz por eles não terem ideia de que estavam na mansão de um *don* da máfia, guardados por dezenas de seguranças, e que seu genro havia atirado em um homem na entrada dos carros alguns meses antes.

"Eu também tenho um presente." Me afastei dele e fiquei onde todos pudessem me ver. "É difícil dar um presente para alguém que tem absolutamente tudo", eu disse em duas línguas, enquanto acariciava a parte inferior da barriga e os olhos do meu marido ficavam gigantes e negros. "Vou te dar algo que você realmente quer..." Minha voz falhou, então respirei fundo. "Vou te dar um menino." Massimo ficou petrificado. "É um menino, meu amor, e eu sei que não era para saber agora, mas..."

Os grandes braços do Homem de Negro me ergueram e um grito escapou dos meus lábios enquanto eu voava acima da família. O *don* dava um sorriso amplo e triunfal enquanto me colocava no chão e me beijava.

"Eu te disse!", ele exclamou, fazendo um *high five* com Domenico. "Eu disse que seria meu sucessor: Luca Torricelli!"

Meus olhos o fitaram soltando raios, contudo ele não deu importância e continuou a receber parabéns. *Ele só será um herdeiro da máfia por cima do meu cadáver*, pensei.

Quando todos começaram a bocejar em alto e bom som, mostrando cansaço, resolvi que iríamos dormir. Massimo prudentemente colocou meus pais na ala mais distante do nosso quarto e de todos os lugares da propriedade que pudessem revelar algo diferente do Homem de Negro, e que eles sequer imaginavam.

"Amor", acariciei seu rosto enquanto estávamos no closet, nos livrando das roupas formais. "Como você fez isso?" Massimo me olhou surpreso, sorrindo levemente. "Meus pais", expliquei quando percebi que ele ainda não sabia do que eu estava falando. "Como eles vieram parar aqui?"

O Homem de Negro apertou seus braços em volta de mim e riu com malícia. "Você se lembra de quando tive de resolver uma coisa no dia em que prenderam Domenico?" Balancei a cabeça concordando. "Foi quando eu marquei uma visita a seus pais. Dei um jeito de explicar toda a situação a eles e assegurei-lhes de meus sentimentos e intenções em relação a você. Pedi desculpas por toda a situação, assumindo a culpa, e prometi a Klara um novo casamento com festa." Ele acariciou meus cabelos, como se quisesse acalmar meus pensamentos. "É claro que eu os poupei de saber no que eu trabalho."

"Você é o melhor marido do mundo." Minha língua tentou deslizar para dentro de sua boca sem sucesso.

"Preciso falar com Domenico", Massimo disse, beijando minha testa. "Volto antes de você terminar o seu banho."

Fiz uma careta, esperando que ele se juntasse a mim, mas infelizmente as esperanças de satisfazer minha libido foram destruídas. O *don* me beijou de novo, dessa vez no rosto, e desapareceu nas escadas. Fiquei ali como um poste, enfurecida e calada, sabendo que gritar de raiva não me adiantaria de nada. Quando a porta de baixo se fechou, deixei escapar um rugido selvagem e, batendo os calcanhares com força, fui para o chuveiro.

Não tive pressa, tinha de depilar as pernas, o que eu mais odiava no mundo, e lavar os cabelos, o que odiava ainda mais. A quantidade de fixador que meu cabeleireiro aplicara naquele dia fora avassaladora. Decidi dar às minhas pontas danificadas uma boa regeneração, então fiquei inventando mais tratamentos enquanto estava debaixo da água quente. Quase uma hora depois, eu estava limpa, perfumada e depilada.

Saí do banheiro envolta no enorme robe preto de Massimo, com água pingando dos cabelos. Entrei no quarto e parei no topo da escada que levava à sala de estar. Meu marido estava jogando lenha na lareira e bebendo seu uísque. Ele se virou quando me viu e colocou a mão no bolso, tomando outro gole. Estávamos parados, como se estivéssemos hipnotizados um pelo outro; suas longas pernas estavam ligeiramente afastadas, os pés descalços e sua camisa branca, meio aberta.

Peguei a faixa que segurava meu robe e a desamarrei. Vendo isso, Massimo começou a morder o lábio inferior e se endireitou um pouco. Deixei a faixa cair no chão e abri o tecido escuro, deslizando-o pelos ombros. Quando ele caiu no chão, dei o primeiro passo em direção ao meu marido. Ele estava parado ali, os olhos ligeiramente apertados, e eu podia ver o volume crescendo por debaixo da calça.

"Ponha o copo na mesa", eu disse, parando no último degrau.

O Homem de Negro, obediente, embora sem pressa, atendeu ao meu pedido, inclinando-se e colocando a bebida âmbar em cima da mesa. Quando se aprumou, eu já estava a centímetros dele. Desabotoei sua camisa, tirei as abotoaduras e, finalmente, acariciei sua pele nua. Ele estava com a boca aberta enquanto eu beijava cada cicatriz em seus braços, peito e barriga. Beijei todo o seu corpo, até que me ajoelhei na altura da braguilha. Ele engoliu em seco quando comecei a abrir seu cinto, e suas mãos desceram até meu rosto. Olhando-o nos olhos, primeiro abri o fecho e depois, o zíper. Essa situação claramente o excitava, pois antes que o zíper estivesse totalmente aberto, eu já podia ver seu pau duro saindo da calça. As mãos do Homem de Negro se moveram para a minha nuca e com um movimento decidido ele me puxou em direção à sua pica.

Massimo ficou surpreso com a minha resistência, então afrouxou o aperto e eu puxei sua calça para baixo completamente.

"Por que você está sem cueca?", perguntei, fingindo estar brava quando me levantei.

Divertindo-se sem disfarçar, ele encolheu os ombros e, nu, pegou novamente o copo que antes estava em sua mão. Eu me virei e, seguida por seu olhar, fui até o sofá, me sentei e abri bem as pernas.

"Venha aqui", ordenei, indicando o espaço no chão entre elas.

O sorriso de Massimo tornou-se ligeiramente sacana. Depois de terminar a bebida, meu marido caiu de joelhos na minha frente. Agarrei seus cabelos, segurando com força, e o encarei por um momento antes de puxá-lo para minha boceta molhada. Seus olhos brilhavam com o fogo vivo e ele apertava seus lábios secos de vez em quando. Ele se mexia impaciente e eu o punia por me ter feito tomar banho sozinha. Corri o polegar por sua boca, colocando o dedo dentro dela. Massimo inclinou a cabeça para trás, sinalizando que queria começar, mas eu o ignorei.

Em certo momento ele não aguentou a tortura e, agarrando minhas coxas, me puxou para baixo, de modo que minha boceta ficasse bem embaixo de seu queixo. Esperando um ataque, agarrou meu pescoço e me segurou com força. Sua língua rastejou entre os lábios escorregadios num movimento hábil e começou a me acariciar avidamente. Eu gritava enquanto me agarrava ao sofá. A boca de Massimo sugava meu clitóris intumescido e eu pensei que gozaria rapidamente. Massimo abriu os lábios com os dedos e, chegando ao ponto mais sensível, observou o prazer fazer meu corpo se contorcer. Tentei olhar para ele, mas aquela visão estava me deixando enlouquecida, então fechei os olhos e mordi a almofada macia. Para me torturar ainda mais, meteu dois dedos em mim de uma vez só. Ele os enfiava e puxava no ritmo de sua língua. Eu gemia, me remexia e me contorcia embaixo dele, que me preenchia cada vez com mais força. Foi quando um calor e um calafrio sacudiram meu corpo. O orgasmo veio com tanta rapidez que não consegui respirar. Explodi, apertando a boceta em torno de seus dedos, e ele acelerou ainda mais. Quando acabou um, veio o outro, até que depois do terceiro empurrei-o para longe, incapaz de aguentar mais prazer.

Massimo me puxou um pouco mais para fora do sofá, de modo que meus pés tocaram o chão, e enfiou sua rola em mim. Deslizou deliciosamente dentro de mim, porque minha xota molhada com a sua saliva estava totalmente pronta para receber aquele pau grosso. Eu me sentia semiconsciente enquanto metia, movendo-se lentamente e depois acelerando. Com os dedos ainda molhados, Massimo beliscava meu mamilo, torcendo-o e apertando-o.

"Eu quero te sentir com mais força." Ele soltou o ar e colocou almofadas embaixo da minha bunda, arqueando minhas costas. "Agora ficou melhor", rosnou feliz e começou a meter com tanta força que eu não conseguia nem gritar.

Os resquícios dos meus orgasmos começaram a arder dentro de mim. Abri os olhos para encontrar o olhar enlouquecido de meu marido. Através dos lábios entreabertos, pude ver os dentes cerrados com força; ele estava com muito tesão. Gotas de suor escorriam por seu peito e ele ofegava. A visão dele, o cheiro dele e o que ele fazia me levaram a não lutar mais contra mim mesma.

"Mais forte", gritei, dando um tapa em seu rosto ao mesmo tempo que todos os músculos do meu corpo se contraíram com a enorme onda de prazer que me inundou.

O tapa que dei nele o fez gozar com um rugido poderoso, explodindo logo depois de mim. Massimo não diminuiu o ritmo e gritou pouco antes de cair exausto sobre mim.

Ficamos deitados, tentando recuperar o fôlego. O peito suado de Massimo se movia para cima e para baixo, enquanto eu corria minhas mãos trêmulas por seus cabelos. Beijei delicadamente sua barba por fazer, correndo os lábios sobre a superfície áspera. Olhei para sua pele lisa e perfeita. Era impecável.

"Por que você não tem nenhuma tatuagem?", perguntei, me deitando de costas.

"Não gosto de tatuagens. Por que marcar e machucar o próprio corpo?" Ele se virou e olhou para mim. "Além disso, sou bastante conservador nesse assunto, para mim as tatuagens são de domínio dos presos e não gostaria que ninguém me associasse a uma prisão."

"Então por que você contratou um jardineiro na nova casa que é coberto de tatuagens? Parece que..."

"Jardineiro?" Massimo me interrompeu, a alegria desaparecendo de seu olhar.

Meus olhos se arregalaram, surpresos com sua reação, e franzi a testa ligeiramente, imaginando o que passava por sua cabeça.

"Nacho, nosso jardineiro careca e tatuado da Espanha. Ele queria falar com você ontem sobre o jardim."

O Homem de Negro engoliu em seco. Ele se sentou, me arrastando com ele.

"Querida, você pode me contar exatamente o que aconteceu?", ele disse com muita calma, embora eu pudesse ver que por dentro estava tremendo de raiva.

A visão me apavorou. Levantei, me libertando de suas mãos, que repousavam em meus ombros e, aborrecida, comecei a circular em volta dele.

"Talvez você possa me contar primeiro do que se trata."

Massimo ficou em silêncio por um momento, sem tirar os olhos de mim, o lábio inferior apertado pelos dentes.

"Ainda não contratei um jardineiro", respondeu sério, levantando-se. "Agora, Laura, devagar e com detalhes, quero ouvir toda a história sobre esse 'jardineiro'..."

Minhas pernas bambearam quando ouvi o que ele disse. *Como é que pode não ter jardineiro?*, pensei. *Afinal, conversei com ele, ele era meigo, lindo e um pouco estranho, mas não me senti ameaçada.*

Sentei no sofá enquanto Massimo se ajoelhava ao meu lado, ouvindo a história sobre o homem careca. Assim que terminei, ele pegou o celular e falou com alguém em italiano por alguns minutos, olhando para mim de vez em quando. Quando terminou, jogou o telefone contra a parede com tanta força que ele se estilhaçou.

"Porra!", ele gritou em inglês, e eu me encolhi no sofá com sua fúria. Um momento depois, enquanto sua raiva o queimava por dentro com uma chama quase visível, eu me levantei e fui até ele.

"Massimo, o que está acontecendo?" Pousei as mãos em seus ombros, que subiam e desciam com sua respiração. Ele permaneceu em silêncio por um tempo, como se quisesse digerir o que tinha ouvido e pensasse em como me explicar aquilo tudo.

"Era Marcelo Nacho Matos, membro de uma família mafiosa espanhola e..." Ele se calou e eu sabia que não gostaria do que estava prestes a ouvir.

"Laura, meu amor", o Homem de Negro se virou para mim, segurando meu rosto entre as mãos, "o homem que você conheceu é um exterminador."

"O que significa isso?"

"É um assassino." Sua mandíbula começou a se apertar em cadência. "Não sei por que ele só se mostrou para você, já que..." Massimo fez uma pausa e um arrepio passou por mim.

"Já que ainda estou viva?", suspirei. "Isso é o que você queria dizer, Massimo? Que você está surpreso por eu estar viva?"

Toda a atmosfera maravilhosa foi para o espaço, e tive a impressão de que o *don* estava prestes a explodir de raiva a qualquer segundo. Ele passou por mim sem dizer uma palavra, foi até o closet e voltou usando um agasalho. Sentei encolhida no sofá sob o cobertor e fiquei olhando para o fogo. Massimo parou e olhou para mim, então se sentou e me puxou para o seu colo. Eu me aninhei contra seu peito. Suas mãos firmemente em volta de mim me deram uma sensação de segurança.

"Por que ele queria me matar?", perguntei, fechando os olhos com força.

"Se ele quisesse, você estaria morta agora, então suspeito de que ele procurasse algo bem diferente." Suas mãos me agarraram com tanta força que eu gemi de dor. "Desculpe", ele sussurrou, afrouxando o aperto. "Há alguns meses tive um problema com o pessoal dele." Parou de falar de repente, como se estivesse considerando algo. "Laura, você não vai a lugar nenhum sozinha. Estou falando sério." Seu olhar frio me assustou. "Você vai ter proteção dupla e nem pense em saídas solitárias até Messina." Ele parou novamente. "E seria melhor ainda se eu te mandasse para algum lugar distante..."

"Ah, você só pode estar ficando maluco!", gritei, indignada. "Seus homens não têm condição de cuidar de mim. Nunca me acontece nada quando estou com você, e quando você me deixa com eles sempre acontece alguma coisa." Queria me libertar de seu abraço, mas ele não me soltava, então desisti e me dei por vencida. "Massimo, eu não quero ir a lugar nenhum." As lágrimas encheram meus olhos. "E meus pais?"

O Homem de Negro inspirou ruidosamente.

"Amanhã todos nós faremos um cruzeiro no Titã, e depois das festas, quando eles voltarem para a Polônia, terão a proteção do Karol. Prometo que vou cuidar deles." Seu tom sério me garantiu que ele sabia o que estava fazendo. "Eles não estão sob ameaça, ninguém os está caçando. Tudo o que os espanhóis querem é me fazer mal, e a única maneira de fazer isso é afetando você." Massimo virou minha cabeça para que nossos olhares se encontrassem. "E eu te garanto que prefiro me livrar de tudo o que tenho e sacrificar minha vida a deixar que toquem num fio de cabelo seu ou do meu filho."

Depois de me acalmar, ele saiu logo que Domenico bateu à porta informando-o de algo. Na cama, lutei a noite toda com pesadelos em que o personagem principal era um espanhol sexy. Não conseguia entender como aquele homem gentil que conheci enquanto estava sentada no jardim podia ser um assassino profissional. Seus olhos alegres contrariavam o que Massimo dizia. Analisei todo o nosso encontro, o que ele fez e disse, mas não conseguia chegar a nenhuma conclusão. A questão de por que ele não me matou passava pela minha mente sem parar. Afinal, ele poderia ter feito isso sem maiores dificuldades naquela ocasião. Por que me deixou vê-lo? Por que se apresentou? Talvez tenha considerado que tudo pareceria tão insignificante para mim que eu não mencionaria o encontro para meu marido. Ou, talvez, quisesse me matar e tivesse de fato me matado, mas algo o impediu — talvez remorso, ou ele apenas tenha simpatizado comigo. Cansada de pensar e acordar o tempo todo com a impressão de que ouvira algum barulho, finalmente adormeci.

Na manhã de Natal, como sempre, acordei sozinha na cama. Os lençóis do lado de Massimo estavam intactos, o que significava que ele não tinha dormido comigo naquela noite ou que não quis dormir comigo.

Quando terminei de me arrumar para o café da manhã e estava descendo as escadas, a porta se abriu e meu marido entrou, exausto. Fiquei petrificada, sem dizer uma palavra, enquanto o observava.

"Eu tive de planejar a segurança e verificar toda a propriedade", Massimo murmurou.

"Pessoalmente?"

"Quando se trata da sua segurança, faço tudo pessoalmente." Ele passou por mim e subiu. "Me dê meia hora e vou me juntar a vocês."

Desci para a sala de jantar e vi todos os convidados sentados à mesa. Estavam alegres e conversavam com vivacidade em pelo menos três línguas. Quando me viram, toda a atenção deles se voltou para mim. Mamãe queria me alimentar à força com quase tudo o que estava sobre a mesa, e papai contou pela septuagésima vez como foi quando minha mãe estava grávida de mim. Uma vez mais ouvi a história de como no meio da noite ela tinha vontade de comer chocolate, o que não era tão fácil de comprar em tempos de longas filas e cartões. Papai chegava primeiro na fila para poder pegar os doces pelos quais ela ansiava mais que tudo e, quando ela dava a primeira mordida, vomitava, dizendo que não era bem aquilo o que queria. A história toda foi contada em polonês, enquanto Olga, aninhada no ombro do futuro marido, traduzia toda a história num sussurro para ele.

"Laura, pode vir aqui um instante, por favor?", mamãe me chamou, já de pé no lado oposto da sala.

Levantei e caminhei em sua direção, enquanto ela olhava pela janela ao lado da saída para o terraço com um cigarro na mão.

"Quem são essas pessoas?" Ela apontou para os dois seguranças ao lado da descida para a praia, e depois para os outros que ela podia ver.

"São seguranças", murmurei sem olhar para ela.

"Por que são tantos?"

"Sempre são muitos." Menti sem hesitar, com medo até de olhar para ela. "Massimo tem mania de perseguição e a propriedade é imensa, então até que não são tantos assim." Dei um tapinha nas costas dela e quase corri em direção à mesa, com medo de mais perguntas.

Meu Jesus Cristo, pensei, enquanto me sentava, *vou acabar exausta nesses dois dias, com medo de que descubram tudo.*

Eu me perguntava por que o Homem de Negro os levara até ali. Ele poderia muito bem ter planejado as férias na Polônia, poupando meus nervos. No fundo, estava rezando para que ele viesse logo e, melhor ainda, para que todos embarcássemos no Titã e navegássemos para longe dali. Embora o tempo não fosse dos melhores, preferia congelar no iate a ficar paranoica em casa. No entanto, não tinha o direito de reclamar, porque, diante da neve da Polônia e das temperaturas negativas, o céu sem nuvens e os quinze graus à sombra pareciam uma alternativa muito mais agradável.

"Meus queridos", disse Massimo, entrando na sala de jantar, "eu gostaria de fazer um anúncio."

Que alívio!, pensei. Primeiro, porque ele já estava lá, e segundo porque tiraria todos nós da casa. Com prazer, comecei a traduzir do inglês para o polonês para que meus pais entendessem.

"Essa noite vamos a Palermo para o baile de Natal."

"Puta que pariu!", dei um gemido, dessa vez apoiando a cabeça contra o tampo da mesa.

Minha mãe quase pulou da cadeira, mas meu pai segurou levemente seu ombro. Confusa, me virei para o *don* e, com um adorável sorriso falso, falei em seu ouvido.

"A gente não ia fazer um cruzeiro?"

"Os planos mudaram." Ele beijou a ponta do meu nariz.

Meu Deus, como desejei naquele instante que minha vida fosse organizada e normal, comum e, acima de tudo, chata. Eu gostaria de ficar em casa no sofá, comendo o dia todo e bebendo vinho. Queria assistir ao Kevin sozinho em casa, pela milésima vez, em *Esqueceram de mim* e me deleitar em não fazer nada.

"O que houve, querida?" A voz irritada de minha mãe perfurou meus ouvidos. "Não tenho nada para vestir, além disso é uma notícia bastante inesperada."

"Bem-vinda ao meu mundo!" Abri os braços com um sorriso irônico.

Massimo sentiu o nervosismo da minha mãe, o que não me surpreendeu, porque seria preciso ser surdo, cego e estar bem longe, perto do cais, para não perceber. Falando suavemente em russo, ele se dirigiu a ela, presenteando-a com um sorriso nocauteador, que eu via pela primeira vez. Klara Biel lhe agradecia, piscando languidamente, e eu me perguntava que tipo de lorota ele lhe contara. Depois de alguns instantes, ela estava sentada radiante, acariciando o ombro de papai, que parecia completamente alheio a tudo.

"Resolvido", sussurrou Massimo, sua mão apertando minha coxa. "Venha."

Ele saltou da cadeira, surpreendendo a todos, e me arrastou com ele.

"Já vamos voltar!", gritei com um sorriso, desaparecendo no corredor.

Arrastada por salas sucessivas, não conseguia nem perguntar o que estava acontecendo. Quando passamos pela porta seguinte, nos encontramos na biblioteca. O Homem de Negro fechou a porta e se colou a mim em um beijo apaixonado. Seus lábios e língua percorriam meu rosto avidamente, capturando cada centímetro dele.

"Eu preciso de adrenalina", ele ofegou. "Porque a cocaína não é uma opção..."

Suas mãos deslizaram sob o vestido curto e agarraram a minha bunda, me levantando. Ele atravessou a sala e me colocou ao lado da escrivaninha, se encostando nela. Eu o encarei confusa, meu coração batendo forte de excitação. As mãos de Massimo abriram o cinto e depois o zíper. Colocando os polegares no cós da calça e no elástico da cueca, ele os deslizou para o chão com um só movimento, liberando o pau duro.

"Ajoelhe", Massimo rosnou, apoiando as mãos na beirada da mesa. "Me faça um boquete!", ele ordenou quando meus joelhos tocaram o chão.

Surpresa e um pouco confusa, levantei os olhos e o encarei, encontrando um olhar quase negro dominado por um desejo selvagem. Segurei seu pau devagar e lentamente levei-o à minha boca. Os lábios do Homem de Negro se entreabriram, inalando o ar com velocidade crescente, e um gemido suave emergiu de dentro dele. Eu corria minha mão da base até a cabeça do seu pau, nunca tirando os olhos do rosto do meu marido.

"Como quer que eu faça isso, *don* Torricelli?", perguntei, sedutora, o que ele pareceu ignorar completamente.

"Rápido e forte." Havia gotas de suor no rosto de Massimo e suas pernas tremiam ligeiramente.

Juntei saliva e cuspi em seu pau cada vez mais duro para assegurar que deslizaria bem. Um rugido escapou da garganta do *don*, e uma de suas mãos viajou para a parte de trás da minha cabeça, me forçando a levar sua rola para o fundo da minha garganta. Eu estava esperando por aquilo. Abri a boca e engoli sua rola toda, o que fez com que Massimo colocasse a outra mão na minha nuca. Seus quadris encontraram o ritmo dos meus movimentos, e, algum tempo depois, não era eu quem o chupava, mas era ele quem metia na minha boca. Ele gemia alto e murmurava algo em italiano enquanto eu acolhia tudo, cada vez mais rápido, enfiando a parte favorita do meu marido cada vez mais fundo na minha garganta. Não precisava das mãos, então eu as passei por sua bunda e minhas unhas cravaram profundamente em sua pele lisa. Ele adorou, não queria apenas dar sensações fortes, mas também recebê-las de volta. A dor fazia parte de nossa vida sexual, nos estimulava da mesma maneira, então nenhum de nós jamais se opôs. Sentia sua pica batendo na minha garganta, ultrapassando os limites das minhas possibilidades, e meus dentes encostando no ventre dele. Comecei a engasgar e sufocar, tentei sair, mas ele me segurou com mais força. As lágrimas brotavam dos meus olhos e o ar ficou preso na garganta. Cravei as unhas na pele do Homem de Negro com mais força ainda, e então senti o líquido quente inundar minha boca. Suas mãos pararam, mas seu pau ainda estava dentro de mim. Tentei engolir cada gota, porém eu mal conseguia respirar. Então Massimo me afastou um pouco, me dando a chance de respirar. Ele terminou e pousou as mãos na beirada da mesa. Seu pau saiu da minha boca e limpei o rosto, manchado pelas lágrimas. Peguei sua rola com a mão direita e, olhando lascivamente nos olhos de Massimo, lambi-a até ficar limpa.

O polegar do Homem de Negro acariciou minha face enquanto eu puxava sua cueca boxer e depois sua calça. Abotoei a braguilha, fechei o cinto e fiquei na frente dele, alisando a camisa que eu tinha enfiado para dentro da calça.

"Energizado agora?", perguntei, levantando as sobrancelhas ligeiramente e limpando o rímel que tinha borrado.

"Energizado", ele sussurrou, beijando minha testa.

O *don* realmente não gostava do sabor da porra, o que era bastante óbvio, mas eu gostava de provocá-lo e ultrapassar certos limites. Quando seus lábios estavam se afastando de mim, agarrei seu rosto com minhas mãos e forcei minha língua entre seus lábios. O corpo de Massimo enrijeceu, contudo ele não me empurrou. Ficou parado e esperou que eu terminasse de tentar dar a ele o máximo possível de seu próprio sabor.

"Isso é pela minha maquiagem borrada", sibilei, beijando-o mais algumas vezes nos lábios, que formaram um sorriso malandro.

Nos arrumamos um pouco e passamos o resto da manhã bem tranquilos, conversando, andando pela propriedade e — infelizmente — relembrando minha infância. Meus pais não hesitaram em revelar que, quando eu era pequena, adorava comer areia. Divertido, o Homem de Negro respondeu que tinha uma pedreira, e convidou-nos para almoçar a sua especialidade: cascalho à moda da casa.

Durante a curta caminhada, minha mãe não conseguia entender por que quatro pessoas me seguiam sem parar, mas preferi ignorar sua curiosidade por medo de falar mais do que deveria. Se não fosse pelo aumento da segurança, eu já teria esquecido há muito tempo meu encontro com o jardineiro e os perigos que meu marido achava que me espreitavam em cada esquina. No entanto, estava convencida de que não correria muito risco em relação ao assassino espanhol. O jeito como ele me olhou não dava sinais de que queria me machucar. Dessa vez eu não compartilhava da paranoia de Massimo.

Capítulo 17

Eram cerca de três da tarde quando três cabeleireiros e maquiadores chegaram à propriedade. Papai e o Homem de Negro deram um suspiro de alívio quando foram fazer a sesta, e eu, minha mãe e Olga fomos nos arrumar um pouco. Enquanto fazia o cabelo, descobri o que meu marido estava explicando para minha mãe com um sorriso tão radiante. Ele falava sobre os vestidos que esperavam por ela pendurados no closet de seu quarto. Ouvindo isso, cheguei à conclusão de que ou meu homem havia mentido para mim ou sua autoridade era todo-poderosa e incluía bruxaria e previsão do futuro. Era para ser um cruzeiro e agora seria um baile — um tanto inesperado, mas o Homem de Negro estava preparado para qualquer eventualidade. Muito estranho. Quanto mais eu pensava sobre isso, mais claro ficava que a viagem no Titã tinha sido desde o início uma brincadeirinha para me deixar tranquila na noite anterior. Não queria ficar brava com Massimo porque uma festa nos esperava e eu faria meu papel de pulseirinha; então decidi não entrar nessa.

Quando adentrei o closet, Massimo estava diante do espelho, colocando uma gravata-borboleta. Parei na entrada e, vestida apenas com um roupão macio, observei aquela visão divina. Ele usava calça de smoking cinza e uma camisa branca e seu cabelo estava todo penteado para trás. Ele parecia um verdadeiro mafioso siciliano. Concentrado, terminou o que fazia e antes que suas mãos descansassem livremente ao lado do corpo, me atravessou com seu olhar negro. Seus olhos encararam meu reflexo, seus dentes mordiscando o lábio inferior. Ele se virou e tirou o paletó do cabide, vestiu-o com um movimento rápido e o abotoou, ajustou os punhos e me penetrou com os olhos calmos nos quais se adivinhava uma surpresa.

"Escolhi um vestido para você", disse, parado a alguns centímetros de mim.

Inspirei seu cheiro forte, que me deixou tonta, e fiquei imaginando como cair fora da festa e ficar na cama com ele até o fim da vida.

"E eu não posso ir assim?" Segurei o cinto do meu robe e o afrouxei, deixando-o cair no chão. A mandíbula do Homem de Negro se apertou e suas pupilas inundaram seus olhos quando ele viu sua renda vermelha favorita no meu corpo. "Tenho uma proposta para você." Segurei um botão do paletó e o desabotoei. "Você me coloca na bancada da pia e me chupa." Tirei-lhe o paletó e coloquei-o de volta na cadeira enquanto observava seus lábios se abrindo cada vez mais. "Quando eu gozar, você vai me virar de costas para você e, olhando meu reflexo no espelho, você enfia..."

Peguei o cinto e ele agarrou minhas mãos.

"Onde?" A pergunta era como o corte de uma espada. "Onde enfio?"

"Na minha bundinha", sussurrei, passando a língua sobre seu queixo e lábio e entrando em sua boca.

O Homem de Negro rosnou e me agarrou em seus braços, me beijando loucamente. Senti seus dedos me penetrarem, esfregando meu clitóris.

"Não posso." Essas palavras foram como um soco no estômago. Meu marido se afastou de mim e deu um tapa na minha bunda ao passar. "Essa lingerie não vai te servir de nada. Vista-se porque temos só meia hora." Lascivamente lambeu os dedos que acabara de tirar de dentro de mim.

Eu sabia o que Massimo estava fazendo, não era a primeira vez que sua crueldade comigo era quase palpável. Cerrei os punhos e vaguei por um momento, gritando todos os palavrões que conhecia na minha cabeça. Então respirei fundo e caminhei em direção à capa que protegia o vestido.

Abri o zíper do tecido com o logo da loja polonesa La Mania e fiquei sem fôlego. O vestido brilhante, quase branco, com detalhes prateados, parecia feito de teias de aranha. Delicado, arejado e extremamente sexy. Um corte profundo nas laterais do peito, preso no pescoço e totalmente sem costas. Em alguns lugares era transparente, em outros, composto de algo parecido com flores cinza-prata. Estreito na parte superior e alargado na parte inferior, o vestido olhava para mim do cabide. Ao vê-lo, entendi o que Massimo tinha em mente quando disse que a roupa íntima não me serviria de nada. Um sutiã estava fora de questão, e a tanga tinha de ser da cor da pele e microscópica. Quando o tirei do cabide, descobri outra capa protetora, com uma pelerine cinza-prata dentro. Tom Ford havia começado essa tendência em sua coleção de 2012, mas nunca me passou pela cabeça que eu usaria algo tão deslumbrante.

"Os carros estão esperando", disse o Homem de Negro, entrando no closet vinte minutos depois. "Minha rainha", acrescentou, olhando para mim vestida com aquela roupa fascinante. Pegou minha mão e beijou-a, analisando minha silhueta com olhos em êxtase.

De fato, eu estava linda. O corte bob, curto e renovado, estava muito bem modelado, a maquiagem cinza esfumada harmonizava-se perfeitamente com os elementos mais escuros da roupa, e os sapatos de bico Manolo Blahnik completavam tudo. Peguei a minúscula bolsa Valentino e me virei com indiferença para meu marido.

"Vamos?", eu o desafiei com essa atitude ambivalente.

Meu homem lindo estava de pé, sorrindo de orelha a orelha, mostrando uma fileira de dentes brancos perfeitos. Ele não disse uma palavra, apenas agarrou minha mão, que segurou com mais força, e me puxou em direção à escada.

"Leva muito tempo para chegar lá?", perguntei enquanto nos dirigíamos para a saída.

"Estamos indo para o aeroporto e o voo levará menos de vinte minutos."

Ao som da palavra "voo", apertei sua mão com mais força, mas ele acariciou o dorso da minha mão com o polegar, e eu sabia que, com o gesto, estava dizendo que me daria atenção mesmo com a presença da família.

No enorme corredor em frente à porta de saída, encontrei todos os demais muito bem-humorados graças ao álcool. Todos pareciam divinos. Os homens de smokings pretos pareciam estrelas de cinema, mas Olga chamou mais minha atenção. Pela primeira vez ela não apostou no estilo prostituta — ou foi Domenico quem havia escolhido a roupa dela? Um vestido preto longo até os pés, colado, sem ombros, que acentuava suas curvas, e um pequeno bolero de pele sobre os ombros esguios.

"Finalmente você chegou!" Como uma lâmina, a voz de minha mãe me atravessou. Eu me virei para olhar para ela.

Meu queixo quase caiu quando ela parou na minha frente usando um vestido vermelho de um ombro só. Fiquei olhando por um momento, depois me lembrei de que tinha sido meu marido quem dera o presente. Olhei para ele, dessa vez mostrando uma leve desaprovação. O Homem de Negro, por outro lado, encolheu os ombros alegremente e mostrou a todos o caminho para os carros.

"Quando seus pais estão junto da gente, tenho a impressão de que estamos no colégio de novo", sussurrou Olga enquanto descíamos dos carros em frente a um hotel histórico já em Palermo. "Tenho de ser muito correta, gentil e toda educada, porque todo mundo aqui vai entender se eu falar *fuck*. Que merda!"

"Pelo que eu sei, amanhã eles voltam para a Polônia", falei rindo enquanto segurava sua mão. "Também estou de saco cheio desse clima tenso e desse medo constante de que aconteça alguma coisa que acenda a lâmpada de segurança deles e eles descubram quem é Massimo".

"Ah, sim, esqueci de te perguntar." Ela baixou a voz conspirando. "Por que, de repente, temos tantos seguranças na casa? Domenico não quer me dizer nada."

"Ah, porque...", comecei, mas então o Homem de Negro me pegou pela mão.

"Pronta?" Massimo acenou para os fotógrafos parados na entrada e a multidão de pessoas circulando por ali.

Jesus Cristo, nunca vou estar pronta para isso, muito menos vou conseguir me sentir à vontade. Apertei o ombro do meu marido e ele colocou sua mão reconfortante na minha, e então começaram os gritos. Os fotógrafos se empurravam para obter a melhor foto possível. Massimo ficou calmo, usando uma máscara de indiferença, e eu tentava abrir os olhos enquanto milhões de flashes piscavam me cegando.

"*Signora* Torricelli!" Os brados não paravam.

Então levantei a cabeça e dei a todos o sorriso mais radiante que tinha em minha paleta de expressões faciais artificiais. Depois de algum tempo, o *don* acenou e entramos calmamente.

"Você está ficando cada vez melhor nisso." O Homem de Negro beijou minha mão, me levando pelo corredor até o salão de baile.

Quando nos sentamos à mesa, fiquei feliz por não haver estranhos conosco dessa vez, embora soubesse que os senhores tristes não tardariam a chegar. Examinei as monumentais instalações. O pé-direito, altíssimo, era ornamentado, e as colunas que sustentavam o telhado com arcos esculpidos nos deixavam sem palavras. Havia velas acesas em todos os lugares, também belas árvores de Natal gigantes e decorações natalinas. Os talheres eram de prata e os bufês, quase vinte, estavam repletos de iguarias do mundo todo. Garçons de fraque branco serviam petiscos, e eu me perguntava novamente o que estava fazendo ali. Minha mãe provavelmente estava com outra coisa na cabeça, pois se sentia muito à vontade em tais circunstâncias, atraindo a atenção da maioria dos homens para ela. Papai estava sentado todo orgulhoso e completamente despreocupado com o fato de que, desde que tínhamos entrado, havia apenas cinco minutos, minha mãe já tinha sido convidada para dançar seis vezes.

"Que tipo de festa é essa?" Inclinei-me para Massimo, acariciando levemente sua coxa.

"De caridade", ele sussurrou de volta. "E pare de me provocar." Ele deslizou minha mão até sua virilha e acariciou com ela a protuberância dura entre suas pernas.

"Eu não estou usando calcinha", sorri radiante para ele, porque senti que minha mãe nos observava.

A mão do Homem de Negro apertou a minha mão, quase esmagando-a, e seus olhos negros me encararam.

"Não acho que seja verdade", Massimo pigarreou delicadamente, acenando com a taça de champanhe para Klara.

"Eu estou com um vestido sem tecido nas costas. Deslize a mão por elas e veja você mesmo." Levantei as sobrancelhas e fiz um gesto para minha mãe com minha taça d'água.

Senti o braço de meu marido descer e sua mão vagar sob o vestido e depois parar. "Quando vesti a calcinha em casa, descobri que, infelizmente, daria para ver qualquer cor, então, depois de me certificar de que não mostraria nada sem ela, resolvi ficar sem."

O *don* sentou-se e acariciou suavemente com o dedo o local onde começava a minha bunda. Respirou fundo e colocou as duas mãos sobre a mesa. *Te peguei!*, pensei.

Deslizei a mão direita para baixo, fingindo ajustar meu sapato, e, levantando as camadas de tecido, encontrei minha boceta molhada. Brinquei um pouco e, quando tive certeza de que estava impregnada com todo o meu cheiro e gosto, esfreguei os dedos e dei a outra mão para Massimo.

"Beije e sinta-me." Mordi o lóbulo de sua orelha.

Ele atendeu ao meu pedido, movendo suavemente os lábios sobre a mancha molhada em minha mão. Suas pupilas dilataram e sua respiração acelerou visivelmente quando Massimo inspirou o aroma, provando-o.

"Eu... não... vou... recusar...", ele respondeu com a voz rouca.

O *don* estava em brasa e brilhava mais do que os pavios das velas sobre a mesa, mas deu uma olhada em meus pais alegres, tomou um gole de vinho e apoiou as costas na cadeira. Seu peito ondulava a cada segundo mais regularmente, e sua boca, que ele havia aberto um momento atrás, estava fechada, deixando a sombra de um sorriso em seus lábios. Eu teria ficado maravilhada com o seu autocontrole se não fosse pelo fato de que o pau sob sua calça estava quase rasgando a braguilha.

"Esses saltos Louboutin estão acabando comigo", Olga disse, caindo na cadeira ao lado após três horas de festa. "O Domenico não sabe dançar, também não sou lá grande coisa, e ele me arrasta pela pista como se estivesse no *Dançando com as estrelas*." Seus olhos se arregalaram quando ela levantou as mãos aos céus.

Olhei para ela com compaixão. Sabia o que estava sentindo — no festival de Veneza, depois de duas músicas, ela já tinha se cansado dele. Olhei para Massimo, que estava compenetrado discutindo algo com Jakub, e fiquei feliz por pelo menos ser um excelente dançarino. Naquela noite, meu marido não me largou nem por um segundo. Não sei se foi pelos meus pais ou pela falta de calcinha, mas grudou em mim como um esparadrapo.

Era um pouco antes de uma hora da manhã quando mamãe e papai se despediram e um dos homens do *don* os acompanhou até o quarto. Então, um homem mais velho sentou-se à nossa mesa. Ele cumprimentou todos, incluindo meu irmão, e depois de um tempo os quatro estavam absortos numa conversa.

"Olhe só, já começou", resmunguei para Olga, que continuava massageando os pés.

"Que merda, Laura, o que você estava esperando?!" Ela encolheu os ombros. "Vamos dormir."

Sua proposta me pareceu a melhor opção possível, então me virei para meu marido pedindo que fôssemos para o quarto. Infelizmente, encontrei resistência e o olhar irritado de um Massimo cansado.

"Então nós estamos indo", eu disse, levantando-me.

O Homem de Negro fez sinal com a cabeça para os dois guarda-costas que estavam encostados à parede e, depois de alguns segundos, eles se ergueram como um muro na minha frente. Fiz cara de poucos amigos, balancei a cabeça e nos dirigimos para a saída.

Os dois gorilas pelo jeito conheciam o caminho para o meu quarto, então eu os segui obedientemente. De repente percebi que meu celular tinha ficado no paletó do *don*, já que a bolsa que eu havia levado era muito pequena.

"Eu já volto", rosnei para o segurança, que parou no meio do caminho e se virou. Um dos homens me seguiu, mas acenei para ele ficar. "Eu sozinha sou mais rápida!", gritei.

Entrei no salão e fiquei preocupada ao descobrir que nossa mesa estava vazia. Fiquei parada ao lado da minha cadeira por um tempo, olhando em volta, até que vi o garçom que nos servira. Aproximei-me e perguntei se ele sabia para que lado tinham ido os homens que estavam sentados ali cinco minutos atrás, e então ele me mostrou a porta no final do salão. Fui até lá e segurei na maçaneta.

Estava tudo numa escuridão total atrás das portas de madeira, e o caminho era iluminado apenas por pequenas lâmpadas penduradas nas paredes. Fui andando, encostada na parede, até ver outra porta. Ouvindo vozes, virei a maçaneta e entrei. Vários homens estavam sentados à mesa em uma pequena sala, incluindo aqueles que eu estava procurando.

"Que merda!", berrei quando vi Massimo se curvar sobre a mesa e desenhar uma linha de pó branco. Ele terminou, largou a nota enrolada e olhou para mim assim como todos os outros.

"Você está perdida, querida?", ele falou entredentes e eu comecei a me sentir mal.

Cercada por uma explosão de risos, fui até ele e estendi a mão.

"Me dê meu celular." Massimo enfiou a mão no bolso e tirou o aparelho, então, inclinando-se sobre a mesa, o entregou para mim. "E vá se foder... *don*!"

Houve um silêncio mortal na sala e os homens sentados ao lado dele o encararam com expectativa.

"Saia já daqui!", ele rosnou, me apontando a direção, e um dos senhores tristes abriu a porta para mim.

Lancei-lhe um olhar de ódio e cerrei a mandíbula para não explodir em lágrimas. Dei a volta e, levantando a cabeça, fui saindo da sala. Quando já estava passando pela porta, o Homem de Negro disse algo em italiano e, novamente, todos riram.

Fiquei furiosa. Eu sabia que ele tinha de bancar o durão na frente das pessoas, mas por que, pelo amor de Deus, ele precisava usar drogas? Atravessei correndo a outra sala, ainda sufocando meus soluços, e me dirigi para onde havia deixado Olga.

Enquanto caminhava pelo corredor cheio de portas do hotel, percebi que havia feito uma curva errada.

"Tomara que se foda!", amaldiçoei, batendo o pé como uma criança enfurecida.

Orientação nunca foi meu forte, mas quando estava com raiva eu me superava.

Virei-me para voltar quando senti um gosto ligeiramente doce na boca.

Capítulo 18

Minha cabeça doía como se eu estivesse de ressaca, mas estava grávida e não tinha uma ressaca fazia tempo. Abri os olhos sem pressa. Havia uma claridade desagradável no cômodo, e a luz não era o melhor remédio para a enxaqueca. *Meu Deus, será que eu desmaiei de novo?*, pensei, sem me lembrar do que tinha acontecido na noite anterior. Dei um gemido ao me virar de lado e cobri a cabeça com a coberta. Ao tentar me enrolar nela, corri a mão sobre o corpo e fiquei paralisada. Estava usando uma calcinha boxer de algodão, mas eu não tinha um único par de calcinhas de algodão. Meus olhos se arregalaram, ignorando a dor na cabeça. Tirei a coberta e olhei para baixo em pânico.

"Que porra é essa?!", disse lentamente.

"Não entendo polonês", ouvi uma voz masculina e meu coração quase parou. "Mas se você não estiver se sentindo bem, os comprimidos para o coração estão ao lado da cama."

Senti minha frequência cardíaca aumentar e a respiração acelerar. Fechei os olhos e respirei fundo, me virando em direção ao som.

"Oi!", disse Nacho, sorrindo radiante. "Só não grite."

Tentei respirar, mas repentinamente senti um mal-estar. Puxei o ar, mas o oxigênio parecia não entrar em meus pulmões.

"Laura!" O homem se sentou na cama, segurando minha mão. "Eu não vou te machucar, não tenha medo." Ele pegou o frasco do remédio e tirou um comprimido. "Abra a boca!"

Olhei para ele aterrorizada, com o ruído de um assobio nos ouvidos, e então ele empurrou o comprimido para debaixo da minha língua e começou a acariciar minha cabeça. Levei um segundo para conseguir engoli-lo.

"Me avisaram que aconteceria isso com você." Sua voz estava calma e alegre.

Fechei os olhos tentando me acalmar. Não sei se adormeci ou se os abri alguns segundos depois, mas quando apertei novamente as pálpebras, cega pela luz, ele ainda estava sentado à minha frente.

“Nacho”, sussurrei, olhando para ele. “Você vai me matar?”

“Meu nome é Marcelo, mas você pode me chamar de Nacho. E você deve ser bem burra para achar que vou te matar.” Ele me segurou pelo punho, para medir meu pulso. “Por que eu iria te salvar se eu quisesse te matar?”

“Onde estou?”

“No lugar mais lindo da Terra”, ele disse sem tirar os olhos do relógio. “E você vai ficar viva.” Ele pôs os olhos mais uma vez em mim e a alegria neles não me deixava apavorada.

“Onde está Massimo?”

Ele riu e me entregou um copo de água, levantando minha cabeça ligeiramente para que eu pudesse beber sem derramar tudo.

“Provavelmente está enlouquecido de raiva lá na Sicília.” Ele sorriu e se espreguiçou. “Como está seu humor?”

Sua pergunta me pareceu no mínimo inadequada. Peguei o copo de suas mãos e o afastei.

“Você é um assassino e eu estou viva.”

“Um comentário valioso e essencialmente verdadeiro.” Ele se encostou no colchão, passando a mão sobre mim. “E vou antecipar o resto das perguntas para tornar as coisas mais rápidas.” Sua expressão tornou-se mais séria, mas seus olhos continuaram a rir. “Você foi sequestrada, mas isso não é mais novidade para você.” Ele ergueu os braços. “Não vou te machucar, eu apenas sigo ordens. Se tudo correr de acordo com o esperado, você estará com seu marido em alguns dias.” Ele saiu da cama e olhou para o relógio. “Alguma pergunta?”

Fiquei lá com a boca aberta e tudo parecia uma piada sem graça. O homem de camiseta branca para quem eu estava olhando não se parecia em nada com o criminoso cruel de que o *don* falara. Ele puxou seu jeans para cima e sorriu para mim enquanto calçava as sandálias.

“Se não tem perguntas, vou nadar.”

“E eu?” Pus o copo na mesa. “Onde exatamente estou e por quantos dias vou ficar presa?”, perguntei, me lembrando da experiência do primeiro sequestro.

“Você sumiu há dois dias. Hoje é dia 27 de dezembro e você está nas Ilhas Canárias. Tenerife, para ser mais exato.” Ele pôs os óculos escuros e se dirigiu para a porta. "Sou Marcelo Nacho Matos, filho de Fernando Matos, que ordenou que eu a trouxesse para cá." Ele se virou. "E, para ser bem claro, você está segura aqui, ninguém vai te matar. Só precisamos esclarecer uma coisa com seu marido e você vai embora." Ele passou pela porta e, quando a estava fechando, de repente olhou para dentro. "Ah, e se você pensar em fugir, lembre-se de que está em uma ilha, bem longe do continente, e o que você tem na perna é uma tornozeleira eletrônica." Toquei meu tornozelo e senti a borda de borracha e plástico. "Sei o tempo todo onde você está e o que está fazendo." Ele tirou os óculos e olhou para mim. "E se você tentar entrar em contato com seus entes queridos sem minha permissão, terei de matá-los."

A porta se fechou e ele desapareceu.

Fiquei deitada, sem acreditar no que estava acontecendo. Agradeci a Deus por já estar casada e grávida, pois, ao pensar que aquela mesma situação doentia de meses antes poderia se repetir, até me deu um aperto no peito. Fiquei olhando para o teto enquanto digeria tudo o que ouvira. Estava cansada, tinha vontade de chorar e, para piorar as coisas, um pouco antes de eu desaparecer meu marido havia me tratado como lixo. Virei de lado e, pondo o rosto no travesseiro, adormeci.

Acordei com fome. Meu estômago roncando não me deixava dormir. Então me lembrei, assustada, de que estava grávida. Levantei da cama e acendi o abajur da mesinha de cabeceira.

O interior do quarto era moderno, claro e simples. Era dominado por branco, madeira, tecidos e vidro. Em busca de roupas, fui até o guarda-roupa deslizante e, quando abri uma das portas, apareceu outro quartinho: um closet. Havia agasalhos, chinelos, shorts, camisetas, algumas roupas íntimas, maiôs e biquínis. Peguei um agasalho comprido com zíper e vesti um shortinho. *Pequeno demais*, pensei, enquanto enfiava as pernas.

O ar quente entrava pela janela aberta e se ouvia um som monótono ao longe. Saí para a varanda e vi o oceano. Era quase negro e muito calmo. Olhei para baixo e fiquei surpresa ao descobrir que não estávamos numa casa, mas em um prédio de apartamentos. No andar de baixo havia um pequeno jardim com uma jacuzzi e grama crescendo ao redor.

Fui até a porta e girei a maçaneta. A porta estava aberta, o que achei uma boa diferença comparando com a primeira vez, quando precisava esperar que Domenico amavelmente aparecesse. Saí para o corredor e avistei a escada do outro lado. O frio do piso de vidro me despertou ainda mais. Desci as escadas, passei por várias portas e de repente me vi na cozinha.

"Uma geladeira!" Dei um gemido, abrindo as portas duplas para a terra das delícias.

Lá dentro, fiquei feliz ao descobrir que havia queijos, iogurtes, muitas frutas, embutidos espanhóis e bebidas. Coloquei tudo o que queria na bancada e peguei os pãezinhos que estavam sob uma tampa de vidro.

"Se estiver com fome, posso esquentar uma *paella* para você." Assustada com o som repentino, deixei cair meu prato, que se espatifou no chão.

"Não se mexa." Nacho se ajoelhou ao lado, recolhendo os pedaços de vidro e jogando-os numa lata de lixo. Quando viu que havia muitos fragmentos pequenos, me pegou no colo e me colocou a um metro de distância antes de varrer os caquinhos. Eu assistia a tudo um pouco incrédula.

"Escute aqui, eu não entendo." Cruzei os braços sobre o peito. "Você se preocupa comigo, cuida de mim, até diria que se importa comigo e aí você vai e me sequestra?!"

O homem se levantou e se endireitou, olhando nos meus olhos.

"Você está grávida e seu problema é que se casou com o cara errado." Ergueu meu queixo com o polegar quando desviei o olhar. "Você não me fez nada, não me deve nada e é uma garota legal. Então o que há para não entender?"

Nacho se sentou na bancada e percebi que estava vestindo apenas uma cueca boxer.

"Laura", continuou, "você é um meio para um fim. Nós não estamos atrás de você." Ele suspirou e apoiou as duas mãos na mesa, esticando-se um pouco. "Se você fosse um homem, estaria sentado no porão da mansão do meu velho, acorrentado a uma cadeira, provavelmente nu." Ele balançou a cabeça. "Mas como está grávida, escondemos você aqui, e eu estou limpando os cacos do prato para que você não se corte. Além disso, você sabe..." Ele se inclinou um pouco. "Não queremos guerra com o Torricelli, queremos apenas que ele dialogue."

Ele saltou para o chão, parando ao meu lado.

"E então? Uma *paella?*"

"Que merda! Como tudo isso é estranho!", murmurei, enquanto me sentava na banqueta.

"Nem me fale. Preferiria ser dono de uma escola de surfe e *kite* a atirar na cabeça das pessoas." Ele guardou tudo o que eu havia colocado no balcão e puxou uma panela grande. "Frutos do mar com arroz temperado com açafrão, eu mesmo fiz." Ele me deu mais um sorriso cativante.

Eu o fitava, admirando os desenhos coloridos em seu corpo. Estavam por toda parte: costas, peito, mãos e, provavelmente, na bunda. Apenas suas pernas foram poupadas pelo tatuador.

"E o que sua mulher diz sobre isso?", deixei escapar e imediatamente me repreendi pela pergunta.

Nacho pôs a panela no fogão e acendeu o fogo.

"Não sei, não tenho mulher", respondeu sem olhar para mim. "Viu, sua espertinha, eu tenho grandes expectativas em relação às mulheres: ela tem de ser bonita, inteligente, atlética, e é melhor que não tenha ideia de quem seja o meu pai. E infelizmente esta é uma ilha pequena." Nacho pegou dois pratos do armário. "E no continente elas são todas assim..." Ele pensou por um momento. "*Locas*, você sabe o que quero dizer?"

Eu não tinha ideia, mas concordei com a cabeça porque ele parecia muito gracioso se movimentando pela cozinha.

Observei-o preparar a refeição e percebi que não precisava ter medo dele. Minha mente me dizia que era assim que tinha de ser, que esse era o objetivo do seu comportamento. Deixar-me relaxar, ficar à vontade e então me atacar. Por um tempo, imaginei diferentes cenários e possibilidades até que um prato repleto de aromas maravilhosos apareceu diante de mim.

"Coma", ele disse enquanto se sentava ao meu lado e pegava seu garfo.

Estava tão delicioso que nem me dei conta quando me servi de novo até me dar por satisfeita. Desci da cadeira, deixei meu prato na pia, agradeci por ter me alimentado e me dirigi para as escadas.

"São oito da noite. Você vai continuar dormindo?", perguntou.

"Ainda?" Arregalei os olhos, espantada.

"Podemos assistir a uns filmes." Ele apontou para um sofá de canto branco e simples na sala de estar.

Olhei para ele surpresa, incapaz de entender qual deveria ser minha posição.

"Nacho, você me sequestrou, ameaçou meus familiares e agora acha que vou passar noites amigáveis com você?" Meu tom era um pouco agressivo. Sem esperar por uma resposta, subi as escadas.

"Você vai ter um filho com um cara que fez a mesma coisa", disse, sem tirar os olhos do prato.

Fiquei imóvel e estava prestes a responder àquele abusado quando percebi que, na verdade, ele tinha razão. Mordi a língua e voltei para o quarto. *Que situação doentia!*, pensei, ligando a TV e afundando sob as cobertas.

Ainda estava escuro quando abri os olhos. Com medo de ter dormido mais um dia inteiro, quase pulei da cama. Eu não queria que meu filho passasse fome de novo. A televisão branca pendurada em frente à cama marcava sete e meia. *Mesmo na Polônia, não estaria tão escuro a esta hora*, pensei e me encolhi sob as cobertas, feliz por perceber que ainda era manhã.

Mais uma vez, fui acordada pelo brilho da luz entrando no quarto. Eu me estiquei e empurrei as cobertas para baixo com os pés.

"Você não está me enganando com essa gravidez?" A voz masculina quase me deu um ataque cardíaco. "Está muito magra."

Virei-me e olhei para Nacho, que bebericava algo em uma xícara, sentado ao lado da cama, como antes. *Será que ele dorme nessa cadeira?*, pensei.

"Estou entrando no segundo trimestre. É um menino", resmunguei, me levantando. "Me explique uma coisa." Fiquei na frente dele, seu olhar insolente pousado na minha barriga. "O que você queria de mim em Messina?" Cruzei os braços sobre o peito e esperei uma resposta.

"O mesmo que em Palermo. Eu queria sequestrar você", ele riu zombeteiro. "Aqueles idiotas que o Massimo chama de guarda-costas nem perceberiam se eu sentasse a bunda na cara deles." Ele inclinou a cabeça fazendo uma careta de sarcasmo. "Eu só não sabia que você estava grávida. E o sedativo que eu queria usar poderia colocar você em perigo. Ou melhor, o menino." Fez um aceno com a cabeça para a minha barriga. "Ok, chega dessas amenidades matinais." Nacho se levantou, tirando o celular do bolso. "Vamos ligar para o Massimo agora, diga a ele que você está bem e a salvo, só isso."

Ele digitou o número e, quando uma voz atendeu do outro lado, passou fluentemente para o italiano. Falou por um momento em um tom baixo e calmo, então me entregou o telefone. Eu o segurei e fugi para o outro lado da sala.

"Massimo?", sussurrei apavorada.

"Você está bem?" Sua voz calma era apenas um disfarce, pois apesar dos milhares de quilômetros entre nós, eu sabia que ele estava louco de ansiedade. Respirei fundo e, olhando para meu algoz, decidi arriscar.

"Estou em Tenerife, em um prédio de apartamentos com vista para o oceano..." Proferi as palavras na velocidade de uma metralhadora.

Nacho, com raiva, arrancou o celular de minhas mãos e desligou.

"Ele sabe muito bem onde você está", respondeu. "Mas até que meu pai permita, seu marido não vai entrar na ilha." Ele guardou o celular no bolso. "Você se arriscou muito, Laura, espero que esteja satisfeita. Tenha um bom dia." Nacho saiu batendo a porta.

Fiquei alguns minutos olhando para a porta e senti a fúria me dominar. O desamparo me oprimia e se transformou em raiva, e ela não era a melhor conselheira. Abri a porta e comecei a correr pelo corredor em direção às escadas.

Respirei fundo e, mesmo antes de vê-lo, comecei a gritar:

"O que você pensa? Você acha que vou ficar aqui sentada esperando o que vai acontecer?!" Desci as escadas correndo, observando por onde andava. "Se você acha..." Eu parei ao ver uma jovem mulher parada ao lado de Nacho. Ela estava olhando para mim com a boca aberta. Depois de um instante de silêncio, voltou-se para ele falando em espanhol. Eles conversaram por um momento e eu fiquei no último degrau como uma estátua, me perguntando o que estava acontecendo.

"Amelia, essa é minha namorada, Laura." O careca me agarrou e me segurou em seus braços, apertando-me com força contra ele. "Ela chegou há alguns dias e por isso eu não estava disponível." Ele beijou minha testa e, enquanto eu tentava me afastar, acrescentou: "Temos uma briguinha aqui, então nos dê um minuto."

As longas mãos tatuadas me agarraram e me carregaram escada acima.

"Eu sou a Amelia." A garota acenou para mim surpresa e com um sorriso radiante, enquanto Nacho subia os degraus comigo.

Tentei me soltar sem sucesso, porque seus braços me prendiam muito bem. Nacho entrou no primeiro quarto, fechou a porta e me colocou no chão. Quando meus pés tocaram o tapete e os senti firmes no chão, projetei meu punho, mas errei o alvo. Meu algoz conseguiu se esquivar, o que me irritou ainda mais. Fui em direção a ele, movendo os braços como uma louca, mas Nacho apenas se esquivava. Quando chegamos à parede, ele agarrou meus pulsos com uma das mãos e me apoiou contra ela, impedindo meus movimentos. Enfiou a mão na gaveta do armário ao lado e, alguns segundos depois, pressionou o cano de uma arma na minha têmpora.

"Nós dois sabemos que você não pode me matar", ameacei entredentes, demonstrando meu ódio.

"É fato", disse, destravando a arma. "Mas você tem certeza disso?"

Pensei na minha posição por um momento e, depois de alguns segundos, me vi derrotada. Relaxei as mãos e quando Nacho sentiu que eu não iria mais lutar com ele, me soltou e pôs a arma de volta no lugar, fechando a gaveta.

"Minha irmã está lá embaixo. Ela não tem ideia do que eu faço." Ele se afastou de mim alguns centímetros. "Gostaria que continuasse assim. Ela acha que eu dirijo uma das empresas do meu pai e que você é minha namorada da Polônia. Nós nos conhecemos há alguns meses em uma festa quando eu estava em Varsóvia a negócios..."

"Você enlouqueceu?!", eu o interrompi e ele recuou um pouco mais. "Eu não vou fingir ser quem não sou, e certamente não sua namorada." Levantei os braços e me dirigi para a porta.

Nacho me agarrou e me empurrou para a cama, montando em minhas pernas.

"... e depois dormimos juntos, é por isso que você está grávida agora", finalizou. "Nosso relacionamento é um pouco complicado, um grande amor, acima de qualquer rótulo. Entendeu?"

Comecei a rir e ele ficou com cara de bobo. Depois que soltou meus braços, cruzei-os sobre o peito, ainda rindo.

"Não", falei, fazendo uma cara séria, "não tenho a menor intenção de te ajudar."

O careca se inclinou como se fosse me beijar e eu congelei de medo, porque não tinha para onde fugir. Senti sua respiração em meus lábios e meu corpo tremia sem controle. Eu podia sentir o cheiro do chiclete de menta que ele estava mascando, da água de colônia e do gel de banho. Engoli em seco, arregalando os olhos.

"Pelo que descobri e percebi, seus pais não têm ideia do que seu marido faz", Nacho sussurrou, olhando para mim com seus olhos verdes e um sorriso malicioso. "Então estamos em uma posição semelhante." Parou por um momento, me cheirando. "Você, numa posição um pouco pior, como pode ver. Portanto, vamos fazer um acordo: não vou dizer a eles que seu genro é um *don*, e você não vai dizer a Amelia que o irmão dela é um sequestrador e assassino." Ele se afastou um pouco e se levantou, estendendo a mão direita para mim. "Combinado?"

Eu o encarei resignada. Ao perceber que tinha perdido o jogo, estendi a mão para ele.

"Combinado", eu disse, fazendo uma careta enquanto ele me ajudava a ficar de pé.

Seus olhos ficaram alegres e infantis novamente enquanto arrumava sua camiseta e, logo em seguida, a minha.

"Perfeito. Vamos, querida, esqueci que Amelia vinha para o café da manhã." Nacho segurou minha mão e me puxou em direção à porta, e quando tentei soltá-la, ele acrescentou: "Somos um casal que acabou de se reconciliar, mostre um pouco de afeto."

Descemos de mãos dadas e, quando encontramos Amelia, ele me deu um beijo suculento na boca. Fiquei furiosa de novo, mas estava mais preocupada em manter o segredo para meus pais e poupá-los do choque de saber tudo sobre Massimo do que em acertar um soco na cara de Nacho. Estendi a mão para a linda moça de olhos azuis que estava sentada na banqueta do bar.

"Meu nome é Laura", sorri amigavelmente. *E seu irmão é um idiota*, pensei.

Amelia me mostrou seu lindo sorriso e balançou a cabeça, confirmando o que eu dissera. Quando sorria, ela se parecia muito com Nacho, exceto pelo cabelo loiro comprido e nenhuma tatuagem visível. As características distintas de seu rosto a faziam parecer seca e arrogante à primeira vista. Mas quando você olhava para seus olhos alegres, mudava de ideia na hora.

"Meu irmão é um bobão egoísta." Ela se levantou dando tapinhas nas costas dele. "Puxou ao pai, mas pelo menos sabe cozinhar." Beijou o rosto de Nacho.

Quando eles estavam lado a lado, pareciam lindos, mas bem diferentes dos estereótipos espanhóis.

"Vocês são da Espanha?", perguntei, um pouco confusa. "Vocês não parecem do Sul."

"Mamãe era sueca e, como você pode ver, os genes dela ganharam dos genes do pai."

"E não somos da Espanha, mas das Canárias", corrigiu Nacho. "O que as senhoras vão comer?", ele perguntou alegremente, se aproximando da geladeira e indicando um ponto perto da ilha da cozinha.

Os irmãos falavam inglês entre si para que eu pudesse entender toda a conversa mesmo quando não me dizia respeito. Eles conversaram sobre os feriados e os amigos que chegariam na véspera do Ano Novo. Os dois se comportavam com informalidade, o que relaxava a atmosfera um tanto tensa.

"Querido, fiquei impressionada com o seu italiano", voltei-me com sarcasmo para Nacho. "Quantas línguas você fala?"

"Algumas", disse, mexendo algo na frigideira.

"Maninho, não seja tão modesto!" A garota se virou para mim. "Marcelo fala italiano, inglês, alemão, francês e russo", Amelia contou com orgulho.

"E japonês, há não muito tempo", acrescentou Nacho, com a cabeça dentro da geladeira.

Fiquei impressionada, contudo não demostraria isso a ele, então balancei a cabeça assentindo e continuei a ouvir sua conversa casual.

Amelia tinha razão: seu irmão era um cozinheiro excepcionalmente talentoso. Depois de alguns minutos, o tampo da mesa estava carregado de inúmeras delícias. Nós duas começamos a comer. Foi só quando vi a quantidade de comida que minha companheira estava se servindo que percebi que ela também estava grávida.

"De quantas semanas você está?" Apontei para sua barriga e ela a segurou com alegria.

"Só um mês e meio." Amelia sorriu radiante. "Vai se chamar Pablo."

Eu estava prestes a retribuir a informação com a notícia da minha alegria quando olhei para Nacho, que suavemente me indicava para não falar nada.

"E tomara que ele puxe à mãe", ele acrescentou, devorando um tomate. "O pai dele é um completo idiota, um troglodita que parece um monte de merda." Caí na gargalhada com o que Nacho disse e logo em seguida me desculpei com a garota por meu comportamento. "E é verdade", continuou. "Ela pegou um cara burro e, como se isso não bastasse, italiano. Não sei por que meu pai o adora."

Nessa hora, todos os músculos do meu corpo se contraíram. Não estava me sentindo mal, era um pouco como estar de férias, porém aquelas palavras me lembraram do que eu estava fazendo ali. Larguei os talheres e olhei para Nacho.

"Eu amo os italianos, eles são ótimas pessoas", eu disse.

Amelia ergueu a mão, assentindo.

O homem se inclinou sobre a bancada e me lançou um olhar selvagem.

"Não, querida, você ama os sicilianos." Seu sorriso sarcástico implorava por uma réplica.

"Você está certo, poderia até dizer que eu amo", retruquei com uma expressão igualmente irônica.

Amelia nos olhava, ora para mim, ora para Nacho, então finalmente quebrou o silêncio.

"Você vai nadar hoje?" Ela se virou para o irmão, que assentiu. "Ótimo, vamos para a praia?" Então se virou para mim. "Não está calor, está fazendo uns 26 graus lá fora. Vamos tomar sol e ver o Marcelo surfar."

"Surfar?", falei surpresa, olhando para o careca.

"Claro, meu irmão é campeão internacional, ele não te contou?" Neguei com a cabeça. "Então hoje você terá a oportunidade de ver do que ele é capaz. A previsão é de ondas altas e vento forte." Amelia bateu palmas. "Ótimo, vamos almoçar na praia. Venho buscá-la antes das três." Ela beijou meu rosto e depois o irmão. "*Adiós!*", gritou, desaparecendo pela porta.

Fiquei sentada observando Nacho batucar a faca no prato vazio, claramente pensando em algo.

"Quero conversar", comecei, incapaz de suportar aquele barulho. "Quanto tempo vou ficar aqui?" Nacho olhou para mim. "Você disse que tínhamos de esperar o seu pai, mas não disse quando ele voltaria ou por que deveríamos esperar." Ele não disse nada, apenas parecia mais sério do que antes. "Marcelo, por favor." As lágrimas marejaram meus olhos e eu mordia o lábio inferior tentando não chorar.

"Eu não sei." Ele colocou as mãos na cabeça, suspirando. "Não tenho ideia de quanto tempo você vai ficar aqui. Meu pai ordenou que você fosse sequestrada antes do Natal, mas, como você sabe, surgiram certos problemas." Ele apontou para minha barriga. "Depois, ele teve de viajar, e infelizmente não me dá detalhes sobre seus planos. Tudo o que tenho que fazer é mantê-la aqui. Mantê-la em segurança até que ele volte."

Olhei para a bancada, mordiscando meus dedos.

"Em segurança?", perguntei irritada. "Mas, afinal, são vocês que estão me ameaçando, e o único perigo é que Massimo me encontre e me leve embora."

"Seu marido tem mais inimigos do que você pensa." Nacho se afastou da bancada e colocou os pratos na lava-louça.

Depois de terminada a breve conversa, que não acrescentou nada à minha vida, voltei ao meu quarto. Entrei no closet, procurando as roupas certas, e quando me lembrei das palavras de Amelia, de repente tudo ficou claro. As camisetas coloridas, chinelos, agasalhos e shorts de marca que estavam no guarda-roupa eram bastante lógicos para um surfista como Nacho. Provavelmente foi ele quem fez as compras e apostou no que mais gostava e usava.

Parada no pequeno interior do closet, cheguei à conclusão de que não valia a pena sofrer nem lutar com o que tinha me acontecido novamente. Lembrei-me de que logo depois que aceitei toda a situação no caso anterior, tudo ficou mais simples. Peguei um short jeans claro, um biquíni multicolorido e uma camiseta branca com um desenho do sol poente. Deixei as roupas prontas na cama e fui para o banheiro.

Mais cedo, eu havia ficado horrorizada ao descobrir que só havia um banheiro na casa e que teria de compartilhá-lo com um homem. Nacho cuidava do meu conforto tanto quanto podia. As coisas dele estavam de um lado da pia e as minhas do outro. Não era muito, mas era o suficiente para atender às minhas necessidades básicas. Creme facial, loção corporal, escova de dentes e, surpreendentemente, meu perfume favorito. Curiosa, peguei o frasco de Trésor Midnight Rose, da Lancôme, e vi meu reflexo. Como ele sabia?

Escovei os dentes e fui tomar banho. Quando terminei, fiz duas tranças e passei creme no rosto. Não pretendia me maquiar, pois, em primeiro lugar, não tinha motivos, e, em segundo, estava num local onde havia uma chance de pegar um bronzeado, nem que fosse só um pouco.

Escutei batidas na porta, então vesti o roupão que estava pendurado ao lado do espelho e abri.

"Temos apenas um banheiro." Nacho olhou para mim pela fresta da porta. "E como posso ver, apenas um roupão de banho."

Um largo sorriso cintilou em seus lábios.

"Se apresse."

Voltei para dentro e, sem pressa, terminei o que estava fazendo. Fui para o quarto, me vesti e desci para a sala, passando pelo banheiro, que já havia sido tomado pelo meu algoz.

A TV estava ligada e havia um notebook aberto na mesinha de vidro. Prestei atenção por alguns segundos e percebi que o som da água caindo do chuveiro não tinha parado, garantindo que eu ainda tinha um tempinho. Corri para ligar o notebook. Bati os dedos nervosamente na mesa, como se para agilizar as coisas. Para fazer login, era necessária uma senha.

"Que merda!", xinguei, batendo na tela.

"É um equipamento delicado", ouvi atrás de mim e xinguei de novo.

"Preciso de uma coisa."

Eu me virei para Nacho e fiquei paralisada ao ver que ele estava nu e molhado nos degraus. Eu deveria ter desviado o olhar, mas infelizmente não consegui. Engoli em seco e senti que a saliva estava ficando mais espessa. Ele cobriu o pau com a mão direita, segurando-o, e apoiou-se na parede de vidro com a outra. "Eu preciso de uma coisa." Aquelas palavras retumbavam na minha cabeça como um sino, e eu me perguntava o que viria a seguir. Será que ele iria mostrar sua virilidade e enfiá-la na minha boca? Ou talvez me comer na bancada da cozinha, deitada de costas para que eu pudesse admirar aquelas tatuagens irresistíveis?

"Você pegou meu roupão", ele anunciou.

"De modo algum!" Imaginei que eu me dava um tapa na cara como punição por trair mentalmente meu marido. Eu não tinha como evitar ser uma mulher jovem e saudável, com uma libido enlouquecida pela gravidez e que admirava fisicamente outros caras no mundo. Ignorei completamente o que Nacho me disse e continuei a olhar perplexa. Como fiquei em silêncio, sem tirar os olhos dele, ele riu e se virou, subindo as escadas. Ao ver aquela bunda tatuada, um leve grunhido escapou da minha boca, além de ecoar na minha cabeça uma oração pedindo forças para virar a cabeça.

"Estou ouvindo!", Nacho gritou, desaparecendo escada acima.

Caí de lado no sofá macio de cor clara e cobri o rosto com o travesseiro. Eu odiava o fato de tantos caras atraentes aparecerem de repente na minha vida. Ou será que era a gravidez que me fazia gostar de todos eles? Parecia impossível que, de repente, tantos homens sensuais com corpos perfeitos existissem no mundo; que drama! Após um momento de desespero, levantei e peguei o controle remoto.

Fiquei passando os canais e me ocorreu subitamente que meus pais talvez já soubessem o que Massimo fazia, a menos que, de alguma forma, eles misteriosamente não tivessem percebido meu sequestro e o provável desespero do Homem de Negro. Eu me levantei e me sentei de novo. O pensamento que me ocorreu me deu uma vantagem aparente e uma chance de negociação. Enquanto tramava o plano, ouvi passos na escada e, com cuidado, temendo outro ataque de nudez, não virei a cabeça. Nacho, vestindo short e um agasalho com zíper, sentou-se ao meu lado.

"Vamos conversar", eu disse.

Ele escondeu o rosto nas mãos.

"Sério?", respondeu. "Existe ainda algum tema não esclarecido?" Ele afastou dois dedos, sem tirar as mãos da cabeça, e olhou para mim divertido.

"Meus pais já sabem o que o Massimo faz. Provavelmente isso aconteceu porque você me sequestrou." Eu me levantei do sofá, ameaçando-o com o dedo em riste. "Agora me dê uma boa razão para eu não dizer à sua irmã que você é um assassino de aluguel, porque a razão anterior perdeu força."

Suas mãos mudaram de posição quando as colocou sob a cabeça e sorriu, acomodando-se no sofá.

"Continue", bufou, mal segurando uma risada. "Senão tenho algo melhor."

Nacho se sentou energicamente e pegou o computador da mesa. Digitou a senha tão rápido que, mesmo se eu soubesse o que havia escrito pressionando um milhão de teclas, ainda não seria capaz de seguir seus dedos.

"Vamos ligar para sua mãe." Nacho virou a tela, me mostrando a página inicial do Facebook. "Faça o login e veja por si mesma o que seus pais sabem." Ele, mais uma vez, se aproximou o suficiente para que eu pudesse sentir aquele perfume fresco delicioso. "Quer arriscar?"

Não sabia se Nacho estava blefando, mas ele me deu a chance de falar com minha mãe e talvez conseguir tranquilizá-la. Pressionei algumas teclas para entrar na minha conta, mas infelizmente minha mãe estava offline.

"Pelo que sei, seu marido, antes de colocá-los no avião, contou-lhes uma boa história sobre por que você não tinha se despedido deles." Nacho virou o notebook novamente, me desconectou e depois o desligou. "Não seria conveniente se Klara Biel, apavorada, envolvesse a polícia no caso." Ele piscou para mim. "A conversa está muito boa, mas tenho de ir. Lembre-se de não revelar muitas coisas sobre nossa vida para minha irmã."

"O que ela sabe?"

"Quase tudo, menos a gravidez, porque acho que ela não vai notar." Nacho revirou os olhos enquanto se levantava. "Mas se, de fato, só eu é que não consigo ver essa gravidez e Amelia olhar essa barriga microscópica e desconfiar, fique com a versão combinada." Saiu para o terraço, voltando logo com uma prancha debaixo do braço. "Lembre-se: você descobriu que estava grávida e é por isso que veio para cá. Tchau!"

"E como você vai explicar meu desaparecimento para ela quando eu for embora, seu grande gênio?", perguntei, fazendo cara de inocente.

Nacho parou no meio do caminho e colocou os óculos coloridos sobre o nariz.

"Eu vou dizer que você sofreu um aborto."

Pegou a bolsa que estava perto da parede e saiu.

Me sentei no sofá, pensando na loucura da situação toda. Nacho tinha uma resposta para todas as minhas perguntas, havia planejado cada detalhe. Eu me perguntei quanto tempo ele tinha levado para arquitetar toda a ação. Cheguei à conclusão de que, provavelmente, havia sido muito tempo e, só para variar, isso distraiu meus pensamentos sobre o motivo da minha presença em sua casa. Me deitei e suspirei pesadamente.

Olhando para o teto, me perguntei o que Massimo estaria fazendo. Já teria matado metade dos seguranças por não terem cuidado de mim. Até um tempo atrás, tal pensamento teria me causado um ataque cardíaco, mas agora não havia nada neste mundo que me causasse admiração, susto ou surpresa. Quantas vezes mais eu poderia ser sequestrada e quantas pessoas estranhas ainda iria conhecer?

Acariciei minha barriga, que já me parecia gigantesca.

"Luca", sussurrei. "Papai logo vai nos levar para casa. Estamos de férias."

Naquele momento, bateram à porta. Ouvi o barulho da chave e em seguida vi Amelia parada.

"Por que estou batendo se eu tenho as chaves?" Bateu com o dedo na cabeça algumas vezes. "Vamos, cadê sua bolsa?"

"Eu não trouxe." Estremeci. "Bom, é que não esperava vir." Encolhi os ombros.

"Ok, sem problemas." Ela me puxou pela mão. "Eu tenho óculos escuros no meu carro e vamos comprar o resto para você aqui mesmo."

Capítulo 19

Saímos do apartamento e descemos vários andares em um elevador envidraçado até o hall. Caminhamos pelo corredor gigantesco, cujas paredes não se viam, passamos pela recepcionista e paramos na beira da calçada. Algum tempo depois, um jovem trouxe um BMW M6 branco até a entrada do prédio, saiu dele e esperou com a porta aberta até que Amelia se sentasse ao volante. O couro bordô do interior combinava com o exterior claro, e o câmbio automático tornava a direção muito mais fácil.

"Eu odeio este carro", ela disse quando começamos a andar. "É tão ostentoso, embora haja carros mais chamativos circulando pela Costa Adeje." Ela riu, olhando para mim. "Por exemplo, o do meu irmão."

Costa Adeje, repeti mentalmente, *onde diabos fica isso?* Olhei em volta enquanto seguíamos ao longo da pitoresca avenida. Amelia me contou sobre sua família e revelou que perdera a mãe em um acidente de carro. Descobri que ela tinha vinte e cinco anos e que Marcelo era dez anos mais velho. A partir de suas declarações, concluí que Amelia conhecia apenas uma parte das atividades singulares de seu pai e que não tinha ideia do que o irmão fazia.

Era uma pessoa muito aberta e, além disso, deveria pensar que eu era o amor da vida de Nacho, o que a fez querer que eu conhecesse o máximo possível sobre sua família no período mais curto possível. Ficou toda agitada ao falar sobre a chegada do pai e a passagem do Ano-Novo com a família e amigos. Isso me fez perceber que se Amelia sabia quando o mentor do meu sequestro voltava, então seu irmão havia mentido para mim. Eu meneava a cabeça sem interrompê-la, apenas interpondo uma pergunta de vez em quando na esperança de descobrir mais coisas interessantes.

"Chegamos!", Amelia disse enquanto estacionava à porta de um dos hotéis. "Eu tenho um apartamento aqui para quando o Flavio viaja." Olhei para ela de maneira interrogativa. "Meu marido foi com meu pai e eu gosto de estar perto do Marcelo. Aqui é mais perto dele." Ela se dirigiu para a entrada. "As condições na praia dos surfistas são bastante espartanas, então mandei levarem para lá duas espreguiçadeiras e mais algumas coisas." Ela encolheu os ombros. "Vamos parecer turistas ou groupies, mas eu não me importo. Daqui a pouco minha coluna vai arrebentar, então não vou me sentar na areia."

Atravessando o hotel, fomos para o jardim, depois para o calçadão e, por fim, chegamos à praia. Era inacreditável, mas todo o oceano ao longo da costa ondulava calmamente ao passo que a algumas centenas de metros da praia as ondas atingiam alturas imensas. Dezenas de pessoas projetavam-se da água como se fossem boias, sentadas nas pranchas e esperando a onda perfeita. Havia algo mágico nessa vista: de um lado, o sol e, do outro, o pico coberto de neve do vulcão Teide, que se elevava sobre a ilha. Pessoas reunidas em pequenos grupos sentavam-se na areia, bebiam vinho, riam e fumavam maconha, a julgar pelo cheiro.

Não foi difícil prever onde nos sentaríamos. As duas espreguiçadeiras enormes e macias estavam colocadas ali perto, graças a Deus. Ao lado, um guarda-sol gigante fechado, uma mesa, uma cesta de comida, uma manta e, creio eu, um garçom que também atuava como guarda-costas ou vice-versa. Ele teve pelo menos a decência de se sentar na pequena poltrona dobrável que ficava um metro atrás de toda a estrutura. Não estava vestido do jeito oficial, como os nossos, na Sicília. Usava calça de linho claro e uma camisa desabotoada. Ele acenou para nós quando nos aproximamos, e continuou, suponho eu, olhando para o oceano. Era difícil dizer, porque não conseguia ver seus olhos por causa dos óculos escuros.

"Que delícia!", Amelia suspirou, se despindo e colocando sua roupa na espreguiçadeira.

"Você toma banho de sol durante a gravidez?", perguntei surpresa, tirando o short.

"Claro, eu só cubro a barriga." Ela jogou um lenço na barriga e olhou para mim pelos óculos. "Gravidez não é doença. No máximo vou ficar com umas manchas hormonais. Para que essa tornozeleira?", perguntou, apontando para o meu tornozelo, onde havia algo parecido com um largo elástico preto.

"É uma história longa e chata." Balancei a mão e tirei toda a roupa, me deitando na almofada macia ao lado dela. Olhei para a minha direita e percebi que ela estava com os olhos cravados em mim e com a boca aberta. *Porra, ela sacou!*

"Você está grávida?" Não consegui responder. "Esse filho é do Marcelo?"

Coloquei o dedo na boca e comecei a roer a unha.

"É por isso que estou aqui." Suspirei e fechei os olhos, agradecendo a Deus por estar usando óculos escuros. "Nós ficamos juntos quando ele esteve na Polônia, eu descobri que estava grávida e, quando contei sobre isso, ele me sequestrou para cuidar de nós."

Quando terminei de falar, fiquei subitamente enjoada e senti que vomitaria. Peguei a garrafa de água para me livrar daquela sensação.

Amelia ficou sentada meio boquiaberta, que logo se transformou em um sorriso encantador.

"Que maravilha!", gritou ela, saltitante. "Nossos filhos terão a mesma idade! Em que mês está? No quarto?" Balancei a cabeça, sem ouvi-la bem. "Esse é um comportamento bem típico do Marcelo. Ele sempre foi responsável e atencioso." Assentiu com a cabeça. "Desde quando éramos crianças."

Naquele momento, tudo que eu podia ouvir era o murmúrio do oceano. Olhei para o mar, amortecida, e senti as lágrimas brotando dos olhos. Sentia falta do Homem de Negro, queria que ele me abraçasse, me comesse e nunca mais me soltasse. Só com Massimo eu me sentia segura e só com ele queria compartilhar a alegria da gravidez. Eu não gostava de fingir ser a mulher de outro homem, e aquilo me emputecia cada vez mais a cada segundo. E ficava ainda mais irritada com o fato de estar mentindo para alguém tão doce quanto Amelia apenas para evitar que certos segredos fossem revelados.

"O Marcelo também está lá!", ela exclamou, apontando para algo. Eu então vi um homem de pé na prancha. "Aquele ali com a legging turquesa horrível." Amelia fingiu que tremia de horror.

O traje de surfe era realmente horrível, mas Nacho se destacava dos outros na água. A maioria dos surfistas estava vestindo neoprene cinza de manga comprida e até o pescoço, enquanto ele tinha o peito nu colorido e usava a legging chamativa. Cortava as ondas e parecia que se apoiava nelas com uma das mãos, mantendo o equilíbrio. Seus joelhos dobrados eram como molas; ele equilibrava o corpo com perfeição, desconsiderando o fato de que a onda atrás começava a quebrar e a se fechar sobre ele.

Quase todo mundo estava olhando com admiração e aplaudiu quando finalmente saltou para o alto, agarrando a prancha com uma das mãos.

"Também quero!", sussurrei surpresa e encantada ao mesmo tempo.

"Hoje as ondas estão muito altas e acho que o Marcelo não iria deixar você ter aulas grávida. Mas você pode praticar *stand up paddle*. Até eu faço isso às vezes, embora não goste nadinha de água salgada."

Eu me virei em direção ao oceano e vi o homem careca colorido caminhando até nós com a prancha debaixo do braço. Ele parecia divino com a legging apertada e as tatuagens molhadas com água do mar. Se não fosse pelo fato de Nacho ser um sequestrador, um assassino, e de eu ter um marido e estar grávida, teria facilmente me apaixonado por ele naquele instante.

"Olá, meninas!" Nacho largou a prancha e se aproximou de mim. Eu sabia muito bem o que ele ia fazer, então espantei minha excitação a tempo e virei o rosto, então seus lábios colaram na minha bochecha. Ele sorriu maliciosamente e ficou parado perto da minha orelha. "Só um, unzinho só", sussurrou no meu ouvido, e depois foi até a irmã.

"Parabéns, papai!" Amelia o abraçou e, quando Nacho olhou para mim, encolhi os ombros me desculpando.

"Eu te disse que dava para ver, você não acreditou em mim", suspirei e tomei outro gole de água.

"Estou tão feliz, vamos ter filhos da mesma idade", ela tagarelava o mais que podia, beijando-o de vez em quando. "Devíamos dar uma festa quando o pai voltar, ou melhor, fazer o anúncio na véspera de Ano-Novo" Amelia quase pulava da espreguiçadeira. "Eu vou cuidar de tudo! Não temos muito tempo, mas deveríamos fazer isso. Estou tão feliz!" Ela tirou o celular da bolsa e se afastou alguns passos, perdida na conversa.

"Quem vai contar para ela, eu ou você?" Virei de lado e tirei os óculos. "Quer saber? O problema é seu, então você que se resolva." Olhei-o com ódio. "Como você pode machucar sua irmã assim?" Nacho me olhou com ar interrogativo. "Isso mesmo, machucar! Você sabe o que ela vai sentir quando eu... abortar? E quando desaparecer? Ela já me trata como um membro da família! Você não tem coração." Virei-me na espreguiçadeira, ficando de frente para o sol.

"Eu mato pessoas por dinheiro", ouvi uma voz suave e calma bem perto do meu ouvido. "Não existe uma coisa chamada coração em mim, Laura." Virei a cabeça e vi um olhar que ainda não tinha visto nele. Agora, o homem ajoelhado na areia se encaixava perfeitamente na descrição de Massimo: um homem frio, obstinado e desprovido de escrúpulos. "Tome seu banho de sol por mais duas horas. Vou mergulhar. Depois voltaremos para casa e você não verá Amelia de novo."

Nacho pegou a prancha, colocou-a debaixo do braço e se dirigiu para a água.

Quando Amelia voltou, sugeri para seu bem que adiasse os planos de uma festa de gravidez. Expliquei que tinha um problema no coração, que minha gravidez era de risco e que eu poderia perder meu bebê a qualquer momento. Ela ficou muito preocupada, mas entendeu por que eu não queria anunciá-la para o mundo inteiro. Não queria ajudar o careca, só queria poupar a irmã dele, que parecia sincera e querida.

De fato, Nacho nadou por mais duas horas e, quando o sol começou a se pôr, jogou a prancha na areia ao nosso lado e enxugou o corpo com a toalha.

"Vamos jantar juntos?", Amelia perguntou, olhando para seu irmão.

"Temos um compromisso", Nacho logo respondeu.

Eu me vesti e ela continuou sentada na espreguiçadeira, envolvida no cobertor fino e olhando para ele desapontada. Eu me senti responsável por sua insatisfação, enquanto o careca era quem deveria estar sentindo desconforto com a situação. Ignorando o beicinho da irmã, Nacho puxou um agasalho da bolsa e o jogou para mim.

"Vista isso, talvez no carro esteja frio para você."

Nos despedimos de Amelia, que voltou para seu apartamento. Seguimos até o estacionamento na praia. Nacho pôs a prancha no carro de um de seus amigos e pegou meu braço, me arrastando pelo calçadão.

"Você não vai levar a prancha para casa?"

"Ou levo você ou a prancha no meu carro. Vamos!", disse, abrindo a porta do carro para mim.

"Mas o que é isso?" Eu estava olhando para o carro mais incrível que já tinha visto na vida.

"Um Corvette Stingray 69. Entre, por favor." Seu tom ligeiramente irritado me fez entrar logo. Era todo preto, brilhante, único e tinha pneus com inscrições brancas. Na verdade, Amelia estava certa ao dizer que seu irmão tinha um carro mais ostentoso do que o dela. O motor ligou e o ronco era tão alto que senti meu peito tremer. Um sorriso incontrolável apareceu em meu rosto, o que não escapou à atenção do careca.

"O que foi? O siciliano deve dirigir uma Ferrari, não é?", Nacho disse com desprezo, erguendo as sobrancelhas de um jeito divertido e pisando fundo no acelerador.

Ouvia-se a vibração do ar enquanto corríamos pelas faixas estreitas ao longo da avenida. Estava escurecendo, e eu teria ficado feliz se não fosse pelo fato de não estar no país certo e ao lado de um homem que não era quem eu queria.

Olhei para Nacho, que balançava a cabeça ao som de Diego Miranda cantando "I Want to Live in Ibiza". A música fluía suavemente e ele batucava no volante, cantarolando para si mesmo. Ali estava meu algoz, um sequestrador e assassino, curtindo uma música *house* delicada que combinava com ele como as batidas de um martelo combinavam comigo. Era incrível como eu não sentia medo dele. Mesmo quando estava tentando ser mau ou assustador, achava graça em tudo.

Nacho entrou em casa e jogou sua bolsa no chão, perto da entrada. Em seguida, tirou dela uma toalha e saiu para o terraço. Eu não sabia bem o que fazer, então me sentei junto à bancada, mordiscando uvas que estavam numa fruteira. Amelia tinha um apetite tão grande que nosso almoço durou o exato tempo que Nacho levou nadando, então não cabia mais nada na minha barriga.

"Você mentiu para mim. Por quê?", perguntei quando me lembrei do que a irmã dele havia me dito no carro.

Nacho se encostou na bancada à sua frente, quase se deitando sobre ela, e olhou para mim com um sorriso.

"De qual mentira está falando?"

"E são tantas assim?" Joguei na fruteira as uvas não comidas.

"Muitas, considerando o meu trabalho e as circunstâncias pelas quais você está aqui."

"Amelia me disse quando seu pai vai voltar. Estranho você não ter ideia. Logo você, que diz que trabalha para ele!" Levantei a voz e ele sorriu mais ainda. "Por que você está me enganando, Marcelo?"

"Não gosto quando você me chama assim. Prefiro Nacho." Ele se virou para a geladeira e a abriu. "Sim, em dois dias você estará livre." Ele olhou para mim. "Provavelmente."

"Provavelmente?"

"Você sabe, sempre pode acontecer de um vulcão entrar em erupção e seu príncipe siciliano não conseguir chegar aqui." Nacho colocou uma garrafa de cerveja na bancada. "Ou, então, eu posso matá-lo e você vai ficar comigo para sempre." Tomou um gole e fez uma pausa, os olhos um pouco apertados.

Bastante confusa, olhei para ele enquanto bebericava o líquido e me observava com atenção.

"Boa noite", eu disse, empurrando minha cadeira para trás e caminhando em direção à escada.

"Você não disse que não gostaria disso!", ele gritou e eu não reagi. "Boa noite!"

Fechei a porta do quarto e encostei-me nela como se meu corpo estivesse tentando bloquear a possibilidade de ele entrar. Sentia meu coração bater forte e minhas mãos formigarem de uma maneira estranha. "O que está acontecendo comigo?" Pus as mãos no rosto e fechei os olhos, tentando me acalmar. Gostaria de chorar, mas meu corpo definitivamente não queria. Depois de alguns minutos, me virei e fui tomar banho. Primeiro me molhei com água fria e, quando aquela sensação diminuiu, me lavei e passei um hidratante. Corri para fora do banheiro, não querendo encontrar Nacho ali, e me enfiei sob as cobertas, abraçando o travesseiro. Fiquei deitada no escuro por um longo tempo, pensando em meu marido e relembrando todos os momentos maravilhosos com ele. Gostaria de sonhar com Massimo ou, melhor ainda, abrir os olhos e vê-lo ao meu lado.

Ouvi passos. O barulho, ou melhor, o leve ruído no chão causado pelo movimento me acordou. Tive medo de abrir os olhos embora, inconscientemente, sentisse que era Nacho se esgueirando para a minha cama. Antes de dormir, tinha baixado as persianas, de modo que o quarto estava escuro. As tábuas rangeram de novo suavemente e eu fiquei paralisada de medo, esperando o que ele faria. Depois de sua confissão naquela noite, de que mataria Massimo para ficar comigo, já sabia o que queria de mim. Meio adormecida, tentei descobrir o que fazer se meus medos se confirmassem e ele tentasse enfiar a mão por dentro da minha calcinha. Todos os músculos do meu corpo se contraíram quando ouvi sua respiração no silêncio da noite. Ele estava perto. Ficou parado como se estivesse esperando algo, e então ouvi sons de luta.

Aterrorizada, pulei da cama, me afastando da fonte do barulho, e estendi a mão em direção à luminária de cabeceira do outro lado. Apertei o botão, mas não funcionou. Meu coração batia tão forte que parecia que ia sair do meu peito, e eu escorreguei para fora da cama e rastejei de joelhos até tocar a parede. Os barulhos de briga continuaram e tive a sensação de que estava prestes a morrer. Senti minha mão sobre a porta deslizante do guarda-roupa e me arrastei para dentro dele. Sentei-me sob os cabides no canto do armário e encostei minhas pernas no peito. Eu estava com medo, e a pior coisa é que não tinha ideia do que estava acontecendo. Encostei a testa nos joelhos e comecei a me balançar para a frente e para trás compassadamente, tentando me acalmar. De repente, ficou tudo em silêncio, e então vi a luz pálida de uma pequena lanterna. Me senti enjoada.

"Laura!" O grito de Nacho quase me fez chorar. "Laura!"

Eu queria responder, mas apesar de tentar muito, nenhum som saiu da minha garganta. Então a porta se moveu e os longos braços de Nacho me seguraram. Eu me aninhei contra seu pescoço, inalando seu cheiro fresco, e meu corpo começou a tremer.

"Você precisa dos comprimidos para o coração?", ele perguntou, me colocando na cama.

Sacudi a cabeça e olhei para o quarto iluminado pela luz pálida da lanterna. Foi demolidor: o abajur quebrado jogado, velas espalhadas, o tapete rasgado, cortinas destroçadas e... olhei para o chão da varanda: um cadáver. Minha cabeça começou a girar e tudo o que havia no meu estômago foi para a garganta. Virei a cabeça e comecei a vomitar. Fiquei fraca e tinha a sensação de que estava morrendo. Depois de um tempo, o enjoo passou e eu me joguei de costas nos travesseiros, esgotada.

Nacho pegou um cobertor e, enquanto envolvia meu corpo semiconsciente, segurou meu pulso para medi-lo. Em seguida, me pegou nos braços e me carregou para baixo, onde, depois de apertar alguns botões, a luz acendeu novamente.

"Já está tudo bem." Seus braços me envolveram mais uma vez, me transmitindo uma sensação de segurança.

"Ele está... morto!", eu disse com dificuldade, soluçando.

"É... está." Suas mãos acariciaram meus cabelos e seus lábios beijavam minha cabeça enquanto ele me balançava suavemente no colo.

"Ele queria te matar", sussurrou. "Não sei se não há mais deles por aí, eles desligaram o alarme, tenho que tirar você daqui." Nacho se levantou e me sentou na bancada. "Você vai até Amelia, diga a ela que tivemos uma briga e eu vou te buscar assim que descobrir o que está acontecendo. A segurança do nosso pai a vigia o tempo todo e, além disso, ninguém vai procurar você lá. Ei!" Nacho pegou meu rosto quando viu que eu não reagia. "Eu te disse que estou aqui para isso, para que nada te aconteça. Volto logo."

Eu queria mantê-lo ali, mas não tinha forças para implorar que ficasse. Parecia que eu ainda estava dormindo e que todo o ocorrido tinha sido apenas um pesadelo que logo acabaria. Eu me virei e me deitei de lado, aconchegando o rosto contra a bancada fria. As lágrimas que corriam limpavam meus pensamentos e minha respiração ficou mais regular.

Depois de alguns minutos, Nacho voltou vestindo um agasalho esportivo escuro. Antes que fechasse a blusa, notei as cartucheiras e duas pistolas. Eu estava deitada feito morta, meus olhos apenas se movendo, enquanto ele, frustrado, tentava arrancar uma palavra de mim.

"Laura, você está em choque, mas vai passar." Um grito impotente escapou de sua garganta. "Você não pode ir para a minha irmã desse jeito. Venha!" Nacho me pegou no colo novamente e, enrolada num cobertor, me carregou para fora do apartamento e bateu a porta.

Quando nos dirigíamos para a garagem, ele me colocou no chão e me encostou na parede enquanto abria o moletom e destravava a arma. Depois de se certificar de que o caminho estava seguro, me pegou nos braços outra vez e, colocando-me no assento, afivelou meu cinto de segurança. Nacho ligou o carro e nos levou para longe dali.

Não sei por quanto tempo andamos. Ouvi o careca conversar ao celular algumas vezes, mas espanhol era tão estranho para mim quanto italiano, então eu não tinha ideia sobre o que estava conversando. De tempos em tempos, ele verificava minha frequência cardíaca e tirava meus cabelos do rosto para ver se eu estava viva. Porque eu decididamente devia parecer um cadáver, já que não piscava os olhos e ficava olhando abobalhada para o volante.

"Venha comigo." Ele me tirou do banco do passageiro e começou a andar.

A princípio vi apenas a areia, depois o oceano e, pouco depois, uma casinha quase na areia da praia. Subimos três degraus e entramos na casa. Fechei meus olhos. Senti que ele me deitava num colchão macio e, um momento depois, me envolvia em seus braços. Adormeci.

"Faça amor comigo." O som de seu sussurro foi como um convite. "Faça amor comigo, Laura."

As mãos coloridas percorriam meu corpo nu quando os primeiros raios de sol entravam no quarto. Através das pálpebras entreabertas, eu mal conseguia ver os dedos que apalpavam meus seios com força. Eu gemi e abri as pernas quando Nacho deslizou entre elas. Nossas bocas se encontraram pela primeira vez, e seus lábios macios e firmes acariciaram os meus lentamente. Ele não usava sua língua, envolvia meus lábios com os dele, saboreando-os devagar. Estava impaciente com aquela tortura lenta, que, ao mesmo tempo, me excitava, atravessava meu ventre, dando cada vez mais sinais de que era hora de aliviar a tensão. Seus quadris se esfregavam na minha coxa e eu senti quão duro e pronto seu pau estava. Seus dedos estavam trançados nos meus e os apertavam. Então introduzi a língua em sua boca e ele respondeu de imediato, esfregando-se em mim. Nacho era sutil, fazia tudo com ritmo e sentimento. Então, levantei os quadris ligeiramente e, sem esperar por outro convite, ele enfiou na minha boceta molhada e pronta para recebê-lo. Eu gritava alto, minha voz abafada pelo beijo e seu corpo tensionado sobre o meu. O rosto de Nacho desceu para meu pescoço, que ele mordia, lambia e beijava suavemente, preguiçosamente, entrando e saindo de mim...

"Ou você está tendo um pesadelo ou está mesmo fazendo sexo", ouvi seu murmúrio suave nos ouvidos e abri os olhos.

Ele estava deitado ao meu lado, um pouco sonolento e sorrindo radiante. Um momento depois, fechou os olhos e virou-se levemente, tirando a mão que me aconchegava a ele.

"Então? Era sexo ou pesadelo?" Fiquei em silêncio. "Depois do grito, concluí que era sexo." Ele abriu um olho só, me encarando. "Comigo ou com o Massimo?" Seu olhar examinava com atenção minha reação às suas palavras.

"Com você", respondi sem pensar, o que o surpreendeu totalmente.

"Me saí bem?", ele perguntou com uma expressão atrevida no rosto.

"Foi delicado", suspirei, rolando de costas. "Muito delicado." Eu me espreguicei.

Fez-se silêncio e fechei os olhos novamente, tentando acordar em paz. Depois de um tempo, a imagem sexy do sonho que ia embora foi substituída pelos eventos da noite anterior. Senti como se alguém tivesse atingido meu diafragma com toda força e minha respiração ficou presa na garganta ao pensar no homem morto em meu quarto. Engoli em seco e, quando abri os olhos, vi Nacho de pé, se inclinando sobre mim.

"Está tudo bem?", perguntou, pegando meu pulso.

"Como você sabe que aquele cara queria me matar?" Olhei para Nacho ligeiramente entorpecida enquanto ele contava os segundos.

"Talvez porque quando cheguei para atacá-lo, ele estivesse de pé ao lado da sua cama, segurando uma seringa com um líquido que te provocaria um ataque do coração. Suspeito que eles quisessem simular uma morte natural." Ele soltou minha mão e afastou os cabelos da minha testa suada. "Você conhece aquele homem?", ele perguntou.

"Como é que você pôde ver alguma coisa naquela escuridão e por que você entrou no quarto?", perguntei quando me dei conta do que ele havia dito.

"Aquele idiota entrou primeiro no meu quarto... Que amador!" Nacho sacudiu a cabeça. "Então, quando ele saiu, e vi que me deixou vivo, logo percebi que ele estava ali para matar você. Pus meu visor noturno e fui atrás dele." Nacho se sentou na cama. "Você sabe quem ele era?"

"Não me lembro do rosto", eu disse.

Ele pegou o celular, mostrando-me uma foto do cadáver. Quase passei mal novamente.

"É o Rocco!", exclamei com dificuldade, cobrindo a boca com as mãos. "É o guarda-costas do Massimo." Lágrimas inundaram meus olhos. "Meu marido está tentando me matar?" Eu mesma não acreditava no que dizia.

"Bem que eu gostaria que fosse isso, mas acho que não."

Ele se levantou e se espreguiçou.

"Alguém o subornou e acho que hoje vou descobrir quem foi." Ficou perto da janela, então abriu a vidraça e o ar fresco do oceano soprou no quarto. "Se você tivesse morrido, isso significaria guerra. Os inimigos do meu pai podem muito bem ter comprado Rocco."

Pulei da cama e fiquei frente a frente com Nacho, queimando por dentro com uma raiva quase tangível.

"Aparentemente, sem o consentimento da sua família ninguém pode entrar na ilha", gritei. "Dizem que vocês sabem de tudo." Minhas mãos se fecharam em punhos. "O caralho que vocês não sabiam de nada!", rosnei e, me virando, passei por uma porta e depois por outra até chegar à praia.

Sentei-me nos degraus da varanda com os olhos marejados. Eu rugia. Não era choro, era puro desespero, parecia mais o uivo de uma fera do que sons humanos. Bati as mãos na escada de madeira até sentir dor. Então Nacho passou por mim sem dizer uma palavra e, vestindo um neoprene fechado nas costas e segurando uma prancha debaixo do braço, caminhou em direção à água. Fiquei vendo-o ir embora e depois se jogar na água, desaparecendo numa onda. Ele era insolente e, quando a conversa não acontecia como ele esperava ou ele ouvia algo de que não gostava, simplesmente ia embora. Ou haveria algo que não queria me contar?

Voltei para dentro e preparei uma xícara de chá. Sentei à mesa e comecei a olhar ao redor do cômodo. Era um espaço aberto, com uma pequena cozinha, uma sala de estar com uma grande lareira, um televisor acima dela e uma sala de jantar. A coisa toda era muito minimalista, mas os tons terrosos dominantes davam a sensação de calor doméstico. Havia uma prancha encostada na parede ao lado da porta e outra no canto, ao lado da sala de jantar. Olhei ao redor e descobri que havia mais algumas. Estavam penduradas em ganchos ou ficavam em suportes. De algumas, provavelmente antigas, fizeram móveis: um banco, uma mesa, uma prateleira. Tapetes coloridos no chão de madeira animavam a sala e enormes sofás macios convidavam ao descanso. A casa dava para o oceano em três lados. Toda ela era rodeada por um amplo terraço.

Abri a geladeira e fiquei surpresa ao descobrir que estava cheia de comida. Não era possível que ele tivesse planejado ir até lá... Ou será que tinha? Peguei frios embalados a vácuo, queijos, ovos e algumas outras coisas e comecei a preparar meu café da manhã. Depois que terminei e coloquei tudo na mesa, procurei um banheiro. Ficava ao lado da porta do quarto onde passamos a noite. Tomei banho e, enrolada em uma toalha, fui até o armário que vi ao lado da cama. Abri e tudo estava incrivelmente organizado. Peguei uma das camisetas coloridas de Nacho, depois voltei para o banheiro. Parei perto da pia e peguei a escova de dentes que estava em cima dela. Mais tarde, vasculhei todos os armários à procura de uma que não fosse usada, mas, depois de alguns minutos desisti.

"Só tem uma." Eu me virei e vi Nacho todo molhado, parado à porta, usando apenas uma cueca boxer. Infelizmente para mim, a cueca era branca e estava molhada e, por causa disso, transparente. Ele se aproximou enquanto eu me virava para a pia e ficou atrás de mim.

"Vamos ter que trocar nossos fluidos corporais." O reflexo dos alegres olhos verdes no espelho tirou minha atenção do seu baixo-ventre.

Abri a água, coloquei a pasta nas cerdas coloridas e pus a escova na boca. Então baixei a cabeça e, sem olhar para seu reflexo, comecei a escovar os dentes.

"Como um casal", ouvi a voz divertida e, quando ergui os olhos para entender o que ele queria dizer, vi o careca nu entrando no chuveiro.

A escova caiu da minha boca e atingiu a superfície de pedra da pia, e a pasta que escorria da minha boca parecia a espuma saída da boca de um animal com raiva. Voltei o olhar para a pia de granito preto imediatamente e enxaguei a boca. Inclinada, avaliei minha posição e as possibilidades de sair dessa situação o mais rápido possível. Lavei a escova e coloquei-a de volta no caneco em que estava, então me virei enquanto caminhava em direção à porta. Já estava segurando a maçaneta quando o som da água parou.

"Sabe por que você foge tanto de mim?", perguntou, e eu ouvi o som de seus pés molhados no chão. "Porque você está com medo." Eu bufei e me virei para ele. Estava bem pertinho de mim.

"Medo de você?!" Com um sorriso zombeteiro, encarei seus olhos enquanto ele enrolava a toalha na cintura. Em pensamento, dei um suspiro de alívio: *Meu Deus, obrigada por se cobrir.*

"Não, medo de si mesma!" Suas sobrancelhas se ergueram e Nacho se inclinou ligeiramente para mim. "Você parou de confiar em si mesma e prefere fugir em vez de fazer algo que deseja cada vez mais."

Dei um passo para trás, mas ele deu um passo à frente, eu recuei outra vez, mas ele me seguiu. Meu pânico crescia a cada segundo porque sabia que logo sentiria a porta nas minhas costas. Até que bati com as costas na madeira, lá estava a porta. Eu estava encurralada. Ficamos ali em silêncio, rodeados apenas pela nossa respiração que ficava cada vez mais rápida.

"Estou grávida", sussurrei feito uma idiota, e Nacho encolheu os ombros como se para sinalizar que não se importava nem um pouco com isso.

As mãos de Nacho repousaram nos lados da minha cabeça, e seu rosto estava perigosamente próximo do meu. Os alegres olhos verdes me atravessavam e me faziam tremer.

Então chegou um socorro inesperado — o som cadenciado de seu celular tocando diluiu a atmosfera espessada pelos hormônios. Eu me afastei um pouco, permitindo que Nacho abrisse a porta e entrasse na sala. Ele saiu da casa e afundou em uma poltrona acolchoada ao lado da entrada.

"Amanhã", rosnou impassível enquanto se sentava ao meu lado à mesa. "Os sicilianos vão chegar amanhã... Passe o iogurte, por favor." Sua mão pairou na frente do meu rosto enquanto esperava que eu fizesse o que havia pedido. "Obrigado." Ele mesmo se levantou e pegou a tigela.

Eu me sentei bem rígida, como se tivesse sido atingida por um raio e sentia até a cabeça girando de alegria. *Amanhã vou ver o Homem de Negro, amanhã ele vai me abraçar e me levar embora.* Não aguentei, dei um pulo e, depois de um breve abraço em Nacho, saltitei e comecei a correr como uma louca. O espanhol apenas balançou a cabeça e continuou a derramar o iogurte sobre o cereal. Abri a porta e corri para a areia fofa e ainda fria. Pulei nela por um tempo, depois caí de costas, olhando para o céu azul e sem nuvens.

Ele virá me buscar, vai se acertar com eles e tudo será como antes. Mas será isso mesmo?, pensei. Sentei e olhei para a casa onde Nacho estava encostado no batente da porta, uma tigela de cereal na mão, vestindo apenas sua colorida bermuda de surfista. Seu corpo tatuado estava relaxado e ele mastigava cada bocado com calma, sem nunca deixar de me olhar. *Será que depois de ter encontrado esse garoto num corpo de homem eu serei capaz de simplesmente voltar?*

Nos olhamos por razões desconhecidas, incapazes de tirar os olhos um do outro. Então eu senti como se fossem borbulhas e uma ebulição no ventre. Segurei-o com as duas mãos e comecei a acariciar a barriga, abafando os sons. Essa não tinha sido a primeira vez que meu filho me lembrava de sua existência. Levantei, tirei a areia do corpo e fui para a varanda.

"Vamos nadar?" Nacho sorriu radiante enquanto colocava a tigela de lado. "Eu vou te ensinar a ficar de pé na prancha e remar. Amelia me disse que você queria." Ele me segurou nos ombros e os pressionou levemente. "Não se preocupe, vocês vão ficar bem."

Foi a primeira vez que ele tratou a mim e ao bebê no plural. Eu o fitava e ele balançava a cabeça devagar.

"Eu não tenho roupa." Encolhi os ombros, me desculpando.

"Bem, isso não é problema por aqui. Não há ninguém num raio de dezenas de quilômetros."

Balancei a cabeça desaprovando a ideia.

"Você pode nadar com roupas comuns ou com neoprene de mergulho. Vou encontrar um pequeno para você." Ele entrou na casa. "Aliás, eu já te vi nua!", gritou, desaparecendo.

Continuei olhando para o mesmo lugar por vários segundos e, apavorada, vasculhei na minha mente os momentos em que isso podia ter acontecido.

Entrei na cozinha, esfregando as têmporas e pensando, mordendo o lábio inferior nervosamente.

"Foi na primeira noite", Nacho respondeu, como se estivesse lendo meus pensamentos. "Bem, eu não esperava que debaixo do vestido você estivesse sem calcinha." Pendurou a roupa de neoprene na cadeira ao meu lado. "Você tem uma boceta que é uma graça...", sussurrou com um sorriso, inclinando-se sobre mim e caminhando em direção à pia.

"Isso não é engraçado!" Saí do lugar com um pulo e fiquei com o dedo em riste na cara dele. "Essa brincadeira não me diverte de jeito nenhum, Marcelo!"

Ele colocou a louça no armário e se virou para mim, cruzando as mãos sobre o peito.

"Quem te disse que é brincadeira?" Estreitou os olhos e depois de alguns segundos de espera, como um puma, encurtou a distância em um salto, ficando ao meu lado e me abraçando com força. "Eu não pude me conter quando você estava inconsciente." Seus olhos verdes moveram-se pelo meu rosto, da boca aos olhos. "Você estava tão molhadinha!" Ele cutucou meu nariz com o lábio inferior. "Você gozou gostoso, embora estivesse dormindo profundamente depois das drogas que lhe dei. Eu te comi durante metade da noite... Você é tão apertadinha..." Ele nos moveu, encostando minhas costas na geladeira. "Meti em você devagar e com delicadeza. Por isso no seu sonho você sabia como eu era." Ele começou a se esfregar sua virilha de modo ritmado no lado do meu corpo.

Eu escutava o que Nacho dizia sentindo uma explosão de terror crescer dentro de mim. Estupefata diante do que ouvia, fiquei paralisada, incapaz de me mover. As lágrimas me vieram aos olhos diante da ideia de ter traído meu marido. Não o fiz conscientemente, mas o que importava... não era mais fiel. Além do mais, o filho dele tinha sido maculado. Massimo não sobreviveria a isso.

O medo se espalhava por mim até que em determinado momento senti que ia desmaiar. Nacho percebeu meu desespero e me soltou, recuando um pouco.

"Sou um mentiroso e tanto, hein?" Ele sorriu e eu tive vontade de matá-lo. Nacho não se esquivou dessa vez, quando minha mão espalmada bateu com força em seu rosto, fazendo sua cabeça virar.

"É, um mentiroso muito impressionante!", rosnei, pegando minha roupa de neoprene e caminhando com as pernas bambas em direção ao banheiro.

Vesti a regata com que tinha dormido e a roupa de neoprene. Não podia acreditar como era fácil se enroscar toda nela. Xingando baixinho, bati em tudo que aparecia na minha frente para descarregar a minha raiva.

Balançando a cabeça em desespero, parei na frente do espelho e tirei a roupa até o quadril porque fiquei exaltada com aquela fúria toda. Fiz duas tranças nos cabelos e passei creme no rosto. *Cretino*, pensei, bufando.

Nacho estava na varanda passando alguma coisa nas pranchas, vestido apenas com uma legging justa azul de tecido sintético. A visão de sua bundinha virada para mim implorava por um bom chute como castigo.

"Não é uma boa ideia!", ele disse enquanto eu posicionava a perna. "Pegue a cera e passe na prancha."

Ajoelhei-me ao lado dele, peguei um pequeno disco e observei o que ele estava fazendo, tentando imitá-lo.

"Para que fazer isso?", perguntei, mostrando a mão.

"Para você não cair. Não tenho sapatilhas de surfe para você, então prefiro não arriscar." Nacho hesitou e se virou para mim. "Mas você sabe nadar, não é?"

Indignada, fiz cara de mau humor, o que só o fez rir mais ainda.

"Tenho um atestado de salva-vidas júnior", anunciei com orgulho.

"Deve ser um atestado médico", respondeu com sarcasmo, colocando a prancha em pé e deixando cair o excesso de cera. "Já está bom. Pronta para a aula?"

Ele colocou as duas pranchas debaixo do braço e se dirigiu para a água.

"Existem algumas coisas que você precisa ter em mente", Nacho disse quando chegamos mais perto do mar e jogou as pranchas na areia.

O treinamento teórico durou pouco e foi bem resumido pois a atividade que eu deveria realizar também não parecia complicada.

Para minha sorte, não havia ondas altas naquele momento. Nacho me explicou que, assim como o vento, elas vão e vêm ao longo do dia. As Ilhas Canárias eram um lugar estranho, previsível e, aparentemente, ao qual era possível adaptar-se com facilidade. Bem diferente, portanto, da personalidade do meu professor de *stand up paddle*.

Depois de alguns minutos nadando no oceano, finalmente consegui entender como me equilibrar. Meus olhos ardiam e eu estava com um pouco de vontade de vomitar porque havia engolido um pouco da água do mar, que não tinha o melhor dos sabores, mas estava orgulhosa e feliz. Nacho não me apressava, nadava ao meu lado, seus braços musculosos deslocando-se na água.

"Dobre os joelhos e não fique de lado para a onda." Tive tempo de ouvir seu conselho de ouro antes que uma das ondas se aproximasse e me derrubasse da prancha.

Caí na água e me apavorei. Era muito profundo e eu havia perdido a noção de onde estava a superfície e o fundo. Tentei nadar, mas outra onda veio e me girou debaixo d'água novamente.

Senti suas mãos me envolverem abaixo dos seios e me levarem à superfície. Eu estava sufocando, não pela primeira vez naquele dia, quando Nacho me apoiou na prancha.

"Tudo bem?", perguntou animado, e eu balancei a cabeça concordando. "Vamos voltar para a praia."

"Mas não quero", consegui dizer entre tosses. "É divertido e finalmente tenho a chance de nadar."

Rastejei, montei na prancha larga e fixei desapontada os olhos em Nacho enquanto ele, colado ao lado da prancha, elevou-se na água. O sol brilhava, me aquecendo, e a vista maravilhosa das extensas praias negras faziam com que não me preocupasse com nada.

"Por favor." Fiz uma cara doce que parecia não funcionar de jeito nenhum. "Você me deve isso depois daquela mentira perversa."

Dei com o remo nele e me levantei.

Nacho riu e saltou para a prancha, afastando-se um pouco.

"Como você pode ter certeza de que eu estava mentindo?", perguntou, longe o suficiente para que eu não tivesse como lhe dar outro tapa. "Você tem uma pequena marca de nascença na nádega direita, parece uma queimadura. De onde veio isso?"

Ao ouvir aquilo, vacilei, quase caindo na água salgada. Como ele sabia sobre a cicatriz? Não andei de fio-dental perto dele porque não havia na gaveta calcinhas de algodão desse tipo. Furiosa, comecei a remar como uma doida, tentando alcançá-lo, e Nacho, vendo que o perseguia, começou a fugir. Perseguimos um ao outro como crianças até que fiquei exausta e voltei para a praia.

Soltei a prancha do tornozelo e a deixei na água. Abri o zíper traseiro e tirei a roupa de mergulho até a metade e, quando pisei na varanda, tirei-a completamente, pendurando-a no cabide que ficara ali fora.

Nacho saiu do mar e foi até a casa carregando as pranchas, encostando-as na balaustrada. Olhou para a varanda e, ao me ver, ficou estático, com um sorriso maroto que dava uma expressão ao seu rosto que eu ainda não tinha visto. Olhei em volta, imaginando o que o deixara tão atordoado, e só quando olhei para baixo é que entendi. Por baixo do neoprene, eu estava usando a regata branca com a qual tinha dormido na noite anterior, e ela estava transparente por estar molhada.

"Comece a correr", Nacho disse num tom sério, sem tirar seus olhos verdes selvagens dos meus mamilos.

Dei um passo para trás e ele me seguiu correndo. Corri para fugir, dando a volta por trás da casa. Então ele me alcançou e agarrou pelo pulso, puxando-me para ele. Quando dei por mim, sua língua deslizava em minha boca. Soltou minhas mãos e segurou meu rosto, me beijando avidamente. Não sei por que não fui capaz de me defender. Não queria, não podia, ou, talvez, no fundo, eu desejasse aquilo. Meus braços não o tocaram em nenhum momento enquanto sua língua dançava com a minha e nossos lábios se acariciavam delicadamente. Os segundos se passavam, e eu, com a cabeça erguida, sentia uma onda de desejo crescente no ventre. Repentinamente consciente do que estava fazendo, fechei a boca. Ele parou e descansou sua testa na minha, fechando os olhos com força.

"Desculpe, não aguentei", sussurrou, a voz abafada pelo som do vento forte vindo do mar.

"Eu sei." Havia irritação na minha voz. "Me solte!"

Nacho tirou as mãos e, sem dizer uma palavra, me virei e caminhei em direção à porta. Meus joelhos tremiam e o remorso que explodiu em mim em um segundo me deixou sem ar. *O que é que estou fazendo? Estou num deserto com o assassino que me sequestrou e estou traindo meu marido, que deve estar louco de ansiedade por mim!*

Tirei a roupa no quarto, fechando a porta. Coloquei minha calcinha boxer e uma camiseta que encontrei no armário, depois me enfiei embaixo das cobertas. Cobri a cabeça e senti a água salgada escorrendo pelo meu cabelo e pelo rosto. O som da maçaneta abrindo me fez parar de respirar, atenta ao que aconteceria a seguir.

"Está tudo ok?", Nacho perguntou, sem se aproximar.

Murmurei que sim, sem colocar a cabeça para fora, e ouvi a porta se fechar novamente. Adormeci.

Acordei algumas horas depois, quando o sol estava se pondo. Me enrolei num cobertor e saí do quarto. A casa estava vazia e um suave som de violão entrava pela porta, vindo do lado de fora. Passei pela soleira e vi Nacho, bebendo cerveja, de pé perto da churrasqueira. Ele estava vestindo um jeans rasgado que caía de sua bunda, revelando o elástico branco de sua cueca, com a inscrição "Calvin Klein". Um pequeno fogo queimava a seu lado e o som de Ed Sheeran cantando "I See Fire" vinha do celular conectado à caixa de som.

"Eu ia mesmo acordar você", disse, pousando a garrafa. "Fiz o jantar."

Eu não tinha certeza se queria estar em sua companhia, porém meu estômago roncando me fez perceber que não tinha saída. Sentei na poltrona acolchoada perto dele e encostei o queixo nos meus joelhos, me cobrindo bem com o cobertor. Nacho aproximou uma pequena mesa e outra poltrona para que ficássemos um de frente para o outro. Olhei para a mesa e acenei com a cabeça satisfeita quando vi um jantar verdadeiramente romântico. Em uma cesta de vime havia pão torrado no fogo e ao lado havia azeitonas, tomates fatiados e cebolas em conserva. Tudo estava iluminado pelo brilho de velas espalhadas sobre a mesa. Nacho pôs um prato para mim, outro para ele e se sentou.

"Bom apetite", disse, enquanto espetava a comida no garfo.

O cheiro de peixe grelhado, polvo e algumas outras iguarias despertou um demônio dentro de mim. Ignorando a etiqueta, eu devorava tudo, mordendo o delicioso pão com azeitonas.

"Este é o meu refúgio", falou, olhando em volta. "Aqui é para onde eu fujo de tudo e onde gostaria de morar." Parou um instante. "Com alguém..." Levantei os olhos do prato e observei que o olhar de Nacho mudava sob a influência do meu. “Ele nunca saberia.” O careca se recostou na poltrona e não havia nem um traço de seu sorriso maravilhoso. “Só você e eu estamos aqui…” Levantei a mão para que se calasse.

“Você não me interessa.” É claro que aquilo era mentira, mas tentei ser o mais convincente possível. “Amo o Massimo, ele é o amor da minha vida e ninguém jamais o substituirá.” Minha voz soava como se eu quisesse ter certeza do que dizia. “Mal posso esperar o nascimento de Luca. Massimo vai matar todos vocês se tentarem nos tirar dele.” Balancei a cabeça com confiança, contudo minha declaração de amor apenas divertia o espanhol.

“E onde ele está agora?” Nacho ergueu as sobrancelhas, esperando uma resposta. “Vou lhe dizer onde está seu amado marido. Está ganhando dinheiro.” Colocou a garrafa na mesa. “Porque, veja bem, minha ingênua e grávida Laura, o que Massimo Torricelli mais ama no mundo é o dinheiro. Ele enfiou na própria cabeça aquela visão que teve e, para satisfazer seu egoísmo, envolveu você naquela vida de merda dele.” Nacho se inclinou um pouco, seu rosto ficando mais perto do meu. “Você era sequestrada a cada três dias antes de conhecê-lo?” Ele parou novamente, esperando minha reação, mas eu não reagi. “Foi bem isso que pensei. Além disso, ele não consegue cuidar das pessoas pelas quais se responsabiliza. Mas se você quiser, posso dissipar suas dúvidas sobre ele.” Apertou os olhos e se inclinou em direção a mim. “A decisão é sua, posso mostrar materiais que lhe dirão a verdade sobre ele e sobre a mentira em que você vive há alguns meses. Eu posso expô-lo a você, basta dizer que quer…”

“Tenho vontade de vomitar ouvindo você!”, rosnei, levantando da mesa. “Não tente me deixar com nojo do homem que amo.” Eu me virei e caminhei em direção à porta. “E você? É melhor que ele?” Lancei-lhe um olhar de ódio. “Você me sequestra, me chantageia e depois espera que me apaixone por você e me jogue em seus braços?!”

Nacho me fitava com os olhos apertados até que, de repente, sua expressão mudou completamente e um largo sorriso voltou a aparecer em seu rosto. Cruzou as mãos atrás da cabeça e se espreguiçou.

“Eu…? Não, eu só queria te comer.” Ele ergueu as sobrancelhas, movendo-as ligeiramente.

Estendi a mão e lhe mostrei o dedo médio enquanto entrava pela porta. "Que grosso do caralho!", repeti na minha língua materna. "Puro lixo."

Resmunguei ainda por mais um tempo até que finalmente me acalmei, tomei um banho, tranquei a porta do quarto e fui dormir.

Capítulo 20

No dia seguinte, logo depois de um café da manhã tranquilo, voltamos para a cidade. Nacho fez dezenas de telefonemas e não me disse uma palavra exceto "vamos" depois que se aprontou para sair. Entramos na garagem subterrânea do edifício e me lembrei dos acontecimentos de dois dias antes.

"E o Rocco?", perguntei sem sair do carro.

"Ora, você não acha que ele ainda está aí, não é?" Nacho bateu a porta e se dirigiu para o elevador.

Quando girou a chave na fechadura e cruzou a soleira, me senti mal. Eu respirava com cada vez mais dificuldade e não conseguia fazer minhas pernas darem um passo de jeito algum. O espanhol viu que algo estava errado e me segurou pela mão.

"A casa está segura." A alegria que ele mantinha transparecia de leve em seus indiferentes olhos verdes. "Meu pessoal limpou tudo aqui naquela mesma noite. Vamos." Nacho me puxou. "Eu preciso me trocar e depois iremos até meu velho. Eu te aconselho a fazer o mesmo." Ele subiu as escadas, desaparecendo atrás da parede de vidro.

Subi os degraus com tranquilidade, como se não acreditasse muito nas palavras dele. Minha razão me dizia, porém, que Nacho não poderia ser tão cruel assim para deixar o cadáver no quarto. Poderia?

Segurei a maçaneta e senti tudo o que havia em meu estômago subir para a garganta. Espiei pela fresta e fiquei aliviada ao descobrir que estava tudo consertado e arrumado, e não havia vestígios do siciliano estrangulado. Fui até o guarda-roupa e procurei as roupas mais adequadas. Naquele mesmo dia iria ver meu amor de novo, depois de quase uma semana desaparecida. Queria parecer digna, como a mulher do chefe, e não a namoradinha de um surfista tatuado. Não foi fácil me vestir, pois minhas opções eram bermuda ou bermuda, mas finalmente consegui encontrar algo menos colorido. Um jeans cinza com rasgos e uma camiseta branca de manga curta eram a elegância máxima considerando a variedade. Calcei mocassins leves e fiz uma escova no cabelo que já estava lavado, se é que chamar aquilo de escova não era um exagero. Entre as coisas do banheiro, encontrei rímel e fiquei feliz por minha pele estar bronzeada já que não havia base.

"Vamos!", ouvi um grito vindo de baixo. "Laura, rápido!"

Dei uma última olhada no quarto, verificando se não havia esquecido nada. Logo depois percebi que não havia levado nada porque não estava lá de férias, era um sequestro. Desci as escadas e fiquei imóvel no último degrau. Nacho, de terno, estava parado no meio da sala. Sua pele bronzeada e a cabeça muito bem raspada combinavam perfeitamente com a camisa branca e o paletó preto. Uma de suas mãos estava no bolso, a outra, perto da orelha com o celular; se virou para mim e continuou sua conversa enquanto me olhava de cima a baixo. A roupa ficava estranha nele, mas era uma boa mudança e, de maneira misteriosa, faziam aquele bundão arrogante ficar incrivelmente lindo.

"Você está bonita." Nacho tentou não sorrir, mas não conseguiu, e mostrou seus dentes brancos.

"Bem, não é nada que se compare a você", disse, e um sorriso que não pude evitar apareceu no meu rosto.

"Vamos logo, quero me livrar de você o mais rápido possível", ele falou, fazendo de novo uma cara impassível.

Semicerrei os olhos, emputecida com sua declaração. Embora soubesse que era apenas seu joguinho de provocações, fiquei chateada. Ele não pensava daquele jeito, mas queria que eu pensasse que tinha sido só um trabalho. Então, um pensamento veio à tona: eu gostava daquele homem. Apesar de todos os seus defeitos, até do principal, que era o fato de ser sequestrador e assassino, eu gostava dele. Por um lado, ficava feliz de Massimo me tirar dali, mas, por outro, não suportava pensar que não voltaria a ver Nacho. Se eu considerasse a situação como algo absolutamente normal, ou seja, eliminando o fato de ter sido sequestrada, estava perdendo um grande companheiro. Um cara que me impressionou e com quem eu tinha muito em comum; um cara que me divertia, me irritava e com quem eu adorava estar. Foi pouco menos de uma semana, mas, com alguém ao seu lado quase vinte e quatro horas por dia, você se acostuma.

O Corvette voou pela rodovia e agradeci a Deus pelo careca ter fechado a capota do conversível, porque não sobraria nenhum vestígio do meu penteado bem-feito. Subimos cada vez mais alto e a estrada tornou-se estreita e sinuosa; de repente ele parou.

"Venha cá, vou te mostrar uma coisa", disse ao sair. Nacho segurou minha mão e me conduziu por uma ruazinha até chegarmos a uma mureta: Los Gigantes. Apontou para uma vista do outro mundo que se abria diante de nós. "O nome da cidadezinha vem dessas altas falésias. Algumas delas chegam a seiscentos metros. Você pode nadar até elas e só então é que dá para ver como são enormes." Eu olhava para ele e o ouvia encantada. "Existem baleias e golfinhos naquelas águas. Queria te mostrar também o vulcão Teide, mas..."

"Vou sentir sua falta", sussurrei interrompendo-o, e minhas palavras o deixaram perplexo. "É tão injusto conhecer um homem tão foda em circunstâncias tão terríveis." Encostei a testa no seu corpo imóvel. "Em circunstâncias normais, nós poderíamos ser amigos, nadar juntos", continuei falando meus lamentos e senti seu coração batendo forte sob a camisa.

"Você pode ficar", Nacho sussurrou.

Ele ergueu meu queixo, me forçando a encará-lo, mas fechei os olhos.

"Pequena, olhe para mim." Aquelas palavras me despedaçaram. O tratamento que ele usou era a maneira favorita de Massimo se dirigir a mim. Uma torrente de lágrimas brotou sob minhas pálpebras com a força de um vulcão em erupção. Enfiei a mão no bolso e tirei meus óculos de sol. Coloquei-os, me escondi atrás deles e, sem dizer uma palavra, caminhei em direção ao carro.

A casa de *don* Fernando Matos não era uma casa, mas um verdadeiro castelo. Situada em uma rocha com vista para o oceano, era como uma fortaleza impossível de ser conquistada. Atrás da grande muralha havia um jardim monumental que mais parecia um parque. Nas árvores, havia papagaios coloridos e barulhentos e, no lago artificial, peixes nadando. Não tenho ideia de quanto espaço ocupava, mas se eu achava que a propriedade em Taormina era enorme, tinha me enganado.

Estacionamos em frente à entrada, passando por vários homens armados no caminho. Saí hesitante, sem ter ideia de como agir, e fui até Nacho, que me esperava. Dois brutamontes apareceram na soleira, me cercando. O careca falou com eles em tom bastante agressivo por um momento e depois começou a gritar com eles. Os homens altos em ternos escuros ficaram de cabeça baixa, contudo pareciam ignorá-lo. Irritado, Nacho segurou meu braço e começou a me arrastar pelos corredores monumentais.

"O que está acontecendo?", perguntei confusa.

"Eles querem te levar, meu papel aqui acabou." Nacho estava sério e incrivelmente bravo. "Eu não vou te entregar a eles." Meu estômago deu um nó com essas palavras. "Vou te levar pessoalmente ao meu pai."

Caminhamos por um imenso corredor que, no final, depois de passarmos por uma porta maravilhosa, se transformou numa sala. O cômodo era enorme, o pé-direito com cerca de quatro metros, e dava para o oceano. Nada bloqueava a visão, pois essa parte do castelo parecia levitar sobre a água, projetando-se alguns metros além do penhasco. Essa visão assustadora e admirável desviou minha atenção do resto da sala.

"Ah, então é você?", ouvi uma voz masculina com um forte sotaque.

Eu me virei e vi um homem mais velho, com cabelos compridos, parado ao lado de Nacho. Não havia como negar que aquele homem era indiscutivelmente espanhol ou canarino, como a população local preferia ser chamada. A pele morena, os olhos escuros e os traços fisionômicos característicos não me deixavam dúvidas. O homem era idoso, mas era nítido que provavelmente já havia partido o coração de muitas mulheres porque não dava para negar sua beleza. Vestido com uma calça clara e uma camisa da mesma cor, ele se aproximou.

"Fernando Matos." Ele segurou minha mão e a beijou. "Laura Torricelli!", disse, balançando a cabeça. "A mulher que doma a fera. Sente-se, por favor."

Ele apontou uma poltrona e se sentou em outra. Impaciente, Nacho serviu-se de uma bebida transparente que estava sobre a mesa de centro e tirou o paletó, revelando as cartucheiras e duas armas nelas. Entornou o conteúdo do copo e repetiu a ação, desta vez sentado no sofá e girando o copo na mão.

“Senhor Matos, agradeço pelos seus cuidados, mas gostaria de voltar para casa”, falei num tom tranquilo e educado. “Nacho cuidou muito bem de mim, mas se vocês já terminaram de brincar de máfia, eu ficaria feliz em...”

“Ouvi dizer que você é atrevida.” Fernando levantou-se da cadeira. “Só que, como você pode ver, minha querida, seu amado marido não parece tão ansioso por vir até nós.” Ele abriu os braços. “Eu soube que o avião dele não decolou.” Fernando se virou para o filho. “Marcelo, saia.”

Nacho, obediente, se levantou da cadeira e terminou a bebida, colocando o copo na mesa. Em seguida, pegou seu paletó e, tentando não olhar para mim, saiu da sala. Eu me senti sozinha e apavorada. Não sabia quais eram as intenções do homem ao meu lado. Com Nacho ali eu ainda sentia uma sensação de segurança pelo menos.

“Seu maridinho me tratou como lixo, zombou de mim!”, gritou, apoiando as mãos nas laterais da cadeira na qual eu estava sentada. “E um de vocês vai pagar por isso!”

De repente, a porta do quarto se abriu novamente, mas eu não conseguia virar a cabeça. Pregada na poltrona, observei com horror quando o homem mais velho se afastou e desapareceu atrás de mim, cumprimentando alguém. A conversa foi em espanhol e eu só entendia o nome do meu marido, que foi citado várias vezes. Então as vozes silenciaram e, quando ouvi o clique da fechadura, dei um suspiro de alívio ao pensar que estava sozinha.

“Sua puta burra!” Uma mão enorme agarrou meus cabelos e me arrancou do lugar, jogando-me no chão. Ao cair, bati a cabeça numa mesinha e senti o sangue escorrer pela têmpora. Pus a mão na cabeça e olhei para cima. Na minha frente havia um homem da idade de Nacho, que me olhou com nojo. Com uma mão estranhamente rígida, ajeitou o cabelo preto que antes estava alisado para trás e caminhou em minha direção. Eu tentei me afastar dele, mas nem tive tempo de me levantar quando ele deu um chute forte nos meus rins. Coloquei as mãos em volta da barriga, tentando proteger o bebê do louco que estava me atacando. Comecei a me sentir mal e meus ouvidos zumbiam, contudo eu sabia que não poderia desmaiar. Só Deus sabia o que aquele homem queria fazer comigo.

“Levante-se, sua vadia!”, gritou e se sentou na poltrona.

Mal engolindo a saliva e me apoiando nas mãos trêmulas, obedeci ao seu comando e ele, com um gesto quase cavalheiresco, me apontou a cadeira à sua frente.

"Está lembrada de mim?", perguntou quando me sentei, limpando o sangue do rosto.

"Não", rebati.

"E do clube Nostro, você se lembra?" Olhei para cima e fiz uma careta. "O clube em Roma, há alguns meses..." Ele riu, sarcástico. "Não é à toa que você não lembra, porque, como toda puta, você estava bêbada como um gambá."

Quando ele disse isso, uma vaga lembrança daquela noite passou pela minha cabeça.

"E disso você se lembra, sua vadia?" Deu um pulo e, depois de me bater no rosto, passou as mãos pelo próprio rosto e segurou os cabelos. "Seu namoradinho atirou nas minhas mãos." Olhei para suas mãos com duas cicatrizes circulares quase idênticas.

Naquele instante, voltei para a noite no Nostro e me lembrei de como, depois do *pole dance*, um dos homens pensou que eu era uma prostituta e me agarrou, e Massimo... — ao lembrar daquilo, cobri a boca com as mãos — atirou nas mãos dele.

"Minha mão direita ficou inutilizada e a esquerda, quase." Ele mexia as mãos sem olhar para mim. "Humilhado por causa de uma puta!", ele gritou novamente e se levantou. "Pensei por muito tempo no que fazer com você. Mas então percebi que preferia me livrar daquele filho da puta do seu marido."

Ele se aproximou de mim e deu outro tapa no meu rosto, e senti o sangue escorrendo pelo meu lábio rachado. *Ele vai me matar aqui*, pensei, enquanto me aninhava na cadeira.

"Primeiro eu queria que aquela cretina da Anna desse um jeito em você, mas apesar de toda a minha fé em suas habilidades para dirigir um carro e bater em outro, ela não deu conta da tarefa." Ele se aproximou e se inclinou na minha direção. "Eu não queria envolver a família Matos. Preferia fazer isso sozinho, mas infelizmente aquela bocetuda acabou por sucumbir ao feitiço dos Torricelli." Ele deu um soco nas costas da minha cadeira e eu fechei os olhos com horror. “Por sorte eu a havia filmado antes, dizendo ter abortado um filho do Massimo para que quando o irmão dela visse o vídeo, quisesse matar seu maridinho.” Ele bufou zombando. “Eu mesmo me encontrei com Emilio e contei a ele como foi na festa, quando o seu *don* bebeu e cheirou um pouco demais e ficou feliz com o aborto e a resolução daquele problema. Isso provocou uma virada em toda a situação.” Caminhou pela sala rindo, contando aquilo como se fosse uma boa anedota de se ouvir numa festa. “Melhor ainda quando tentaram atirar um no outro... mas, infelizmente, seu marido voltou a ter muita sorte.” Ele se virou e me encarou. “Pelo menos me livrou do problema do Emilio, o que permitiu que Matos entrasse parcialmente em Nápoles.”

Despejou, sem jeito, a bebida clara da garrafa em um copo e tomou um gole, mal conseguindo levantá-lo com suas mãos arruinadas.

Minha cabeça estava doendo pelos golpes, mas o sangue secou e parou de escorrer. Sentia meu lábio inchado, no entanto estava mais preocupada com o bebê.

“O que você vai fazer comigo?”, perguntei com o tom de voz mais seguro que consegui.

Calmamente, o homem se levantou e me deu um tapa no mesmo lugar novamente, e o sangue jorrou de minha boca. Gritei bem alto, sentindo uma dor inimaginável.

“Não me interrompa, vadia!”, gritou, esfregou-se contra mim e voltou a se sentar. “Você pode gritar o quanto quiser, o quarto tem isolamento acústico. Se eu atirasse em você, ninguém ouviria.” Um sorriso triunfante surgiu em seu rosto. Depois de um momento de silêncio, continuou: “Tenho observado Massimo e percebi que nada o machucaria mais do que perder você... e é por sua causa que não consigo pegar um copo d’água sozinho.” Ele ergueu a mão paralisada. “Tive de aprender a usar a outra. A paralisia das minhas mãos depois que Massimo atirou nelas é tão grave que quase não posso usá-las. Tiveram que fabricar para mim uma arma especial para que eu pudesse usar.” Ele riu, sinistro. “Mas como você pode ver, elas ainda servem para dar prazer. Hoje, antes de te matar, vou te dar tanto desse prazer que vai ser o suficiente para você cuspir para fora esse bastardo que está aí dentro.”

Ouvi um assobio nos ouvidos e comecei a rezar, pedindo forças. Sentia dor e queimação no peito. Não conseguia pensar direito por causa do medo.

"E já que seu marido decidiu não vir para não arriscar a própria vida, vou gravar nossa última noite juntos." Ele estendeu a mão e acariciou minha perna, que eu imediatamente puxei. "E, então, eu vou mandar o pirralho para ele numa caixa." Ele mexeu a cabeça, apontando para a minha barriga, que eu segurava. "E, por falar nisso, não achei que seria tão fácil para o Marcelo. Tentamos sequestrar você várias vezes, mas em todas elas Massimo estava alerta." Seu tom irônico me irritava cada vez mais. "Meu pessoal causava brigas em seus clubes e hotéis para distraí-lo e atraí-lo para fora de casa. Eu coloquei a maioria das famílias contra seu marido, mas ele protegeu você tão bem que o sequestro não foi uma tarefa fácil." Ergueu o dedo de uma das mãos. "Então pensei no Marcelo. Ele é o melhor do ramo, implacável e cegamente dedicado ao pai, e *don* Fernando confia em mim." Ele riu. "O tatuado encarregado da missão, que me odeia, não tinha a menor ideia de nada. Ele recebeu a tarefa e a cumpriu como um robô."

"Massimo vai te achar e te matar, seu merda!", rosnei.

"Pois eu duvido sinceramente", respondeu, se divertindo. "Toda a fúria dele vai se concentrar em Marcelo; foi ele que te sequestrou. O Torricelli vai primeiro atrás dele, depois do velho, e aí sou eu quem vai chefiar a família Matos, herdarei essa função por ser seu genro." Comecei a rir de maneira histérica e ele jogou com fúria o copo contra a parede. "Qual é a graça, sua puta?", gritou.

"É que você parece um monte de merda!" Lembrei-me da zombaria de Nacho sobre o marido de Amelia. "Pois é... Flavio... Como poderia não te reconhecer depois dessa descrição meticulosa e perfeitamente adequada?" A mão dele voou em direção ao meu rosto de novo e eu senti o inchaço começar a cobrir meu olho também.

Minha tortura foi interrompida pelo celular tocando em seu bolso. Ele o pegou e atendeu, ouviu por um momento, desligou e colocou de volta no bolso.

"As coisas ficaram um pouco mais complicadas", rosnou. "Seu maridinho está na mansão."

Ao ouvir essas palavras, meu coração quase saltou do peito. Lágrimas de alívio e alegria correram pelo meu rosto. Fechei os olhos. *Ele está aqui, ele vai me salvar*, pensei. Havia um sorriso no meu rosto que Flavio não via, pois procurava algo na mesa.

Ouviu-se um barulho e de repente Massimo irrompeu na sala, seguido por Domenico e uma dúzia de outras pessoas. Meu Deus, ele estava tão lindo, tão imperioso, tão meu. Comecei a chorar, e quando o olhar do Homem de Negro pousou em mim, eu o vi quase explodir de raiva. Ele estava parado a poucos metros de mim, seus olhos cheios de dor encarando meu rosto. Com um grito selvagem, puxou a arma e apontou para Flavio. Então, abriram-se as portas de duas entradas laterais e dezenas de pessoas correram para dentro da sala, incluindo Nacho, que ficou paralisado ao me ver.

Por fim, lentamente e cheio de si, com um charuto na mão, como num verdadeiro filme de gângster, *Don* Fernando Matos entrou.

"Massimo Torricelli!", disse enquanto todos seguravam as armas apontadas uns para os outros. "Que bom que você aceitou meu convite!"

Enquanto olhava para Massimo, senti que me observavam e comecei a virar o rosto para o lado. Com armas nas duas mãos, Nacho olhava para mim, os olhos cheios de dor e desespero. Pude ver que ele se sentia culpado pelo meu estado naquele momento. Então um dos homens de Matos colocou uma arma na minha cabeça, destravando-a antes.

"Abaixem as armas", disse Fernando. "Senão o sangue daquela que vocês vieram buscar aqui vai acabar cobrindo a parede."

Massimo rosnou algo para os homens que estavam com ele, e todos abaixaram suas pistolas. Todos os outros também, exceto aquele que estava ao meu lado.

A pedido de Fernando Matos, os seguranças dos dois chefões começaram a abandonar a sala. Nacho atravessou o cômodo e, simulando indiferença, parou ao meu lado, deu um tapinha no ombro do homem que mirava em mim e depois trocou de lugar com ele.

"Laura", ele sussurrou enquanto encostava o cano na minha têmpora novamente. "Me desculpe."

Lágrimas rolavam pelo meu rosto e o nó na minha garganta era quase impossível de engolir. Massimo e Domenico ficaram em frente a Flavio e Fernando, e eu me perguntei se pelo menos uma pessoa sairia dali com vida.

Os quatro homens conversaram por um tempo, cada um imobilizado em seu lugar, como pedras. Pelas suas expressões, concluí que chegavam a um acordo. Momentos depois, a voz calma do meu marido falou:

"Venha cá, Laura."

Nacho, entendendo toda a conversa, abaixou a arma e eu mal conseguia ficar de pé enquanto caminhava até Massimo. Quando o careca me segurou para me ajudar a andar, a mandíbula de Massimo se contraiu.

"Não toque nela, filho da puta", rosnou olhando para Marcelo, que me soltou e se afastou.

Antes de chegar até o Homem de Negro, com o canto do olho vi Flavio tirar uma pistola da gaveta, apontá-la para Fernando Matos e puxar o gatilho, derrubando-o. Na mesma hora, outro tiro e mais um soaram. Flavio se jogou atrás de uma escrivaninha e meu marido me agarrou e me escondeu atrás dele, de pé com sua arma apontada diretamente para Nacho, que acabara de atirar no odiado cunhado que matara seu pai um segundo antes.

Presa às costas do Homem de Negro, senti a adrenalina que zumbia em minhas veias se esvaindo e minhas pernas ficando cada vez mais fracas. Estava segura, meu corpo sabia que poderia parar de lutar. O *don* sentiu que eu escorregava para o chão e se virou para me ver, deixando Domenico e Nacho frente a frente com as armas apontadas.

De repente houve um estrondo e senti algo parecido com um baque. Uma onda de calor se espalhou pelo meu corpo. Não conseguia recuperar o fôlego e via o rosto de Massimo cada vez menos nítido. Senti minhas pernas fraquejarem e caí no chão junto com ele. Aterrorizado, ele olhou para meu rosto, dizendo algo para mim, contudo eu não conseguia ouvir suas palavras. Eu só o via mover os lábios e levar a mão ensanguentada ao rosto. Minhas pálpebras estavam pesadas e eu sentia um incrível cansaço e uma imensa paz. O Homem de Negro beijou meus lábios, gritando algo, eu acho. O silêncio esmagador em torno de mim ficou mais e mais profundo até que tudo sumiu. Fechei os olhos...

* * *

"Massimo!" A voz de Domenico me tirou do meu entorpecimento. "Eles não podem esperar mais. Você precisa escolher." O tom calmo e sereno da voz do meu irmão parecia um grito para mim.

Eu me virei da janela para a sala, olhando para a multidão de médicos de pé à minha frente.

"Vocês têm de salvar os dois, merda!", proferi as palavras com os dentes cerrados, tremendo de raiva e mal segurando as lágrimas. "Ou vou atirar em todos vocês."

Estiquei minhas mãos sujas de sangue para alcançar o cinto e tirar a arma, mas meu irmão caçula me conteve.

"Irmão", ele sussurrou com lágrimas nos olhos. "Você está demorando muito, assim eles não vão conseguir salvar nem a Laura nem a criança, e a cada minuto..."

Levantei a mão para que ele se calasse, e então caí de joelhos, pondo as mãos na cabeça.

Eu não sabia se seria capaz de criar um filho sem ela. Não sabia se a vida faria sentido sem ela. Meu filho... Parte dela e de mim, herdeiro e sucessor. Um milhão de pensamentos passaram pela minha cabeça, sem jamais trazerem algum conforto.

Olhei para os médicos e respirei fundo.

"Então salvem..."

Agradecimentos

Como sempre, agradeço aos meus pais. Mamãe e papai, vocês são minha inspiração, meu amor e meu mundo. Eu os amo muito e não consigo imaginar minha vida sem vocês! Obrigada, porque, mesmo quando eu tinha dúvidas, vocês estavam explodindo de orgulho.

Agradeço ao homem que me garantiu que a idade não importa; que a vida adulta é um estado de espírito e não apenas um número. Maciej Buzała, meu querido, não tenho palavras para expressar a gratidão por sua paciência, seus cuidados e seu comprometimento. Esses meses foram os mais difíceis da minha vida, e sem você eu teria desistido. Eu te amo, garoto. Obrigada por estar aqui!

Ania Szuber e Michał Czajka, obrigada por me fazerem aparecer tão maravilhosa na capa. A foto de vocês é divina e sua habilidade no design, inquestionável! Além disso, vocês saem mais em conta que um cirurgião plástico.

Acima de tudo, agradeço a você, leitor e leitora — quem quer que você seja. Graças ao fato de você ter este livro em suas mãos, eu posso mudar o mundo. Espero que a segunda parte tenha sido melhor que a primeira e que você esteja ansioso pela terceira, porque a terceira... vai ser um arraso!

FONTE More Pro
PAPEL Pólen Soft 80 g/m²